Martin Schult

Dem Kroisleitner sein Vater

Martin Schult

DEM KROISLEITNER SEIN VATER

KRIMINALROMAN

Ullstein Verlag

O Schande, wenn die Fliege, tapfern Muthes voll,
Auch Helden anfällt, und in ihrem Blute schwelgt,
Der Krieger aber vor des Feindes Lanze bebt!

Lukian von Samosata

Für Birgit & Jo in Gedenken an Ton

ST. MARGARETHEN

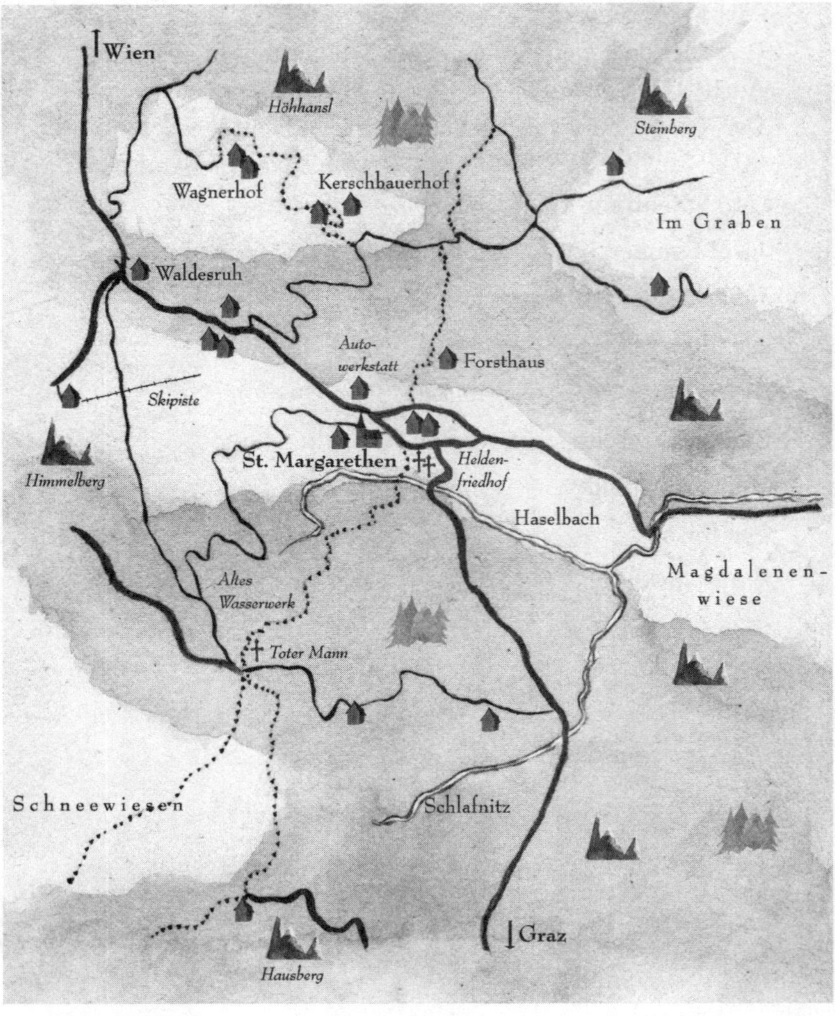

PERSONEN

Karl Kroisleitner	redet mit den Toten
Alois Kroisleitner	verliert die Kontrolle
Gretl Kroisleitner	bekommt leicht Nasenbluten
Jakob Valentiner	möchte nicht Franz-Josef heißen
Lissi Valentiner	möchte gerne alles wissen
Josef Lamberti	möchte lieber nichts wissen
Johanna Kerschbauer	mischt was
Die Moni	mischt auf
Die Dagmar	mischt sich nicht ein
Emma Kornfeld	findet sich nicht mehr zurecht
Maria Kornfeld	findet einen Vater
Der Rasch	findet nicht, was er gesucht hat
Katja Sprotz	hat von allem zu viel
Vera Frassek	hat eine Schwäche für Weltverbesserer
Sprotz	hat eine Gelbschwäche
Frassek	hat mehr als nur ein Schuldgefühl

ANFANG

Frassek klappte den Deckel zu. Er schob den Umzugskarton zurück in den engen Kellerraum und zog den nächsten heraus, eine letzte Hoffnung, den schwarzen Anzug zu finden.

Küche stand auf den Pappflügeln. Das hatte er damals mit schwungvoller Schrift auf den Karton geschrieben, als Bärbel und er zusammengezogen waren. Wie schnell die Zeit vergangen war, wunderte er sich, während er den Inhalt, alte T-Shirts, Hemden und Hosen, durchwühlte. Warum hatte er das alles eigentlich aufgehoben? Erinnerungen an eine schöne Zeit? War es das, was seine Tochter gemeint hatte, als sie das letzte Mal bei ihm gewesen war? *Du bist ja so was von alt!*

So was von alt. Sie hatte seine Haltung kritisiert. Dabei hatte er sie nur vor einem Fehler bewahren wollen. Ein Piercing in der Zunge – Frassek hatte es sich einfach nicht vorstellen können, und auch jetzt widerstrebte es ihm, daran zu denken. Was, wenn man beim Stechen einen Nerv treffen würde? Was, wenn das Piercing herausreißen würde? Das Gejammer wäre riesig.

Nein, er war nicht alt. Er war knapp über vierzig. Aber wohl schon vergesslich. Anzüge verschwinden doch nicht einfach so.

*

Zwischen dem zweiten und dritten Stockwerk fiel es ihm wieder ein. Auf der Beerdigung seiner Mutter hatte Frassek ihn getragen, vor ein paar Monaten, kurz nachdem er hierher gezogen war. In der Abstellkammer seiner Wohnung, in der er sich noch immer fremd fühlte, fand er Jackett und Hose, nachlässig mit Weste, Hemd und Krawatte über einen Bügel geworfen. Er hatte damals einfach alles an den Staubsaugerschlauch gehängt. Was hatte Bärbel ihn bei der Trauerfeier in der Kirche auch so entsetzt anschauen müssen. *Dein Hochzeitsanzug?!* Er hatte doch nur den einen.

Die Narbe pochte. Er fuhr sich durch die abstehenden Haare, nahm den Anzug, ging ins Schlafzimmer und warf ihn auf das Bett. Das T-Shirt riss ein wenig ein, als er es über den Kopf zog.

In Steglitz hatte er noch keinen passenden Frisör gefunden. Deswegen hatte Frassek sich vor kurzem selbst ein paar der längsten Strähnen abgeschnitten. Das Ergebnis sah fürchterlich aus. Sein Kollege lachte noch immer, und sein Chef schüttelte jedes Mal missbilligend sein schön gelegtes goldbraunes Lockenhaar. Beide hatten sie ihm zu einem Kurzhaarschnitt geraten – kernig und radikal. Aber diese Zuschreibungen passten einfach nicht zu ihm. Außerdem würde man noch mehr von seinen Geheimratsecken sehen. Und was sich bei drei Millimetern oder gar einer Glatze offenbaren würde, das kannte er bereits, wenn er mit nassem Haar aus der Dusche kam: ovaler Schädel, am Hinterkopf eine Delle und dann die Narbe: diese fünf Zentimeter Gedankenlosigkeit.

Er war zu alt für eine Glatze. Oder zu jung. Oder und.

*

Mittendrin. Midlife-Crisis: *Krise des Übergangs vom verbrachten zum verbleibenden Leben.* Bärbel hatte es ihm vorgelesen, weil sie meinte, dass er sich zu sehr gehen lassen würde. Aber das war Unsinn. Frassek hatte einfach nur ein paar Pechsträhnen gehabt.

Er packte seine Sachen ein: drei hellblaue Hemden, Ersatzhose, ein paar Unterhosen und die Socken, gestern gekauft als Sechser-Pack in einer Filiale dieses Schonkaffeeanbieters beim Forum Steglitz – alles langweilig, konservativ, solide. Aber immer noch besser als bei seinem Kollegen, der in allen Farben des Regenbogens herumlief. Sprotz und er hatten sich gemeinsam für den gehobenen Dienst beworben – ein Karriereschritt, von dem Frassek immer noch nicht wusste, ob er ihn wirklich gehen wollte. Aber wenn, dann in Hellblau, da war er sich sicher.

*

Er entschied, den Anzug nicht mehr zu bügeln. Er würde sowieso bei der Fahrt zerknittern. Er trat vor den Spiegel und betrachtete seinen nackten Oberkörper – langweilig, konservativ, solide. In dem Bewerbungsformular hatte gestanden, dass Piercings und sichtbare Tätowierungen nicht erlaubt waren. Er hatte keins von beiden. Aber jetzt entdeckte er auch auf der Brust erste einzelne weiße Haare. Fast hätte er sie übersehen. Die Haut war bleich und das mitten im Sommer.

Frassek zog das weiße Hemd an und wieder aus. *Das* hätte er waschen und bügeln sollen. Schmutzig war es nicht, aber es roch nach dem Schweiß, der nur so an ihm heruntergelaufen war, als er die Abschiedsrede auf seine Mutter gehalten hatte. Sein Vater war dazu nicht in der Lage gewesen. Und jetzt war es wieder so weit.

*

So was von alt! Vielleicht hatte seine Tochter doch recht. Aber das hatte nichts mit einer Midlife-Crisis zu tun. Was kommen wird, und darum ging es ja bei solchen Krisen, machte ihm keine Sorgen. Was hinter ihm lag, das hatte er verbockt. Das hatte er in den Fotoalben entdeckt, die er nach dem Tod der Mutter zusammen mit seinem Vater durchgeblättert hatte. Die Schlichtheit seines Lebens hatte ihn erschüttert.

Nichts, worauf man stolz sein könnte. Nichts, was sich für den Anfang eines Buches eignen würde. Wer sollte sich schon für einen Menschen interessieren, dessen aufregendstes Ereignis, das sein Onkel auf einem Foto festgehalten hatte, der Erwerb des Seepferdchen-Abzeichens gewesen war? Sprung vom Becken, fünfundzwanzig Meter Schwimmen, Tauchen, um einen Gegenstand vom Boden hochzuholen – auch heute noch war auf dem Abzug zu erkennen, wie viel Mühe Frassek sich gegeben hatte, stolz auszusehen. Fotoalben konnten so gnadenlos sein.

Er nahm ein weiteres Hemd aus dem Schrank. Zur Not ging auch hellblau. Er zog den Bauch ein. Die Anzughose ließ sich gerade noch zuknöpfen.

1

DER BERG

1

In St. Margarethen werden die Menschen alt. Das liegt am Wasser, sagen manche, das nah beim Dorf kurz unter dem Gipfel des Hausbergs entspringt. Es fließt durch den moosigen Waldgrund, rauscht am Toten Mann vorbei und irgendwo beim alten Wasserwerk umspült es den Schatz, den ein Mönch vom nahen Stiftskloster zum Schutz vor Deutschen und Russen hier vergraben haben soll und der nie wieder aufgetaucht ist. Da sei auch die kleine Klosterglocke aus purem Gold darunter, sagt die Legende. Einst habe sie zart die Mönche zum Gebet gerufen. Nun veredele sie das Wasser.

Es ist die Luft, sagen andere. Nirgendwo sei sie so rein. Warum auch sonst sollten die Wiener Pensionisten sich jeden Sommer mit dem Gästeabholdienst vom Automechaniker Bruno Hinterberger für vierzig Euro pro Nase an der eigenen Haustür abholen und hier herunterfahren lassen – seit Jahrzehnten bald und gerne mit Südbalkon. Als hätten sie immer schon gewusst, dass hier in St. Margarethen die Sonne warm und die Luft mit der Würze unzähliger Heilkräuter angereichert sei.

Dem Wirt vom Gasthof *Zum Valentiner* ist es das hiesige Kernöl, in der *Café-Konditorei Schönblick* vertraut man auf die heilenden Kräfte der schonend in Marmelade verwandelten Marillen, und wenn auch noch die Johanna vom Kerschbauerhof frühmorgens einen Eid auf ihre destillierten Früchte ablegt, hat ein jeder für sich die Formel für ein langes und gesundes Leben entdeckt, mit dem der Touristikverein die Urlauber zu locken versucht.

Und doch weiß es von allen der Kroisleitner Karl am besten. In knapp tausend Metern Seehöhe durch die sanften, nicht zu steil ansteigenden Hügel und »ja, manche nennen wir auch Berge, gell« zu wandern, was könnte gesünder sein, noch dazu, wenn man das richtige Schuhwerk trage.

Das sagte er auch zu dem fremden Wandersmann, der in seinem Schuhgeschäft Bergstiefel anprobierte. In Turnschuhen war der Wanderer hierhergekommen, man stelle sich das vor, und an der Ladentür, die vom Schuhmacher mit einem verlegenen Lächeln, da etwas verspätet, aufgeschlossen wurde, hatte er bereits gewartet.

»Wer hier lebt, lebt länger«, erzählte er dem Wandersmann, »so wie mein Vater«, der vor ein paar Tagen seinen 104. Geburtstag begangen habe, und reichte ihm ein neues Paar. »Mit denen rennen S' die Berge schneller hinauf als herunter«, so leicht, so elastisch, so federnd, wie die Sohle gefertigt sei, »und eh' man sich's versieht«, würde aus einem Kürbis »ganz schnell wieder eine Bohnenstange, gell?«

Der fremde Wandersmann blieb aber wortkarg, und das war dem Kroisleitner Karl nicht ganz geheuer. Fernab der alpinen Bergrouten kamen nur wenige in die Gegend um sein Dorf, und die meisten von ihnen pilgerten weiter nach Mariazell. Beseelt von dem Gedanken, dort im Wallfahrtsort religiöse Läuterung zu erfahren, sprudelten die Erlebnisse ihrer Wanderung nur so aus ihnen heraus. Und wenn der Kroisleitner Karl ihnen das spröde gewordene Leder aufpolierte, eine lose Sohle leimte oder manchmal gar ein neues Paar Wanderstiefel verkaufte, dann hörte er ihnen gerne zu, wie schon sein Vater, der vor ihm der Schuhmacher des Dorfes gewesen war. Es war sogar die erste Regel, die ihm der Vater mit auf den Weg gegeben hatte und es auch heuer noch manchmal tat: »Zuhören musst, dann verkauft sich selbst der teuerste Schuh.« Doch dazu brauchte es auch einen anderen, der was erzählt.

Den nächsten Karton zog der Kroisleitner Karl aus dem Regal, »ein ganz besonders guter Schuh«, den trage er selbst auch, und recht beiläufig, fast, als würde er eine Antwort gar nicht erst erwarten, ließ er dieser Feststellung noch eine Frage folgen.

»Wo kommen S' denn her?«

Mit einer kleinen Verzögerung brummte der fremde Wanderer etwas, das mit einem B begann, es war ein strenges Brummen, zu scharf, um nachzufragen, zu brumm, ums zu verstehen. Fragend blickte er auf die Schuhe.

»Ja, die Neuneinhalb müsst' schon passen. Vorn ein wenig Luft, das ist wichtig.« Der Mann zog sich die Stiefel an und während er sie mit ungeübten Fingern zuschnürte, nutzte der Kroisleitner Karl die Gelegenheit, sich ihn genauer anzuschauen, denn neugierig waren sie schon in seinem Dorf, wie überall auf der Welt. Dunkle Ringe hatte der Wanderer um die Augen und eine arg wirre Frisur, der ein Schnitt und etwas Shampoo guttun würde, und so sehnte sich der Schuhmacher erst recht nach einem richtigen Kundengespräch, in dem er dezent auf die Dagmar mit ihrem Salon hätte hinweisen können.

»Aber lang sind S' noch nicht unterwegs, gell?«

Der frische Sonnenbrand im Gesicht und die von der Hitze aufgesprungenen Lippen bezeugten diese mit einem Fragezeichen versehene Feststellung. Doch bei diesem jüngsten Versuch des Schuhmachers, in die Konversation einzusteigen, brummten sie nicht, die Lippen. Der Wandersmann atmete vielmehr scharf aus, und darauf sagte sich der Kroisleitner Karl, dass er erst einmal nichts mehr sagen würde. So viel Kundschaft hatte er in diesem heißen und trockenen Sommer auch noch nicht gehabt, und wer es nicht mag, das Miteinanderplaudern, den, bittschön, wollte er auch nicht weiter belästigen, sondern lieber schweigen. Zumindest so lange, bis der Fremde selbst wieder etwas sagen und hoffentlich – aber lieber nicht mit einer Kreditkarte – zum Bezahlen an den Kassentisch treten würde … aber ach!

Sein Lebtag hat sich der Kroisleitner Karl nicht an jene Kunden gewöhnen können, die, so wie jetzt auch dieser Wanderer, die noch nicht bezahlten Schuhe unbedingt draußen auf der Straße ausprobieren mussten. Nicht einer hatte sich jemals auf diese Weise illegal der Ware bemächtigt oder gar das Schuhwerk ruiniert, dennoch war es dem Kroisleitner Karl ein Graus. Da flatterten die Hände in der Luft, ein »uiuiui« und ein »solang's noch nicht bezahlt sind, tun's quietschen« lagen ihm schon auf der Zunge. Und erst, nachdem der Mann den Laden wieder betreten und »Zahlen!« gebrummt hatte, beruhigte sich der Schuhverkäufer und entspannte seine ein Meter neunzig.

»Haben S' an Gästepass? Dann tät ich's um fünf Prozent rabattieren.«

*

Darauf hätte ihm auch die Wirtsfrau im Gasthof *Zum Valentiner* eine Antwort geben können. Denn der Lissi, einer kleinen, früher gar zierlichen Frau, die versuchte, das Beste aus ihren mittlerweile fünfzig Jahren herauszuholen, entging nichts und merken konnte sie sich eh alles. Wie neulich, als sie der Frau Moser aus München fünf Jahre nach dem letzten Aufenthalt ungefragt einen Verlängerten und ein Glas kalte Milch auf den Frühstückstisch gestellt hatte und sie über den Ausruf – »Dass Sie sich daran noch erinnern können!« – einfach nur glücklich gewesen war.

Aber mehr noch hatte die Lissi als Frau des Gasthofwirts Jakob Valentiner über die Jahre die Fähigkeit perfektioniert, allein aus der Bestellung eines Gastes seine Herkunft herauszulesen. Und was sie sich da bei dem fremden Wandersmann zurechtgereimt hatte, als der geradezu unverschämt früh am Morgen ins Gasthaus gekommen war und »ein Wiener Schnitzel mit Bratkartoffeln« bestellt hatte, das hatte ihr nicht gefallen.

Deutsche Großstadt, vielleicht sogar aus Berlin, aber auf keinen Fall ein Feinschmecker, denn ein Wiener isst man mit Salzkartoffeln oder warmem Erdäpfelsalat, wer es mag mit Reis, aber nie und nimmer mit etwas, das ebenfalls gebraten oder gebacken wäre, das war ihrem Jakob wichtig, sehr wichtig – und der musste es ja schließlich wissen. Und schon gar nicht um halb neun, wenn die Pensionsgäste gerade erst ihr Frühstück einnehmen. Aber was soll's, im *Valentiner* ist der Gast König, selbst wenn er ausschaut wie der Gehörnte höchstpersönlich.

Denn sogar aus der Ferne, von ihrem Platz hinter der Schank, hatte die Lissi Valentiner erkennen können, dass dem Fremden, während er an seinem Tisch eine Postkarte beschrieb, ein Ring am Finger fehlte, sicher ein dicker Ehering, denn die Haut war an der Stelle nicht nur blasser, sondern auch ein bisschen eingedatscht.

Seine verschmutzte Jeans, das verschwitzte hellblaue Hemd und der neue, lächerlich bunte Rucksack – das alles waren Zeugnisse ihres Verdachts, dass er nicht überlegt, sondern überstürzt aufgebrochen sein musste. Als wäre er auf der Flucht – ja, das hatte die Lissi noch gedacht, während sie nach dem Frühstück das ein wenig enge Dirndl zurechtgezogen hatte, und vor allem diesen Gedanken war sie nicht mehr losgeworden. Doch jemand, der auf der Flucht war, der würde nicht gerade hier in St. Margarethen Schutz suchen wollen. Denn was hier getratscht wird, da kann niemand vor niemandem kein Geheimnis nicht bewahren. Und somit hätte der auch keinen Gästepass.

*

Dem Lamberti Josef aber war der fremde Mann zuerst begegnet. In seinem Geschäft. Gleich beim Aufsperren um acht. Am Postkartenkarussell. Hernach beim Kassieren und »pfiat di Gott, auf Wiederschauen«. Nicht einen Laut hatte er von sich gegeben, der Wandersmann. Und im Hinausgehen hatte er bereits die nur mit einem Fingerzeig ausgewählte Zigarettenschachtel aufgerissen. Als wäre der Josef, der »schöne Josef«, wie sie ihn nannten, nichts als Luft.

Das Adjektiv hatte seine Berechtigung. Gleichzeitig könnte man es fast eine Untertreibung nennen. Denn der schöne, groß gewachsene und gut gebaute blonde Mann mit seinen strahlend blauen Augen hatte schon des Öfteren sprachloses Erstaunen ausgelöst. Doch wer beim Lamberti Josef an der Kasse stand und sich erhoffte, dass man diesem unerhört hübschen Mann auch noch die Gabe der charmanten Konversation in die Wiege gelegt hätte, würde mit einer leichten Enttäuschung das Geschäft verlassen.

Denn dem Lamberti Josef fiel es nicht leicht, mit anderen Menschen zu reden. Und grad deswegen – man könnte fast meinen, als therapeutische Maßnahme – hatte der Josef den einsamen Beruf des Waldarbeiters an den Nagel gehängt, die Moni geheiratet und war mit ihr ins Dorf gezogen. Und recht viel Mühe hatte er sich fortan mit dem neu eröffneten Souvenirgeschäft geben müssen. Und gar eine Lizenz für eine Tabaktrafik hatte er erworben, um trotz des Supermarkts am unteren Ende der Hauptstraße überleben zu können.

»Sei doch bitte freundlich und red auch mit den Kunden«, hatte seine Frau, die Moni, immer gesagt. »Denn nur schön ausschauen reicht nicht.« Und – weiß der Herrgott – er hatte es ja versucht. Selbst nachdem die Moni zum Hinterberger Bruno gezogen war. Der krummbeinige, dafür aber umso redseligere Automechaniker. Und da hatte sich der Josef fortan noch mehr angestrengt, seiner Schüchternheit etwas entgegenzusetzen. Er hatte angefangen, Zeitungen, Bibeltexte, Romane zu lesen – ja, fast könnte man ihn einen Belesenen nennen. Denn eines war klar, die Moni würde nicht zu ihm zurückkehren, nur weil er ein hübscher Kerl war, dem man seine dreiundvierzig Jahre nicht ansah. Und was wäre da geeigneter als das geschriebene Wort, das dem gelebten Leben Bestätigung und Vorbild zugleich sein konnte?

Aber so ein maulfauler Wandersmann. Nicht einmal gebrummt hat er nicht. Da könnte einem schon der Kragen platzen.

*

Weil es dem Kroisleitner Karl mit dieser zerkratzten Kreditkarte nicht ganz geheuer gewesen war, er dies dem Wanderer aber nicht direkt ins Gesicht hatte sagen wollen, hatte er einfach so getan, als würde die Kreditkartenmaschine nicht funktionieren. Und siehe da, mit der Zusage um einen etwas höheren Rabatt hatte der Fremde schließlich sein Portemonnaie gezückt und bar bezahlt.

Mit dem zurückgelassenen Kassenbon in der Hand schaute der Kroisleitner Karl dem Wanderer nach, wie er, vorbei am *Valentiner*, nun leichten Fußes den Weg hinauf zum Toten Mann einschlug. Ein wenig Neid kam dabei auf. Da verkaufte man sein Leben lang bestes Schuhwerk, fachsimpelte über die Beschaffenheit von Sohlen und den neuesten Lederpflegeschaum, der gut war, aber elendiglich roch, und war doch selbst nie weiter gekommen als bis auf den Hausberg und die weiteren Gipfel drum herum, und einmal gar mit dem Reisebus vom Hinterberger Bruno bis nach Wien, mit dem Seniorenverein, als Begleitung der Eltern selbstverständlich. Ja, wenn die Eltern nicht wären, wer weiß, vielleicht wäre er öfters hinaus in die Welt gegangen, vielleicht sogar ganz fort.

Der Kroisleitner Karl ging zurück in den Laden und räumte die anprobierten Wanderstiefel zurück ins Regal. Einfach das Geschäft zusperren und weg, weit weg. Schuhmacher braucht's eh überall, Erspartes hatte er auch und jung fühlte er sich sowieso, selbst mit seinen vierundfünfzig Jahren. Mit spitzen Fingern trug er die Turnschuhe des fremden Wanderers zum Abfall, warf sie aber nicht in die Altkleidertonne, sondern in den Restmüll. Diese Turnschuhe sollte niemand mehr tragen müssen, selbst der ärmste Afrikaner nicht.

*

Die Lissi Valentiner und der Lamberti Josef hatten den Wandersmann noch einmal vorbeigehen sehen, und das würden sie am nächsten Tag auch zu Protokoll geben. »Als ich die Blumen draußen gegossen hab, da hab ich gesehen, wie er hoch zum Toten Mann gegangen ist«, sollte die Lissi sagen und der schöne Josef sollte zustimmend nicken. »Nein, von dort heruntergekommen ist niemand mehr«, sollte die Lissi sagen, »bis natürlich auf den Toni, der Sohn vom Automechaniker«, und der schöne Josef sollte diesmal nicht nicken, denn der Toni, das war der Bub, den seine Moni jetzt beim Hinterberger Bruno großzog und daher mochte der Josef den Toni nicht, auch wenn der gar nichts dafür hat können können. Anfangs hatte er noch gehofft, dass sie gerade deswegen wieder zu ihm zurückkehren würde, denn Kinder, *das* mochte die Moni nicht …

… aber einerlei, der Josef hatte natürlich auch gesehen, wie der Toni – es war am Nachmittag gewesen, er hatte grad wieder aufgesperrt – ins Dorf, durch das Dorf und wieder zum Dorf hinaus bis zur Werkstatt seines Vaters gelaufen war. Und der wirklich nicht sehr attraktive Hinterberger Bruno hatte sich daraufhin Öl und Fett von den Händen gewischt und war auf seinen krummen Beinen zum Kroisleitner Karl gegangen. Und eine seiner nicht mehr ganz so schmutzigen Hände hatte er dann zart auf die fliehende Schulter vom Schuhmacher gelegt.

»Deinen Vater, Kalli, haben's gefunden, droben beim Toten Mann.«

Mit aufgerissenen Knien und einer blau verfärbten Zunge, hätte er noch hinzufügen können, aber das sollte der Kroisleitner Karl noch früh genug erfahren.

2

Amy dachte kurz darüber nach, wie sie aussah.

Das tat sie öfter. Auch hier auf dem Friedhof im Norden Londons konnte sie nicht davon lassen. Dann fiel ihr der Junge auf. Sie hatte ihn schon viele Male gesehen, der Überbiss war unverkennbar. Vor ein paar Wochen hatte er als einer der Ersten vor ihrem Haus in Chelsea gestanden und, als wären ihm die Arme zu kurz, mit den Fingerspitzen in den Hosentaschen zu ihr hinaufgeschaut.

Zwei Tage später hatte sie ihn wieder – oder noch immer – dort in der langsam wachsenden Menge von Fans und Neugierigen stehen sehen. Und an manchen der folgenden Tage auch, stundenlang, immer an derselben Stelle, immer mit diesem starren Röntgenblick, an den sich Amy irgendwann gewöhnt hatte.

Mit der Zeit hatte sie sich seinem Rhythmus angepasst. Montag, Mittwoch, Freitag waren seine Tage, und auch wenn sie seine Anwesenheit an den anderen Wochentagen nicht zu vermissen glaubte, waren ihr die Wochenenden unendlich lang vorgekommen – dabei war er überhaupt nicht ihr Typ, und selbst der halbdurchsichtige Gardinenstoff, durch den Amy hinunter auf die Straße geschaut hatte, hatte seine Hässlichkeit nicht verschleiern können. Sie hatte sich jedes Mal darüber gewundert, warum er für sie so wichtig geworden war.

Am letzten Mittwoch aber, nachdem George, ihr Manager, von heute auf morgen entschieden hatte, sie nach wochenlangem Koma endlich für tot zu erklären, war der Junge nicht da gewesen. Er hatte nicht unter den mittlerweile Hunderten von trauernden Fans gestanden, die anfangs schüchtern, später mutiger ihre Hände auf den langsam davonfahrenden Leichenwagen – ein Rolls Royce selbstverständlich – gelegt hatten. Dass er aber jetzt hier stand, keine zehn Meter von ihr entfernt, und wie sie die Beerdigungsrituale beobachtete, beunruhigte sie.

Vielleicht hätte sie doch nicht kommen sollen.

Sie hätte nie gedacht, dass sie einmal so berühmt werden würde. Denn alle waren sie an diesem Samstagmorgen auf den Hügel des *Highgate Cemetery* gekommen. Ihre Kollegen, ihr Management, Prominente und solche, die es werden wollten oder gewesen waren, bildeten – umrahmt von den vielen Fans – einen Ring um die Grabstelle, in die gerade ihr Sarg hinabgelassen wurde. Robert, ihr eingekaufter Vater, ein unbekannter Varietékünstler, drückte ihrer eingekauften Mutter, einer etwas aufgesetzt wirkenden Blondine, die George aus Johannesburg hatte einfliegen lassen, fest den Arm.

Sie hatte die beiden kurz kennengelernt, vor acht Wochen, nachdem George ihre schwere Krankheit verkündet hatte und im Nu alle Alben ausverkauft gewesen waren. Mit bandagiertem Kopf hatte sie im Bett gelegen und sich krank gestellt. Die gekaufte Mutter hatte tatsächlich geweint, Vater Robert mit seinen blendend weißen Zähnen und diesem seltsamen Augenflattern um ein letztes Autogramm gebeten. Danach hatten sie ihren Auftrag, die Medien über ihren Zustand zu informieren, unter Tränen ausgeführt.

George war in seinem Element.

Ganz vorne am Grab spielte er mit Hingabe den trauernden Manager. Sie hatte ihm für einen Spottpreis, wie sich mehr und mehr herausstellte, ihre Rechte überschrieben. Das war der Deal gewesen, der seinen Unmut darüber, dass sie aufhören wollte, abgemildert hatte – bis ihm die Idee mit ihrem Tod gekommen war. Darum konnte sie sein betrübtes Lächeln nur als Farce betrachten.

Elton aber, den sie einmal kurz getroffen hatte und der nun als einer ihrer besten Freunde durch die Medien tingelte, schien wirklich zu trauern. Er stand mit ihrem weißhaarigen Manager Arm in Arm am Grab. Ihm hätte sie gerne erklärt, warum sie nicht mehr singen wollte, warum es sie zurück in ihr altes Leben drängte.

Aber er hätte seinen Mund nicht halten können.

Auf einmal merkte sie das Vergnügen, das sie dabei hatte, auf der eigenen Beerdigung zu sein und Elton zu beobachten, wie er sich die Tränen wegwischte und an den gläsernen Flügel setzte. Die ersten leisen Akkorde von *Love*

Letters in the Sand erklangen aus den Lautsprechern, die man auf dem Friedhof verteilt hatte.

Es war das Lied, das seit ein paar Wochen im Stundentakt in allen Radioprogrammen gespielt wurde. Damals, es musste eine Ewigkeit her sein, hatte noch eine Aufnahme für ihr erstes Album gefehlt. Amy und die Musiker hatten nach nicht enden wollenden Tagen im Studio, angetrieben vom nimmermüden George, irgendwann die Lust verloren. Nichts hatte mehr richtig klingen wollen. Die Platte würde ein Ladenhüter werden. In einer Pause hatte der Pianist dann auf dem Klavier geklimpert, einfach so, und angefangen, den größten Hit von Pat Boone zu spielen. Sie hatte einfach mitgesungen.

Rotzfrech und mit ihrer rauen Stimme hatte sie *Love Letters in the Sand* interpretiert, dass es Pat Boone die Schamröte ins Gesicht getrieben hätte. In den Augen des Pianisten hatte sie gesehen, wie die Pausenimprovisation plötzlich ernst und groß wurde. Die anderen Musiker waren, einer nach dem anderen, ebenfalls wieder eingestiegen, und aus irgendeinem Grund hatte der Techniker das Band mitlaufen lassen. Sie hatten es nicht noch ein zweites Mal aufgenommen. Auf der CD konnte man das »Cool, man!« hören, das der Drummer irgendwann vor Begeisterung ausgerufen hatte.

Elton machte jetzt wieder eine Schnulze daraus.

Das war es halt, was er konnte und weswegen man ihn liebte. Alle Anwesenden auf dem Friedhof sangen oder summten mit. Auch ihr kamen die Tränen, während sie lautlos den Text mitsprach. Vater Robert legte eine weiße Rose auf ihren Sarg. Die eingekaufte Mutter schluchzte laut auf.

»May I ...?« Der Junge mit dem Überbiss hielt fragend sein Mobiltelefon hoch. Er wollte sie, mit der Beerdigung im Hintergrund, fotografieren. Kurz kam sie ins Straucheln. Er konnte sie nicht erkannt haben, oder etwa doch?

»Nein, bitte nicht«, sagte sie auf Deutsch, »no, please.« Der Junge sah sie prüfend an. Aus der Nähe war er noch hässlicher als damals vom Fenster aus.

»German?«

»No … Austria.«

Er spuckte aus und sagte etwas, das wie »nazi bitch« klang. Sie wandte sich von ihm ab. Die letzten Akkorde klangen aus, Eltons Klavierspiel verstummte, trotzdem sangen die Menschen weiter, so wie sie bei jedem Beatles-Lied, das irgendwo gespielt wurde, automatisch mitsangen. Sie hatte das immer gemocht.

Der Junge spuckte noch einmal vor ihre Füße. Dann ging er fort. Amy war erleichtert. Er hatte sie nicht erkannt. Dafür, dass George ihr damals ein völlig neues Outfit verpasst hatte, war Amy jetzt dankbar. Der dicke Lidstrich über den Wimpern, die dunklen Kontaktlinsen, die blutroten Lippen, das toupierte schwarze Haar sowie Kleider, die wenig zeigten, aber viel vermuten ließen – zehn Jahre hatte sie sich so gekleidet und herausgeputzt.

Und jetzt sah sie in der Menschenmenge zahlreiche Mädchen und junge Frauen, die ihr Aussehen imitierten. Amys Outfit war zum angesagtesten Modetrend geworden.

Sie setzte den Rucksack auf.

Sie klopfte auf die hintere Hosentasche ihrer Jeans, in der ihr Flugticket steckte. Sie sagte leise »Servus, Amy«, und ging als Emma mit kurzen naturblonden Haaren und blauen Augen davon.

3

Oft war der Kroisleitner Karl hier oben gewesen, auf dieser Lichtung im Wald mit dem so wunderschönen Blick die Wiesen hinunter zum Nachbarort. Hier hatten sie, weit genug vom Dorf entfernt, heimlich Zigaretten geraucht und die finsteren Legenden verlacht – dort auf der Bank, bei der er zum ersten und einzigen Mal die weichen Lippen von der Dagmar geküsst hatte. Es war ein schöner Platz, ein heimischer Ort, der zu ihm gehörte, in guten Zeiten wie auch jetzt in schlechten.

»Es geht sich einfach nicht aus«, hörte der Kroisleitner Karl den einen uniformierten Polizisten zu dem anderen sagen, »wie kann ein Hundertjähriger alleine hier hoch gekommen sein?«

»Einhundertundvier«, murmelte der Schuhmacher, doch so leise, als hätte er es nur zu sich selbst gesagt.

»Habt's ihr gesehen, was der auf der Zunge hat?«

Die Sonne schien golden an diesem späten Samstagnachmittag eines heißen Sommerwochenendes, und so war es nicht verwunderlich, dass zahlreiche Menschen auf den Bergen und in den Wäldern unterwegs waren. Von denen, die nicht mit dem Auto bis hoch zum Gipfel gefahren waren, um vom Aussichtsturm aus die umliegenden Berge und Hügel zu betrachten, standen nun etliche mit dem Kroisleitner Karl, den beiden Polizisten und einigen Dorfbewohnern um den toten Vater herum, um eine Antwort auf die Frage zu erhalten, die der Toni, an der Hand von seinem Vater, noch einmal in heller Aufregung wiederholte.

»Habt's ihr die Zunge gesehen?«

Mit dem Finger zeigte der achtjährige Junge auf den am Boden liegenden Mann. Ein Mädchen gleichen Alters trat neben den Kroisleitner Karl, ging in die Hocke und sah sich mit schiefem Kopf den Vater genauer an.

»Ja, ganz blau!«, rief es aus.

»Jule, sei still«, zischte eine ältere Frau, wohl die Großmutter, die der Kroisleitner Karl wiedererkannte, hatte sie doch neulich für das Mädchen Wandersocken gekauft, siebenfünfundneunzig das Paar.

»Aber die ist wirklich blau!«

»Na und, dann ist sie halt blau«, sagte die Großmutter und auch der Kroisleitner Karl dachte ›na und‹, dann war sie halt blau, dann waren die Hosenbeine halt aufgerissen und die bleichen Knie, die aus ihnen herausragten, blutverkrustet, was soll's? Der Vater, so wie er da mit dem Gesicht nach unten seltsam verdreht auf dem Waldboden lag, war tot. Und das war er die ganzen vierundfünfzig Jahre, die der Sohn den Vater gekannt hatte, nicht gewesen. Geliebt hatte, sollte es besser heißen, war doch der Vater ein guter und aufrechter Vater gewesen. Ein Schwindel beendete seine Gedanken.

Einer der beiden Polizisten sah es und packte den Kroisleitner sanft, aber bestimmt am Arm. »Versteh mich bitte nicht falsch, Kalli, aber wir müssen das Landeskriminalamt verständigen.«

»Lass dem Alten doch sei' Ruh. Mit so vielen Jahren auf dem Buckel stirbt man halt auch mal«, sagte der Hinterberger Bruno.

»Es ist halt so einiges sonderbar, Bruno. Und das muss untersucht werden.« Es dauerte ein wenig, bis der Kroisleitner Karl begriff, was die Worte des Polizisten zu bedeuten hatten. Ihm wurde schwarz vor Augen, aber er spürte, wie sich der Griff des Polizisten fester um seinen Arm schloss.

*

Nicht allein am Rücken und an der Hüfte hatte es die Lissi, sondern auch an den Knien, ein Leiden, das bei den meisten Menschen zu finden war, die über die Jahre viel hatten laufen und schwer hatten tragen müssen. Daher kam sie, obwohl sie zusammen mit dem Kalli und dem Hinterberger Bruno aufgebrochen war, erst jetzt und atemlos beim Toten Mann an, dankbar für den Arm vom schönen Josef, der ihr den Weg über Halt gegeben hatte.

Das Kreuz durchgedrückt und gekleidet in eines ihrer robusten Arbeitsdirndl versuchte die Lissi, die Contenance zu bewahren, so wie sie es von der Großmutter, einer bis oben zugeknöpften Frau, gelernt hatte. Doch als sie die Leiche des alten Kroisleitner erblickte, kam ihr Ausruf »Mein Gott, Kalli, dein Vater!« so hochtonig daher, dass sogar ein paar Vögel aufflatterten. Sie ließ den Arm vom Josef los und hielt sich die Hände vor den offenen Mund.

»Da liegt er, der Alois, auf dem Bauch, wie unangenehm.«

Eingedenk der gestrengen Großmutter holte die Lissi ein Tuch hervor, bedeckte die vom steilen Weg noch arg bebende Brust und schlug ein Kreuz. Erstaunt registrierte sie die vielen Menschen, die sich hier oben versammelt hatten, und entdeckte unter ihnen auch einige ihrer Gäste, wie die Frau Moser mit ihrer kleinen Enkeltochter Jule, die – so schoss es der Lissi sogleich durch den Kopf – ihre Schokolade mit Sojamilch, weil laktosefrei, trinken musste, das arme Ding. Blonde Zöpfe hatte ihr die Dagmar im Salon geflochten, dazu trug sie ein viel zu großes Dirndl, das neu gekauft war und in das sie hineinwachsen sollte.

Die kleine Jule fing den Blick auf, entwand sich dem Griff der Großmutter und rief fröhlich: »Tante Lissi!« Sie wollte zu ihr hin hüpfen, zur Nenntante, die ihre Gäste und besonders die Kleinen doch sehr verwöhnte. Sie nahm den direkten Weg, über die Leiche, aber das zu lange Dirndl verfing sich ausgerechnet am Schuh des alten Kroisleitner. Das Mädchen stürzte und dabei drehte sie mit dem Stoff ihres Kleids den zarten Toten auf den Rücken. Das Kind fing zu weinen an und hielt sich das aufgeschrammte Bein, während der Toni lauthals lachte.

*

Ein heiseres Ächzen drang aus der Lunge des Vaters. Kurz dachte der Kroisleitner Karl, er wäre noch am Leben … aber ach! Der Funke Hoffnung zerstob, und das nicht wegen der blau gefärbten Zunge, die der Vater nun den Trauernden und Schaulustigen entgegenstreckte. Und auch nicht wegen der in die Höhe gestreckten Hand, die er krampfhaft zur Faust geballt hatte. Sondern wegen der aufgerissenen Augen, die nun nicht mehr in den Staub, sondern hoch zum Himmel starrten, als würde der Vater beobachten, wie die eigene Seele hinauffuhr.

»Das ist kein Spielplatz, sondern ein Tatort«, hörte der Kroisleitner Karl den Polizisten brüllen, der ihn nun mit beiden Händen vor dem Zusammenbruch bewahren musste. Doch die Menschen traten näher, neugierig, woher all das Blut stammte. Es musste aus den Wunden an den Knien nur so geflossen sein, die Haut war zerfetzt, links war gar ein wenig von der weißlichen Kniescheibe zu sehen. Mobiltelefone wurden gezückt.

»Bitte lassen Sie das«, versuchte es der Polizist, doch vergeblich, die Leiche des alten Kroisleitner wurde von allen Seiten fotografiert. Und mittendrin brach der Kroisleitner Karl endgültig zusammen, direkt über dem Körper seines Vaters, diesem zarten Mann mit seinen riesigen Händen, den er schluchzend umarmte. Als er dessen Kopf hochnahm und »Vater, mein Vater« rief, wunderte sich der Schuhmacher selbst, wie theatralisch das klang, wie sein Jammern dem der Trauernden aus den Heimatfilmen glich, die sich seine Mutter so gerne anschaute und die auch er …

»Mutter«, sagte er plötzlich und laut. Augenblicklich war es still auf der Lichtung. Vorsichtig legte der Kroisleitner Karl den Kopf seines Vaters zurück auf den Waldboden, streichelte die schlaffe Wange und drückte ihm vorsichtig die Augen zu. Als würde er sich an etwas erinnern, hielt er kurz inne und zog ihm links den Ehering vom dicken Finger. Vergeblich versuchte er, die andere, in die Luft gestreckte und zur Faust versteifte Hand zu bändigen und die von der Leichenstarre harte Zunge in den Mund zurückzuschieben. Dann stand er auf und ging stumm den Berg hinunter.

*

»Jetzt seid's so gut und macht ein wenig Platz«, sagte der Polizist nach einer Weile. Und zusammen mit seinem Kollegen gelang es ihm, den Tatort – so es denn einer war – zu sichern.

»Ich habe alles gesehen, Tante Lissi«, flüsterte die kleine Jule der Wirtsfrau zu, als die Lissi mit ihrem Tuch das blutige Knie des Mädchens abtupfte.

»Schon gut, meine Kleine.« Mit der anderen Hand strich sie dem Mädchen übers Haar und hörte, weil in Gedanken woanders, nicht mehr auf damit. Woran nur erinnerte sie das alles? Der Lamberti Josef trat zu den beiden. Er gab der Lissi ein weiteres Tuch.

»Ist das sauber, Josef?«

Er nickte und machte den Mund auf, aber es kam kein Wort heraus. Erstaunt schaute die Lissi auf. »Ist alles in Ordnung?«

Jetzt sah der Josef sie an und das mit einem recht beunruhigten Blick aus seinen schönen Augen. »Ich hab's gelesen ... in der Bibel. *Auf deinem Bauch sollst du kriechen und Staub fressen dein Leben lang.* So steht es geschrieben.« Er schluckte und fuhr mit fester Stimme fort. »Und das hat nun der Alois tun müssen. Kriechen und Staub fressen. Der Leibhaftige ist wieder da.«

»Du kannst einen aber auch das Fürchten lehren«, sagte die Lissi und ausgerechnet der Hinterberger Bruno lachte.

»Der schöne Josef! Wenn der's Maul aufmacht, kommt nur Blödsinn heraus.«

»So steht es geschrieben«, wiederholte der Josef stur.

»Es stimmt, Tante Lissi, was der Mann sagt«, versuchte es auch das Mädchen noch mal, »es war aber kein Staub, es waren Heidel...«

»Jetzt habe ich aber genug, Jule.« Die Frau Moser schimpfte und zog ihr Enkelkind von der Lissi fort. »Ständig erzählst du irgendwelche Märchen. Irgendwann wird dir ein böser Onkel begegnen, irgend so ein Teufel, und dann ...«

Die Lissi aber hörte den weiteren Vorhaltungen der Großmutter nicht mehr zu. *Irgend so ein Teufel.* Ja sicher, dachte sie: der Leibhaftige! Der fremde Wandersmann und die blaue Zunge! Einen Besen tät sie fressen, wenn das alles nur Zufall gewesen sein soll. Und laut sagte sie zur Frau Moser und den anderen: »Mein Gott! So wie in der Legende, der vom Toten Mann.«

2

DIE WIESE

1

Einst ist die Gegend um den Berg, den die Bewohner von St. Margarethen heute als ihren Hausberg bezeichnen, noch vollkommen bewaldet gewesen. Den Chroniken zufolge soll es ein Abt des nahen Klosters gewesen sein, der vor siebenhundert Jahren Menschen aus dem fernen Schwarzwald geholt hat, damit sie das tun, was sie auch in ihrer Heimat schon getan haben: sich den Wald untertan machen. Sie bauten eine Kirche, wählten eine Schutzheilige und legten mit Gottes Segen Wiesen und Felder an.

So schälte sich aus dieser düsteren Landschaft am Rande der spektakulären Alpenwelt allmählich eine lichte, hügelig weiche Hochebene heraus, auf der das mitgebrachte Vieh, die Vorderwäldler-Rinder, prächtig gedeihen konnte. *Vorderwald* nannte man fortan auch diese Gegend, bis in den 50er Jahren, nachdem die Zerstörungen des Krieges beseitigt waren, ein findiger Bürgermeister den Erholungswert der Landschaft erkannte.

Mit dem Einverständnis seiner Kollegen aus den umliegenden Dörfern taufte er sie auf den Namen *Siebenbergen*. Denn tatsächlich muss der aus der Tiefebene anreisende Feriengast sieben Berge umfahren, um hier Ruhe und Erholung zu finden und sich an dem alljährlich stattfindenden Blumenwettbewerb zu erfreuen: Das hübscheste Dorf darf sich *Blumendorf* nennen.

Dass aber zum Urlaubsglück auch das leibliche Wohl gehört und sich dies am besten durch das Angebot der Vollpension erfüllen lässt, hat sich in den Gasthäusern bald durchgesetzt. Unschlagbar günstig, um auch den geizigsten Pensionisten aus Wien hierher zu locken, kann der Tourist nun seine Urlaubstage vollumsorgt in der Pension der *Café-Konditorei Schönblick*, aber auch im Gasthof *Zum Valentiner* verbringen und sich am Abend von der Wirtin gar seinen Vornamen auf die noch nicht geleerte Weinflasche schreiben lassen.

Doch obwohl die Verlockung durch das bereits bezahlte Abendessen groß war, harrten einige Feriengäste an der Lichtung zum Toten Mann aus, vielleicht aus Anteilnahme, sicher aber aus Neugier, wie es an so einem Tatort nun weitergehen würde. Tatort hieß Mord, so hatte der Fernseher es gelehrt, und sicher würden hier bald Menschen in Plastikanzügen durchs Gehölz kriechen, um selbst das kleinste Steinchen umzudrehen. All das wollte man digital festhalten, posten, teilen und liken, und wenn es vorher noch einen Grund gegeben hätte, warum die Welt vom Hausberg bei St. Margarethen noch nie etwas gehört hatte, würde dieser hinfällig werden.

*

Auch die Lissi war noch geblieben. Sie saß zwischen den Feriengästen an einem der Picknicktische neben der Kapelle und tupfte sich mit einem in Quellwasser geschwenkten Taschentuch Stirn und Dekolleté. Die Frau Moser hatte es ihr gereicht.

Man kannte sich seit Jahrzehnten, seitdem das Ehepaar Moser mit seinen Kindern zum ersten Mal den Sommer im *Valentiner* verbracht hatte. Vor fünf Jahren sei ihr der Mann verstorben, hatte die Frau Moser der Lissi erst kürzlich am Frühstückstisch berichtet, und so lange habe es auch gedauert, bis die Münchener Witwe den Mut gefunden hätte, mit ihrer Enkeltochter an jenen Ort zurückzukehren, an dem sie mit ihrem Mann so viele schöne Tage verbracht hatte.

»Nun erzählen Sie schon, Frau Valentiner, was es mit der Legende auf sich hat«, sagte diese nun zu ihr.

»Au ja, Tante Lissi«, unterstützte die kleine Jule das Anliegen ihrer Großmutter und klatschte in die Hände. Und so dachte die Lissi: ›Nu, sei's drum‹. Tatsächlich war sie dem Mädchen und der Witwe Moser dankbar, hatte sie doch auch schon überlegt, wie sie das Thema selbst noch einmal hätte ansprechen können, ohne allzu gefallsüchtig zu erscheinen.

»Ach, ihr glaubt's ja gar nicht, wie lang es schon her ist, dass ich diese Geschichte erzählt hab. Hier, an dieser Stelle, ist nämlich ein ungarischer Pilger gestorben, der zusammen mit seiner Frau auf dem Weg nach Mariazell gewesen ist.«

Während sie das erzählte, schaute sie zu, wie sich der kleine Toni neben das Mädchen setzte und die Hand auf dessen Schulter legte. Eine seltsam liebevolle Geste, hatte der Toni doch nicht viel Freude an seinem Leben, mit einem Vater, der lieber unter einem Auto lag und schraubte, und einer Stiefmutter, die Kinder nicht mochte.

»Damals«, fuhr die Lissi fort, »war man sehr gläubig, und um das zu beweisen, haben viele Menschen auf den Knien kriechend ihre Wallfahrten gemacht. Arg weh hat das getan, und so muss das auch dem Ungarn ergangen sein. Geflucht soll er haben vor Schmerzen, als er hier nicht mehr hat weiterkriechen können. Und weil der Fluch so laut gewesen ist, hat er sich auf die Zunge gebissen, bis sie ganz blau wurde.«

Die Lissi hatte das *ganz blau* schön in die Länge gezogen und war sich der Aufmerksamkeit aller gewiss. »Und dann ist er verstorben. Seine Frau ist alleine weitergepilgert, doch auch sie ist nie in Mariazell angekommen. Sie ist im Mürztal jämmerlich zugrunde gegangen. Und so, wie man dort für die Tote Frau eine Kapelle errichtet hat, hat man hier eine für den Toten Mann gebaut.«

Dass bei all dem Graus eins der Kinder zu weinen anfangen würde, damit hatte sie, weil es doch schon arg lang her war, nicht unbedingt gerechnet. Doch an den Tränen, die nun dem kleinen Toni die Wangen hinunterflossen, war eher die Jule schuld, hatte sie ihn doch eben gerade äußerst boshaft mehrmals in den Arm gezwickt. Der Junge sprang auf, lief an den Polizisten vorbei und stolperte, wie zuvor das Mädchen, über die Füße des alten Kroisleitner.

»Na, danke schön«, kommentierte das der Polizist, der sich anschließend an den Automechaniker wandte. »Sei so gut, Bruno, nimm den Toni, lauf ins Dorf und hol mit deinem Bus die ganze Bagage ab.«

»Das hast du bestimmt nicht bös gemeint, oder«, fragte die Lissi das Mädchen, das erst unschuldig tat, dann aber doch nickte.

»Aber Tante Lissi! Ich habe das wirklich gesehen. Auf den Knien …«, begann die kleine Jule zu flüstern, doch wieder einmal wurde sie zu ihrem Unmut von ihrer Großmutter unterbrochen.

»Ja, mein Kindchen, auf den Knien«, wiederholte die Frau Moser die letzten Worte ihrer Enkeltochter, »klingt blöd, nicht wahr, doch so sind sie nun einmal, die Menschen …«

»Aber«, unterbrach die Lissi, was der Witwe, da

Schmollmund, offensichtlich nicht, der Enkeltochter dafür aber umso mehr gefiel, »aber es gibt einen Grund, warum der Pilger ausgerechnet hier verstorben ist, und der hat mit einer älteren und kaum bekannten Legende vom Toten Mann zu tun.«

*

Der Kroisleitner Karl bemerkte die Fliegen nicht, als er aus dem Wald stolperte und die ersten Häuser erreichte, obwohl sie auf einmal so zahlreich das Dorf bevölkerten, als hätten alle Bauern gleichzeitig die Jauche auf ihren Feldern verteilt. Denn der Schuhmacher war in einer anderen Welt verschwunden. Gedankenblitze an seinen Vater, hier ein Satz von der Mutter, dort ein Moment, wie er dem Vater hinterhergeschaut hatte, wenn er wieder Unheil hatte verhindern müssen – der Kroisleitner Karl durchlebte das Gute und das Schlechte aus dem gemeinsam gelebten Leben noch einmal, ein Schnelldurchlauf fast, in Zeitlupe bald. Der Vater schien unsterblich zu sein, auch wenn er jetzt verstorben war.

Und das ließ ihn erst mit einiger Verzögerung begreifen, dass die Menschen, die gerade aus der Kirche traten, ihm wohl hatten kondolieren wollen. Der neue Pfarrer, die Maria Kornfeld vom Wagnerhof, der Bürgermeister, der Doktor, ja sogar die Dagmar, sie alle wollten den Verlust mit ihm teilen. Doch nun standen sie da und starrten ihm hinterher, weil er nicht hatte stoppen können, weil die Beine nicht aufzuhalten waren, die ihn am Gasthof *Zum Valentiner* vorbeitrugen, an der Post und selbst – auch wenn das absolut nicht seine Absicht war – am eigenen Haus.

Der Mutter hatte er vom Tode des Vaters berichten und ihr beistehen wollen, doch nun lief er einfach weiter, nichts hielt ihn auf, und nachdem er den Supermarkt passiert hatte, tauchte vor ihm bereits das Ortsausgangsschild auf. Leicht nach vorn gebeugt verschwand der Kroisleitner Karl hinter der nächsten Kurve aus dem Blickfeld des Dorfes, dessen Bewohner als Letztes den vom schnellen Schritt durchgerüttelten Kopf erkennen konnten.

*

»Vor langer Zeit, als das *Valentiner* noch eine einfache Taverne gewesen ist«, so begann die Lissi ihre Erzählung von der älteren Legende, »da trafen sich in der Nacht vom 5. auf den 6. Jänner drei Männer im Wirtshaus, um nach der harten Arbeit zu feiern. Sie waren ausgelassen, sie tranken und spielten Karten. Es wurde gescherzt und gelacht, und man setzte immer höhere Beträge.

Bald hatte der eine, den alten Friedl haben's ihn genannt, sein gesamtes Vermögen verspielt. Während er darüber noch fluchte, betrat ein Wandersmann das Wirtshaus. Niemand kannte den Fremden, und es wurde totenstill im Raum. Der Mann setzte sich zum Friedl, zog einen Sack Gold aus seinem Umhang und sprach: ›Tausch deine Seele gegen das Gold und du bist ein reicher Mann!‹

Da erkannte der alte Friedl den Fremden – es war der Leibhaftige! – und es überkam ihn die Angst. Doch in seiner Verzweiflung über die hohen Spielschulden schnappte sich der Friedl das Gold, rannte zu seiner Kutsche und brauste davon. Er feuerte seine Pferde an, diese flogen über Berg und Tal, doch der Leibhaftige kam näher und näher. Und als der Friedl dessen Atem spüren konnte, fluchte er wie der schlimmste Sünder, wie später auch der ungarische Pilger. Und genau in dem Moment stürzte er vom Kutschbock und brach sich die Knochen. Das Lachen des Leibhaftigen konnte man bis in die umliegenden Dörfer hören.

Am nächsten Tag machten sich die Bauern auf die Suche

nach dem Friedl, und man fand ihn – mit einer blau angelaufenen Zunge und zerschundenen Knien – hier oben, an dieser Stelle, wo sie ihn auch beerdigt haben. Auf seinem Grab wurde ein Kreuz errichtet und später – nach dem Tod des Pilgers – die Kapelle zum Toten Mann. Der Fremde aber und die Kutsche mit den Pferden wurden nie mehr gesehen.«

»Und der Leibhaftige«, flüsterte das Mädchen, »ist das dein Mann, Tante Lissi?«

Schnell schlug die Lissi ein Kreuz. »Der Jockl? Geh! Der Leibhaftige, das ist der Teufel. Aber sprich seinen Namen nicht laut aus, verstehst du, denn er ist noch immer unter uns. An diesem Ort. An dieser Stelle.«

»Mein Gott«, sagte die Witwe Moser und die Lissi nickte ernst.

»Und in jeder Nacht vom 5. auf den 6. Jänner, oder wenn du fluchst, wie der ungarische Pilger vor Schmerzen, aber auch wenn du nur den richtigen Namen des Leibhaftigen aussprichst, dann zeigt er sich in seiner wahren Gestalt. Und dann passiert dir das, was dem alten Friedl passiert ist, dem Pilger und jetzt auch noch dem Kroisleitner Alois ...«

2

Viel hatte sich verändert.

Emma hatte den Samstagabendbus genommen, um vom Bahnhof in der Tiefebene hier in die höher gelegene Landschaft zu kommen. Der Ferienhof *Waldesruh*, der riesige Bauernhof der Eheleute Rasch, war die letzte Haltestelle kurz vor St. Margarethen. Er schien verlassen zu sein, was Emma, so wie der Sohn nach dem Tod seiner Eltern gewirtschaftet hatte, nicht überraschte. Trotz des Sonnenscheins wirkten das Gasthaus, die Ställe und der verwilderte Innenhof öde und grau. Vom Rasch, dem Sohn, war nichts zu sehen.

Der Bus raste die abfallende Straße weiter, ihr bekannte Höfe wischten zu schnell vorbei, um sie erkennen zu können. Gleich nach der Autowerkstatt vom Bruno Hinterberger nahm der Fahrer die neu gebaute Umgehungsstraße, um von unten ins Dorf hineinzufahren und auf dem Platz vor der Kirche stehen zu bleiben. Emma spürte ein leichtes Beben, nachdem sie ausgestiegen war. Als wäre eine Fotografie doppelt belichtet worden, so kam ihr das Dorf vor: ein Bild von der Vergangenheit, über das sich die heutige Wirklichkeit schob.

Sie wedelte die vielen Fliegen fort, die hatte sie ganz vergessen, schirmte ihre Augen mit der Hand vor der schon etwas tief stehenden Sonne ab und schlug den Weg in Richtung Wagnerhof ein – mit gesenktem Kopf, um den Blicken der Menschen, die vor der Kirche standen, zu entgehen. Noch wollte sie nicht die Rückkehrerin sein. Erst zur Mutter, dann zum alten Kroisleitner wollte sie gehen, ihr den Schock über die Heimkehr nehmen, ihn über die vergangenen zehn Jahre ausfragen.

Sie roch die Heimat.

Von London mit dem Flugzeug, ab Wien mit dem Zug und dann mit dem Bus hierher: Es hatte nicht länger als ein paar Stunden gedauert, und jetzt – durch den Wald – duftete es nach Schwammerln, Blaubeeren, von Wildschweinen aufgewühlter Erde, Tannenharz und Fichtennadeln.

Sie sog die Gerüche auf, Erinnerungen kamen hoch, an die schöne, aber traurige Kindheit, an die Jugend, in der sie Herzen erobert und wieder gebrochen hatte, und an die ersten Jahre als Erwachsene, in denen sie sich immer mehr wie eine Gefangene gefühlt hatte. Sie konzentrierte sich wieder auf den Waldweg. Auch der hatte sich nicht verändert. Sie lachte über die ewig alten Wurzeln, die sie stolpern ließen. Emma hatte ein Leben hinter sich gelassen. Aber ein anderes hoffte sie wiederzufinden.

Vor ihr lag der Kerschbauerhof.

Früher hatte sie hier wohnen wollen. Es war das schönste Bauernhaus der Gegend. Es war wie ihr Zuhause, der Wagnerhof, vom Krieg verschont geblieben. Dem Haus aus geschwärztem Holz schlossen sich der große Stall und ein Schuppen an – alles heruntergekommen, aber immer noch idyllisch. Niemand war zu sehen. Sie schlenderte in die Scheune. Fünf oder sechs Kühe lagen in ihren Boxen. Voller Vertrauen schauten sie sie wiederkäuend an. »Ein Kuhauge ist wie ein Spiegel der Seele«, hatte die alte Johanna Kerschbauer immer gesagt.

Ob sie noch immer Schnaps brannte? Ob sie überhaupt noch lebte? Emma verließ den Stall. Plötzlich hatte sie es eilig, nach Hause zu kommen. Im Laufschritt durchquerte sie die sonnendurchfluteten steilen Wiesen. Schon von weitem konnte sie den weißen Schornstein erkennen.

Sie erreichte den Hof – ganz außer Atem, einen solchen Marsch hatte sie lange nicht zurückgelegt. Ein großes Auto stand dort, keine Kuh, kein Hund, nicht ein Huhn, aber das Wasser, das mit einem Schlauch aus der nahen Quelle abgezweigt wurde, plätscherte wie seit Ewigkeiten in die Tränke.

Der Schlauch war nicht mehr grün, sondern gelb.

Noch traute sie sich nicht, nach der Mutter zu rufen. Noch sprang sie nicht wie ein Kind die Treppe hoch und hinein in die Stube. Noch blieb sie stehen, im Hof, so vertraut, so fern. Sollte sie wirklich?

»Was machst du hier? Schleich di!«

Sie hatte den Mann nicht kommen sehen und es dauerte

einen Moment, bis sie ihn zu erkennen glaubte. Das war doch der Rasch, der vom *Waldesruh*, der mit einem Koffer in der Hand vor ihr stand? Ganz schlank sah er aus, nicht so wie früher, und das fahle Haar schon ziemlich ausgedünnt. Was hatte er hier zu suchen? Wo war die Mutter? Es wird ihr doch nichts …

»Mein Gott, i werd narrisch, die Emma Kornfeld! Wo kommst du denn her?« Er machte eine Bewegung. Wollte er sie umarmen? Emma wich zurück.

»Ich …«

Etwas zurückgebeugt musterte der Rasch sie. »Das fesche Madel von damals, das alle mit ihrer Stimme verzaubert hat. Weiß denn die Maria schon, dass du wieder da bist?«

»Äh, nein, sie … ich wollte sie überraschen.«

»Na, das wird dir gelingen. *Die gibt's nimmer, die Emma.* Das hat sie gesagt.« Er kniff die Augen zusammen, vielleicht um sie besser anschauen zu können. Sie war nur sieben, acht Jahre jünger als er. Aber in seinen ungepflegten, verschwitzten Kleidern sah er wesentlich älter aus, die Hosen waren verdreckt und die Jacke erst: Knöpfe fehlten, im Ärmel ein Riss, als hätte er sie aus der Altkleidertonne geholt.

»Nein … nein, das stimmt nicht, ich war nur weg. Jetzt bin ich wieder da. Wo ist denn meine Mutter?«

»Ja, die Maria, die ist ins Dorf. In die Kirche. Keine Ahnung, wann sie kommt.« Langsam, fast unmerklich, schien der Rasch jünger und vertrauter zu werden. Aber dadurch erinnerte sie sich auch wieder daran, wie unangenehm er früher gewesen war, der dicke Junge mit seinem mit Neid gefüllten Blick. Obwohl seine Eltern doch immer alles für ihn getan hatten.

»Und wo wirst du jetzt wohnen?«

Die Frage traf sie unvorbereitet. Natürlich hier, oder? Es war doch ihr Zuhause. Sie wurde unsicher. »Ich … weiß nicht. Ich … gehe ihr mal entgegen oder versuche, sie im Dorf zu finden. Bitte, sag ihr nichts von mir, falls du sie zuerst siehst.«

»Nun bleib doch noch a bissl, Emma, bevor du wieder gehst. Lass uns ein wenig über damals tratschen und dann erzählst mir, was du so getrieben hast in all den Jahren.«

Emma schüttelte den Kopf und wandte sich ab. Sie nahm den gleichen Weg zurück. *Bevor du wieder gehst?* Der Rasch? Wieso war der hier? Warum war der nicht im *Waldesruh*, wo er hingehörte?

3

Tanne. Fichte. Kiefer. Tanne. Der schöne Josef lief mit bloßem Oberkörper, das Hemd als Bündel in der Hand, durch den Wald. Er klatschte die Bäume ab. So wie er es als Junge schon getan hatte. Tanne. Fichte. Kiefer. Jeder Baum war anders: *Gerade, krumm, groß, klein, ihr sollt meine Freunde sein!* Ja, er liebte sie alle. Manchmal lachte er selbst darüber. Jedem hätte er einen Namen geben können. So unsicher er gegenüber Fremden war, so wohl fühlte er sich hier. Der Wald war ihm Familie. Heute aber half es nichts. Heute versperrten ihm die Bäume den Weg. Als wollten sie ihn nicht hier haben. Drum zog er auch noch die Schuhe aus. Barfuß lief er weiter. Er spürte die Wurzeln. Tannenzapfen stachen ihn in den Fuß. Das war nicht normal.

Vor einer Woche, da war der alte Kroisleitner noch lebendig gewesen. Da hatte der schöne Josef ihn zum letzten Mal gesehen. Er hatte ihn mit dem Rasch angetroffen. Halb tadelnd, halb scherzend hatten sie auf der Parkbank bei der Kirche gesessen. Dort, wo er immer Hof gehalten hatte. Der alte Mann hatte gut ausgesehen. Und wie er sich über den Rasch amüsiert hatte! Der hatte seit seiner Rückkehr an nichts anderes als an den Klosterschatz gedacht. »Kümmere dich lieber ums *Waldesruh*. Es verkommt immer mehr«, hatte der alte Kroisleitner zum Rasch gesagt. Und als der ihm vorgeworfen hatte, dass er ihm immer noch nicht alles erzählt habe, hatte der Schuhmacher gelacht wie ein junger Mann. »Finden wirst du den nie und nimmer. Lass es sein, Rasch, lass dich nicht von Habgier treiben, ich warn dich!« Ja, der alte Schuhmacher war lebendig gewesen wie ein Fisch im Wasser. Er hätte auf ewig weiterleben können.

Beim Heldenfriedhof am Waldesrand blieb der Josef stehen. Er setzte sich zwischen den Kreuzen ins moosige Gras. Mit den toten Soldaten, deren Helme man auf ihren Grabkreuzen angebracht hatte, schaute er zum Dorf hinunter. Er war gerne hier. Aber nun hörte auch er das Summen der Fliegen. Ein nicht enden wollendes, unsichtbares Brummen. Etwas war nicht in Ordnung. Die meisten Menschen dort unten waren ihm egal. Doch er fürchtete das, was nun kommen würde, da der alte Mann nicht mehr da war. Er zog sich das Hemd wieder an.

Beieinander stehende Bäume schützen sich. Wird einer gefällt, sind die anderen in Gefahr. So war es im Wald. Und mit den Menschen war es nicht anders. Der Josef schnürte sich die Schuhe zu. Der Tod vom Kroisleitner Alois war erst der Anfang. Da war der Josef sich sicher. Und auf diese erste Prüfung würde eine zweite folgen. *So steht es geschrieben.*

Er stand auf. Doch gerade als er weiter wollte, entdeckte er eine Gestalt, die zu Fuß die ersten Häuser des Dorfes erreichte. Sie, es war eine Frau, trug einen Rucksack und ging an der *Café-Konditorei Schönblick* vorbei in Richtung

Valentiner. Eine späte Wanderin wahrscheinlich, dachte er. Er wollte sich schon abwenden. Doch ihre Bewegungen kamen ihm auf einmal bekannt vor. Ein Gefühl der Vertrautheit stellte sich ein, viel früher als das Erkennen, wer dieser Mensch sein könnte. Denn das *konnte* nicht sein. Es schien ihm unmöglich, dass nach so vielen Jahren die Emma wieder aufgetaucht sein sollte!

*

Da hatte die Lissi den ganzen Nachmittag beim Toten Mann auf dem Hausberg verbracht und nicht ein einziges Mal an die Gäste und ihren Ehemann gedacht! Kein Wunder, dass der Jakob sie deswegen ausgesprochen kühl empfing, als sie zusammen mit Frau Moser und der kleinen Jule die Gaststube betrat. Die Maria Kornfeld war ebenfalls mit hineingekommen. Sie war die ganze Zeit in der Kirche gewesen und wollte wie die anderen noch eine Suppe essen, bevor sie zum Wagnerhof aufbrechen würde.

»Geh, Jockl, das war halt wichtig«, sagte die Lissi sogleich, um dem Gatten angesichts seiner ansteigenden Wut den Wind aus den Segeln zu nehmen. Doch der dachte gar nicht daran, sich zu beruhigen.

»Selbst einen neuen Gast habe ich empfangen müssen!«, bellte er derart grimmig, dass die kleine Jule in Tränen ausbrach.

»Jakob! So kenne ich dich ja gar nicht!«

Gewiss, im *Valentiner* herrschte strikte Arbeitsteilung. Die Küche war das Reich des Gastwirts. Die Pension und die Bewirtung der Gäste hingegen lagen in den Händen der Lissi. Sie hatte diese Aufgaben von der Schwiegermutter übernommen. Von dieser seit Jahrhunderten bestehenden Tradition abzuweichen, versetzte den Jakob daher nicht erst in Unruhe, sondern brachte ihn sofort in Rage. Aber warum gleich so grantig, dachte die Lissi und ging selbst in die Küche, um die Suppe aufzuwärmen.

Und deswegen hatte sie nicht mitbekommen können, wie der gerade angereiste Gast die Treppe heruntergestiegen war. Sie musste sich vielmehr nachher vom Jakob mehrmals erzählen lassen, wie die Emma auf ihre Mutter zugegangen sei, diese in die Arme habe nehmen wollen, die Maria ihr aber erst einmal eine Ohrfeige versetzt habe. Dann waren sie gegangen, noch bevor die Lissi die dünne Suppe überhaupt hatte servieren können.

»Und wieso hast du sie nicht aufgehalten?«

»Geh, Lissi, was willst du eigentlich? Die haben sich seit zehn Jahren nicht gesehen.« Und so war nicht nur der Jakob auf seine Lissi, sondern die Lissi auch auf ihren Jakob bös – auf seine Wut und darauf, dass sie, weil der Jakob nichts weiter hatte erzählen wollen, nun nicht diejenige sein konnte, die dem Dorf glaubhaft von Emmas Rückkehr berichten könnte. Wer dies nun übernehmen würde? Natürlich die Witwe Moser. Sicher hatte sie mit großem Vergnügen alles verfolgt.

*

Am Rande des klaren Bachs, der an dieser Stelle breit und ruhig dahinfloss und fast als kleiner Fluss bezeichnet werden konnte, lag die Wiese. Geschützt durch die mit Laubbäumen und Tannen bewachsenen Steilhänge war sie in der weiten Kurve, die der Haselbach hier machte, ganz der abendlichen Sonne ausgesetzt.

In ihrer Mitte hatte sich der Kroisleitner Karl zwischen den Kräutern und Blumen der Länge nach ausgestreckt. Hier war die Luft rein, der Blick weit und klar. Die an den seichten Flussstellen lebenden Frösche hatten die lästigen Fliegen vertrieben. Und so war es auch still. Nur der Bach rauschte, und die Bäume, sofern Wind aufkam, begleiteten ihn dabei. Hier war er zur Ruhe gekommen, auf seiner Wiese, das Einzige, was ihm ganz und gar allein gehörte. Die Tante hatte sie ihm vererbt. Und um ihrer zu gedenken, hatte er sie in allen Wanderkarten als Magdalenenwiese eintragen lassen.

Der Kroisleitner Karl streckte seine Hand in die Höhe, um das Gesicht von den letzten Sonnenstrahlen des Tages abzuschirmen. Bald ballte er sie zur Faust, öffnete sie und schloss sie wieder, ließ den Daumen von den anderen Fingern einfangen und spielte mit dem Ring des Vaters. Mit halb zugekniffenen Augen beobachtete er sein Tun, das ihn an früher erinnerte, wenn sie mit ihrer Hände Schatten Tiere an die Wand geworfen hatten, ein Krokodil, ein Hund, ein Vogel. Doch die Bilder, die er nun sah, wenn er seine Hand bewegte, stellten etwas dar, was nur er selbst zu wissen vermochte.

So vertrieb der Kroisleitner Karl die Gedanken an das Erlebte. Er kam zur Ruhe. Auf seiner Wiese. Seine Welt.

3

DAS DORF

1

Am Sonntagmorgen nach dem Kirchgang kam die Polizei ins Dorf. Zwei übernächtigt ausschauende Männer in zerknitterten Anzügen und eine aufreizend hübsch gekleidete Frau stiegen auf dem Kirchplatz aus einem Zivilwagen und schlugen sogleich um sich, um die Fliegen zu verscheuchen. Unter den Blicken der Dorfbewohner, die sich beim *Valentiner* und an der Kirche versammelt hatten, besonders aber begleitet von der Neugierde der Lissi, gingen die drei Exekutivbediensteten der Bundespolizei zum Schuhgeschäft und klopften an Türen und Fenster.

Eine heiße Windböe fegte durch das Dorf, und auf einmal war die Luft voll Staub, ein feiner brauner Staub, so fein, dass er in jede Ritze kroch. Die Lissi sah das resignierte Schulterzucken der beiden Männer, während die Frau schimpfend versuchte, sich eine Zigarette anzuzünden. Zurück am Gasthof *Zum Valentiner* stellte sie sich als Chefinspektorin Kottnik vor und bat den Automechaniker mit einer Stimme, die keine Widerworte zuließ, seinen Sohn zur Einvernahme zu holen.

»Was glaubt die wohl, wer sie ist«, brummte der Hinterberger Bruno und humpelte die Straße hinunter. Zu Fuß war der Bruno nicht grad der schnellste. Aber sobald er unter einem Auto lag oder in einem Motorraum die allerkleinste Schraube allein mit den Fingern aufdrehte, heimste er sich gehörigen Respekt ein, den er auch gebraucht hatte, um sich vom Rasch zu lösen. Und seitdem die Moni bei ihm wohnte, war der Bruno auch noch um mindestens fünf Zentimeter gewachsen. Da war sich die Lissi sicher.

Eine Viertelstunde später sah sie, wie er zurückkam und den störrischen Jungen hinter sich herzog, begleitet von einer ebenfalls aufgebrachten Moni, die mit schriller Stimme mithalf, den Toni die Straße hinaufzutreiben.

»Was hattest du da oben bloß zu suchen«, schimpfte sie den Jungen in aller Öffentlichkeit aus. »Herrgott, Kinder! Wie ich es hasse!« Laut hatte sie das noch nie gesagt.

*

Vertraut knarrten die Dielenbretter.

Mit demselben Quietschen wie früher öffnete Emma das Fenster. Frische Luft, ein wenig von der bereits brennenden Sonne erwärmt, strömte hinein.

»Damit eins klar ist, Rasch«, hörte sie die Mutter draußen auf dem Hof sagen, »ich will nicht, dass die Leute reden, weil du jetzt hier wohnst.«

»Geh, Maria, hab dich nicht so. Für zwei, drei Wochen, mehr ist's doch eh nicht.«

»Du sollst dich benehmen, mehr will ich nicht. Ich kenn dich, Rasch. Beim kleinsten Vorkommnis setze ich dich vor die Tür, verstehst du?«

»Was soll der Schmus, Maria? Willst aus mir jetzt an Lumpen machen?«

»Das machst du schon selbst mit deinem angelernten Wienerisch …«

»Kriegst halt a bissl mehr Geld. Kannst du brauchen. Aber Vollpension, bittschön. Wie bei Muttern. Wie vereinbart.«

Emma schloss das Fenster. Gestern Abend, auf dem Weg nach Hause, hatte sie die Mutter gefragt, warum der Rasch überhaupt hier wohnen würde. Vorher habe er im *Schönblick* gewohnt, hatte sie geantwortet. Das *Waldesruh*, das alte Gasthaus seiner Eltern, war zu sehr heruntergekommen in den Jahren, in denen er nicht da gewesen war. Gestern sei er einfach gekommen und habe Großmutters Zimmer gemietet. Das habe sie als Ferienzimmer eingerichtet. Würde ja eh schon seit Ewigkeiten leer stehen.

Sonst hatte die Mutter nichts gesagt.

Nicht einmal gefragt hatte sie, wo Emma die ganzen Jahre gewesen sei. Sie hatte sich eine Antwort zurechtgelegt, ein bisschen kellnern, ein bisschen singen, nichts Großartiges, gerade so, dass es zum Leben reiche, das habe sie die letzten Jahre gemacht, und ja, Heimweh habe sie gehabt, auf einmal, ohne richtigen Grund, nein, da würde kein Mann dahinterstecken, aber die Mutter wisse ja, das Leben hier hätte sie damals einfach nur eingeengt, wie eingesperrt habe sie sich gefühlt in dieser dörflichen Gemeinschaft …

… nach der sie sich in den letzten Jahren immer mehr gesehnt hatte. Der Wendepunkt war vor knapp zwei Jahren ein Konzert in Wien gewesen. Zum ersten Mal wieder in Österreich war sie sturzbetrunken auf die Bühne gegangen, weil sie nicht gewusst hatte, wie sie sonst ihre Gefühle unter Kontrolle hätte bringen können. Die waren dann umso mehr aus ihr herausgeflossen. Den Konzertbesuchern in dem kleinen Club aber hatte es gefallen.

»Das beste Konzert, das du jemals gegeben hast«, hatte George zu ihr gesagt. Sie war auf die Toilette gerannt und hatte sich übergeben.

*

»Na, da ist er ja endlich«, rief die Jule freudig aus. Aus dem Frühstückssaal, den die Frau Chefinspektorin kurzerhand als Verhörraum okkupiert hatte, sah die Lissi den Toni herauskommen. Verstört und eingeschüchtert sah der kleine Bub aus, wie er an der Witwe Moser vorbeilief und, gefolgt von dem Mädchen, aus dem *Valentiner* und durch die Wolke aus Staub und Fliegen in den Wald rannte.

»Jetzt dauert es wieder Stunden, bis sie wiederkommt«, murmelte die Frau Moser. Aber das hörte sich keineswegs verärgert an. Denn für Stammgäste wie die Frau Moser war so eine Tragödie natürlich eine willkommene Abwechslung. Damit konnte die Witwe sicher mehr anfangen, als sich mit ihrer Enkeltochter zu beschäftigen – oder mit der Rückkehr von der Emma.

Vorhin nämlich am Frühstückstisch hatte die Lissi ihren ganzen Stolz hinuntergeschluckt und die Witwe gebeten, ihr doch alles über Emmas Rückkehr zu erzählen. Im Gegenzug hatte sie der Frau Moser von dem fremden Wandersmann berichtet. »Wie in der Legende vom Toten Mann«, hatte sie abschließend zu der mit offenem Mund lauschenden Witwe gesagt und sich zu ihr vorgebeugt. »Als wär‘s der Leibhaftige gewesen.«

Und so hatten sie wie zwei Verbündete die ganze Zeit schon wissende Blicke ausgetauscht, als würden nur sie beide über die Geschehnisse im Dorf informiert sein. Und das hatte die Lissi an die Ankunft von der Frau Moser vor zwei Wochen erinnert. Da hatte die Witwe ihr nämlich gleich erzählt, wie wunderbar ihre Balkonpflanzen gedeihen würden, seit sie sich Biodünger aus echter Jauche hatte liefern lassen. Selbstverständlich hatte die Lissi diese Information noch am selben Tag an die Kassiererin vom Supermarkt weitergegeben. Kurz darauf hatte sie ihre Nachbarn die im ganzen Dorf verteilten Blumenkübel umweltbewusst düngen sehen. Und sie hatte es ihnen gleichgetan und sich vom Bauern ihres Vertrauens Jauche bringen lassen. Sich endlich einmal *Blumendorf* nennen dürfen, der Frau Moser, wenn sich das ausgehen würde, sei Dank!

Doch jetzt im Halbdunkel der Gaststube, in der die Stimmung der Gäste heute ungewöhnlich aggressiv war, warf die Wiener Witwe der Lissi einen Blick zu, den sie nicht recht zu deuten vermochte. Sie schaute der Frau Moser nach, wie diese sich an den Tisch der Polizisten setzte und einen langen, von der Schank aus nicht zu verstehenden Monolog hielt.

Plötzlich winkte die Frau Kottnik die Lissi zu sich an den Tisch und machte ihr schwere Vorwürfe, dass sie ihnen nichts über die Existenz dieses fremden Wanderers erzählt hätte.

»Nu, Sie sind doch grad erst angekommen«, empörte sich die Lissi, während sie ihren Entschluss, der Witwe am Nachmittag nach dreißig Jahren *Sie* endlich das *Du* anzubieten, wieder rückgängig machte. »Und dabei ist der Alois schon bald einen ganzen Tag tot.«

»Wo ist denn überhaupt der Sohn von dem Toten«, fragte die Frau Chefinspektorin in die Runde. Auf die Antwort des Doktors, dass der Kalli gestern einfach durch das Dorf gegangen und nicht wiedergekommen sei, schickte sie ihre beiden Mitarbeiter auf die Suche.

»Wie ein Verrückter, einfach die Straße runter, ohne anzuhalten«, beschrieb der Doktor dem Jakob, der gerade aus der Küche gekommen war, das Verhalten des Schuhmachers, rieb sich seinen Bauch und bestellte bei der Lissi ein weiteres Glas Wein. »Ich hab gestern wohl etwas Falsches gegessen. Die ganze Nacht hab ich aufm Häusl verbracht. Man glaubt es nicht, man glaubt es nicht.«

2

»*In St. Margarethen werden die Menschen alt*«, hörte der Kroisleitner Karl jemanden vorlesen. Ein anderer lachte.

»Ja, haha! Hundertundvier. Wer's glaubt! Und dafür schlägt man sich die Nacht um die Ohren!«

Der Schuhmacher öffnete die Augen. Das Sonnenlicht blendete. Zigarettenrauch kitzelte in der Nase.

»*Das liegt am Wasser und an der guten Luft …*«

»Die gute Luft! Na, da will uns aber jemand schwer hinters Licht führen. Unser Wagen ist von dem ganzen Staub total verschmutzt. Und husten hab ich müssen – fürchterlich!«

Im gleißenden Licht sah der Kroisleitner Karl zwei Männer stehen, die sich über irgendetwas beugten.

»Und am Ende schreiben sie: *Besuchen Sie das Ruhe spendende St. Margarethen …*«

»… schau her, er ist aufgewacht.« Man drehte sich zu ihm um. »Gott sei Dank. Sonst hätten wir am Ende noch die Rettung holen müssen. Geht es Ihnen gut, Herr Kroisleitner?«

»Mein Beileid, Herr Kroisleitner.«

»Ob es Ihnen gut geht? Hallo? Hören Sie mich?«

Einer der Männer wedelte dem Kroisleitner Karl mit einem Prospekt Luft zu. Dieser schloss die Augen wieder. Mit der Hand fühlte er Gras. Die Finger zupften einen Halm und zerrieben ihn. War er etwa noch auf seiner Wiese? »Ist es schon spät?«, hörte er sich fragen.

»Wie man's nimmt. Bald ist Mittag.«

Mit schwerem Kopf versuchte der Schuhmacher, sich zu erinnern. War es gestern, dass sie den Vater tot aufgefunden hatten? Hatte er seitdem auf seiner Wiese gelegen? Die ganze Nacht? Aber ach …! Dann hatte er ja gar nicht das Schuhgeschäft aufgeschlossen. Das war ihm noch nie passiert!

»Können Sie aufstehen, Herr Kroisleitner?«

Die Männer warfen die Zigarettenkippen auf die Magdalenenwiese, stützten ihre Hände auf die Knie und betrachteten den Liegenden. Der Kroisleitner Karl aber sah nur zwei Silhouetten, die sich, wie gestern Abend seine Hand, im gleißenden, frühmorgendlichen Sonnenlicht bewegten.

»Wer sind Sie denn?«

»Wir sind die Bundespolizei«, sagte der eine Mann, »das ist der Herr Inspektor Leibinger ...«

»Grüß Gott«, sagte dieser und verbeugte sich leicht.

»... und ich bin Schrammel. Der Herr Schrammel, bittschön.«

Der Kroisleitner Karl runzelte die Stirn, was ihm jedoch ein wenig wehtat. Auf die Bewegungen, die andeuteten, dass er aufzustehen versuchte, griffen die beiden Polizisten ihm unter die Arme und halfen ihm hoch. Ihm wurde schlecht.

»Na, ihn heute zu verhören, das kann die Chefin vergessen«, murmelte der Inspektor Leibinger.

»Bringen wir ihn erst mal nach Hause«, schlug der Schrammel vor. »Gell, wir bringen Sie jetzt nach Hause, Herr Kroisleitner! Mein Gott, gut riechen tut er aber nicht gerade. Haben Sie die ganze Nacht hier gelegen, Herr Kroisleitner?«

»Ich muss den Laden aufschließen ...«

»Es ist doch Sonntag, Herr Kroisleitner.«

*

»Wir hätten uns doch auch im *Valentiner* treffen können«, sagte die Lissi. Es wollte ihr nicht in den Sinn kommen, warum die Frau Kottnik sie und den schönen Josef in die

Café-Konditorei Schönblick gebeten hatte. Der Kaffee war schwach und die Torten schmeckten immer ein wenig ranzig. Gut, die Marillenmarmelade, die war hervorragend, die hatte die Lissi selbst schon des Öfteren ihren Pensionsgästen angeboten, aber dennoch …

»Hier sind wir ungestörter, um über den unbekannten Wanderer zu reden«, unterbrach die Frau Chefinspektorin Lissis Überlegungen.

»Er ist der Mörder, nicht wahr?«

»Noch wissen wir nicht, woran der alte Mann gestorben ist, Frau Valentiner.«

»Nu, ich frag ja nur … aber unheimlich hat der ausgeschaut.« Schließlich hatte der fremde Wandersmann das Unheil über das Dorf gebracht. »Selbst der neue Pfarrer und der Bürgermeister streiten sich, weil sie sich nicht einig werden über die Beerdigung vom alten Kroisleitner. Nehmen S' hier übrigens bloß keinen Schlagobers zum Kuchen. Vor ein paar Jahren wär fast jemand dran gestorben.«

Die Lissi blickte zum Josef. Jetzt sag doch auch mal was, sollte der Blick heißen, aber der schöne Josef sagte nichts. Er blieb stumm, wie immer.

»Erst einmal ist dieser Wanderer nur ein Zeuge, Frau Valentiner. Ob es überhaupt ein Verbrechen gegeben hat, wird sich noch herausstellen. Der Tote war schließlich schon sehr alt. Also, halten Sie sich bitte daran! Ich möchte keinen Tratsch im Dorf. Und bitte nichts an die Presse.«

»Selbstredend, Frau Kottnik, von mir erfährt niemand auch nur ein Wort, dafür bin ich bekannt, nicht wahr, Josef?« Wieder schaute die Lissi ihn an. Aber nichts. Die Lissi drehte sich zu der Polizistin, doch die Frau Kottnik seufzte nur und blickte sich um, als würde sie etwas suchen.

»Nun gut«, sagte die Frau Chefinspektorin schließlich, fand das Feuerzeug und zündete sich noch eine an. »Von dem Jungen, diesem … Toni, da weiß ich schon einiges über den Fund der Leiche. Jetzt sind Sie dran. Was ist mit diesem fremden Wandersmann? Bitte bedenken Sie: Wir werden hier das Unterste nach oben kehren, wenn sich herausstellt, dass es kein natürlicher Tod gewesen ist. Herr Lamberti? Frau Valentiner?«

»Geh, Josef, jetzt sag halt auch mal was.« Die Lissi sah den Josef unruhig auf seinem Stuhl herumrutschen, als hätte er etwas zu verbergen. Aber das war ja Unsinn. Seitdem die Moni ihn verlassen hatte und zum Hinterberger Bruno gezogen war, war er wieder zu dem schüchternen Jungen geworden, den sie von klein auf kannte. Und seitdem er mit dem Lesen angefangen hatte, war er ihr auch ein wenig unheimlich geworden. Es tut nicht jedem gut, sich mit Gott und der Welt auseinanderzusetzen.

»Bei uns«, sprach sie nun weiter, »hätten S' übrigens auch rauchen dürfen. Im Gasthof *Zum Valentiner* ist der Gast König. Und genau das habe ich übrigens auch gedacht, als der fremde Wandersmann bei uns aufgetaucht ist, aber dann …« Sie beugte sich vor und setzte hinter dieses *dann* auch noch einen Doppelpunkt: »Ein Schnitzel, Frau Kottnik, stellen Sie sich das vor!«

3

Emma setzte sich an den Tisch.

Die Küche hatte sich nicht verändert. Selbst das Tischtuch aus Plastik mit den gelben Blumen war dasselbe wie früher, freilich ausgeblichener und an den Rändern etwas eingerissen.

»Das Frühstück musst du dir schon selbst machen«, sagte die Mutter. »Ich weiß ja nicht, welche Art von Leben du geführt hast, aber hier kriegst du nichts geschenkt.«

Sie stand an der Spüle und rieb Käse. In einer Auflaufform hatte sie Gemüse und Hackfleisch geschichtet. Es war kurz nach elf. Hier zu Hause hatten sie immer früh zu Mittag gegessen. Es schien so vieles wie damals zu sein.

»Hast du eigentlich was mit ihm? Mit dem Rasch?«

»Ob ich was?« Die Mutter drehte sich um und drohte mit dem Käse. »Du wagst es, nach Ewigkeiten hier aufzutauchen und das zu fragen?!«

Emma zuckte zusammen. Es war doch nur ein kleiner Scherz gewesen, der ihr unbedacht über die Lippen gekommen war, so als wäre er Teil eines alltäglichen Küchengesprächs. Sie ging zum Herd, schüttelte den Kessel und stellte das Feuer an. Aus dem Schrank nahm sie eine Tasse. Auch die Teebeutel waren da, wo sie immer schon gewesen waren.

»Nein, ich habe nichts mit ihm«, murmelte die Mutter, »der Rasch! Er könnte mein Sohn sein! Aber er ist nur ein Mieter. Einer, der bezahlt. Alles rein geschäftlich.« Sie sah dabei nicht auf und fast klang es für Emma so, als hätte sie es nur zu sich gesagt. Ein einsamer Mensch, der sich vergewissern muss, dass er noch da ist. Emma bemühte sich, freundlich zu klingen.

»Warum musst du denn das Zimmer vermieten«, fragte sie die Mutter, ernsthaft an einer Antwort interessiert.

»Du fragst warum?« Wieder drehte sich die Mutter um, noch einmal drohte sie mit dem nun kleiner gewordenen Stück Käse. Sie wiederholte jede von Emmas Fragen, so als ob sie nicht das Recht hätte, sie zu stellen.

»Mit dir hätte ich es vielleicht geschafft, den Hof weiter zu bewirtschaften, aber du bist ja fortgegangen. Ich dachte, du bist tot … nein, das stimmt nicht. Ich wusste einfach nicht, was ich glauben sollte. Was ich denken sollte! Trauer ist leichter zu ertragen als Warten, so heißt es doch? Aber ich wollte nichts von beiden. So habe ich dich einfach ausgelöscht, deine Sachen weggetan, dich aus meinem Gedächtnis gestrichen.«

Der Kessel pfiff. Emma stand auf. Sie goss das Wasser in die Tasse. Alle Handbewegungen machte sie ganz langsam, ganz bewusst, als könnte das die letzten Worte erträglicher machen.

Ausgelöscht.

Aus dem Gedächtnis gestrichen. Sie hatte all die Jahre, aber ohne Schuldgefühl, an ihre Mutter gedacht. Nie wäre sie auf die Idee gekommen, dass sie sie für tot halten könnte. Sie hatte doch einen Zettel hinterlassen! *Liebe Mutter, ich muss fort. Bitte suche mich nicht.* Ja, das hatte sie geschrieben. Aber warum dann ausgelöscht? Warum gestrichen? Der Morgen verlief nicht so, wie Emma es sich vorgestellt hatte. Deswegen wollte sie jetzt auch nichts mehr sagen, nichts mehr fragen, nein, nur abwarten, was die Mutter machte.

»Oben auf dem Speicher sind noch ein paar Sachen von dir.«

Lass mich allein, hieß das, und das lange Schweigen, das darauf folgte, verstärkte es noch. Emma ging nach oben. An der Küchentür blickte sie sich noch einmal um, aber eine normale Unterhaltung war nicht möglich. Nur Gesprächsfetzen, immer wieder unterbrochen von zu viel Gefühl.

In einer Ecke vom Speicher fand sie ihre Sachen, die Bücher über die weite Welt, die Schallplatten, mit denen sie gelernt hatte, auf Englisch zu singen, selbst das Spielzeug hatte die Mutter nicht weggeschmissen. Sie öffnete die Koffer mit den Kleidern und hielt sich die alten Dirndl an den Körper. Sie rochen muffig und vertraut. Wenn sie sie jetzt anziehen würde, dann hätte sie einen weiteren Schritt weg von ihrem vorherigen Leben gemacht. Wollte sie das wirklich? Aber was war die Alternative? Amy Cornfield war tot. Die Emma Kornfeld lebte. Ein drittes Ich hatte sie sich nicht zu bieten und auch nicht die Kraft dafür.

Sie betrachtete sich im Spiegel.

Nachdem sie die Koffer, die Bücherkisten und die Schallplattensammlung in ihr altes Zimmer geschleppt und ausgepackt hatte, war ihr der Raum schon vertrauter vorgekommen. Fehlten nur noch die alten Möbel, aber die standen ja beim Rasch im Zimmer.

Sie hatte sich für das blaue Dirndl entschieden, das sie früher auch immer am liebsten getragen hatte. Es passte noch perfekt, und darauf war sie ein wenig stolz. Aber jetzt im Spiegel sah sie, wie schäbig das Kleid aussah. Na, und wenn schon? Wenn sie sich nicht daran gewöhnen sollte, würde sie sich einfach neue schneidern lassen.

Emma faltete ihre Jeans zusammen, legte sie in den Schrank und trug die leeren Koffer und Kisten wieder nach oben. Den Rucksack mit den Schminksachen, den Perücken und den anderen Dingen, von denen sie sich noch nicht trennen wollte, ließ sie im Zimmer. Man konnte ja nie wissen. Sie hatte Hunger. In der Küche stellte die Mutter gerade ein Tablett zusammen. Der Auflauf roch gut.

»Die Küche ist tabu, hab ich ihm gesagt.« Sie lächelte schwach. Als sie mit leeren Händen wieder zurückkam, hatte Emma bereits den Tisch gedeckt. Die Mutter setzte sich ihr gegenüber. Sie nahm die Gabel, aß aber nicht.

»Ich hatte einfach keine Lust mehr, mich mit dem Tod zu beschäftigen. Nicht schon wieder«, sagte sie.

»Wie meinst du das?«

»Wie ich das meine? Na, der alte Kroisleitner ist schließlich nicht der erste Tote seit dem Krieg.«

*

Josefs Hände zitterten. Er fegte die Scheidungspapiere vom Tisch. Wieso hatte er überhaupt zugestimmt, sich von dieser Polizistin verhören zu lassen? Er konnte eh nichts zu den Ermittlungen beitragen. Und die Lissi hatte ihn so komisch angeschaut. Er wäre am liebsten sofort wieder gegangen.

Er schaute auf die auf dem Holzfußboden verstreuten Blätter. Seit ein paar Monaten schon lagen die Scheidungspapiere auf dem Küchentisch. Sie warteten auf seine Unterschrift. Die Moni wollte einen Schlussstrich ziehen. Er aber konnte es nicht. Warum musste ausgerechnet die Emma jetzt auftauchen?

Der Josef zog seine Stiefel an. Er lief wieder durch den Wald. Er kümmerte sich nicht um Wege, um Steigungen, um Gefälle. Wenn er wollte, konnte er blind zwischen den Bäumen hindurchfinden. *Gerade, groß, krumm, klein …* Er war im Wald groß geworden. Er war mit ihm verwachsen. Heute fühlte es sich auch wieder besser an als gestern.

»Du musst kriechen«, hörte er plötzlich eine Mädchenstimme rufen. Er blieb abrupt stehen. Durch das Dickicht erblickte er den kleinen Toni. Er ging auf einem Waldweg auf die Knie. Er sah auch eine Hand. Die hielt dem Jungen eine Blaubeere vor den Mund.

»*Ich habe Durst*, musst du jetzt krächzen. So als wärst du heiser. Und dann musst du versuchen, mit dem Mund die Heidelbeere zu fangen.«

»Bei uns heißt das Blaubeeren.«

Jetzt sah der Josef auch das Mädchen. Das hatte gestern den alten Kroisleitner mit seinem Dirndl auf den Rücken gedreht.

»Das ist doch egal. Los, sag, dass du Durst hast. Und ich will dann von dir wissen, wo der Schatz versteckt ist.«

Langsam näherte sich der Josef den beiden Kindern.

Und tatsächlich kroch der Toni auf den Knien hinter dem Mädchen her. Er versuchte, die Blaubeere zu schnappen. Das Mädchen zog sie immer wieder weg. Sie haben es gesehen, dachte er.

»Schneller, Toni«, rief das Mädchen.

»Au, das tut weh!«

»Na, das soll es ja auch. Wo ist der Schatz, du böser alter Mann? Komm, komm, hier ist die Blaubeere … na, wo ist er?«

4

DIE STADT

1

Auf der Windschutzscheibe klebten noch die Fliegen. Frassek drehte den Schlüssel um. Nur ein leises Klicken war zu hören. Nach zwei weiteren Versuchen gab er auf. Er durcheilte die Straßen. An der S-Bahn nahm er drei Stufen auf einmal. Ein Zug stand abfahrbereit da. An der nächsten Station stieg er wieder aus. Am Automaten kaufte er sich den vergessenen Fahrschein. Ein Zwei-Euro-Stück rutschte immer wieder durch. Er kramte nach weiteren Münzen. Er würde sich verspäten.

Nach kurzem Zögern drängte er sich in die nächste S-Bahn. Sanft drückte er die Menschen um sich herum zur Seite. Der Zug fuhr ruckelnd an. Frassek verlor den freien Raum wieder. Ein Hund legte sich auf seinen Schuh und hechelte. Sein Besitzer las die *Bild*: »Der siebte Streich: Polizei ratlos.« Ein anderer Fahrgast schlug die *B.Z.* auf: »Robin Hood vom Humboldthain: Drei weitere abgelehnte Asylbewerber untergetaucht!« Frassek wurde von einer Gruppe Touristen weiter in den Wagen getrieben. Er sah auf die Uhr. Halb acht. Es war Montag.

Am Gesundbrunnen bahnte er sich den Weg durch die bereits einsteigenden Menschen. Auf dem Bahnsteig versperrte ihm eine Frau mit Kinderwagen den Weg. Er zwängte sich vorbei. Auch die Reihe der Bettler ignorierte er. Sein Ticket warf er in einen Papierkorb. Draußen holte er Luft und schaute in den grauen Himmel. Es war kalt. Und das im Sommer. Ein junger Obdachloser fragte ihn nach seinem alten Fahrschein, um ihn weiter zu verkaufen. »Monatskarte«, log Frassek. Er wühlte in seiner Hosentasche nach Kleingeld. Er fand die Zwei-Euro-Münze.

»Das ist 'ne türkische Lira, du Depp!« Der Junge warf die Münze vor Frasseks Füße. Er fühlte sich alt.

*

»Na, wie war's?«

Frassek sah seinen Kollegen Sprotz verständnislos an.

»Die Beerdigung, Frassek. Ist es schlimm gewesen?«

Er brummte nichtssagend.

»Bist ja sogar braun geworden. War wohl schönes Wetter da unten in Bayern? Frisöre gibt's da aber wohl auch nicht, oder?« Sprotz grinste und zeigte auf seinen Schreibtisch. Die Aktenordner stapelten sich auf mehreren Haufen. »Aber gut, dass du wieder da bist. Hier ist die Hölle los.«

»Ihr habt ihn also noch immer nicht, stimmt's?«

»Wenn dieser Robin Hood so weitermacht, gibt's bald niemanden mehr, den wir abschieben können.«

Robin Hood vom Humboldthain. Der Name war eine Erfindung der Medien. Erst hatten sie die Befreiungsaktionen kritisiert und abgelehnte Asylbewerber vor der Abschiebung zu retten als Straftat bezeichnet. Was es ja auch war. Doch als dieser Robin Hood oder die Gruppe hinter dem Namen immer erfolgreicher wurde und immer mehr Abzuschiebende nicht mehr aufzufinden waren, stempelte man in den Zeitungen die Polizei zum Sündenbock.

»Weißt du, wie sie dich jetzt nennen?« Sprotz grinste.

Wieder brummte Frassek. Er hatte sie gelesen, kurz bevor er weggefahren war, die Unterschrift eines Fotos, das ihn in einer leeren Wohnung zeigte. Nur zu gerne wüsste er, wer dem Pressefotografen den Tipp gegeben hatte.

»Sheriff von …«

»Lass es …«

»… Weddingham.«

»… Sprotz!«

»Weddingham, haha! Also ich find's gut.«

Frassek sah dem Kollegen beim Lachen zu. Er sah dessen Bauch, der unter dem knapp sitzenden gelben T-Shirt von zu viel Zucker im Kaffee wabbelte. Frassek zog seinen eigenen ein. Er spürte noch den Muskelkater.

»Aber es gibt eine neue Spur.«

Es gab immer eine neue Spur, dachte Frassek, seufzte und sortierte den Stapel Unterlagen auf seinem Tisch. Sie hatten Akten voll neuer Spuren, vermeintlich wichtiger Hinweise, ernst zu nehmender Zeugenaussagen, aber irgendetwas wirklich Relevantes war nicht darunter.

»Sie wird dir nicht gefallen.«

»Was gefällt mir schon«, sagte Frassek, »auf dem Weg hierher bin ich am Obsthändler vorbei. Wenn wir nicht bald jemanden verhaften, wollen die Türken es selbst in die Hand nehmen.« Herr Ökzan, der Obsthändler, hatte es ernst gemeint, während er Frassek die tägliche Banane verkauft hatte. Kein Späßchen am Morgen wie sonst, sondern Wut im Bauch. Die Flüchtlinge hätten hier nichts zu suchen, hatte Herr Ökzan gesagt. Durch die würden sie jetzt alle unter Generalverdacht stehen. »Ihr Deutsche könnt uns einfach nicht unterscheiden!«

»Ich habe ihn gefragt, wen er denn mit *ihr Deutsche* meinen würde. Ist ja schließlich selbst einer.«

»Und?«

»Ja, nichts. Er ist noch wütender geworden. Hat mich

mit diesem blöden Spitznamen beschimpft. *Sheriff von Weddingham.* Ach, was soll's! Was ist jetzt mit dieser Spur?«

Sprotz schob seine gelb umrandete Brille hoch und sah auf dem Monitor nach der Uhrzeit. »Gleich um neun kommt Müller. Dann erzähle ich es Euch, Mylord.«

*

»Mein Beileid, Herr Frassek«, sagte Müller und drückte ihm ernst und lange die Hand. »Ich hoffe, Sie und Ihre Frau haben die Woche nutzen können, um alles ins Reine zu bringen.«

Frassek nickte und schwieg. Er musste an die Leidenschaft seines Chefs für alles Dramatische denken. Selbst ein Abo für die Deutsche Oper hatte er.

»Wenn einem die Mutter stirbt, also für einen Sohn ist das eine sehr sehr schlimme …«

»Der Vater.«

»Bitte?«

»Mein Vater ist verstorben. Die Mutter ist schon ein bisschen länger tot.«

»So?« Müller ließ seine Hand los. »Die Mutter auch?«

»Habt ihr jetzt lang genug rumgeknutscht? Können wir anfangen?« Sprotz klopfte mit seinen Unterlagen auf den Tisch.

»Herr Sprotz, das ist eine ernste Sache.« Müller pflückte mit spitzen Fingern einen Fussel von Frasseks hellblauem Hemd.

»Ach, Chef, wer könnte das besser wissen als Sie? Aber wir haben hier eine wichtige Neuigkeit, was diese Idioten betrifft.«

Frassek konnte seinem Kollegen ansehen, wie er auf heißen Kohlen saß. Seine Finger galoppierten auf der Tischplatte. Wie gerne hätte er jetzt eine geraucht.

»Nun, dann schießen Sie mal los.« Müller setzte sich Sprotz gegenüber. Frassek suchte sich einen Platz am Fenster. Mit einem Ohr folgte er den Ausführungen von Sprotz, dass man nun wüsste, woher dieser Robin Hood wusste, wer als Nächster abgeschoben werden sollte. Das andere Ohr lauschte draußen dem Verkehr und den Vogelstimmen aus der Parkanlage schräg gegenüber. Er dachte an seinen Vater und die Postkarten, die er seit dem Tod der Mutter von ihm geschickt bekommen hatte. Ein ganzer Stapel war es geworden, den er immer bei sich trug. Das Vermächtnis seines Vaters.

»Man hat sich Zugang zu unserer Zentraldatenbank verschafft, um herauszufinden, wer als Nächster abgeschoben wird. Mit Hilfe der Kennung und des Passworts von einem Polizisten.«

»Unverschämtheit«, schimpfte Müller, während Frassek überlegte, ob sein Vater eigentlich auch seine Postkarten gesammelt hatte. »Wessen Kennung?«

»Tja ...«

Aus den Augenwinkeln sah Frassek, wie Sprotz ihn anschaute. Er riss sich zusammen und merkte aber, wie uninteressiert seine Stimme klang. »Nun sag schon, Sprotz, welcher Kollege hat Mist gebaut?«

»Na, wenn du es unbedingt wissen willst. Kennung und Passwort stammen vom leitenden Ermittlungsbeamten. Von dir, Frassek.«

»Was?«

»Das kann doch nicht wahr sein! Herr Sprotz?«

»Doch, leider. Jemand loggt sich täglich mit einem Smartphone ein und benutzt deinen Namen. *Frassek.*«

»Aber ich habe kein Smartphone.«

»Stimmt, du hast noch nicht mal ein vernünftiges Handy.«

Und das lag mit leerem Akku im Handschuhfach seines alten Volvo, dachte Frassek.

»Und Ihr Passwort«, fragte Müller.

»Das ist geheim.« Es war ziemlich einfach: ebenfalls *Frassek*. »Aber ich werde es sofort ändern.«

Sprotz schüttelte den Kopf und erklärte, dass er die Genehmigung eingeholt hatte, den Eindringling zurückverfolgen zu dürfen. Somit würde sich sein Aufenthaltsort ermitteln lassen. »Zumindest annähernd, wenn er über einen Funkmast geortet wird. Aber wenn er WLAN nutzt, können wir ihn gleich dingfest machen. Jedoch nur, wenn du dein Passwort nicht änderst, Frassek.«

»So machen wir es«, entschied Müller, »und das mit dem Passwort darf nicht nach außen dringen. Das bleibt unter uns. Unter uns dreien. Was für eine Blamage! Ich hoffe sehr für Sie, Herr Polizeiobermeister Frassek, dass Sie niemandem Ihre Zugangsdaten verraten haben. Nicht dass das noch Auswirkungen auf Ihre Beförderung hat.« Müller stapfte aus dem Zimmer. An der Tür drehte er sich noch einmal. »Und gehen Sie endlich zum Frisör!«

2

Dem Kroisleitner Karl war nicht wohl in seiner Haut. Weil er sich auf der Polizeiwache befand und ausführlich befragt wurde. Weil es hier in der Bezirkshauptstadt – da fünfhundert Meter tiefer als St. Margarethen gelegen – schwül und vom Fernverkehr laut und dreckig war. Weil er sein Hemd nun schon seit – wann eigentlich? – nicht mehr gewechselt hatte und es mittlerweile roch.

Aber besonders unwohl fühlte sich der Kroisleitner Karl, weil er sich in der Pause der Einvernahme die Beine vertreten hatte und danach durch die falsche Tür gegangen war.

So stand er nun in einem abgedunkelten Zimmer neben dem Verhörraum und konnte durch das Spiegelglas nicht nur alles sehen, sondern wegen der eingeschalteten Mikrofone auch alles mit anhören, was die Frau Chefinspektorin mit ihren Mitarbeitern besprach.

»Wann er wohl wiederkommt«, fragte die Frau Kottnik.

»Wahrscheinlich hat er sich verirrt, so aufgeregt wie der gewesen ist«, antwortete einer der beiden Assistenten, der ihm gestern auf seiner Wiese als Herr Leibinger vorgestellt worden war. »Die Leute aus den Bergen sind schon seltsam. Habt's ihr gesehen, wie der mit den Füßen gewackelt hat? Als hätt er a Hummel im Oarsch! Und riechen, puh. Wie ein Kuhfladen!«

Durch den falschen Spiegel hatte der Herr Leibinger eine etwas gelbliche Gesichtsfarbe, während die von der Frau Chefinspektorin eher bläulich aussah. Vom Schrammel, dem anderen Assistenten, sah der Kroisleitner Karl nur den Rücken.

»Verdächtigen Sie ihn etwa?«, fragte dieser jetzt seine Vorgesetzte. »Wir wissen doch noch nicht einmal, ob es überhaupt ein Verbrechen gegeben hat.«

»Schrammel, wie oft muss ich Ihnen das noch sagen? Sie wissen selbst, wir müssen immer ermitteln, wenn es einen verdächtigen Todesfall gibt. Denken Sie nur an den Hirschhornknopf, wegen dem wir seine Finger brechen mussten.«

»Knackknack«, machte der Herr Leibinger und lachte. Der Kroisleitner Karl erinnerte sich an die widerspenstige Faust, die wegen der Leichenstarre nicht zu öffnen gewesen war. Automatisch verschränkte er seine Hände. Der Ring, den er dem Vater abgezogen hatte, schlackerte selbst an seinem Mittelfinger. Dass die Finger des Vaters so dick gewesen waren! Warum hatte er das nie bemerkt?

»Aber was haben wir denn schon«, sagte der Schrammel jetzt, »die Schuhe aus der Mülltonne, die blaue Zunge des Toten und den Knopf. Das sind unsere einzigen Spuren, Frau Kottnik. Selbst wenn es Mord gewesen ist, es ist so dürftig.«

»Jetzt hören Sie mal auf zu granteln, Schrammel. So schlecht stehen wir doch gar nicht da. Allein so teure Wanderstiefel bar zu bezahlen, ist schon verdächtig. Als wollte der Mann verhindern, dass man seine Identität zurückverfolgen kann. Der Knopf ist Täterwissen, das sollten wir unbedingt für uns behalten. Die blaue Zunge führt uns zum Motiv und die Turnschuhe – mit denen und dem Phantombild sollten wir so schnell wie möglich an die Öffentlichkeit gehen – die haben ausreichend DNA, so wie die stinken. Damit können wir ihn überführen.«

Der Kroisleitner Karl sah, wie die Frau Kottnik auf ihrem Mobiltelefon eine Nummer eintippte.

»Kottnik hier. Wo bleibt der Bericht?«

Wie war das nur möglich, fragte er sich, dass eine so hübsche Frau, die vielleicht halb so alt war wie er, die Menschen dermaßen einschüchtern konnte?

»Nein, Sie sagen mir es jetzt am Telefon ... ist das sicher? ... Ja, und bitte auch den Mageninhalt genau analysieren.« Ohne einen Dank beendete die Frau Chefinspektorin das Gespräch. Sie sah direkt in den einseitigen Spiegel, der die beiden Räume voneinander trennte. Und obwohl der Kroisleitner Karl wusste, dass sie ihn, von ihrer Seite des Spiegels, nicht sehen konnte, wurde ihm ganz flau im Magen.

»Meine Herren«, sagte sie, »jetzt wissen wir es. Suchen Sie den Kroisleitner. Sofort!«

*

Der Herr Leibinger fand den Schuhmacher auf der Toilette. »Was machen Sie denn hier?«

Der Kroisleitner Karl hielt seine nassen Hände in die Höhe.

»Wir haben Sie überall gesucht. Kommen Sie, die Frau Chefinspektorin will weitermachen.« Die Hand des Polizisten landete auf der Schulter des Schuhmachers, genau auf der Stelle, auf die der Hinterberger Bruno damals seine Hand gelegt hatte. Aber die Hand des Inspektors fühlte sich anders an. Die Finger griffen fest ins Fleisch, und sie ließen auch nicht locker, als sie in den Flur traten. Und so kam sich der Kroisleitner Karl irgendwie verhaftet vor. Seltsam.

»Wo haben S' denn nur gesteckt, Herr Kroisleitner«, empfing ihn die Frau Kottnik freundlich. Sie klackerte langsam mit dem Kugelschreiber in ihrer Hand.

»Wir müssen jetzt alles ganz genau wissen«, sagte der Herr Leibinger, »wann ist Ihr Vater an dem Samstag aufgestanden?«

»Das weiß ich nicht, Herr Inspektor. Als ich geschaut habe, war er schon fort.«

»Und was hat er getrunken, was hat er gegessen …«

»Gegessen«, unterbrach ihn der Kroisleitner Karl verwirrt, »warum denn gegessen?«

»Das ist sehr wichtig. Hat er Obst gegessen? Blaubeeren zum Beispiel?«

»Auf keinen Fall, Herr Inspektor, er konnte Blaubeeren nicht ausstehen. Allergisch sei er, hat er immer … ach, die Zunge, gell?«

»Aber sonst«, fragte der Schrammel dazwischen, »was hat er denn sonst gegessen? Am Abend zuvor vielleicht?«

»Sicher hat er etwas gegessen.« Er konnte sich nur nicht daran erinnern, was. War er selbst überhaupt zu Hause gewesen? Das Klackern mit dem Kugelschreiber irritierte ihn doch arg. Und da wurde der Kroisleitner Karl auf einmal ein wenig hysterisch. »Was haben S' denn immer nur mit dem Essen? Der Vater ist tot, da ist's doch egal, was er wann und wo gegessen hat.«

»Wir stellen hier die Fragen, Herr Kroisleitner.«

Das sagte der Herr Leibinger, und wenn das beruhigend hätte klingen sollen, dann kannten die Polizisten den Kroisleitner Karl schlecht. Denn er erinnerte sich daran, wie sich der Herr Leibinger über ihn lustig gemacht hatte, das *Hummeln im Oarsch*, der *Kuhfladen* und auch das *Knackknack* waren ihm schon die ganze Zeit durch den Kopf gegangen.

»Du«, drohte er deshalb dem Polizisten, korrigierte sich aber sogleich: »Sie … sind ein gemeiner, ein ganz gemeiner …«

»Vorsicht, Vorsicht, Herr Kroisleitner«, unterbrach ihn der Schrammel, ja der Schrammel mit diesem netten, aufrichtigen Lächeln. »Das läuft hier jetzt ein bisschen aus dem Ruder und das soll es doch nicht.«

Obwohl er dem Assistenten gar nicht richtig zuhörte, fühlte sich der Kroisleitner Karl augenblicklich besser, beruhigter, besänftigt. »Ich will doch nur wissen, was passiert ist«, sagte er matt.

»Das kann ich Ihnen sagen.« Die Frau Chefinspektorin legte den Kugelschreiber zur Seite. Ein Dirigent, dachte der Kroisleitner Karl, genau das war sie. Sie gab den Takt vor. Sie war es, die bestimmte, wer was wann zu sagen hatte. Und so war es jetzt still im Verhörraum. Ganz still. Bis die Frau Kottnik leise weitersprach und dann immer lauter wurde.

»Ihr Vater muss Hunderte von Metern auf seinen Knien – wie sagt man da, Schrammel? – gerobbt oder gekrochen sein. Wir glauben nicht, dass er das freiwillig getan hat …«

Wie konnte sie das nur so nüchtern dahersagen?

»... wahrscheinlich hat man ihn dazu gezwungen. Genauso, wie man ihm Gift verabreicht hat ...«

Könnte sie nicht damit aufhören?

»... denn das haben wir in seinen Mundschleimhäuten gefunden: Colchicin, ein Gift, das nach etwa sechs Stunden wirkt ...«

Der Kroisleitner Karl war fassungslos.

»... wahrscheinlich mit Hilfe eines Blaubeerkompotts, obwohl Sie sagen, dass er das nicht mochte. Also Zwang ...«

»Mein Gott«, brach es endlich aus ihm heraus.

»Ja, Herr Kroisleitner. Es war Mord«, fasste der Herr Leibinger zusammen. »Ein kaltblütiger, hinterhältiger, geplanter Mord.«

Entsetzt schaute der Kroisleitner Karl die drei Polizisten nacheinander an. Die Frau Kottnik sah gleichgültig aus. Und der Herr Leibinger? Hatte der nicht sogar ein Lächeln auf den Lippen? Einzig der Schrammel erwiderte seinen Blick mit einer Mischung aus Mitgefühl und Missfallen, als wäre er mit der Schroffheit seines Kollegen nicht einverstanden.

»Es ist für mich nicht einfach, verstehen Sie ...« Er suchte nach den richtigen Worten. »... erst ist er tot, der Vater, und dann haben's ihn auch noch umgebracht ...«

Das letzte Wort vernuschelte er, bevor er Luft holte und es schaffte, laut zu rufen: »Und wer ist jetzt der Mörder? Der Wanderer mit den Turnschuhen oder der mit dem Hirschhornknopf?«

»Woher wissen Sie das mit dem Knopf?«

Da wusste der Kroisleitner Karl, dass er einen Fehler gemacht hatte und man ihn sicher nicht so schnell wieder gehen lassen würde.

3

»Schau, es ist ganz einfach.« Sprotz zeigte auf seinen Bildschirm. »Sobald sich jemand mit deinem Namen einloggt, fängt das Programm an zu arbeiten.« Und dann sollte es eine Telefonnummer ausspucken, die Sprotz in ein anderes Programm eingeben würde. »Und zack! Dann zeigt es mir auf dieser Karte, wo sich das Handy eingeloggt hat.«

Frassek war beeindruckt. »Vielleicht solltest du die Ermittlungen übernehmen, Sprotz.«

»Ach, Frassek. Es braucht einen, der denkt, und einen, der rennt. Gibt's was Schöneres für einen ermittelnden Beamten, als den Verdächtigen höchstpersönlich zu verhaften?«

Frassek verstand den Hinweis, aber er war seinem Kollegen nicht böse. Sprotz hatte ihm schon so manches Mal aus der Klemme geholfen. »Und wie soll das gehen?«

»Siehst du, schon hat unsere Aufteilung ihren Sinn. Du hältst dich bereit, am besten in deinem Auto. Und sobald ich den Standort weiß, gebe ich ihn dir durch. Dann fährst du hin und: ›Herr Hood, der Sheriff von Weddingham gibt sich die Ehre, Sie festzunehmen.‹ So einfach.«

»Das geht nicht«, sagte Frassek, »mein Handy liegt im Handschuhfach von meinem Auto, und das steht kaputt in Steglitz.« Dort hatte er vor zwei Monaten eine Zweizimmerwohnung bezogen.

»Dann nimmst du halt meinen Wagen. Aber wehe, du rauchst da drin! « Sprotz warf ihm den Schlüssel zu. Frassek legte ihn auf den Tisch.

»Ich setze mich doch nicht in einen Smart!« Dann nahm er doch den Schlüssel und steckte ihn ein. Müller hatte eindeutig klargemacht, dass nichts nach außen dringen dürfte. Auch nicht den Kollegen gegenüber. Frassek wusste, wenn das mit seinem Passwort bekannt würde, wäre diese Sheriff-Geschichte ein Witz im Vergleich zu dem, was dann über ihn ausgeschüttet werden würde. Er hielt die Hand auf. »Und dein Handy.«

Sprotz seufzte.

*

Der Sitz war erstaunlich bequem. Frassek hatte das Fenster heruntergelassen und rauchte. Das hatte er sich wieder angewöhnt. In Steglitz war man einsam. Der Smart war gelb, signalgelb, außen wie innen. Als würde Sprotz bei der Post und nicht bei der Polizei arbeiten. Frassek hatte ihn an der Kreuzung von Pank- und Badstraße abgestellt, direkt unter den drei Boateng-Brüdern, die auf die Hauswand gemalt waren. Gewachsen auf Beton stand darüber. Von hier aus könnte er am schnellsten losfahren, wenn sein Kollege sich meldete. Dafür hatte er bereits das mobile Blaulicht montiert. Das Auto sah damit noch dämlicher aus.

Sprotz' Smartphone spielte eine Melodie. *Die glorreichen Sieben*. Frassek nahm es in die linke Hand und wischte mit dem rechten Zeigefinger über das Display. So wie Sprotz es ihm gezeigt hatte. Es fiel ihm fast herunter.

»Hallo«, sagte er vorsichtig zu dem Kabel, an dem ein Mikrophon befestigt war. Sprotz' Stimme dröhnte im Ohrknopf.

»Prima, du hast es kapiert. War nicht schwer, oder?«

»Mach dich nur lustig. Melde dich erst wieder, wenn's losgeht. Sonst kannst du dieses Ding unter deinem Beifahrersitz suchen.« Frassek zündete sich die nächste Zigarette an.

Eine Gruppe Jugendlicher schlenderte an ihm vorbei. Frassek ignorierte sie. Einer von ihnen stellte sich vor den Kleinwagen und tat, als würde er sich einen runterholen.

Frassek kannte ihn: Omid, der Sohn vom Gemüsehändler. Mit dem hatte es schon öfters Schwierigkeiten gegeben. Frassek formte seine Hand zur Pistole und schoss. Den Rauch am Finger blies er fort. Er hatte extra danebengeschossen. Leben und leben lassen. Der Junge lachte, zeigte ihm den Stinkefinger und schlenderte zu den anderen. Wild Wedding halt … *Die glorreichen Sieben*. Auf dem Display erschien eine Nummer. Die kannte er doch?

»Hallo«, sagte Frassek wieder.

»Frassek? Bist du's?«

Bärbel. Frassek wischte sie weg. Wo hatte sie die Nummer her? Vom Sprotz? Verräter! Wieder erklang die Melodie.

»Bärbel«, sagte Frassek.

»Frassek«, sagte Bärbel, »du dreckiges Arschloch!«

»Lass es mich erklären …«

»Kannst du dir vorstellen, wie ich mich gefühlt habe?« Sie wartete seine Antwort gar nicht erst ab. »Ganz allein deinen Vater zu begraben? Ohne dich! Das war so peinlich! Wo hast du dich rumgetrieben? Also, wenn ich dich in die Finger kriege!«

»Bärbel?«

»Glaub ja nicht, dass ich in seinem Haus auch nur einen Finger krumm gemacht habe. Und wie deine Verwandten hinter meinem Rücken über mich gelacht haben …«

»Bärbel!«

»… und dann geht der feine Herr Frassek noch nicht einmal an sein Telefon, weder zu Hause noch ans Handy …«

»Ich habe arbeiten müssen«, versuchte er es. Irgendetwas klopfte im Telefon.

»… und warum kannst du nicht anrufen? Warum muss ich hinter dir her telefonieren? Wenn mir Sprotz nicht seine Handynummer gegeben hätte …«

»Hast du es ihm gesagt?«

»Was?«

»Dass ich nicht auf der Beerdigung war.« Wieder war da dieses seltsame Klopfen in der Leitung.

»Warum? Das weiß er doch selbst, wenn du hast arbeiten müssen. Hättest ja wenigstens Vera schicken können.«

»Wieso?« War Vera denn nicht mitgefahren?

»Wieso!? Damit ich nicht so allein gewesen wäre. Warum ist sie eigentlich nicht an dein Telefon bei dir zu Hause …? Frassek? Ist was mit Vera? Wo ist sie?«

»Nichts. Keine Ahnung«, sagte er leise. Und das war leider noch nicht einmal gelogen. Er wusste nicht, wo seine Tochter war.

*

»Ich fasse es nicht«, sagte Sprotz ein paar Stunden später, »die große Beichte in der *Jammerbremse*. Das könnte ein Filmtitel sein.«

Weit entfernt von der Wahrheit lag er damit nicht. Auch Frassek war es mehr und mehr wie ein schlechtes Melodram aus Hollywood vorgekommen, während er Sprotz hier in der Kneipe alles gebeichtet hatte. Wie er kurz nach der thüringisch-bayerischen Grenze, dort wo sich seine Eltern ein kleines Haus gekauft hatten und hingezogen waren, weitergefahren war. Er hatte es, nur ein paar Monate nach dem Tod seiner Mutter, nicht über sich gebracht, dem nächsten Begräbnis beizuwohnen.

»Machst du mir noch eins, Manni?« Frassek hielt sein Glas hoch. Der Wirt von der *Jammerbremse* brummte. Er war noch wortkarger als Frassek. Deswegen gefiel es ihm hier so gut. Mit Manni konnte man nach der Schicht stundenlang rauchen und schweigen. Außer wenn Sprotz dabei war.

»Aber dass keiner von euch an Vera gedacht hat.«

»Bei ihrem Handy geht nur die Mailbox dran. Ich habe schon alles Mögliche drauf gesprochen: Flüche, Bitten, Geldversprechungen, Drohungen. Aber denkst du, sie hat zurückgerufen?«

»Jetzt aber mal ernsthaft, Frassek. Du musst es Bärbel sagen.«

Frassek schüttelte den Kopf. Dann würde ja alles herauskommen. Dass er nicht bei der Arbeit gewesen war. Dass er die Beerdigung geschwänzt hatte. Dass er Vera vergessen hatte. Dass er in einem Anfall von Niedergeschlagenheit seinen Ehering ins Wasser geworfen hatte. Zahlreiche Gründe für Bärbel, sich noch mehr von ihm loszusagen. Sie wusste ja noch nicht einmal das mit den Postkarten. Gerade die letzten beiden ...

»Ach, Vera ist schon nichts passiert. Sie ist doch die Tochter ihres Vaters ...«

»Ebendrum.«

»... wahrscheinlich ist sie bei irgendeiner Freundin. Viel wichtiger ist jetzt dieser Mr. Hood. Ich konnte ja nichts dafür, dass ich mit Bärbel telefoniert habe, als du mich versucht hast zu erreichen. Du hast ihr ja die Nummer gegeben.«

»Wenn es klopft im Telefon, heißt das: Hallo, hier Sprotz, es gibt Arbeit!«

»Hätte ja genauso gut deine Frau sein können.«

»Hätte, hätte! Katja hat doch die Nummer gar nicht. Ist nämlich ein Diensthandy. Kannst du auch beantragen. Aber egal, der Kerl hat sich sowieso über einen Sendemast eingeloggt. Doof ist er ja nicht gerade. Der Mast steht am Gesundbrunnencenter und hat eine Reichweite von einem halben Kilometer.«

»Toll, und was jetzt?«

»Manni?« Sprotz nickte dem Wirt zu. Der brummte. »Ganz easy, wir drehen den Spieß einfach um. Wir laden ihn zu mir nach Hause ein.«

»Ich brauche auch noch eins, Manni, damit ich den Kollegen verstehe.«

Wieder brummte Manni, es klang wie »bald 'ne Runde fällig«. *Kneipjeh* stand weiß auf seinem schwarzen T-Shirt. Was sollte er auch sonst sein? »Wohlsein.«

Frassek nahm einen langen Schluck und merkte, dass ihm das Trinken nicht guttat. Aber wenn er sich so umsah: Die anderen Anwesenden, einsame Menschen, die sich gegenseitig anschwiegen, schienen damit auch nicht besser klarzukommen. Bis auf Sprotz, aber der war sowieso von Natur aus ein ewiges Sonnenscheinchen.

»Mein lieber Herr Frassek«, sagte der jetzt, »was würdest du davon halten, einen schönen Nachmittag mit meiner Frau zu verbringen? Ich sitze im Büro, stelle eine dringende Abschiebung in die Datenbank ein und gebe aus Versehen meine eigene Adresse an. Kann ja mal passieren. Wer ist schon ohne Fehler? Und du brauchst ihn nur noch pflücken, den Mr. Hood. Vom Sofa aus.«

Manni stellte drei Klare auf den Tresen.

»Und was mache ich mit Katja, während ich auf ihn warte?«

»Stößchen«, sagte Manni.

»Keine Sorge«, sagte Sprotz, »die spielt für ihr Leben gerne Scrabble.«

5

DER WALD

1

»Scrabble?«

Frassek nickte.

»Ick hab noch nie Scrabble jespielt. *Never*!« Katja ging in die Küche. Tief im weichen Sofa versunken blickte er dem gelben Sommerkleid hinterher, und während sie dabei »dem werd ick wat erzählen« murmelte, glaubte Frassek zu verstehen, warum Sprotz nie nein sagte, wenn er noch mit auf ein Bierchen in die *Jammerbremse* kommen sollte. Katja war herzensgut, doch leider auch schnell aufbrausend. »Was raus muss, muss raus«, hatte sie mal zu ihm gesagt.

»Milch? Zucker?«

»Ja«, sagte er laut. Er fummelte an seinem Ohr. Ständig rutschte ihm der Knopf raus.

»Ja, wat denn nu?«

»Beides.«

Ein Tablett mit Kaffeetassen, Kaffeeweißer, Zuckerdöschen, einer Kanne und zwei riesigen Stücken Torte trug Katja ins Wohnzimmer. »Wir trinken ja keene Milch mehr. Wegen dem Sprotz sein Fett. Deswegen der Weißer für die Jäste. Hält länger.«

Frassek nickte und versenkte einen Löffel von dem Pulver in seinem Kaffee. Er kam als Klumpen wieder hoch, aus dem sich ein paar Fettschlieren über die dampfende schwarze Flüssigkeit zogen.

»Bin ja schon 'n bisschen aufgeregt wegen heute. Wegen dem Robin und so.«

Frassek verschluckte sich und hustete. »Was hat dir Sprotz denn sonst noch alles erzählt?«

»Och, wir haben keene Geheimnisse voreinander. Ich erzähl ihm alles und er mir auch. Auch das mit deinem Vater.« Auf einmal wurde Katja ganz ernst: »Meiner ist mir letztes Jahr auch verstorben. Und zack, ist man Vollwaise. Und das ist mit vierzig genauso schrecklich wie in jedem anderen Alter. Ja, ditte is Schwarzwälder. Keene Angst, beißt nicht. Is janz frisch und nich aus der Froste.«

Frassek ließ sich einen Teller geben. Er zögerte. »Aber wenn's klingelt, muss ich ran.«

»Wenn mein kleener Sprotz anruft, nicht wahr? Ick darf ja sein Handy nicht mal von weitem anschauen.« Fast neidisch blickte Katja auf das Smartphone in Frasseks Hand, dann kam sie wieder auf ihren Vater zu sprechen. Es habe Monate gedauert, bis sie seinen Tod überwunden habe. »Um Mütter trauert man nicht so lange. Die sorgen schon zu Lebzeiten dafür, dass man immer weiß, was sie für einen getan haben. Bei einem Vater wird einem das aber erst nach und nach klar.«

»Monate?«, fragte Frassek. Sein Vater war vor knapp zwei Wochen gestorben. Seitdem ging irgendwie alles schief. Katja nickte.

»Und dann habe ich herausgefunden, wie man darüber hinwegkommt. Schade, dass man nur einen Vater hat. Kann ich es also leider nicht noch mal ausprobieren.«

»Was denn ...?«

Die glorreichen Sieben. Frassek stellte die Torte weg und wischte über das Display.

»Du darfst den Kaffeeweißer erst benutzen, wenn der Kaffee nicht mehr heiß ist«, dröhnte es im Ohrknopf. »Sonst klumpt es.«

»Sprotz, lass den Mist. Hat er sich eingeloggt?«

»Bingo. Hast du die Klingelschilder ausgetauscht?«

»Oh, verdammt!« Frassek mühte sich mit dem weichen Sofa ab, stand endlich und durchwühlte seine Jackentaschen.

»Hinten links in der Hosentasche, Alter. Und beeil dich. Wer weiß, wann die kommen.«

*

Kurani stand jetzt an der Klingel, ein bisschen schief, aber nachdem Frassek mit einem angefeuchteten Finger darüber gerieben hatte, sah es aus wie die anderen Klingelschilder. Er warf einen Blick auf die triste Straße. Kein Mensch war zu sehen. Der Wedding kommt, hieß es seit Jahren. Von wegen. Auch hier gab es noch ruhige, langweilige Wohngegenden.

Er zündete sich schnell eine Zigarette an, zog zwei-, dreimal und trat sie aus. Oben im dritten Stock wiederholte er das mit dem Namensschild, dann klingelte er. Eine Frau mit Kopftuch öffnete ihm die Tür.

»Äh …«, machte er und sah sich um.

»Nun komm schon rein.« Katja zog ihn in die Wohnung. »Es muss doch ein bisschen echt wirken.«

Katja, nun eingepackt in ein unförmiges Kleid, drehte sich im Kreis. »Hübsch, wa? Sieht aus wie echt. Ich hab auch was für dich.«

»Bitte keinen Turban, Katja.«

»Jaja, hier im Kiez laufen sie ja alle damit herum, wa? Hier, Herr Kurani.« Sie hielt ihm eine Schiebermütze hin.

»Und hier.« Mit einem Kajalstift malte sie ihm einen

dünnen Schnurrbart. »Wie Rudolph Valentino. Jetzt noch das Jäckchen, damit man dein schreckliches hellblaues Beamtenhemd nicht sieht. Ach, und die Pantoffeln.«

»Muss das sein?«

Doch er machte alles mit und betrachtete sich im Spiegel. Wirkte erstaunlich echt. Selbst sein strubbeliges Haar war unter der Mütze verschwunden. *Die glorreichen Sieben.*

»Er hat sich wieder ausgeloggt. Es kann also jeden Moment losgehen«, sagte Sprotz.

»Kommst du auch?«, fragte Frassek.

»Na, wenn du mich so nett darum bittest. Hat sie dir die Schiebermütze gegeben?«

»Hast du hier heimlich Kameras installiert?« Frassek sah sich um. Sprotz wurde ihm langsam unheimlich.

»Quatsch, Katja und ich, wir reden halt miteinander. Ich erzähle ihr alles ...«

»... und sie erzählt dir alles. Ich weiß. Ihr würdet bestimmt auch die gleichen Jogginganzüge tragen, solange sie gelb sind..«

»Denselben, Frassek, und zwar in Sprotzgelb. Ich die Hose ...«

Frassek unterbrach ihn. »Jetzt nimm die Beine in die Hand und komm.«

»Jawoll, Herr Kaleu!« Manchmal ging ihm Sprotz richtig auf die Nerven. Es klingelte. Herr Kurani setzte sich aufs – vielmehr ins – Sofa. Frau Kurani ging zur Tür.

»Bitta schen?« Katja benutzte die Gegensprechanlage. Er hörte nur ein Knarzen als Antwort. »Sie hochkommen? Warum?«

Jetzt lass ihn schon hoch, dachte Frassek. Wieder kam ein Knarzen aus der Anlage.

»Mein Mann? Ja, auch da. Kinderr? Allah, wir nix Kinderr.«

»Katja, lass ihn hoch«, rief er leise. Es war, wie Sprotz immer sagte: Katja hatte von allem zu viel. Zu groß, zu blond, zu viel Busen, und sie musste immer maßlos übertreiben. Das würden die doch merken.

»Sie wollen helfen? Ja, ich öffnen.« Endlich drückte sie auf den Knopf. Dann tauchte ihr Kopf in der offen stehenden Wohnzimmertür auf.

»Es sind zwei«, flüsterte Katja.

2

Ihre Mutter war eine hübsche Frau.

Emma wusste, dass sie es lassen sollte, aber sie summte trotzdem eines ihrer Lieder, während sie der Mutter ab und zu einen Blick zuwarf: Sie stand in der Mittagshitze im Garten bei den Johannisbeersträuchern und pflückte die Früchte. Für ihr Alter sah sie unverschämt gut aus. Siebzig? Sie könnte glatt als Mitte vierzig durchgehen, so wie sie gelegentlich innehielt, sich eine Rispe in den Mund steckte und mit feiner Geste den Stängel mit geschlossenen Lippen abpulte. Weder die Mutter noch sie spreizten den kleinen Finger ab, wenn sie Tee tranken. Das hatten sie nicht nötig.

Das blonde Haar aber hatte sie vom Vater.

Sie hatte ihn nie kennengelernt. Ein Mann aus dem Burgenland, so hatte man ihr erzählt, groß, nicht schön, aber ehrbar, der in der Woche vor der Hochzeit von einem Baum erschlagen wurde, droben beim Hausberg, wo er vom Kloster ein Waldgebiet gepachtet hatte. Mehr hatte Emma nie von ihrer Mutter erfahren, auch wenn sie sie noch so bedrängt hatte. War er der Tote, wegen dem sie sich nicht mit dem Verschwinden der Tochter hatte auseinandersetzen wollen, sondern sie einfach *ausgelöscht* hatte?

Auf einmal wusste Emma, dass sie der Mutter die Wahrheit erzählen musste. Dass sie die britische Sängerin war, über die in den letzten Wochen alle Zeitungen und Webseiten berichtet hatten. Jeden anderen könnte sie anlügen. Die Mutter aber hatte sie vergessen wollen. Doch hieß das auch, dass sie sich noch keine Meinung gebildet hatte? Dass sie seit zehn Jahren drauf wartete, es tun zu können. Vielleicht wäre sie ja sogar stolz auf sie?

Emma ging zum Schrank. Sie schob die Dirndl auf der Stange hin und her. Nein, heute würde sie nur einen kurzen Rock und ein Trägerhemdchen tragen. So würde sie hinausgehen, selbst wenn die Mutter dann das Muttermal sehen würde, das Emma in ihrer Kindheit immer hatte verstecken müssen. Von der Sonne wollte sie sich verbrennen lassen, bis sich die blasse englische Haut schälte. *Farmer's Tan*. Ihr frivolstes Lied. Die BBC hatte es zuerst nicht spielen wollen. Sie hatte die Zeile mit dem nackten Pärchen auf der Bank im Wald umschreiben müssen, ihm eine Hose angezogen und ihr ein Kleid – aber ein durchsichtiges, sonst hätte sie nicht von den weiß gebliebenen Stellen auf der sonst braunen Haut singen können. Ob es dem Josef gefallen würde? Vielleicht könnte sie es ihm ja irgendwann vorspielen.

*

Er hatte im Wald übernachtet. Er hatte über die Kinder nachgedacht. Er hatte über die Moni nachgedacht. Und über die Emma und den Mönch. Aber er hatte keine Antworten gefunden.

Jetzt, auf der Wildschweinlichtung, sah der schöne Josef die alte Johanna Kerschbauer. Sie stocherte mit ihrem Stock in der durchwühlten Erde. Morcheln? Schwammerln? Sie sammelte immer etwas. Sie fand auch immer etwas. Sie wusste alles. Und der Josef hatte viel von ihr gelernt. Bei ihrer ersten Begegnung war er nicht älter als sechs gewesen. Da hatte die Johanna ihn aus einem Fuchsbau gezogen.

*

Er hatte noch nie einen lebenden Fisch gesehen. Drum hatte sich der Josef eine Angel gebastelt. Am Haselbach probierte er sie aus. Ein krummer Stock. Eine Kordel. Die Sicherheitsnadel als Haken. Den großen Eimer hatte er auch mitgenommen. Den wollte er mit vielen Fischen füllen. Für die Mutter. Für ein liebes Wort.

»Na? Fuchst an Fisch?«, hörte er eine Stimme aus dem Gebüsch rufen.

»An Fisch fuchsen«, sagte eine andere und lachte. Der Josef sah sich um. Aber er konnte niemanden entdecken.

»Musst schon an Köder nehmen, du Würmchen«, sagte die erste Stimme wieder.

»Am besten dich selbst«, sagte die andere. Der Josef bekam es mit der Angst. Natürlich hatte er die Stimmen erkannt. Aber noch hoffte er, dass er sich geirrt hätte. Kurz darauf kamen sie aus ihrem Versteck. Doch der Rasch. Doch der Bruno. Größer waren sie beide.

»Naa«, machte der Rasch und schüttelte den Kopf, »er ist zu groß, unser Würmchen. Mit dem kann man keinen Fisch fuchsen. Aber vielleicht an Fuchs fischen.«

»An Fuchs fischen«, lachte der Bruno, »genial!«

Sie packten und schleppten ihn in den Wald. Der Josef überlegte, ob er sich wehren sollte. Aber gewehrt hatte er sich noch nie. An einer großen Tanne ließen sie ihn zu Boden fallen.

»Na mach schon, du Würmchen. Kriech da hinein.« Das Loch, auf das der Rasch zeigte, war viel zu klein. »Nein, mit dem Kopf zuerst, du Depp! Komm, Bruno, hilf ihm.«

Und so schob der Bruno ihn in den Fuchsbau. Mit dem Kopf voran. Bis er steckenblieb. Es stank nach Fuchs. Vor Angst machte er sich in die Hose. Dann wurde es still.

*

Eine Ewigkeit später war die Johanna aufgetaucht. »Raus da, Elendiger«, hatte er sie keifen hören. Erst da war ihm aufgefallen, dass er die ganze Zeit keinen Ton gesagt hatte. Dass er überhaupt nichts getan hatte. Dass man alles mit ihm machen konnte.

Damals schon hatte die Johanna wie eine alte Frau ausgesehen. Knapp vierzig Jahre später sah sie nicht anders aus. Und schimpfen tat sie immer noch. Der Stock war halt hinzugekommen. Und ein krummer Rücken. Hexengleich.

»Jöh, da schaust!« Mit einem Fläschchen ihres selbstgebrannten Schnapses prostete sie jemandem zu, der nur für sie sichtbar war. Schnaps hatte sie schon immer getrunken. Den unsichtbaren Gefährten gab es aber noch nicht so lange. Erst seitdem der Josef nicht mehr hinter ihr her gelaufen war. Durch sie hatte er die Geheimnisse des Waldes kennengelernt. Sie hatte ihm die essbaren und die giftigen Pilze gezeigt. Und wie man aus Kräutern Extrakte machte. Welcher Baum krank, welcher gesund war. Und die Tiere. Sie hatte alle Tiere gekannt. Vom kleinsten Käfer bis zum größten Hirsch.

Zu ihr war er gegangen, wenn der Mönch zu ihnen nach Hause gekommen war. Jahrelang hatte er ihn ertragen müssen. Auf dem Stuhl in der Küche hatte er gesessen. Immer auf demselben, den mit den Lehnen. Die Mutter hatte er kommandiert. Den betrunkenen Großvater hatte er verspottet. Und ihn, den kleinen Josef, an den Haaren gezogen, in die Seite geboxt – versteckte, fiese Handlungen. Man war vor ihnen nie sicher gewesen. Onkel hatte er ihn nennen müssen. Und danach ein Vaterunser. Bevor die Mutter ihn, den Josef, fortgeschickt hatte.

Die Johanna hatte ihn vor der Schönheit gewarnt. Er war das hübscheste Kind der ganzen Gegend gewesen, egal wie verwahrlost er ausgesehen hatte. *Der schöne Josef.* So hatten ihn die anderen Kinder gerufen. Bis sie das Wort *Bastard* kennengelernt hatten. Und einmal hatten sie *Mönchsbrut* gerufen. Aber das hatte der alte Kroisleitner unterbunden.

»Schau weg, Elendiger!«

Wieder sprach sie mit ihrem unsichtbaren Begleiter. Dann zog sie umständlich ihr Dirndl hoch und hockte sich hin. Mitten auf die Wildschweinlichtung. Und mit einem »ist mir schlecht« ließ sie ihren Därmen freien Lauf.

Der Josef stand auf. Er ging weg. Wohin, wusste er noch nicht. Hoffentlich würde er im Alter nicht so werden. Sollte er zum Wagnerhof gehen? Hoffentlich würde er nie so allein sein. Vielleicht war er es schon.

*

Emma hörte das Auto schon von weitem.

Mit seinem SUV fuhr der Rasch direkt auf den Hof. Sie konnte es noch immer nicht glauben. Der reichste Mann des Dorfes, dem der verlassene Ferienhof *Waldesruh* gehörte. Hätte er nicht im *Schönblick* bleiben oder sich im *Valentiner* einmieten können? Hier störte er doch nur. Sie sah ihn aus seinem Auto aussteigen. Er knallte die Tür zu.

»Der Kalli war's, Maria! Ich fass es nicht. Der hat seinen Vater ermordet.«

Raschs Stimme dröhnte über den Hof. Er hielt eine Ausgabe von der *Gratz*, der *Grazer Tageszeitung,* in die Höhe. Die Mutter ließ den Eimer fallen. Die roten Beeren verteilten sich im Gras.

»Ermordet sagst du? Den alten Kroisleitner? Aber es war doch ein Unglück …«

»Vergiftet soll er ihn haben. Es hat sogar einen Zeugen gegeben, so einen Piefke. Von dem haben's ein Phantombild erstellt. Verhaftet, den Kalli. Deppert, deppert, aber gut!«

Emma lief aus ihrem Zimmer und die Treppe hinunter. An der Haustür stieß sie mit dem Rasch zusammen.

»Und? Schon gepackt?«

Sie schaute ihn verständnislos an.

»Du merkst es doch selbst. Hier ist kein Platz für uns beide.« Er drückte ihr die Zeitung in die Hand. Sie schaute ihm nach, wie er auf sein Zimmer ging.

»Tod am Toten Mann«, stand auf der Titelseite und darunter: »Familientragödie versetzt ganz St. Margarethen in Aufruhr.« Das große Foto zeigte die Kapelle oben auf dem Berg. Daneben ein Bild vom Kalli, wie er sich über seinen toten Vater beugt, und eine Zeichnung mit dem Gesicht eines Mannes, der als Zeuge gesucht wurde.

Der Kalli war es?

Emma war fassungslos, und so fand sie auch ihre Mutter vor. Ihr Blick war in die Ferne gerichtet. »Es ist so herzlos. Warum tut er so etwas?«

»Das klärt die Polizei.« Man hatte den Kalli verhaftet, hatte Emma im Artikel gelesen, weil er Dinge wusste, die nur dem Täter bekannt waren. In der Bezirkshauptstadt saß er nun ein. Emma legte vorsichtig die Hand auf die Schulter der Mutter. Es war die erste wirkliche Berührung zwischen ihnen.

»Ja, verstehst du nicht? Der Kalli hat seinen Vater geliebt«, sagte ihre Mutter.

»Ach, bestimmt haben sie sich geirrt. Vielleicht war es ja doch der Fremde. Der Kalli hätte doch keinen Grund gehabt, seinen Vater umzubringen.«

»Was weißt du schon? Du warst ja nicht da.« Die Mutter drehte sich weg und beugte sich zu dem Eimer hinunter. Die Johannisbeeren zerplatzten, als sie sie vom Boden klaubte. Emma kniete sich hin und half. Sie wechselte das Thema.

»Was macht der eigentlich jetzt, der Rasch? Er hat doch seinen Ferienhof.«

»Wenn man das wüsste! Hat ihn einfach verkommen lassen, bis die Ordnungswache das *Waldesruh* geschlossen hat. Das war kurz nachdem du fortgegangen bist. Er ist übrigens auch weg gewesen und erst vor kurzem wieder hierhergekommen. Von Ausland bis Gefängnis, so lauten die Gerüchte. Na, und jetzt sucht er einen Pächter. Ha! Und den Klosterschatz. Stell dir das vor!« Sie leckte ihre rot gewordenen Finger ab.

»Kannst du ihn nicht fortschicken, den Rasch?«

»Ach, Kind! Er tut mir leid. Niemand mag ihn. Und ich kann sein Geld gut gebrauchen.«

»Hat er überhaupt welches? Dann gibt es doch erst recht keinen Grund, warum er hier wohnt.«

Ihre Mutter schaute sie an. Sie warf einen verärgerten Blick auf das Trägerhemdchen. Automatisch zog Emma es höher. Ihr Muttermal war trotzdem zu sehen. »Magst dir nicht etwas anderes anziehen?«

»Oder du schickst ihn zurück zum *Schönblick*. Da hat er doch vorher schon gewohnt.«

»Schluss jetzt, Emma. Ich will nix mehr davon hören. Zieh dir was drüber. Mach's einfach.«

»Aber wieso?« Emma drehte sich mit der Schulter zu ihr hin. »Ist es deswegen? Das Muttermal?« Sie hielt es ihr direkt vor das Gesicht. Die Mutter wandte sich ab, als bereute sie es, überhaupt davon angefangen zu haben. »Was stört dich daran? Warum soll ich es verstecken? Schon als ich klein war, hast du ...« Plötzlich kam Emma eine Idee. »Hat das was mit meinem Vater zu tun?«

»Hör auf! Lass die Vergangenheit ruhen. Jahrelang hast du mich ausgefragt ...«

»Ich lasse ja die Vergangenheit ruhen. Ich will es nur wissen.«

»... ich habe meinen Vater auch nie kennengelernt.«

»Aber du hast immerhin gewusst, wer er war ... oder?« Emma sah ihrer Mutter in die Augen. »Du hast es nicht gewusst? Aber ... wieso haben wir nie darüber geredet?«

Die Mutter drehte sich von ihr weg. Sie habe es verdrängt, sagte sie nach einer Weile, sie habe kein Bastard sein wollen. Dann lachte sie bitter. »Ein uneheliches Kind! Und dann bekomme ich auch noch selbst eins!«

Emma presste die Lippen aufeinander. Es gab zu viel Ungesagtes zwischen ihnen, zu viele Vorwürfe, zu viele Fragen. Sie schluckte sie herunter. Bis auf eine. »Hat es dich nie interessiert, wer er war?«

»Nein. Seine Briefe habe ich ja auch nie gele...« Zu spät hielt sich die Mutter den Mund zu.

»Briefe? Was für Briefe?«

Die Mutter stand auf und ging ins Haus.

»Du hast Briefe? Von deinem Vater?« Wieso wusste sie nichts davon?

Das war alles so unfair!

Emma trat gegen den Eimer. Über ihren Vater hatte sie sich immer Gedanken gemacht, wie er aussah, wie er sprach, was sie außer dem blonden Haar noch von ihm haben könnte. An ihren Großvater aber hatte sie nie gedacht. Sie hatte ja den alten Kroisleitner gehabt, ihren Patenonkel. Sie folgte ihrer Mutter ins Haus und fand sie in der Küche, wo sie vor der Spüle stand und gedankenverloren aus dem Fenster blickte.

»Ich weiß ja auch gar nicht, wo ich sie hingelegt habe.« Wieder so ein Selbstgespräch.

»Was steht in den Briefen drin? Wo sind sie? Zeig sie mir.«

»Ich will nichts mehr davon hören!« Ihre Mutter hielt sich die Ohren zu und lief nach draußen. Emma ging ihr wieder hinterher. »Hätt ich dir doch bloß nie …«

Das war zu viel für Emma. Die Mutter ging ihr auf einmal unendlich auf die Nerven. Als hätte sie alleine das Recht, zu leiden.

»Wo sind sie?« Emma packte sie an den Armen und schüttelte die Mutter. »Die sind von meinem Großvater. Wer war er? Ich habe ein Recht …«

»Genug jetzt. Auseinander! Emma, lass die Mutter in Ruh!«

Was der dünne Rasch für eine Kraft hatte! Emma schob seine Hand fort, als er die beiden zu trennen versuchte. Denn sie wollte nicht klein beigeben, sie wollte die Mutter packen, sie wollte endlich Bescheid wissen, sie würde nicht aufhören, bis …

Die Ohrfeige traf sie völlig unvorbereitet. Emma rutschte aus. Sie knallte mit dem Kopf auf die Erde und verlor das Bewusstsein.

3

»Es sind zwei«, flüsterte Katja. Frassek fluchte. Hoffentlich würde Sprotz schnell kommen.

»Guten Tag«, sagte eine helle Männerstimme. Es klang höflich. Frassek spannte sich an. Das Paar Handschellen hatte er hinter seinem Rücken versteckt. Er müsste sie den beiden irgendwie gleichzeitig anlegen. Wenn es wirklich zwei waren.

»Dürfen wir reinkommen?« Das Gesicht eines Mannes tauchte an der Wohnzimmertür auf. »Herr Kurani?«

Frassek nickte.

»Wir sind gekommen, um Ihnen zu helfen.« Der schlanke junge Mann betrat das Wohnzimmer. Irgendwie hatte Frassek jemand anderen erwartet, jemanden aus der Antifa, schwarzgekleidet und maskiert, seinetwegen auch einen schlampig aussehenden Mittebewohner mit Talibanbart. Aber dieses fein gekleidete, schwarzhaarige Bürschchen war hier genauso fehl am Platz wie er selbst. Katja war im Flur noch mit dem anderen beschäftigt. Es hörte sich an wie eine Frau …

»Ich heiße Leonardo. Ich bin mit meiner Freundin gekommen. Wir wollen helfen. Sie sollen abgeschoben werden, Herr Kurani. Heute noch.« Der Junge, er war wirklich eher noch ein Junge, wartete darauf, dass Frassek antwortete. Aber was sollte er sagen, fragte er sich und holte Luft, während eine junge Frau das Wohnzimmer betrat.

»Äh …« Das konnte nicht sein! »Vera?!«

»Papa?«

»Und ick dachte noch, ick kenn die irgendwoher«, sagte Katja. Die langen toupierten schwarzen Haare, die schwarz angemalten Augen, der leuchtend rote Lippenstift und diese Klamotten! Nichts davon war Vera, aber doch war sie es. Seine Tochter!

»Was ist hier los?«, fragte der Junge.

»Sie sind festgenommen«, sagte Frassek und versuchte aufzustehen. Als das Sofa ihn endlich freigegeben hatte, war der Junge weg. Aber Vera war noch da.

»Du Arschloch!«, schrie sie ihn an.

»Das hat deine Mutter gestern auch schon gesagt. Katja, nimm sie fest.« Er warf Katja die Handschellen zu, rannte durch die Wohnzimmertür und das Treppenhaus hinunter.

Draußen auf der Straße konnte Frassek sehen, wie der Junge etwa zwanzig Meter Vorsprung hatte. Dann entdeckte er Sprotz. Er hockte auf dem Boden und hielt sich die blutende Nase. Die gelbe Brille lag neben ihm, zum Glück noch heil.

»Ist der verrückt geworden? Hat einfach zugeschlagen!«

»Komm mit!«

»Die ist bestimmt gebrochen!«

Sie rannten die Straße entlang. Sprotz hielt sich dabei weiterhin die Nase und fluchte. Sie liefen über die Brücke, die über die Bahngleise führte. Auf der Behmstraße verlor Frassek einen Pantoffel, etwas später den anderen. Er lief auf Strümpfen weiter. Seltsamerweise holten sie trotzdem immer mehr auf, bis der Junge in der Drehtür des Gesundbrunnencenters verschwand. Einen Augenblick früher und sie wären in demselben Drittel der Drehtür gelandet, in dem sich der Flüchtende nun alleine befand. Er hatte sich der langsamen Geschwindigkeit der Tür angepasst und grinste Frassek durch die Glasscheibe an.

»Nun mach schon«, brummte Frassek. Der Junge hatte wieder freie Bahn, hielt vorher aber noch seine Hand in die Lichtschranke. Die Drehtür blieb abrupt stehen. Schnell war der Kerl nicht, aber clever. Es schien Ewigkeiten zu dauern, bis die Tür wieder Fahrt aufnahm.

»Er läuft da vorne nach links!«

»Das sehe ich auch, Sprotz.« Endlich gab die Tür den Weg frei. Frassek legte einen Zwischenspurt hin, bog drinnen im Center nach links ab und rempelte gegen einen Infoschalter. Er hielt sich das schmerzende Bein und sah den Jungen die Rolltreppe zum Untergeschoss hinunterlaufen. Unten angekommen, schlüpfte er durch eins der Drehkreuze am Eingang eines Elektromarkts. Dann verschwand er im Gang mit den Kaffeemaschinen.

»Die haben bestimmt einen Lieferantenausgang!« Sprotz drehte um und rannte die Rolltreppe gegen die Fahrtrichtung hoch. Unten verhakte sich Frassek mit der Strickjacke am Drehkreuz. Er zog sie aus und entdeckte den Flüchtigen hinten bei den Fernsehgeräten, auf denen überall derselbe Abspann einer Fernsehserie lief.

»Jetzt habe ich dich, Robin Hood«, flüsterte er zufrieden. Er verlangsamte seine Schritte und behielt den Jungen im Auge. Der stand bei einem riesigen Bildschirm, der um die Hälfte reduziert, aber immer noch unfassbar teuer war. Aus allen Fernsehapparaten im Markt ertönte nun die Melodie der Nachrichtensendung.

»Guten Tag, meine Damen und Herren, ich begrüße Sie zur Tagesschau.«

»Gib auf«, sagte er zu dem Jungen, der sich auf der anderen Seite des riesigen Fernsehers verschanzt hatte.

»Fangen Sie mich doch, Herr Kurani«, spottete dieser, bereit, nach links oder rechts auszuweichen. Frassek täuschte eine Finte an, bekam den Jungen am Kragen zu fassen und schubste ihn gegen den Bildschirm, der wackelte, aber stehenblieb.

»… in Syrien ist die Stadt Kobane durch kurdische Kampfverbände …«

Etwas polterte auf den Boden. Es sah aus wie ein Schnappmesser, das nun auf der anderen Seite des Fernsehers lag. Frassek selbst war unbewaffnet, darum zögerte er nicht lang und warf den Bildschirm einfach um, der krachend auf das Messer fiel.

»In Österreich ist es vor drei Tagen zu einem ungewöhnlichen Todesfall gekommen, für den die steirische Polizei um Ihre Mithilfe bittet.«

»Hände hoch, Polizei«, rief Frassek. Der Junge hob die Hände.

»Gesucht wird ein Zeuge, von dem die Polizei ein Phantombild angefertigt hat. Er kommt möglicherweise aus dem Großraum Berlin.«

Frassek blickte kurz auf den umgeworfenen Bildschirm, auf dem nun eine Zeichnung auftauchte: das Phantombild des Gesuchten, der … ihm ähnlich sah! Dann flackerte der Bildschirm und wurde schwarz.

»Scheiße«, sagte er. Aber auf allen anderen Bildschirmen im Markt konnte er diese Zeichnung immer noch sehen. »Das bin ja ich …«

Dann erschien ein Foto.

»… und meine Turnschuhe!«

6

DIE KIRCHE

1

»Ich weiß gar nicht, ob ich dir das erzählen darf«, sagte die Lissi am Donnerstagmorgen beim Anziehen zu ihrem Jockl. An den gestrigen Tag würde man sich nämlich sicher noch lange im Dorf erinnern, hatte der Doktor spät am Abend zu ihr gesagt.

Ein frischer und staubfreier Wind war am frühen Mittwochmorgen durch die Straßen geweht, hatte die Fliegen vertrieben und dem Leichenwagen Geleit gegeben, bis dieser vor dem Haus der Familie Kroisleitner stehen geblieben war. Und als hätte man sich abgesprochen, hatten alle Bewohner an ihren Häusern, vor dem Supermarkt oder wo auch immer zusammengestanden und zugeschaut, wie der Sarg von den beiden Leichenbestattern ins Haus getragen wurde.

Der alte Kroisleitner war zurückgekehrt, und auch wenn er nicht mehr am Leben war und am nächsten Tag beerdigt werden sollte, hatte er es geschafft, den Streit und die Aggression, die Fliegen und den Staub aus dem Dorf zu vertreiben. Friede war wieder eingekehrt. Aber im ganzen Dorf?

Nein, es hatte einen gegeben, dem das nicht gefallen hatte: den Kroisleitner Karl. Ihn hatte die Polizei am Abend zuvor aus Mangel an Beweisen freigelassen. Erleichtert sei der Kalli gewesen, hatte der Doktor berichtet, denn eine zweite Nacht in der Zelle, das hätte ihn sicher ganz aus der Bahn geworfen. Dennoch hatte er den Sarg nicht im Haus haben wollen, denn davor, wie die Mutter reagieren würde, hatte er sich gefürchtet.

Doch die beiden Herren vom Bestattungsunternehmen, treue Leser von der *Gratz* und daher bestens über seine Inhaftierung informiert, hatten an den Ritualen festhalten wollen. Und die besagten nun einmal, dass ein Verstorbener zu Hause aufgebahrt werden sollte, damit man von ihm Abschied nehmen könne. Und genau in dem Moment, als sie das dem Kroisleitner Karl erklärt hatten, war die Gretl Kroisleitner mit ihrem Rollstuhl ins Balkonzimmer gefahren und hatte den Sarg entdeckt. »Wer ist da drin, Kalli? Du kannst doch keinen Fremden hier aufbahren!«

»Der Vater ist drin, Mutter, ich hab's dir doch erzählt.«

»Geh, da kriegt man doch keine Luft drin, wenn er zu ist«, hatte sie geantwortet und mit ihren krummen Fingern am Deckel genestelt. In dem Wissen, dass sie den Sarg nicht würde öffnen können, war der Kroisleitner Karl aus dem Haus geschlichen, um den Doktor zu holen, der seinerseits einen ihm bekannten Einbalsamierer angerufen hatte. Gemeinsam waren sie zur Dagmar gegangen, um auch sie mitzunehmen, denn die Dagmar war nicht nur eine gute Frisörin, nein, sie hat auch immer schon gut mit der alten Frau Kroisleitner können können.

Ruhig habe die Straße vor ihnen gelegen, hatte der Doktor weiter erzählt, es habe sogar fast etwas Idyllisches gehabt, doch noch bevor sie das Haus des Schuhmachers erreicht hätten, hätten ein Rumms und ein schriller Schrei die Stille durchbrochen.

»Teufel«, hatte die Gretl Kroisleitner aus voller Kehle geschrien, dass es das gesamte Dorf hatte hören können.

Die Treppe waren sie hinaufgerannt, der Doktor, der Einbalsamierer, die Dagmar und der Kroisleitner Karl, und dort hatten sie entdeckt, dass die Gretl es mit nicht zu erklärenden Kräften geschafft hatte, den Sarg zu öffnen. Der schwere Deckel hatte auf dem Boden gelegen, die Gretl war halb im Sarg verschwunden gewesen und hatte den Toten am Hals gepackt. »Blau! Die Zunge ist blau. Und der Ring? Wo ist sein Ring? Nein, das ist nicht mein Alois!«

Und dann hatte der Doktor den Kopf geschüttelt und gemeint, er hätte zu dem ganzen Theater nur noch »Mein Gott!« sagen können. Und nachdem sie Gretls Finger vom Hals des Vaters gelöst und sie aus dem Sarg gezogen hatten, war genau in diesem Moment eine Fliege durch das Fenster ins Zimmer geflogen und gleich noch eine und kurz darauf ein paar weitere. Und dann hatte man den Nachbarn gehört, wie er sich mit seiner Frau gestritten hatte, und auch den Hinterberger Bruno, der der Moni vorgeworfen hatte, sie würde den Toni terrorisieren. Binnen kurzer Zeit war mit dem staubigen Wind auch der Streit wieder ins Dorf zurückgekehrt, schlimmer und lauter noch als vor der Ankunft des toten Kroisleitner.

»Kannst du jetzt verstehen, Jockl, warum ich die halbe Nacht nicht geschlafen habe?« Sie drehte sich zu ihm um. »Nu? Wie schau ich aus?«

Es war ein schöner anthrazitfarbener Seidenstoff, aus dem das Dirndl genäht war, ganz in der Familientradition mit weißen und blauen Details ergänzt. Die Großmutter wäre stolz auf sie gewesen, doch der Jakob schaute vor allem an ihr herunter. »Die Strümpfe, müssen die sein?«

»Geh, Jakob! Du weißt doch von meiner Thrombose. Was, wenn ich einen Schlaganfall bekomme? Mitten in der Trauerfeier?«

*

»Wo gehen wir überhaupt hin?«, fragte die Mutter. Sie hatte sich geweigert, als der Kroisleitner Karl versucht hatte, ihr das dunkle Kleid anzuziehen. Stattdessen trug sie ihr festliches hellgrünes Dirndl, das ihr früher so gut gestanden hatte, doch in dem sie jetzt mit ihrem knochigen Körper fast verschwand. Während sie in ihrem Rollstuhl über den Kirchplatz gefahren wurde, schwang sie aufgeregt ihren Stock. Das hielt die Fliegen fern. Gegen den Staub half es nicht. Und der Kroisleitner Karl dachte sich, gehen ist gut, ich gehe und du wirst geschoben, aber das wirst du nimmermehr begreifen.

»In die Kirche, Mutter.« Er sprach ganz langsam. »Den Vater tun's begraben.«

»Was red'st denn schon wieder für ein Unsinn, Kalli!«

»Ach, Mutter.«

»Er hatte keinen Ring!«

*

Auch die anderen Bewohner des Dorfes hatten sich herausgeputzt und auf dem Kirchplatz versammelt, um bei der Ansprache des Bürgermeisters dabei zu sein, bevor man gemeinsam in die Kirche gehen würde. Der alte Kroisleitner war beliebt gewesen. Denn nicht allein um die Füße seiner Mitbürger hatte er sich die meisten seiner 104 Jahre gekümmert, er war auch Kapellmeister gewesen, hatte im Gemeinderat mitgearbeitet und lange Zeit das Ersparte der Dorfbewohner im Vorschusskassenverein verwaltet. Sein größter Erfolg für die Gemeinde war mit einer Reise nach Graz verbunden, als er im Jahr '47 ganz unerwartet mit einem Koffer voll Geld zurückgekommen war, das er angeblich den Behörden zum Wiederaufbau aus der Tasche hatte leiern können. Ein Segen für das Dorf, nein, gar ein Wunder, denn genau hier in St. Margarethen hatte im

April ‘45 vier Mal die Front zwischen den Deutschen und den Russen gewechselt. Es war unmöglich zu sagen, wer den größeren Schaden angerichtet hatte. Das Dorf war zerstört gewesen, vom alten Wasserwerk angefangen, das von den ersten Bomben getroffen wurde, bis hin zur Kirche, niedergebrannt bis aufs Skelett. Und der vergrabene Klosterschatz war seitdem unauffindbar. Eine Tragödie.

Und gegen Ende seiner Rede legte der bald dreißigjährige Bürgermeister all das, was er an Rhetorik besaß und was Vater und Großvater, weil seine Vorgänger im Amt, ihm mit auf den Weg gegeben hatten, in die abschließenden Worte. »Und wir, wir alle, haben dieses Dorf, unser Dorf, wieder aufgebaut. Mit diesen unseren Händen!«

*

Was für eine schöne Rede, dachte die Lissi beeindruckt, auch wenn der Bürgermeister ein wenig zu viel von sich und seinen Vorfahren erzählt hatte. Und deswegen war es auch richtig gewesen, dass der Pfarrer sich geweigert hatte, ihn in der Kirche reden zu lassen. Ein Bürgermeister ist schließlich Politiker und kein Pfarrer.

Die Frau Chefinspektorin aber hatte sich nicht für seine Ausführungen interessiert, wie die Lissi feststellen musste. Mit ihren beiden Mitarbeitern saß sie draußen vorm *Valentiner* auf der Sonnenterrasse, ignorierte Staub und Fliegen und trank Kaffee, den die Lissi, bevor sie sich der Trauergemeinde anschließen wollte, noch höchstpersönlich an den Tisch gebracht hatte.

»Wollen S’ nicht noch a bissl mehr über den Kalli sein Vater wissen?«, fragte sie die Frau Kottnik, aber dass sie darauf eine derart schnippische Antwort erhalten würde, damit hatte sie nicht gerechnet. Die Erfahrung, so die Frau Kottnik, habe sie gelehrt, dass pathologische Berichte, Spurenauswertungen und Zeugenaussagen wesentlich mehr zu den Ermittlungen beitragen würden als der Dorfklatsch. Aber danke für das Angebot, wenn sie einmal privat hierherkommen würde, was – und dabei schaute sie über den Rand ihrer Sonnenbrille – unwahrscheinlich sei, dann gerne, ein bisschen Folklore würde den dann sicher allzu langweiligen Ferienalltag bereichern.

»Ein bisschen Folklore«, zischte die Lissi die Kaffeemaschine an, als sie wieder hinter der Schank stand, weil der Herr Leibinger noch einen weiteren Verlängerten bestellt hatte. »Langweiliger Ferienalltag, pah! Diese Heugeige, die schnepfige!« Doch sie riss sich zusammen und brachte den dampfenden Kaffee mit einem überaus freundlichen Lächeln an den Tisch.

»Bitte schön, der Herr. Und die Dame«, die Lissi stützte ihre Hände in die runden Hüften und streckte das Kreuz durch, »vielleicht noch eine Mehlspeis?«

»Lassen Sie's gut sein, Frau Valentiner. Wissen Sie, ich komme aus Linz und halte es wie meine Großmutter, wenn sie eine Torte backt: Die Zutaten müssen stimmen, aufs Gramm genau, sonst gibt's ein Unglück im Ofen.« Die Frau Kottnik klopfte sich auf den nicht vorhandenen Bauch.

»Wie's beliebt«, entgegnete die Lissi spitz, während der Herr Leibinger sinnfrei kicherte, »dann setz ich mich halt einfach daher.« Und so setzte sich die Lissi – demonstrativ, könnte man fast meinen – an den Nachbartisch, verschränkte die Arme und wackelte mit den in der Luft baumelnden Füßen, die jetzt schon wieder arg weh taten. Die Trauergemeinde betrat nun die Kirche. Hin- und hergerissen überlegte die Wirtsfrau, was sie tun sollte, mit hineingehen oder weiter der Polizei ihre Hilfe anbieten? Leise klang Orgelmusik zu ihr herüber.

»Wir hätten das mit der Suchmeldung sein lassen sollen«, hörte sie den Assistenten, den Schrammel, sagen, der gerade telefoniert hatte. »Seitdem sie vorgestern in Deutschland im Fernsehen gezeigt wurde, steht im Revier das Telefon nicht mehr still. Besonders das Foto von den Turnschuhen war ein Fehler.«

»Ach, Schrammel, Sie wieder mit Ihren Bedenken.« Die Frau Kottnik fischte mit dem Löffel eine Fliege aus ihrem Kaffee und betrachtete sie ausführlich. Aus den Augenwinkeln konnte die Lissi erkennen, wie die Fliege sich aus der Pfütze im Löffel befreien wollte. Die Chefinspektorin pustete sie ganz sanft an.

»Von überall her kommen die Hinweise. Ich habe bei der Herstellerfirma angerufen. Allein in Deutschland wurden von diesen Turnschuhen mehr als 60000 Paar verkauft. Wie soll man da den *einen* Besitzer finden?«

Die Fliege war fast schon trocken. Und die Lissi dachte an die Turnschuhe. Also doch der fremde Wandersmann und nicht der Kalli! Nu, sie hatte es ihm ja gleich angesehen, dass mit ihm etwas nicht stimmen würde. Und dann hielt sie es nicht mehr aus und wandte sich an den anderen Polizisten.

»Ein Schnitzel hat er gegessen, mit Bratkartoffeln …«

»Ja, das haben S' doch schon der Frau Chefinspektorin erzählt, Frau Valentiner.«

»… und ein Helles getrunken, Herr Inspektor, um halb neun Uhr morgens, also wenn Sie mich fragen …«

»Wir fragen Sie aber nicht« entgegnete der Herr Leibinger scharf, »danke schön, Frau Valentiner.«

»Nu, ich sag's ja nur.« Die Lissi hob die Hände, wedelte ein paar Fliegen fort und verschränkte wieder die Arme. Die Orgel hörte auf zu spielen, und auch wenn man draußen auf der Terrasse vom *Valentiner* von den ersten Worten des Pfarrers nichts hören konnte, lag etwas Erhabenes in der Luft, nur gestört durch das ewige Gesumme. Bis die Kirchentür aufging und der Hinterberger Bruno die weinende Mutter, die Gretl Kroisleitner, hinausrollte. Als sie am Gasthof vorbeikamen, zuckte er kurz mit den Schultern in Richtung Lissi, während die Mutter laut lamentierte. Doch was sie sagte, das verstand keiner, die Polizei nicht, die Lissi nicht und wahrscheinlich noch nicht einmal der liebe Gott.

»Dass die in ihrem Alter noch so schreien kann«, sagte der Herr Leibinger, »man sollte es verbieten.«

Und dazu wollte die Lissi auch wieder etwas sagen, aber sie biss sich auf die Zunge. Warum eigentlich waren die Polizisten überhaupt hier? Hatten die nichts Besseres zu tun, als herumzusitzen und über die Leute zu tratschen? Und das an einem Donnerstag! Erst hatten sie den Falschen verhaftet und dann saßen sie an einem Arbeitstag tatenlos herum und tranken Kaffee!

»Frau Valentiner«, fragte die Frau Kottnik plötzlich, während sie noch immer den Löffel mit der Fliege anstarrte.

»Ja, Frau Kottnik?« Automatisch, was sie arg ärgerte, schnellte die Lissi von ihrem Stuhl hoch.

»Bringen S' mir doch bittschön noch einen frischen Verlängerten.« Und mit diesen Worten versenkte die Frau Chefinspektorin den Löffel samt Fliege wieder in der braunen Flüssigkeit.

Aber die Lissi, geschockt von diesem heimtückischen Mord, selbst wenn es nur der an einer Fliege war, dachte gar nicht daran. Sie ließ die Polizei Polizei sein und ging nun doch in die Kirche.

2

Emma schaute sich um.

Mit einem lauten Knall war die Kirchentür ins Schloss gefallen, und deswegen sah sie wie alle anderen der Lissi Valentiner zu, wie sie sich auf Zehenspitzen, aber dennoch laut genug, um den Pfarrer verstummen zu lassen, einen Platz suchte. Sie fand einen in ihrer Nähe.

»Gäste«, sagte die Wirtin entschuldigend, bevor sie sich mit einem Seufzer hinsetzte und an ihren Strümpfen zupfte.

»Wo war ich?«, fragte sich der Pfarrer, fand die Stelle wieder und las weiter aus der Bibel vor.

Der Waschlappen war feucht und kalt gewesen.

Aber er hatte Emma wieder aufwachen lassen. Sie hatte auf ihrem Bett gelegen. Die Wange hatte gebrannt, die Beule an der Stirn gepocht. In der Wucht der Ohrfeige hatte sie die ganze Enttäuschung der Mutter gespürt. Der Aufprall auf dem Boden war nichts im Vergleich dazu gewesen.

»Es tut mir so leid.«

Emma hatte sich geweigert, auf die Entschuldigung zu reagieren. Die Suppe, von der Mutter auf den Nachttisch gestellt, war kalt geworden.

Am nächsten Morgen war der Frühstückstisch gedeckt gewesen. Wortlos hatte sich Emma hingesetzt. Die Mutter hatte ihr eine Tasse heißen Tees hingestellt, direkt neben einen Stapel ungeöffneter alter Umschläge, zusammengehalten von etwas, das wie ein Schnürsenkel aussah.

»Ich habe zehn Jahre so gut wie nichts geredet, nur das übliche Blabla im Dorf. Als ich dann auch noch die Kühe verkaufen musste und die Halbtagsstelle beim Doktor aufgegeben habe, wurde es mir richtig einsam. Oft weiß ich gar nicht mehr, wie man mit anderen Menschen umgeht.«

»Sind das die Briefe?«

Die Mutter hatte genickt. »Du siehst, ich hab sie nicht gelesen.«

»Ich kann es fast nicht glauben.« Doch die Umschläge waren tatsächlich unberührt gewesen.

Die Mutter war aufgestanden und hatte Tee nachgeschenkt.

»Der Alois hat sie gehabt, seit mehr als siebzig Jahren. Das hat er zu mir gesagt. Und dann hat er mich einfach sitzen lassen. Allein mit den Briefen. Kein Wort darüber, warum er sie mir erst jetzt gegeben hat. Hätte ich sie gelesen, wenn ich sie früher bekommen hätte? Keine Ahnung, aber ich wollte – ich will – nicht wissen, wo er herkam und wie er gelebt hat. Ich habe ihn ausgelöscht.«

»So wie mich.«

Das war nicht als Frage gemeint gewesen, dennoch hatte ihre Mutter genickt. »Trotzdem: Man kann es nicht vergleichen.«

»Aber jetzt willst du, dass ich die Briefe öffne und lese?«

Die Mutter hatte lang überlegt. »Ich weiß nicht«, hatte sie dann gesagt, »vielleicht nach der Beerdigung vom Alois. Vielleicht, wenn sich alles wieder beruhigt hat. Vielleicht auch nie.«

Emma schreckte auf.

Der Pfarrer begann mit seiner Predigt, doch zu ihrer Verwunderung klatschte er dabei rhythmisch in die Hände und sagte »eins-zwei-drei, eins-zwei-drei«. Wenigstens hatte er so die Aufmerksamkeit aller Anwesenden, dachte sie.

»Das, liebe Gemeinde«, fuhr der Pfarrer fort, »fällt mir ein, wenn ich über den Tod unseres hochverehrten Schuhmachers, den Alois Kroisleitner, nachsinne: der Dreivierteltakt eines Walzers …«

»Ja, ist denn der verrückt geworden«, hörte Emma die Lissi ihrer Sitznachbarin zuflüstern.

»So ein neumodischer Kram! Das also lernt man heutzutage im Konvent«, antwortete diese. Die Nasen rümpften beide.

»... denn nichts anderes ist das Dasein hier auf Erden: Geburt-Leben-Tod, eins-zwei-drei.« Abermals klatschte er dazu in die Hände, wodurch die Gemeinde, wie Emma registrierte, immer unruhiger wurde. »Und verbirgt sich nicht auch in unserem Glauben diese Leben bestimmende Drei? Der Vater, der Sohn und der Heilige Geist?«

»Die zehn Gebote«, rief einer der Kirchgänger dazwischen, und ein anderer brummte laut hörbar: »Die zwölf Apostel.«

»Die heilige Dreifaltigkeit, das ist das Triptychon unseres Glaubens, liebe Gemeinde. Und unser Leben steuert den Rhythmus dazu bei – eins-zwei-drei – ja, das möchte ich euch mitgeben, bevor wir uns beim anstehenden Begräbnis auf dem Kirchfriedhof vom Kroisleitner Alois verabschieden: Das Leben geht weiter, und das hätte der Alois auch gewollt. Denn er ist es gewesen, der uns im Dorf in den vergangenen Jahrzehnten den Rhythmus vorgegeben hat, den wir um Rat haben fragen können und der Taten folgen ließ, ganz so, als wäre er ein König, ja als wäre er der *Dorfkönig* gewesen.«

3

Nach diesen Worten verließ der Bürgermeister mit hörbarer Entrüstung die Kirche, während die Lissi dachte, dass der Pfarrer gerade etwas sehr Wahres kundgetan hatte. Und anders als bei den Kirchgängern, die wegen dieser Predigt von ihren Bänken aufgestanden und aus der

Kirche geeilt waren, ob aus Solidarität mit dem Bürgermeister – »Der war doch nur Schuhmacher!« – oder aus Kritik an der Art der Rede – »Das gehört sich nicht in einer Kirche!« –, schälte sich aus dem, was die Lissi darüber dachte, ganz allmählich eine Idee heraus. Ein helles Licht, eine Eingebung, ganz gleich, wie man es bezeichnen würde, was der Lissi gerade widerfuhr – dass mit dem Tod vom Kroisleitner Alois dem Dorf nun der König fehlte, war offensichtlich, wo alles in Aufruhr und Zwietracht war und weder der Pfarrer noch der Bürgermeister etwas dagegen tun konnten, hatten sie sich doch selbst damit angesteckt und versucht, sich mit ihren Reden zu übertrumpfen.

Daher gab es für die Lissi nur eine Lösung. Ein Ersatz für den Alois musste her. Und wer wäre da besser geeignet als eine Wirtin, ja, und vielleicht sogar die vom *Valentiner*? Fast hätte sie bei diesem Gedanken laut aufgelacht, denn wenn sich einer um das Wohl der Menschen hier im Dorf kümmerte, dann doch wohl sie. Gutes tun, das war schon immer ihre Devise gewesen, und gerade deswegen sah sie es als eine Verpflichtung an, als der neue Kö…, nein, die neue *Kö-ni-gin des Dorfes* dabei zu helfen, die Ruhe wiederherzustellen.

*

Ein Mann der Kirche muss demütig sein, nicht wie jetzt der Pfarrer. Das hatte der Mönch gesagt: Demut und Ehrfurcht, darauf sei das Haus Jesu Christi gebaut. Der Josef hatte viel von dem behalten, was der Mönch gesagt hatte, wenn er bei ihnen am Küchentisch gesessen hatte. Die Mutter hatte ihn gezwungen, zuzuhören. »Merk dir gut, was der Onkel sagt«, hatte sie immer gemeint.

Unruhig rutschte der schöne Josef nun auf seiner Bank hin und her. Gerne wäre er gegangen. Um sich nicht zu verraten, dass seine Gedanken ständig abschweiften. Aber vor allem, weil sein Blick immer an der Moni schräg vor ihm hängenblieb. Sie saß zwischen Sohn und Vater Hinterberger. Die Moni. Die hatte Ruhe in sein Leben gebracht. Nachdem die Emma ihn verlassen hatte.

Sie saß weiter hinten. Er drehte sich nicht zu ihr um. Aber er spürte ihre Blicke.

Der schöne Josef befand sich in einer Kirche. Und die Emma tauchte wieder und wieder in seinem Kopf auf. Und deswegen, um nicht mehr an sie denken zu müssen, beschwor er unreine Gedanken herauf. Er zwang sich daran zu denken, wie die Moni ihn, den Schüchternen, verführt hatte. Wie er ihren Körper kennengelernt hatte. Wie er – gar nicht mehr schüchtern – mit ihr geschlafen hatte. In allen möglichen Positionen, die man sich vorstellen konnte. Es war Lust gewesen, pure Wollust. Aber hätte man es nicht auch Liebe nennen können?

Er hatte ihrem Wunsch, zu heiraten, einfach zugestimmt. Und nach der Trauung wurde er von ihr verlassen. Als hätte ihr das erst das Recht gegeben, fortzugehen und die Scheidung einzureichen. Das wäre mit der Emma nie … wieder tauchte sie in seinen Gedanken auf. War sie die zweite Prüfung Gottes?

*

Der Kroisleitner Karl kam als Letzter aus der Kirche. Ein paar Minuten hatte er noch alleine am Sarg des Vaters gestanden, sich von ihm verabschiedet und seine eigene Vergänglichkeit gespürt.

»Ich habe ihn verloren«, hatte er zu dem Sarg gesagt, und wer es gehört hätte, würde denken können, er hätte den Vater gemeint.

Als er die Kirche verließ, nahm er nur verschwommen

wahr, dass sich der Knabenchor und die Blaskapelle, in der er die Tuba spielte, bei der von der Lissi so liebevoll gepflegten Blumenpracht vor dem *Valentiner* aufgestellt hatten und auf das Zeichen des Herrn Kapellmeister warteten. Ein leiser Klarinettenton erklang, er wurde gehalten und dann setzte die helle Stimme eines einzelnen Jungen ein.

»Ich hatt' einen Kameraden …« Ein zweiter Junge kam hinzu.

»… einen bessern findst du nit …« Das Schlagwerk und weitere Stimmen folgten.

*

Auch die Lissi war stehen geblieben, zupfte ein paar welke Blätter von ihrem ganzen Stolz, der Buschrosenhecke am Eingang des Wirtshauses, und hörte zu. Ihr gefiel es. Was für ein würdiger Abschied von dem alten König, und ein schöner Dank an den Kalli! Er hatte es ja in den letzten Jahren nicht leicht gehabt. Die Eltern waren alt geworden und die Mutter – nicht mehr von dieser Welt.

Die Lissi sah, wie sich die Jule, das kleine Mädchen, vor die Kapelle stellte und zur feinen Orchestrierung mitschunkelte. Auch ihre Großmutter war mit den anderen Pensionsgästen vor die Tür des *Valentiner* getreten. Sie beobachteten das Geschehen aus der Ferne, doch auf einmal richteten sie ihre Augen auf sie. Auf ihre Wirtin. Vielleicht sollte sie nach der Musik auch etwas sagen, dachte die Lissi ein wenig überrumpelt, so wie zuvor der Bürgermeister und hernach der Pfarrer. Das wäre doch mehr als angebracht.

»… die Trommel schlug zum Streite, er ging an meiner Seite, im gleichen Schritt …«

Ein lauter Knall ertönte. Die Kapelle hörte auf zu spielen und der Chorgesang erstarb. Ein weiterer Knall folgte und durchschnitt die Stille. Krähen flatterten durch die Luft. Seltsam knatternde Motorengeräusche näherten sich. Dem Pfarrer, das konnte die Lissi sehen, gefiel das gar nicht.

»Liebe Gemeinde«, setzte er an, »wir wollen doch nicht vergessen, dass wir noch eine Pflicht vor uns haben, nämlich dem Kroisleitner Alois das letzte Geleit …«

Doch da brach er ab, denn ein alter Volvo mit deutschem Kennzeichen bahnte sich langsam den Weg durch die Trauernden. Berlin. Der Wagen hielt vor dem *Valentiner* an und ging mit einer kleinen Verzögerung, einem letzten Seufzer aus. Die Beifahrertür öffnete sich und die Lissi wunderte sich über das Aussehen der jungen Frau, die nun ausstieg. Wie diese vor kurzem verstorbene Sängerin hatte sie lange, toupierte dunkle Haare und schwarzgeschminkte Augen. Allein die Stöpsel in den Ohren und die unförmige graue Jogginghose schienen nicht zu der Erscheinung zu passen. Die junge Frau blickte sich verwundert um.

Auf der anderen Seite des Wagens kletterte ein Mann mit wirrem Haar heraus. Er sah sich um, zündete die Zigarette an, die er schon im Mundwinkel hatte, und sagte erschöpft »Guten Tag.«

»Das gibt es nicht«, flüsterte die Lissi. Fast hätte sie sogar mit dem Finger auf den Mann gezeigt. »Das ist er. Der fremde Wanderer. Der Mörder. Und der Alois ist noch nicht einmal unter der Erde.«

7

DAS FENSTER

1

Die Strahlen der Nachmittagssonne brachen sich im Drahtglas des hohen Fensters und heizten den Raum noch weiter auf. Man hätte eine Leiter gebraucht, um die verschmutzten Scheiben zu putzen, so aber war der Himmel nicht blau, sondern grau. Ob das Absicht war? Der feinlöchrige Stoff der schmalen Matratze war hingegen schon immer grau gewesen. Sie lag auf einem an der Wand befestigten Brett. Setzte man sich drauf, roch es nach altem Schaumstoff. Der Bezug war an zahlreichen Stellen aufgerissen.

Sonst schien es hier sauber zu sein, geradezu aseptisch. Die Kloschüssel ohne Sitz und Deckel blitzte sogar in den fahlen, sich brechenden Sonnenstrahlen. Vier mal fünf Meter maß die Zelle. Frassek hatte sie in den zwei Stunden, die er bereits hier war, mehrmals abgeschritten. Er hätte das nie erfahren, wenn er nicht seine Dienstmarke bei Müllers Sekretärin hätte abgeben müssen. Dann wäre er von diesem unsympathischen Inspektor auch nicht ausgelacht worden, als Frassek auf der Fahrt zu erklären versucht hatte, dass er ein Kollege sei.

Wenn er nach diesem Lachen ruhig geblieben wäre, hätte Frassek sich jetzt auch keine Gedanken über das Gitter machen müssen, das in der Mitte des Raumes den Abfluss im Boden bedeckte. Er ertappte sich dabei, wie sein Blick immer wieder daran hängen blieb. Vielleicht hatten alle vorherigen Insassen das ebenfalls getan, tagein, tagaus auf das Loch gestarrt.

Frassek ging vor dem Abfluss in die Knie und versuchte, hineinzuschauen. Schmutz, Kaugummis, etwas, das mit Schimmel überzogen war. Als er aufblickte und sich umsah, begriff er, dass die Sauberkeit in der Zelle nur oberflächlich war, überall sah er nun Staub und Dreck. Wie beim letzten Besuch bei seinem Vater. Monate war das jetzt her. Er rechnete nach. Es war genau zwischen dem Tod seiner Mutter und dem seines Vaters gewesen. Auch im Haus der Eltern hatte es so ausgesehen, als wäre alles sauber. Aber er hatte die schmutzigen Ecken damals einfach ignoriert und auch den etwas muffigen Geruch seines Vaters, der wie er wieder angefangen hatte zu rauchen.

Und da waren die drei Schalen Cocktailtomaten gewesen, die eine in der Obstschale, die zweite im Kühlschrank und die dritte im Geschirrregal, wo sein Vater aus Bequemlichkeit alles aufbewahrt hatte, anstatt es wie früher ordentlich wegzuräumen. In jeder Schale hatten ein, zwei Früchte gefehlt, der Rest war verschimmelt gewesen. Sie hatten wie nicht erfüllte Vorsätze fürs neue Jahr ausgesehen. Gesund leben und sich dann doch gehen lassen. Frassek hatte nichts dazu gesagt, sondern sie heimlich weggeschmissen. Die gemeinsame Trauer um den Tod der Mutter war ihm wichtiger gewesen. Und doch hatte er, sofort als er nach Hause – nach Steglitz – gekommen war, fortan bei jeder Nachlässigkeit an die Cocktailtomaten seines Vaters gedacht.

Aber da war auch etwas in dem Abfluss, das das Licht reflektierte. Frassek sah genauer hin. Ein Ring? Er umfasste das Gitter und zog. Nichts. Mit zwei Fingern schob er den glitschigen Dreck beiseite und konnte den Ring spüren, ja sogar greifen, aber nicht herausziehen. Er legte sich auf den Boden und änderte den Winkel.

Der Riegel auf der anderen Seite der Tür wurde aufgeschoben. Fünf Sekunden oder eine Ewigkeit passierte nichts, dann schwang die Tür langsam auf. Auf halber Strecke gab sie den Blick auf einen uniformierten Polizisten frei. Als sie ganz offen stand, sah Frassek auch diesen Inspektor. Leitheimer? Frassek hatte seinen Namen vergessen.

»Aufstehen. Mitkommen!«

Immer wieder entglitt ihm der Ring. »Lasst ihr mich laufen?«

»Wir haben Sie doch gar nicht festgenommen, Herr Frassek. Nur festgesetzt. Damit Sie sich beruhigen können und nicht davonlaufen, solange die Frau Chefinspektorin noch unterwegs ist und Sie nicht einvernehmen kann. Was machen Sie da auf dem Boden? Ist das ein Trendsport? Ihr Vorgänger hier hat auch die ganze Zelle abgesucht.«

Festgesetzt. Als ob das nicht das Gleiche wäre. Frassek seufzte. Mit dem Daumen gelang es ihm endlich, den Ring auf den Mittelfinger zu schieben. Er stand auf und ließ ihn in die Hosentasche gleiten.

In einem Verhörraum mit einem blinden Spiegel an der Wand bekam er seine Sachen zurück. Nachdem er Gürtel und Schnürsenkel wieder eingefädelt hatte, tauchten auch die beiden anderen Polizisten auf, diese hübsch gekleidete Chefinspektorin – was für ein Titel! – und ihr Assistent, der Schrammel.

»Warum haben Sie uns denn nicht gleich gesagt, dass Sie ein Kollege sind, Herr Frassek?« Frau Kottnik warf eine Akte auf den Tisch und setzte sich ihm gegenüber.

»Hätten Sie mir denn geglaubt?« Er spürte, wie er taxiert wurde, vom – Heiblinger? – mit Misstrauen, vom

Schrammel mit offener Neugier und von der Kottnik mit einem Blick, der ihn an seinen Chef erinnerte.

*

»Sie haben ihn laufen lassen.« Sprotz kam vom Getränkeautomaten zurück. Der Duft nach gesüßtem Kaffee durchzog den Raum.

»Was erzählst du für einen Quatsch?«

»Das wirst du gleich erfahren. Müller kommt.« Sprotz pfiff eine Arie aus *Aida*. Mittlerweile kannten auch sie sich gut in der Opernwelt aus.

»Fangen wir mit dem Dur an, Herr Frassek: Ja, der Staatsanwalt hat ihn laufen lassen.« In Müllers Stimme klang noch etwas anderes mit als nur Bedauern. Wut? Verzweiflung? Frassek war gespannt, wohin das Pendel ausschlug. »Ertappt auf frischer Tat war es ja leider nicht, Herr Frassek, er hatte ja noch nichts getan. Prä-frisch hat der Staatsanwalt das genannt. Unerlaubter Waffenbesitz wäre deswegen das Einzige gewesen, was wir ihm hätten vorwerfen können. Aber es war ja nicht mal ein Schnappmesser, was Sie da gesehen haben, Herr Frassek! Wie hätte er Sie denn mit seinem Klapphandy erstechen sollen?«

Das hätte er doch nicht so schnell merken können, wollte Frassek schon einwerfen, schwieg aber. Er beobachtete, wie sein Chef sich durch das Haar fuhr, tonlos seufzte und dann weitersprach. »Sie haben's vermasselt, Herr Frassek. Wie kann man nur so dämlich sein? Auf eigene Faust zu ermitteln ohne Absprache. Eine fingierte Abschiebung! Wessen Idee war das denn schon wieder? Ihre oder von Herrn Sprotz?«

»Meine«, sagte Frassek. Er wollte seinen Kollegen und auch dessen Frau nicht in Schwierigkeiten bringen. Immerhin hatten sie Vera heraushalten können.

»Na, das dachte ich mir. Vielleicht hätten Sie doch noch ein paar Tage länger Urlaub machen sollen. Der Tod eines nahen Verwandten hinterlässt mehr Spuren, als man denkt.«

»Aber Sie haben doch gesagt, es muss unter uns bleiben!«

Müller zog die Augenbrauen hoch. »Falls Sie diese Geschichte mit dem Passwort meinen, die habe ich noch hinbiegen können. Dummheit ist ja leider kein Straftatbestand. Kennung und Passwort, das darf nie identisch sein, Herr Frassek. Das weiß mittlerweile jedes Kind!«

»Immerhin können wir ihn ja nun beobachten ...«

»Jetzt hören Sie aber auf, Herr Frassek«, fuhr Müller ihn an, »der Anwalt von diesem Leonardo Melanzini hat von uns verlangt, dass sein Mandant weiterhin wie ein unbescholtener Bürger behandelt wird. Keine Observation. Sonst würde er mit der ganzen Geschichte an die Presse gehen. Und das würde jedem Sheriff von Weddingham das Genick brechen.« Müller stand auf. So ernst hatte er noch nie ausgesehen.

»Herr Polizeiobermeister Frassek, jetzt kommt das Moll: Ich muss Ihnen leider mitteilen, dass man Sie suspendiert hat. Sie haben einen dienstlichen Auftrag vorgetäuscht, den niemand, auch ich nicht, Ihnen gegeben hat. Die Interne wird den Vorfall untersuchen. Geben Sie doch bitte bei meiner Sekretärin Ihre Dienstmarke und die Pistole ab, bevor Sie das Gebäude verlassen. Den höheren Dienst – den können Sie sich in den Wind schreiben.«

»Da geht er hin, mein Urlaub«, murmelte Sprotz. Beim Hinausgehen drehte Müller sich noch einmal um. »Ach ja, für den Fernseher müssen Sie auch selbst aufkommen. Meine Sekretärin hat für Sie die Rechnung.«

Draußen auf dem Flur brüllte er »Fünftausend Euro!«,

und Frassek war sich sicher, dass er danach ein schadenfrohes Lachen hörte.

*

»Herr Kollege, ich muss mich bei Ihnen entschuldigen.« Die Kottnik unterbrach Frasseks Gedanken. »Aber es war einfach naheliegend, Sie festzusetzen, als Sie meinem Kollegen gegenüber grob zu werden drohten.«

»Haben Sie's gehört? Festgesetzt, wie ich's gesagt habe. Nicht festgenommen«, ergänzte Leib-was-auch-immer.

»Holen Sie mal ausführlich Kaffee, Herr Leibinger. Schrammel und ich, wir fangen schon einmal an.« Der Inspektor schien über die Anordnung seiner Chefin fassungslos zu sein. Wenn Frassek in der kurzen Zeit die österreichische Polizeihierarchie richtig verstanden hatte, wäre das die Aufgabe vom Schrammel gewesen.

»Also, Herr Kollege«, sagte dieser aber nun, »erzählen Sie uns doch bitte noch einmal von jenem Tag, an dem Sie das erste Mal nach St. Margarethen gekommen sind.«

»Nun …« Frassek zögerte.

Die Kottnik lachte. »Ja, da kann ich Sie verstehen, es ist nicht gerade der reizvollste Urlaubsort.«

Er wollte ihr nicht gleich recht geben. Was von dem Dorf kannte er schon? Aber die Umgebung war hübsch, auch wenn er mit Bergen noch nie viel hatte anfangen können. Es war etwas anderes, das ihn zögern ließ. Denn wo sollte er beginnen?

»Ich hatte eine Woche frei. Ich bin nach Prag und dann nach Wien gefahren. Und dann wollte ich einfach raus in die Natur …«

Das war untertrieben. In den beiden Städten hatte er es einfach nicht mehr ausgehalten, war nicht zur Ruhe gekommen, hatte überall seinen Vater gesehen. Und besonders in Wien waren ihm nur Menschen begegnet, die so wie er ein dickes Päckchen Traurigkeit mit sich herumgetragen hatten – dunkle Augenringe, gebeugte Haltung, Bauchansatz, ein stetes Stöhnen auf den Lippen. Als wären in dieser Stadt nur Frasseks unterwegs gewesen und alle fröhlichen Menschen für ihn unsichtbar.

In Prag auf der Karlsbrücke hatte er seinen Ehering vom Finger gezogen und ihn in die Moldau geworfen. In Wien, am Stephansdom, war ihm ein junges Pärchen über den Weg gelaufen. Lass uns ans Meer fahren, hatte der Junge zu seiner Freundin gesagt, das sei nur ein paar Stunden entfernt. Sie hatte ihn ausgeschimpft und trotzdem geküsst. An ihrer Stelle war Frassek losgefahren. Das Meer, das würde ihn beruhigen, ihn ablenken vom Tod des Vaters und dass er dessen Beerdigung geschwänzt hatte.

So war er losgefahren, Richtung Süden, war an den ersten Hügeln und Bergen vorbeigekommen, hatte sich von ihrer Erhabenheit berauschen lassen und war spontan von der Autobahn abgebogen. Nach einiger Zeit hatte er eine alte Eisenbahnbrücke entdeckt, die über ein Tal führte. Sie hatte zwei eiserne Rundbögen, doch diese bogen sich nicht, wie er es kannte, nach oben, sondern nach unten. Wie zwei Tränensäcke hatten sie ausgesehen. Seltsamerweise hatte ihm das gefallen. Er war mit seinem Volvo abgebogen und unter der Brücke durchgefahren, in der Hoffnung, dass hinter diesem Trauerbogen ein Tal der Glückseligkeit beginnen würde. Und dann war da dieser kleine Laden gewesen, der sich hochtrabend Kaufhaus genannt hatte, und in dem er sich einen Rucksack und Proviant gekauft hatte: Wasser, Bananen, Waffelschnitten. Wie ein Kind war er sich vorgekommen.

Auf einem Parkplatz hatte Frassek den Wagen abgestellt und war, Schildern folgend, hinauf zum Nebenwechsel gewandert. Auf dem Gipfel, bei einer Grabstelle für die hier gefallenen Soldaten, hatte er … ja, geweint hatte er, um den Vater, um sich und seine Feigheit, und weil ihn das so schockiert hatte, war er einfach weitergelaufen, zum Oberwechsel, über den sich anschließenden Berg bis zum nächsten Dorf, in dem er einen weiteren Soldatenfriedhof entdeckt hatte. Die Gegend war im April '45 Kriegsschauplatz gewesen, die mit Kreuzen geehrten Toten waren jung verstorben.

Er war ins Tal hinabgestiegen, hatte ein paar Stunden in der Scheune eines verlassenen Bauernhofs geschlafen und frühmorgens, noch vor dem Sonnenaufgang, war er wieder aufgebrochen. Nach St. Margarethen war es nicht weit gewesen, der Weg hügelig, Wiesen, Felder und Wälder hatten sich abgewechselt, sich zu einem Anblick reinster Harmonie zusammengefügt, und da, ganz plötzlich, hatte es Frassek gefallen, da hatte er es genossen.

2

Natürlich hatte Emma ihn gesehen.

In der Kirche hatte sie ihn auch sogleich erkannt, den Josef. Und nun schlich er um den Wagnerhof herum, immer außerhalb des Sichtfelds der Mutter, die im Garten arbeitete. Wenn er gewollt hätte, hätte er sich auch Emma gegenüber unsichtbar machen können. Ob sie ihn aber jetzt schon treffen wollte? Der Nagellack auf ihren Fingernägeln musste sowieso noch trocknen.

Emma setzte sich auf das Bett, um sich die Fußnägel vorzunehmen. Ihre Hände zitterten. Sie hatte nie vergessen, was passiert war, wie sollte sie auch, schließlich war es der Auslöser für ihr anderes Leben gewesen.

Bei ihrer Bank im Wald hatte er sie abgeholt. Damals vor zehn Jahren war es ebenfalls ein heißer Sommernachmittag gewesen. Vorher hatte sie die Kühe in den Stall getrieben und gemolken. Den Rest des Nachmittags und den Abend hatte sie sich freigenommen. Für ihn.

Sie waren durch die Wälder gestreift, sie voraus, er hinterher, manchmal umgekehrt, egal wohin. Es war wie immer gewesen und doch anders. Er hatte dieses enge weiße Hemd getragen, die Ärmel zur Hälfte hochgekrempelt, so wie es ihr am liebsten gewesen war.

»Lass uns doch wieder so tun, als würden wir uns nicht kennen. Wie damals, als wir Kinder waren.« Das hatte sie vorgeschlagen. Er war sofort darauf eingegangen.

»Ich weiß gar nicht, was Sie von mir wollen, Fräulein. Ich kenne Sie gar nicht. Wer sind Sie?«

»Guten Tag, Frau Moser der Name. Ich komme aus München, habe zwei Kinder und einen Kettenraucher als Mann.« Emma hatte die Stammgäste im *Valentiner* gut gekannt, hatte sie doch in jener Zeit dort manchmal als Kellnerin ausgeholfen.

*

Er blieb stehen. »Du bist fünfundzwanzig.«

Emma lachte. Warum sagte er das so ernst? Durfte sie nicht kindisch sein? Oder sollte sie nicht die Frau Moser spielen, diese hässliche Schachtel? »Und du bist acht Jahre älter als ich. Unser Leben lang schon, haben Sie das etwa vergessen, Herr … wie war doch gleich der Name?«

»Gehen S' fort, ich bin doch der Herr Pfarrer, Frau Moser.« Ja, den hatte er immer schon gut imitieren können: Bauch raus und das Kinn an den Hals gedrückt, um die Wulste des alten Pfarrers nachzuahmen.

»Nein, heute mal nicht der Pfarrer. Den kann die Frau Moser nicht verführen. Außerdem bist du viel zu schön für diese aufgeblähte Mozartkugel. Du bist … George Clooney.«

»George Clooney?! Nein, der würde doch nie und nimmer mit der Frau Moser …«

»Grad der Clooney«, unterbrach sie ihn und küsste ihn auf die Wange. Er hatte sich rasiert. »Ich bin nämlich eine hübsche Frau Moser. Und ich möchte … ja, ich möchte, dass Sie mich zur Witwe machen, Herr Clooney. Ach, ich bin ja so unglücklich mit meinem Mann!«

Emma hielt sich den Handrücken an die Stirn. Sie merkte seine Verwirrung. Nicht wegen des Kusses, das war der einer Schwester gewesen, von solchen Küssen hatte er unzählige bekommen. Sie nahm die Hand von der Stirn und hielt sie ihm hin.

»Bring er mir den Kopf vom Moser, und dann darf er mich richtig küssen, der Herr Clooney.« Bei diesen Worten klopfte ihr das Herz bis zum Hals und sie rannte los. Wie ein Teenager. Und er ihr hinterher. Im Wald war er schneller als sie. Der Wald war sein Zuhause, die Bäume seine Freunde, die sich ihr in den Weg stellten, die Wurzeln seine Verbündeten. Eine ließ sie stolpern. Er half ihr hoch. Sie schubste ihn zu Boden. »Also, Herr Clooney!« Sie rannte weiter.

Mitten auf einer Lichtung blieb sie stehen. Sie schloss die Augen. Sie fühlte ihn näher kommen. Er schnaufte. Sie spürte seine Nase am Nacken. Wie oft er das schon gemacht hatte! Um sie zu atmen, hatte er gesagt. Aber dieses Mal spürte sie auch den Kuss.

»Mosers Kopf, bitte schön!« Von hinten hielt er ihr einen Tannenzapfen vor das Gesicht.

»Herr Clooney«, sagte sie schwach und ließ sich nochmals in den Nacken küssen. Sie streckte die Arme nach hinten und fuhr durch sein dichtes, weiches Haar. Er umfasste ihre Taille.

»Frau Moser«, sagte er, »die fröhliche Witwe.« Mit seinen Händen umfasste er ihre Brüste. Er drückte sich gegen sie. Er zerrte an ihrer Bluse.

»Nicht«, sagte sie und legte ihre Hände auf seine. Sie beruhigten sich. In seinen Armen drehte sie sich um.

»Josef«, sagte sie.

»Emma«, sagte er. Was konnten diese Augen blitzen! Jahre hatte sie auf diesen Moment gewartet. Und er? Länger noch? Sie wollte ihm ihre Brüste zeigen, sie wollte, dass er sie berührte, sie knöpfte die Bluse auf und ließ sie zu Boden fallen, den BH zog sie einfach nach unten. Wieder nahm er ihre Brüste in die Hände, jetzt aber spürte sie die raue Haut. Er knetete sie sanft, schneller, wilder und schaute sie dabei an.

Der Josef küsste sie auf den Mund. Er küsste sie auf den Hals und auf diese Stelle unter der Kehle, diese kleine, zarte Kuhle. Sie fuhr durch seine Haare. Sein Mund wanderte das Schlüsselbein entlang. Die Brüste ließ er nicht los. Der Mund wanderte weiter, er biss ihr in die Schulter. Dann hörte er plötzlich auf damit. Seine Hände griffen fester zu. Es tat weh.

»Nein«, sagte er, drehte sie brutal um und starrte ihren Rücken an. »Das darf nicht sein!« Er stieß sie weg. Fast fiel sie. Sie kam wieder näher. Sie sah ihn fragend an. Er knallte ihr eine. »Das darf nicht sein«, schrie er sie immer wieder an. Es folgten weitere Schläge. Sie wusste nicht, warum. Das tat am meisten weh.

*

Das darf nicht sein.

Irgendwann hatte sie sich befreien können und war weggelaufen, während er mit den Händen vorm Gesicht immer wieder diesen Satz gesagt hatte …

Durch das offene Fenster hörte sie Geräusche. Ganz

sicher nicht der Josef, aber auch für die Mutter waren die Schritte zu laut. Die Mutter schlich. Immer schon. Emma fasste sich an die Stirn. Der Schmerz tat gut und beruhigte sie, als sie leicht auf die Beule drückte. Vorsichtig, um den Nagellack nicht zu verwischen, stand sie auf.

Es war der Rasch, der da entlangging. Die Mutter war noch im Garten, wie Emma sehen konnte. Der Rasch stand an der Hausmauer und – wie seltsam – er beobachtete die Mutter. Ja, sie waren sich nähergekommen, die Mutter und der Rasch. Sie hatte über seine Witze und sein Wienerisch irgendwann doch gelächelt. Einmal hatte die Mutter ihn gar an der Schulter berührt. Das hatte sie bei Emma bislang nicht getan. Aber trotzdem glaubte sie nicht, dass der Rasch zu irgendeiner normalen Gefühlsregung fähig wäre. Und jetzt drehte er sich um und schlich zur Haustür. Wie ein Einbrecher.

Emma lief zur Zimmertür und lauschte. War er in die Küche gegangen? Die war doch für ihn tabu, hatte die Mutter gesagt. Sie riss die Tür auf, lief den Flur entlang und erwischte ihn am Küchentisch. Er hatte das Bündel Briefe in der Hand.

»Was machst du da?«

»Geh, Emma! Was hast mich jetzt erschreckt!«

»Leg die wieder hin.« Sie deutete auf die Briefe. »Du hast in der Küche nichts zu suchen, hat die Mutter gesagt. Wenn ich dich noch mal hier erwische, wirft sie dich raus.«

Der Rasch lachte und warf die Briefe auf den Tisch. »Glaubst des wirklich? Die Mutter braucht doch mein Geld. Sie ist so arm wie eine Kirchenmaus. Eher wirft sie dich raus.«

»Niemand braucht dich und dein Geld, Rasch, schon gar nicht *meine* Mutter! Mein Gott, du hast dich wirklich nicht verändert. Bist genauso ein Arsch geblieben wie früher.«

»Jetzt pudel dich nicht so auf, du! Sonst ...« Er hob drohend die Hand. Sie stemmte die Hände in die Hüfte und streckte das Kinn vor.

»Na, was?«

Sie hörte seine Tür zuknallen. Was war jetzt das gewesen? Er verhielt sich tatsächlich nicht anders als früher. Wenn er allein war, war er nur böse. Immer hatte er einen anderen gebraucht, meist den Bruno, dem er Befehle hatte geben können. Allein war er ein Schwächling. Trotzdem, er war ihr nicht geheuer.

3

»Den Rest kennen Sie ja sicherlich schon durch andere«, sagte Frassek, nachdem er den Polizisten ein paar seiner Erlebnisse erzählt hatte. »Ich habe eine Postkarte gekauft. Ich hatte Hunger, darum habe ich im Wirtshaus ein Schnitzel zum Frühstück gegessen. Dann habe ich mir im Schuhladen Wanderstiefel besorgt, bin hoch zum Toten Mann, weiter auf den Hausberg, Mittagessen, noch ein Stück Kuchen und dann zum nächsten Gasthaus. Wieder was gegessen, dort übernachtet und morgens zurück zum Wagen. So war das. Einer Leiche bin ich nicht begegnet.«

»Haben Sie denn am Toten Mann irgendjemanden gesehen«, fragte Schrammel, »den alten Schuhmacher zum Beispiel. Wann genau waren Sie da?«

»Es muss etwa gegen elf gewesen sein. Gesehen habe ich dort aber niemanden. Später nur ein paar Wanderer und dann noch ...«

»Wen, bitte schön?«

»Ach, ich habe mich sicherlich geirrt. Einmal habe ich gedacht, jemanden zu sehen. Mitten im Wald, aber eigentlich war die Gestalt nicht richtig zu erkennen ...« Frassek zögerte. Er war so vertieft in seine eigenen Gedanken gewesen, dass er so gut wie nichts, was um ihn passiert war, wahrgenommen hatte.

»Vielleicht hat der Herr Kollege ja den Leibhaftigen gesehen.« Frassek sah Leibinger fragend an, der mit vier Bechern Automatenkaffee wieder den Raum betreten hatte, sich setzte und sich sichtbar zufrieden zurücklehnte. »In St. Margarethen gibt es einige Legenden, so wie die vom Toten Mann. Die Depperten da oben glauben dran.«

»Ich werde mich geirrt haben«, wiederholte Frassek, »aber was ist das mit dieser Legende vom Toten Mann?«

Schrammel und Leibinger zuckten mit den Schultern.

»Recherchieren Sie das mal, Herr Leibinger«, sagte die Kottnik.

»Ich möchte lieber noch einmal den gesamten Zeitablauf mit dem Zeugen durchgehen«, sagte Leibinger, »irgendwie geht sich das noch nicht aus …«

»Bin ich jetzt also doch ein Verdächtiger?«

»Es geht mir allein um Ihre Glaubwürdigkeit, Herr Frassek. Ihre ganze Reise erscheint mir einfach seltsam. Es klingt nicht nach Urlaub. Es klingt … nach Flucht.«

»Scheiß auf meine Glaubwürdigkeit, Herr Leibinger!« Dieser Inspektor ging ihm gehörig auf die Nerven. »Ihr solltet besser einen Mörder fangen und keine Zeit mit mir vertrödeln.«

»Das …« Leibinger war aufgestanden. Sein Gesicht war rot vor Wut. Die Kottnik hob beschwichtigend die Hände.

»Na, beruhigen Sie sich beide mal.«

»Glaubt wohl, dass er umso unschuldiger ist, je lauter er brüllt. Aber wenn hier einer brüllt, dann bin ich das!«

»Leibinger! Jetzt reicht's! Noch einen Ton, und ich schicke Sie wieder auf Streife!« Der Inspektor setzte sich, verschränkte die Arme und schaute Frassek beleidigt an.

»Schrammel, während Ihr Kollege sich beruhigt und den Legenden nachspürt, überprüfen Sie doch gleich mal, ob das, was uns der Berliner Kollege berichtet hat, tatsächlich zeitlich hinkommt.«

»Dann kann ich also gehen.« Frassek stand auf.

»Tut mir leid, aber Sie müssen noch bleiben, Herr Kollege.« Da war wieder dieser taxierende Blick.

»Aber ich muss zu meiner Tochter.«

»Die ist bei dieser Wirtsfrau in guten Händen. Sie wird in kürzester Zeit alles über die Bewohner des Dorfes wissen, so wie ich die Frau Valentiner kenne. Ich habe Ihrem Chef versprochen, dass Sie ihn nach dem ersten Verhör anrufen. Er klang ein wenig aufgebracht.«

8

DIE JAUSE

1

»Sprotz«, meldete sich Sprotz. Er kaute.

»Frassek«, sagte Frassek.

»Pünktlich zum Abendbrot. Du rufst also aus Österreich an. Ich sehe es an der Nummer. Hätte nicht gedacht, dass du da wirklich hinfährst.«

Frassek stand im Postamt in einem kleinen Raum mit einem Telefon an der Wand. Er müsse Münzen hineinwerfen, hatte die Postbeamtin gesagt. Das hatte er zum letzten Mal getan, da war Vera noch nicht einmal auf der Welt gewesen.

»Mein Auto ist kaputt«, sagte Frassek.

»Der Volvo war noch nie in Ordnung. Ein Wunder, dass du es noch einmal bis da unten geschafft hast. Aber deswegen rufst du sicher nicht an. Die Ösis haben dich am Schlafittchen, oder? Haben sie dich festgenommen?«

Frassek warf Geld nach. Eine Ein- oder Zwei-Euro-Münze hätte er jetzt gebraucht, aber er fand nur Zehner und Zwanziger. »Festgesetzt. So nennen sie das hier, wenn sie einen nicht verhaften, aber trotzdem in eine Zelle stecken. Die dürfen das.«

»Na, wir doch auch, wir haben nur andere Begriffe dafür. Festgesetzt … das klingt eigentlich ganz hübsch. Wart mal, ich schalte auf laut, damit Katja auch etwas zu lachen hat.«

»Tachchen, Frassek.«

»Hallo, Katja. Zweimal haben sie mich verhört.«

»Und ick soll dir jetzt wohl virtuell den Rücken kraulen?«

»Lass den Quatsch!« Während er weitere Münzen nachwarf, erzählte er ihnen, was er alles während des zweiten Verhörs von den Polizisten erfahren hatte. Über den 104-jährigen Schuhmacher, den man mit einem Gift namens Colchicin umgebracht hatte, wahrscheinlich durch das Abendessen. Über den Todeszeitpunkt gegen elf Uhr morgens, kurz nachdem er selbst am Fundort, dem Toten Mann, gewesen war. Über die Ungereimtheiten, dass die Frau des Toten nicht verstorben war, obwohl sie sicher das Gleiche wie er gegessen hatte, und dass der Tote eigentlich gegen fünf Uhr morgens das Gift eingenommen haben musste, denn es würde nach etwa sechs Stunden seine Wirkung zeigen. So richtig passte das alles nicht zusammen.

»Viele alte Leute haben nicht mehr alle Tassen im Schrank«, funkte Sprotz dazwischen, »aber dass sie um fünf Uhr morgens zu Abend essen, davon habe ich noch nie gehört.«

»Wat gab's denn Leckeres?«, fragte Katja.

»Nudeln mit einer Kräutersoße. So was wie Pesto.« Frassek berichtete von der blau gefärbten Zunge des Toten, die er von den Unmengen Heidelbeeren bekommen haben soll. »Das Gift soll unglaublich durstig machen.«

»Ja, warum hat er dann nichts getrunken?«

Frassek nickte. Die gute Katja. Daran hatte wohl noch niemand nicht gedacht. »Und jetzt wollen sie den Mörder über die Todesursache finden.«

»Na ja«, sagte Sprotz, »so machen wir das hier doch auch.«

»Sprotz, hast du mir nicht zugehört? Die wissen weder wann genau und wie der Tote das Gift überhaupt eingenommen hat. Den Sohn des Toten haben sie auch wieder freilassen müssen. Sie kennen den Tatort nicht, denn der ist bestimmt nicht der Fundort.« Und dann hatten sie ihn verdächtigt, obwohl er den alten Schuhmacher doch wirklich nicht vergiftet haben konnte. »Bis auf einen sind sie völlig inkompetent.«

Von der hübschen Chefinspektorin erzählte Frassek nichts und auch nichts über das Telefonat mit Müller, der ihm unmissverständlich gedroht hatte, dass er spätestens am Dienstag auf dem Revier erscheinen solle, sonst könne Müller für nichts garantieren. »Ich bin es langsam leid, hinter Ihnen aufräumen zu müssen«, hatte sein Chef gesagt, »und denken Sie mal an den armen Sprotz! Das färbt alles auch bitteschön auf ihn ab.« Und an die Beförderung, daran sollte er auch denken, gerade an die vom Sprotz. Zehn Jahre jünger als Frassek war er. Aber so wie es aussah, würde Sprotz bald an ihm vorbeiziehen.

»Und deswegen rufst du mich jetzt an? Um mir zu sagen, dass die Kollegen in Österreich nichts taugen?«

»Is' bestimmt 'ne Tussi im Spiel, was, Frassek?«

Frassek zögerte. Eigentlich wusste er auch nicht genau, warum er anrief. »Vielleicht wollte ich einfach nur mal eine vertraute Stimme hören.«

»Dafür hast du doch deine Tochter.«

»Die redet nicht mit mir … woher weißt du das?«

»Na ja, eine Fast-Exfrau hast du schließlich auch noch. Und die hat mich völlig aufgelöst angerufen, als sie dich und Vera nicht erreicht hat. Du solltest wirklich mal an dein Handy gehen.«

Ich sollte es erst mal aus dem Auto holen und aufladen, dachte Frassek.

*

»Ist das nicht orgasmisch? Und erst das Lied fünf, das ist echt der Bringer!«

Die Lissi kicherte und wischte ein paar Krümel vom Wirtshaustisch. Wie erfrischend war es doch, sich mit einem Mädchen zu unterhalten, das ihre Tochter sein könnte. »Also, was du für Wörter kennst: *Orgasmisch. Bringer*. Spricht man so in Berlin?«

»Na ja, wir haben noch viel krassere Ausdrücke, also, ich meine, heftigere …«

»Nu, ich weiß schon, was du meinst. Wir leben hier ja auch nicht hinterm Berg.« Die Lissi nahm einen tiefen Schluck von ihrem Bier, das erste seit – mein Gott! – sie konnte sich gar nicht mehr daran erinnern!

»Wo bleibt eigentlich dein Vater?«

»Ach, ist doch egal.« Das Mädchen spielte an ihrem Mobiltelefon herum und drehte die Lautstärke ein wenig mehr auf. Sie sang leise mit. Irgendetwas war mit dem Mädchen nicht in Ordnung, dachte die Lissi. Sie stellte sich vor, wie die Vera ohne diese schwarze Schminke aussehen würde, mit gut gelegter Frisur und … ja, warum nicht ein Dirndl? Den Busen dafür hatte sie, obwohl sie es mit dem weiten schwarzen Shirt zu verbergen versuchte. Ein fesches Madel könnte sie sein und Verstand hatte sie auch. Nur das Singen sollte sie sein lassen.

Jetzt hielt sie ihr einen Ohrknopf hin. Die Lissi nahm ihn und drückte ihn sich vorsichtig ins Ohr. *My world is empty without you, Babe*, hörten sie gemeinsam.

«Das kenn ich doch«, rief die Lissi aus und verspürte ganz tief in sich drin ein vertrautes Gefühl. Wo hatte sie das schon mal gehört? Von der Emma? Sie hatte früher so gerne Lieder wie dieses gesungen.

»Das hat sie gecovert. *The Supremes* haben es zuerst gesungen. Es ist so schön.«

Die Lissi spürte, wie sie sich durch das langsame Lied noch mehr mit dem traurigen Mädchen verbunden fühlte. Das machte ihr Angst, Kontrolle war ihr wichtig und so schaute sie sich nach Ablenkung um. Der Schankraum leerte sich langsam, die Wiener Pensionisten gingen früh ins Bett, sie hatte nie verstanden, warum. Aber vielleicht war es ja ermüdend, den lieben langen Tag Karten zu spielen und über andere Gäste zu tratschen.

Derweil tobten die Kinder noch über den Kirchplatz. Die Lissi schaute aus dem Fenster und sah dabei zu, wie die Jule und der Toni den Fliegen hinterherjagten. Das tut dem Toni gut, dachte sie, so als einziges Kind im Dorf. Und die Jule war ja auch nicht auf den Mund gefallen, so wie ihre Großmutter, auf die die Lissi immer noch etwas bös war, nachdem die Frau Moser der Polizei die Geschichte von dem Wanderer, dem Mörder, erzählt hatte, mit dessen Tochter sie jetzt hier saß … bevor sie diesen Gedanken zu Ende hatte denken können, sah die Lissi, wie die Jule ausrutschte und hinfiel. Der Toni wollte ihr aufhelfen. Er beugte sich zu ihr hinunter. Aber sie boxte ihm heftig in den Bauch.

»Schau«, sagte die Vera jetzt und hielt ihr das Telefon hin, »so hat sie ausgesehen, die Amy. Cool, oder?«

Die Lissi nahm es in die Hand und kniff die Augen zusammen. Bevor das Bild verschwand, hatte sie eine Frau mit schwarz geschminkten Augen und hochtoupiertem Haar gesehen. Sie kam ihr bekannt vor, wahrscheinlich hatte sie in der *Gratz* ein Foto von ihr gesehen. Oder weil das Mädchen auch so ausschaute? Sie war wie eine Kopie. »Woran ist sie denn gestorben?«

»Das ist es doch gerade! Das weiß man nicht. Ob es Drogen waren oder irgendeine schreckliche Krankheit. Acht Wochen Koma! Dann war sie tot.«

2

Wie gerne hätte der Kroisleitner Karl die Haustür einfach wieder zugeschlagen. Kurz hatte er noch überlegt, ob er die Polizisten in den Laden hätte führen sollen, dorthin, wo er sich sicherer fühlte, und nicht hoch in die Wohnung, die gerade ein Ort der Überforderung war.

Die Zimmer, die die Frau Chefinspektorin und ihre beiden Mitarbeiter nun mit unverschämter Neugierde begutachteten, waren dank der Dagmar sauber und aufgeräumt. Sie sahen sich dennoch sehr genau um, und dem Kroisleitner Karl wurde es ein wenig unangenehm.

»Geht es Ihnen denn jetzt wieder besser, Herr Kroisleitner«, fragte Frau Kottnik freundlich. »Sie waren ja ganz schön durch den Wind. Und randaliert haben S'. Die Kloschüssel, die Matratze …«

»Ich war halt noch nie eingesperrt.« Es war die Hölle gewesen. Nie wieder wollte er das erleben. Wie sich sein Herz verkrampft hatte. Wie er keine Luft mehr bekommen hatte. Wie aussichtslos es gewesen war, gegen die Mauern anzurennen. Am Ende hatte er die Zelle sogar noch selbst putzen müssen – und dabei irgendwo den Ring verloren.

»Festgesetzt, Herr Kroisleitner, nur festgesetzt. Und das auch nur zu Ihrem Besten. Wollen wir uns in der Küche unterhalten?«

»Aber da ist doch die Mutter«, antwortete er.

»Grad deswegen.« Die Frau Chefinspektorin setzte sich mit ihren Mitarbeitern an den Tisch, der Mutter gegenüber.

»Wer sind denn diese Menschen, Kalli«, fragte sie. Der

Kroisleitner Karl hatte ihr das Brot in mundgerechte Stücke geschnitten, damit sie es in die Suppe tunken konnte. Überall auf dem Tisch lagen jetzt angeweichte Krümel. Er wischte sie weg.

»Das ist die Polizei, Mutter. Die Frau Chefinspektorin Kottnik, der Herr Inspektor Leibinger und … Schrammel?«

»Herr Schrammel«, sagte Schrammel.

»Und was wollen die?« Das schmale Gesicht der Mutter war alt und mit Falten durchzogen. Ihre Augen aber waren noch immer lebendig, manchmal sanft, manchmal durchdringend. Wenn sich der Kroisleitner Karl ganz auf ihre Augen konzentrierte und den Rollstuhl, den ausgezehrten Körper und alles andere, was an ihr alt und runzelig geworden war, vergaß, dann wirkte sie jünger, nicht wie fünfundneunzig.

»Es geht um den Tod Ihres Mannes«, sagte die Frau Kottnik, was der Kroisleitner Karl mit einem tiefen Seufzer begleitete. Denn siehe da, mit einer Kraft, die der Sohn der Mutter nicht mehr zugetraut hätte, schlug diese aus heiterem Himmel mit der flachen Hand auf den Tisch, dass die Polizei nur so zusammenzuckte.

»Sie da, Frau, hören S' auf damit! Das hat mir der Kalli auch erzählen wollen, aber der Alois ist nicht tot!«

»Was ist er denn sonst Ihrer Meinung nach«, fragte der Herr Leibinger, »ein Geist vielleicht?«

»Wer ist das jetzt, Kalli?«

»Der Herr Leibinger, Mutter«, wiederholte sich der Kroisleitner Karl und drehte sich zu den Exekutivbediensteten um. »Vielleicht sollten Sie anders mit ihr reden, so als ob der Vater noch leben tät.«

»Nein, Kalli, ich sag denen eh nichts, schick sie wieder fort.«

»Mutter, bitte.«

»Geh, Kalli, was soll das hier alles? Du kannst doch nicht einfach fremde Leute ins Haus bringen. Am Ende bestehlen die uns noch. Hol die Polizei!«

»Das ist doch die Polizei!« Jetzt würde sie bockig werden, dachte er. Aber vielleicht würden sie dadurch auch schnell wieder verschwinden.

»Herr Kroisleitner«, sagte der Schrammel sanft, »seien Sie doch bitte so gut und fragen Ihre Mutter, ob sie sich denn noch an den vergangenen Freitagabend erinnern kann.«

»Das können S' mich auch ruhig selbst fragen. Natürlich kann ich mich erinnern. Ich bin doch nicht deppert.« Die Mutter setzte sich aufrecht in ihrem Rollstuhl hin.

»Was haben S' denn da gegessen, Frau Kroisleitner?«

»Das weiß der Kalli sowieso nicht. Der war nämlich gar nicht da. Hat Probe gehabt. Tuba. Die hat er schon als Kind gespielt.«

»Und wer war stattdessen da?«

»Na, der Alois, den können S' nachher selbst danach fragen. Wenn er wieder da ist.« Sie schaute zu ihrem Sohn. »Und die Dagmar war da, die hat manchmal gekocht, wenn der Kalli nicht da war. Bäh!«

»Was gab's denn«, fragte Schrammel weiter, »Nudeln?«

Die Mutter nickte. »Ja. Wieder einmal Nudeln. Mit so einer seltsamen Soße. Gell, da staunen Sie, junger Mann, an was sich so eine alte Schachtel wie ich noch erinnern kann.«

»Kann man hier rauchen?«, flüsterte die Frau Chefinspektorin dem Kroisleitner Karl zu. Er schüttelte den Kopf.

»Und hat's geschmeckt?«

Seine Mutter sah den Schrammel mit blitzenden Augen an und schwieg. Sie bestimmte das Tempo der Unterhaltung, dachte der Kroisleitner Karl, und das schien ihr arg gut zu gefallen. Deswegen, weil irgendwie doch froh über diese Ablenkung für die Mutter, musste er schmunzeln.

»Das dürfen S' dem Kalli aber net sagen, gell? Er mag's nämlich nicht, wenn ich nichts ess. Aber Nudeln, die habe ich noch nie gemocht ...«

»Ich mag auch keine Nudeln«, sagte der Schrammel.

»... das darf der Kalli aber nicht wissen.«

Das Schmunzeln verschwand. Er hatte immer gedacht, dass die Mutter gerne Nudeln essen würde und besonders, wenn die Dagmar sie gekocht hatte. Nicht al dente, wie er es mochte, sondern schön weich, das wollte er der Polizei mitteilen, aber der Schrammel machte eine Handbewegung, die ihn weiter schweigen ließ.

»Von mir erfährt er nix. Aber was haben Sie denn dann mit Ihrem Teller gemacht, Frau Kroisleitner?«

Sie grinste. »Das darf der Kalli auch nicht wissen.«

»Versprochen.«

Sie beugte sich in ihrem Rollstuhl vor und flüsterte dem Schrammel etwas ins Ohr.

»Aha«, machte dieser, »und wo?«

»Na, da drüben im Balkonzimmer. Da versteckt der Alois das Essen. Immer hinter den Büchern. Der Kalli liest nämlich nicht so gerne. Wissen S', er war halt eine Spätgeburt. Ich war schon über vierzig und mein Mann eh noch zehn Jahre älter. Wir haben uns so gefreut, da haben wir halt einiges beim Kalli vernachlässigt, gell?«

»Und was ist nun mit dem Essen?«

Als wollte er die Mutter verführen, so weich war der Ton in der Stimme, mit der der Schrammel seine Fragen stellte. Trotzdem hätte der Kroisleitner Karl sie jetzt gerne zum Schweigen gebracht. Die Polizei würde doch ein völlig falsches Bild von ihm bekommen. Und überhaupt: Sie redete, als wäre er gar nicht da.

»Na, in der Nacht, wenn der Alois Hunger hat, dann steht er halt auf, holt's aus dem Versteck und isst's.«

»Und das hat der Alois am Freitag auch gemacht?«

»Für Sie immer noch der Herr Kroisleitner, junger Mann. Aber das war seltsam an dem Freitag. Dem Alois ist es nämlich gar nicht gut gegangen. Er ist sogar davon aufgewacht. Früh am Samstagmorgen, grad als die Sonne aufgegangen ist. Unglaublichen Durst hat er gehabt, aber der Kalli hatte vergessen, das Mineralwasser zu besorgen. Und weil er doch kein Leitungswasser nicht trinkt, dachte er, wenn er etwas essen tät, dann geht die Übelkeit weg. Und danach ist er gleich nach draußen. Frische Luft. Das wollte er. So wie heut auch.«

»Doppelte Portion«, murmelte der Inspektor Leibinger und hob den Daumen. Der Schrammel aber ließ sich nicht irritieren.

»Und der Kalli, ich meine, Ihr Sohn, der hat davon gar nichts mitbekommen?«

»I wo! Wenn der Kalli schläft, dann schläft der Kalli. Dann kriegen den auch keine zehn Kühe nicht wach. Der Alois hat das G'schäft immer schon um acht aufgeschlossen, der Kalli erst zwei Stunden später.«

Na bitte. Der Kroisleitner Karl seufzte. Jetzt war er nicht nur eine Spätgeburt, vergesslich und unbelesen, sondern auch ein Langschläfer.

»Diese Dagmar hat also die Nudeln und die Soße gekocht. Ist das die Pflegerin oder eine Zugehfrau ...«, hörte er die Frau Chefinspektorin nun fragen. Aber das, so las es der Kroisleitner Karl dem Gesicht seiner Mutter ab, war ein Fehler gewesen. Die Dagmar war heilig. Selbst wenn die Mutter ihre Nudeln angeblich nicht mehr mögen mochte. Und auch der Schrammel seufzte jetzt, als die Mutter begann, wieder laut zu lamentieren.

»Wer ist diese Frau? Warum sind denn all diese Menschen hier? Kalli! Jetzt komm und bring die Leut fort!«

3

Frassek kannte seine Tochter gut genug, um zu wissen, dass sie ihn nicht grüßen würde, als er sich jetzt im Gastraum des Gasthofs *Zum Valentiner* zu ihr an den Tisch setzte. Die ganze Autofahrt über hatte sie nicht geredet, warum also sollte sie jetzt damit anfangen?

»Das, was wir gemacht haben, war richtig«, hatte sie ihm an den Kopf geworfen, als sie, noch in Berlin, über ihren Freund und diese Robin-Hood-Aktionen gesprochen hatten. Frassek hatte selbst einige Male abgelehnte Asylbewerber zum Flughafen bringen müssen. Er hatte es gehasst, gerade bei denen, die ihre »Rückführung« klaglos akzeptiert hatten. Hatte nicht jeder das Recht, dort zu leben, wo es ihm am besten ging?

Es war Vera gewesen, die seine Kennung und sein Passwort benutzt hatte. Beides hatte er völlig unnötig auf einen gelben Zettel geschrieben, den er zu Hause an seinen Bildschirm geklebt hatte. »Selbst schuld«, hatte sie dazu gesagt. Und damit hatte sie einfach recht gehabt. Aber Vera das durchgehen lassen, dazu war er zu sehr Polizist. Vielleicht würde hier, weit weg von Berlin und diesem Italiener, etwas Gras über die Geschichte wachsen. Schließlich war sie erst sechzehn!

Frassek sah sich um. Er hatte Hunger. Auf einer Tafel an der Wand entdeckte er den entscheidenden Hinweis: *Donnerstag ist Schnitzeltag!* »Hast du schon was gegessen?«

»Die Küche ist zu.« Die Musik in ihren Ohrstöpseln war anscheinend leise genug, um seine Frage zu verstehen, nicht so wie auf der Autofahrt, als sie die Regler voll aufgedreht hatte.

»Ich frag mal nach, vielleicht gibt's ja noch 'ne Stulle.« Frassek ging zu der Wirtsfrau, die am Tresen stand und Gläser polierte. Sie wollte ihm einen Jausenteller zusammenstellen, was auch immer das war. Ihre Zurückhaltung ließ ihn vermuten, dass sie ihn erkannt hatte, so wie er sie. Damals hatte sie wegen seiner Bestellung die Nase gerümpft, heute war noch etwas anderes dabei. Heute versuchte sie, den größtmöglichen Abstand zu ihm zu halten.

»Und ein Bier bitte.«

»Wieder ein Helles?«

Frassek brummte und ging zurück zum Tisch. Er schaute seine Tochter an. »Wir müssen reden.«

Mit ihrem Stuhl wippte sie zur Musik einfach weiter und sah durch ihn hindurch. Frassek setzte sich. Was sollte er jetzt tun? Ihr die Stöpsel aus den Ohren reißen und noch einmal erklären, was sein Beruf ist? Bis vor kurzem war sie doch noch seine kleine Tochter gewesen, der er jeden Abend von seinen Erlebnissen als Polizist hatte erzählen müssen, so gerne hatte sie ihm zugehört. Jetzt hatte sie ein Zungenpiercing haben wollen. Die Wirtsfrau brachte ihm das Helle.

»Willst du auch etwas trinken?« Vera schüttelte den Kopf.

»Die Jause kommt auch gleich, Herr Frassek.«

»Danke, Frau …?«

»Valentiner. Wie das Gasthaus. Und wenn S' rauchen wollen, da steht ein Aschenbecher.«

*

Mit einem Lächeln verließ die Lissi den Tisch. Wie ein Mörder sah der Mann gar nicht aus, eher ganz sympathisch. Warum hätte ihn die Polizei sonst auch freilassen sollen, wenn er einer wäre? Den Kalli haben sie schließlich auch wieder auf freien Fuß gesetzt. Aber wer könnte es außer dem Herrn Frassek sonst gewesen sein? Der Bruno? Der Rasch? Oder gar der Doktor … oder eine Frau! Gift war ja eine Mordwaffe von Frauen, Männer waren da brutaler. Vielleicht sollte sie ein wenig Miss Marple spielen und als Erstes den Herrn Frassek befragen. Ja, aushorchen müsste man ihn können, dann wäre man schlauer, dachte die Lissi, ging in die Küche und stellte sich neben den Jakob, der gerade einen Teller mit kalten Bratenscheiben belegte, nein, eher klatschte er das Fleisch drauf.

»Meinst, das reicht für diesen … Berliner? Oder soll ich noch den Schinken …?«

»Geh, Jockl, hast du eine Laune!« Und gut sah er auch nicht aus. Müde, grau, er sollte öfters in die Sonne. Und vielleicht ein bisschen Sport …?

»Ich bin halt auch nicht mehr der Jüngste, Lissi.«

»Nu, wer weiß das besser als ich!« Hernach würde er wieder schnarchen. Und sie musste dann wieder im gleichen Rhythmus mitatmen, um irgendwann einschlafen zu können …

*

»Bitte schön und guten Appetit.«

Der Braten roch gut. Selbst Vera warf einen Blick auf den Teller, den Frassek noch nicht anrühren wollte. Denn es war ein ganz entscheidender Moment. Jetzt musste er mit der Wahrheit raus, schonungslos.

»Ich wollte nicht allein sein. Deshalb habe ich dich mitgenommen.« Vera schaute ihn misstrauisch an. »Ich bin völlig aus der Spur. Die Beerdigung deiner Oma, die Trennung von deiner Mutter, der Tod deines Großvaters und all das, was noch passiert ist – Vera, ich bin nicht mehr ich.«

Jetzt betrachtete sie spöttisch seine ausgestreckte Hand. »Du wolltest meinen Freund festnehmen, nur weil er mein Freund ist.«

Frassek schüttelte den Kopf und legte die Hände auf den Tisch. »Wie hätte ich das denn wissen sollen? Außerdem habt *ihr* die Straftat begangen. Nicht ich.«

»Und warum bist *du* dann suspendiert? Und warum sind *wir* überhaupt hierhergefahren?« Vera atmete scharf aus und wollte schon aufstehen, aber er hielt sie fest.

»Weil sie mich als Zeugen gesucht haben«, versuchte es Frassek, um sie zu beruhigen.

»Quatsch, du wolltest mich nur von ihm trennen. Oder wegen irgendetwas anderem, von dem ich nichts weiß.«

»Dieser Italiener ...«

»Leonardo heißt er.«

»... wieso ist der dein Freund?« Was für eine blöde Frage! Er schüttelte über sich den Kopf. Aber Frassek konnte es sich einfach nicht vorstellen. Dieser Schnösel und seine Tochter!

»Was geht dich das an?«

Frassek schwieg. Vera schwieg. In der Stille zerbrach die Wirtsfrau ein Glas. »Verzeihung«, rief sie ihnen zu und kehrte die Scherben auf.

»Strelnikow«, sagte Vera auf einmal.

»Was?«

»Du willst es doch wissen, oder? Leonardo ist wie Strelnikow. Der Revolutionär aus *Doktor Schiwago*. Wir haben den Film oft gesehen, als ich klein war. Der Mann von Julie Christie – Lara –, erinnerst du dich? Er hat für die Sache gekämpft, hat sich dafür schlagen lassen, wurde betrogen, hat aber weiter daran geglaubt. Weißt du noch die Szene, in der er mit dem Zug durch die Berge fährt? Die Soldaten haben *Strelnikow* hinter ihm hergerufen. Und du hast immer mitgerufen und die Faust in die Höhe gestreckt. Leonardo«, schloss sie, »er ist wie Strelnikow.«

»Ach, Vera. Das war doch nur ein Film!« Was wollte sie ihm damit erklären? Dass er Schuld daran hätte, dass sie sich in so einen Typ verliebt hatte, weil er, als sie klein war, immer *Strelnikow* gerufen hatte?

»Ist doch egal, Papa. Es geht um Gefühle! Ich liebe meinen Strelnikow. Ich liebe meinen Leonardo.«

»Vera …« Frassek schüttelte den Kopf. Diese Schwärmerei für einen Weltverbesserer – ein Träumer! Aber vielleicht musste das ja so sein in dem Alter. Und auf jeden Fall war es besser als Drogen. Das wusste er nur zu gut. Die Narbe auf seinem Kopf erinnerte ihn jeden Tag daran.

»Doch, Papa, das ist wichtig. Wenn wir wieder zu Hause sind, werde ich ihn dir vorstellen. Und wehe, du magst ihn nicht!« Sie ließ ihre letzten Worte wirken. Frassek wusste sowieso nicht, wie er darauf antworten sollte. Er wechselte das Thema.

»Wo habt ihr sie eigentlich versteckt?«

»Was meinst du?«

»Na, die abgelehnten Asylbewerber, die ihr entführt habt. Wo sind die jetzt?«

»Ach, Papa, du bist echt ein Arschloch!«

*

Emma hatte der Mutter nichts erzählt.

Sie hatte sie nur gebeten, die Briefe zu verstecken. Der Rasch war, seitdem er aus der Küche gelaufen und in seinem Zimmer verschwunden war, nicht wieder herausgekommen. Ihr war es recht. So ein Schnüffler! Trotzdem horchte sie bei jedem Geräusch auf. Sie ärgerte sich darüber. Um sich abzulenken, zog sie das Handy aus ihrer Handtasche. Seit dem Flug aus London hatte sie es nicht mehr angeschaltet. Es lag vertraut in ihrer Hand. Einmal kurz schauen schien ungefährlich, schließlich hatte nur George ihre neue Nummer. Sie hatte eine Textnachricht.

Ruf mich an. Sofort. G.

Schnell schaltete Emma das Handy wieder aus. Sie steckte es zurück in die Handtasche. Sie holte es wieder hervor. Erneut schaltete sie es ein. George meldete sich sofort, als hätte er darauf gewartet. »Wir stecken in Schwierigkeiten«, sagte er ohne weitere Einleitung, »deine Leiche wird vielleicht exhumiert.«

»Was ist das denn für ein Blödsinn?« Fast musste sie lachen, so vertraut war es ihr noch, Englisch zu reden. Der Schreck über das, was George gesagt hatte, traf sie erst eine Sekunde später.

»Es tauchen hier immer mehr Gerüchte auf, dass du noch lebst. Irgendjemand hat ein Foto ins Netz gestellt. Da bist du drauf. Du warst auf der Beerdigung! Du wolltest doch gar nicht kommen! Natürlich hat die *Sun* es sofort auf der ersten Seite gebracht …«

Verdammt! Ob das der Junge mit dem Überbiss gewesen war?

»… es ist zum Glück ein schlechtes Foto, man erkennt dich nicht, nur ist das der *Sun* egal. Aber ich kann mir das nicht leisten, verstehst du? Ich bin gerade in Verhandlungen, *Walking Dead* soll das nächste James-Bond-Lied werden.«

Emma versuchte, ruhig zu bleiben. Wenn man sie auf dem Foto nicht erkennen würde, wäre dann nicht alles in Ordnung? Ein bisschen Gerede, mehr war es nicht. Und sie war ja weit genug weg. Wer würde sie hier schon vermuten? Dann fiel es ihr ein.

»Aber wenn die den Sarg ausgraben … der ist doch leer …« Es hatte sie nicht interessiert. Überlass ruhig alles mir, hatte George versichert.

»Der ist nicht leer, da liegt eine Frauenleiche drin. Dein Alter, deine Größe und zu Lebzeiten hat sie dir sogar ähnlich gesehen, ich meine als Amy.«

»Eine Leiche? George, was hast du …?«

»Das willst du nicht wissen«, unterbrach er sie. »Aber beruhige dich, ich habe niemanden umgebracht, es war nur einfach so praktisch … egal jetzt. Was ich von dir wissen muss: Wo hast du DNA hinterlassen? Gibt es Röntgenbilder?«

»Mein Zahnarzt hat welche.« Sie gab ihm die Adresse.

»Gut. Wir kriegen das hin. Aber du musst dich, wo immer du bist, mucksmäuschenstill verhalten. Sonst gibt es einen Skandal und dann bin nicht nur ich dran. Wo steckst du denn nur?«

Darauf wollte sie ihm keine Antwort geben. »Soll ich zurückkommen, George? Sollen wir es vielleicht sein lassen …?«

»Unsinn«, unterbrach er sie scharf, »du würdest ins Gefängnis kommen.«

Emma schwieg und legte auf. James Bond. Wenn das so weiterging, würde man sie noch posthum adlig sprechen!

*

Die Lissi sah dem Mädchen hinterher, wie es die Treppe hinauf zu den Zimmern stieg. Nie zuvor hatte sie einen Vater mit seiner Tochter so ernst miteinander reden sehen. Aber halt nur gesehen! Sie hatten einfach zu weit entfernt von der Schank gesessen.

»Noch ein Krügerl?«, rief sie dem Herrn Frassek zu. Der nickte. Als sie es ihm brachte, konnte sie spüren, dass er etwas sagen wollte. Deshalb hielt sie sich selbst zurück und wartete.

»Pubertät.«

»Wie bitte?«

»Meine Tochter. Sie ist sechzehn und verliebt. Da sind sie besonders schwierig, die Mädchen.« Mit diesen Worten sah er sie an. Schöne Augen, aber traurig, dachte die Lissi.

»Ach, hören S´ auf! Sie möchten nicht wissen, wie ich damals gewesen bin.« Sie warf ihm einen kecken Blick zu. Zugleich hatte sie einen Plan ausgeheckt: erst ein wenig von sich erzählen und dann den Herrn Frassek aushorchen, dass es nur so rauchte.

»Wo sind wir da eigentlich hineingeraten, als wir heute Vormittag angekommen sind?«

»Nu, das war die Beerdigung vom Kroisleitner Alois, dem alten Schuhmacher. Aber das müssten Sie doch wissen ... Sie waren ja damals da, als er gestorben ist.«

»Da war ich doch schon weg. Die Polizei hat das überprüft.«

»Ach so?« Er war also wirklich falsch gewesen, ihr Verdacht! »Da bin ich ja beruhigt ... also, ich hab ja eh nie daran geglaubt.«

»Woran?«

»Nu, dass Sie der Mörder sind, der vom Alois.«

»Sie haben gedacht, ich wäre es gewesen?« Die Entrüstung des Mannes schien aufrichtig zu sein. »Das müssen Sie mir jetzt aber mal erklären.«

Und so setzte sich die Lissi dem Herrn Frassek gegenüber, rieb sich die Hände und erzählte ihm alles, vom Fund der Leiche, von der Legende vom Toten Mann und auch vom seltsamen Verhalten der Dorfbewohner, nachdem der Schuhmacher das Zeitliche gesegnet hatte, die Streitereien, die vielen Fliegen – es floss nur so aus ihr heraus. Und ganz ehrlich: Die Lissi genoss es.

*

So ausführlich hatte es Frassek gar nicht hören wollen, aber er ließ sie reden. Die Wirtsfrau war ihm nicht unsympathisch, auch wenn er merkte, dass sie manchmal allzu böse über ihre Mitmenschen urteilte. Besonders an einem Mann namens Rasch ließ sie kein gutes Haar.

»Und dieser Josef Lamberti, von dem Sie erzählt haben«, sagte er, als Lissi endlich Luft holen musste. »Das ist der mit dem Souvenirgeschäft, oder?« Bei dem hatte er die Postkarte und Zigaretten gekauft.

»Der Josef? A bissl komisch ist er schon. Der schöne Josef! Ist ein Bastard, also ein Unehelicher. Sein Vater ist vor der Hochzeit verstorben, heißt es. Von einem Baum erschlagen, den er selbst gefällt haben soll, so hat man's uns erzählt. Das passiert hier öfter. Aber gekannt hat ihn keiner. Aus dem Burgenland soll er gekommen sein, heißt es.«

Heißt es. Von seiner Arbeit als Polizist kannte Frassek diese Formulierung nur zu gut. Meist war sie mit Vorurteilen verbunden, mit falschen Schlussfolgerungen oder mit Lügen.

»Die Teresa, das war die Mutter vom Josef, mit der war es auch nicht gerade einfach. Ihr Vater war Italiener. Ist vor der Armut geflohen, schon lange ist's her, und hat ebenfalls im Wald gearbeitet. Gut Deutsch gesprochen hat sie nie, die Teresa. Aber sich von einem Unbekannten ein Kind machen lassen, gell?«

Frassek merkte, dass das nicht alles war, was der Wirtsfrau auf der Zunge lag, so wie sie jetzt tief Luft holte.

»Böse Zungen behaupten sogar, dass das mit dem Burgenländer gar nicht stimmen würde, sondern dass der Vater vom Josef ein Mönch … aber das ist alter Dorfklatsch, das interessiert Sie ja gar nicht.« Die Wirtsfrau seufzte. »Der arme Josef. Schon lange ist er allein, denn irgendwann war die Teresa einfach fort. Niemand weiß, wo die hin ist. Vielleicht ist sie ja auch mit dem Mönch weg, der ist nämlich auch verschwunden – ach, wer weiß das schon?«

»Der Mönch.« Noch eine Geschichte? Frassek spürte auf einmal, wie müde er war, als es ihm nicht gelang, das als Frage zu formulieren.

»Ja, der Mönch. Ich glaub, ich habe im Album eine Fotografie von ihm. Soll ich es holen?«

»Lassen Sie es gut sein für heute, Frau Valentiner. Ich bin einfach zu müde.«

»Aber morgen, gell?« Sie stand auf und hielt ihm die Hand hin.

»Ich bin die Lissi«, sagte die Wirtin mit ausgestreckter Hand zu ihm. Frassek zögerte kurz, dann schlug er ein.

»Frassek.« Sie hatte eine ungewöhnlich zarte Hand bei all der Arbeit, die sie hier machte.

»Frassek. Hast du keinen Vornamen?«

»Den möchte ich lieber nicht verraten. Aber duzen können wir uns gerne. Gute Nacht, Lissi.«

»Gute Nacht, Frassek.«

9

DER KRIEG

1

Auf den Feldern hatten sich unendlich viele Krähen niedergelassen.

Angelockt von der Trockenheit pickten sie die kümmerliche Saat, die verbrannten Keimlinge, die welken jungen Pflanzen. Die Bauern hatten Vogelscheuchen aufgestellt, aber die Krähen scherten sich nicht darum. Irgendwann würden sie weiterziehen. Nur wohin?

Ob sie mit zum Markt ins Dorf kommen wolle, hatte die Mutter gefragt, aber Emma konnte sich nicht dazu durchringen. Was, wenn die österreichischen Zeitungen den Bericht der *Sun* ebenfalls veröffentlicht hätten? Schließlich war es eine Sensation, wenn eine Sängerin auferstanden sein soll. Na, eigentlich war eine Auferstehung immer eine Sensation.

»Der Rasch nimmt uns auch im Auto mit.«

»Fahrt ruhig allein. Ich muss noch …« Es fiel ihr nicht ein, was sie noch machen musste, aber mit dem Rasch wollte sie auf keinen Fall in einem Auto sitzen. »… Kopfweh habe ich.«

Emma schaute dem Wagen nach. Was sollte sie jetzt machen? Nur warten und hoffen, dass alles im Sande verlief? Warten. Das hatte sie schon wochenlang in London tun müssen, und jetzt, wo sie doch dachte, sie wäre wieder frei, ging es von vorne los. Doch was soll's, solche Meldungen tauchten plötzlich auf, aber sie verschwanden genauso schnell wieder. Und wer würde schon auf die Idee kommen, sie hier, mitten in Europa und zugleich am Ende der Welt, zu suchen? Und warum meldet George sich nicht?

Ruf an. Ruf an. Ruf an.

In der Küche gab es nichts zu tun. Ihr Zimmer langweilte sie. Sie ging in den Stall und schlenderte an den leeren Kuhboxen entlang. Schwalben waren auch nicht mehr da. Kein Vieh, kein Mist, kein Futter – was sollten die Schwalben also noch hier? Früher hatte Emma manchmal ein Ei aus dem Nest geholt und es in der Hand gewärmt. Es hatte sie fasziniert, dass da drin ein Lebewesen heranwuchs, hier in ihrer Scheune, und dass der Vogel, der ausschlüpfte, irgendwann nach Afrika fliegen, aber auch wieder zurückfinden würde. *Migratory Bird* war damals ein kleiner Erfolg gewesen, und jetzt war sie tatsächlich selbst zurückgekommen. Heim zur Mutter. Und zu den Briefen, die ihr die lang vermisste Familie geben könnten.

Sie wusste, was sie tun wollte.

»Versteck sie gut«, hatte sie zur Mutter gesagt und sich gewundert, dass sie sich dafür ausgerechnet ihre Kochbuchsammlung auf dem Regal in der Küche ausgesucht hatte. Emma nahm ein Buch nach dem anderen heraus und blätterte. *Die Französische Küche*. Das hatte Emma der Mutter vor Ewigkeiten geschenkt. Hier drin entdeckte sie das Bündel Briefe.

Die Schleife der Schnur öffnete sich ganz leicht. Emma legte die fünf Briefe nebeneinander. In normaler und in kyrillischer Schrift stand die Adresse von *Maria Kornfeld, St. Margarethen, Britische Besatzungszone, Steiermark/ Österreich* auf allen Umschlägen. Ihr Großvater war also in Russland gewesen. Vielleicht als Kriegsgefangener? Mit einem roten Buntstift hatte jemand die Briefe nummeriert. Sie nahm den ersten, stellte den Wasserkessel auf den Herd und wartete auf den Dampf.

Es dauerte eine Weile, bis sie den angefeuchteten Umschlag öffnen konnte. Unruhig setzte sie sich an den Küchentisch und zog die gefalteten Blätter heraus. Die Schrift war etwas verblichen, das Papier, eine billige raue Sorte, vergilbt und schon leicht porös. Aber trotzdem: Ihr Großvater hatte an ihre Mutter geschrieben! Sie hielt die Nase dran, aber es roch nur muffig, vertraut muffig, wie vieles in diesem Haus. Die kleine Handschrift war schön geschwungen und ließ sich gut lesen.

13. April 1946

Maria, mein Kind,
es ist traurig, dass wir uns nie kennenlernen werden. Ich habe mich immer gefragt, wie Du wohl aussehen wirst, wenn Du groß bist. Vielleicht wie meine Großmutter. Sie war die schönste Frau, die jemals im Dorf gelebt hat, wie man mir erzählt hat. Ich habe sie nie kennengelernt. Aber einmal habe ich ein Bild von ihr gesehen. Da war sie zwanzig, dunkles Haar, große, fast schwarze Augen und eine feine gerade Nase. Vielleicht wie Du?

Ich muss oft an sie denken. Denn in dem Jahr, in dem sie starb, wurde ich geboren, mitten im Krieg, während der Revolution. Mein ganzes Leben ist von Krieg, Tod und Gewalt geprägt. Meine Gedanken aber hängen an drei Frauen – an Deiner Mutter und an zweien, die ich nie kennengelernt habe: an der Großmutter und an Dir, meine Tochter.

*

Maschenka, mein Engelchen,
ich will alles aufschreiben. Du sollst wissen, wer Dein Vater

ist. Das tue ich in der Hoffnung, dass Deine Mutter Dir von mir erzählt hat. Und dass dieser und die anderen Briefe Dich erreichen. Aus dem Lager, in dem ich jetzt bin, zu Dir in ein fernes Land. Es ist die Geschichte eines Toten und es macht mich traurig, dass Du das lesen musst. Aber es ist wichtig für Dich. Du sollst Dich nicht irgendeiner Hoffnung hingeben, während Du weiterliest.

Verzeihe mir meinen Ton. Ich bin es nicht gewohnt, einem Kind zu schreiben. Es ist lange her, dass ich selbst eins gewesen bin. Meine Eltern waren Bauern und zufrieden mit dem, was sie hatten: ein kleines Häuschen, vier Kühe, ein paar Ziegen, etwas Land und zwei Kinder, meine Schwester Maria, nach der Du benannt wurdest, und mich, den Sohn. Der Vater, im Ural geboren wie alle meine männlichen Vorfahren, brachte mir bei, was es über das Land und die Tiere zu wissen gab. Und Mutter, an der unteren Wolga aufgewachsen, lehrte mich jeden Tag Deutsch. Ich konnte es bald wie meine Muttersprache.

Sie erzählte mir auch von Jesus und Maria. Vielleicht wollte ich deswegen zuerst Priester werden. Ich war fasziniert von den Ritualen und den Geschichten in der Bibel. Ich wollte in die Welt hinaus. Als Bauer ging das nicht. Der kann sein Land nicht mitnehmen. Ein Priester aber geht mit Gott.

*

Meine liebe Mascha,
als Kind hatte ich eine schöne Stimme, um die mich viele beneideten. Eine Stimme wie die meines Großvaters, wie Vater sagte, und mein Gesicht sei das seiner Mutter. Wer so etwas hört, sollte sich mit der Familie verbunden fühlen. Aber während ich im Knabenchor stand und mit voller Stimme die anderen übertönte, lachten draußen die Solda-

ten mit den Mädchen. Je öfter ich sie beobachtete und ihre Uniformen bewunderte, desto stärker wurde der Wunsch, einer von ihnen zu werden. Und so übte ich in jeder freien Stunde ihren Stechschritt.

Ich erinnere mich noch an ein Gespräch zwischen meinem Vater und mir. Es sollte mein Leben verändern. Ich war vierzehn Jahre alt und mitten im Stimmbruch, der mich verwirrte. Auf einmal traf ich den Ton nicht mehr. Der Priester sagte, ich solle nicht mehr mitsingen. Ich war verzweifelt. Ich konnte doch nichts anderes als singen und marschieren.

Mein Vater saß auf der Treppe vor dem Haus. Er zog an der Pfeife, während ich Kieselsteine kickte. Nach einer Ewigkeit räusperte er sich. »Wir hätten dieses Gespräch schon früher führen sollen, Juri.«

»Ein Gespräch«, fragte ich vorsichtig. Ich erinnere mich, dass ich damals flüsterte. Ich wollte den Stimmbruch verbergen.

»Du weißt, wie gerne ich es hätte, dass du den Hof übernimmst, wenn der Bauernrat uns lässt. Und ich weiß, dass es für deine Mutter nichts Schöneres geben würde, als wenn du Priester wirst, Juri. Was heutzutage nicht leicht ist, weißt du? Aber wir wollen dich zu nichts zwingen. Mein Vater hat mir einmal einen Rat gegeben: Wenn man an beiden Ärmeln deiner Jacke zerrt, ziehe sie aus und mache etwas ganz anderes.«

So wie er es getan hatte? Auch seine Mutter hatte gewollt, dass er Priester wird. Und sein Vater hatte die Absicht gehabt, ihn zur Armee zu schicken. Er war Bauer geworden.

»In unserer Familie hat es immer nur Bauern, Kirchenleute und Soldaten gegeben«, fuhr mein Vater fort. Er gab mir ein Papier. Es war der Antrag für die Militärschule. »Wenn du willst, gebe ihn ab und werde Soldat.«

So ging ich fort und wurde Soldat. Und ein paar Jahre später habe ich zum ersten Mal Menschen erschießen müssen.

Vorsichtig schob Emma die Seiten zurück in den Umschlag.

In einer Schublade fand sie Klebstoff. Sorgfältig verschloss sie den Umschlag. Als sie den Brief neben die anderen legte, sah er aus wie zuvor. Sie sortierte sie, nahm die Schnur und machte eine Schleife. Zu schön. Sie machte sie auf, band die Schnur noch einmal und war zufrieden. Als hätte sie den Stapel nie angerührt.

Ganz objektiv hatte Emma den Brief gelesen. Aber jetzt überschlugen sich die Gefühle. Ihr Großvater war ein Russe. Siebzig Jahre waren die Briefe alt. Niemand, auch nicht der Alois, hatte sie gelesen, nicht einmal die Mutter wusste, was in ihnen stand, dass er in einem Lager war, dass Juri sein Name war. Und er konnte singen! Er kickte Kieselsteine! Wie ging es weiter? Was war dem Großvater passiert? Emma sah auf die Uhr. Vielleicht hatte sie ja doch noch Zeit, um den nächsten Brief zu lesen?

2

Rauchend stand Frassek am Fenster seines Zimmers. Die Narbe pochte. Das tat sie oft, wenn er übermüdet war. Eine Dunstwolke, ein Gemisch aus Staub und Fliegen, waberte durch die Straßen und um die Marktstände auf dem Kirchplatz. Die Verkäufer standen beisammen und diskutierten mit den Dorfbewohnern. Immer mal wieder schlug jemand fast resigniert eine Fliege tot. Selbst die überall im Dorf verteilten Blumen ließen ihre Blüten hängen. Auf den Dächern saßen Vögel, am Himmel formierten sie sich zu Schwärmen. Normal kam ihm das alles nicht vor.

Unten am Eingang zum Frühstückssaal verhakte sich Frasseks Hemdsärmel am Griff eines Rollators.

»Passen S' doch auf, junger Mann!«

»Was stellen Sie ihn auch immer in den Weg, Frau Jöllinger.«

»Morgen«, murmelte Frassek.

»Guten Morgen, Herr Frassek«, sagten die beiden Frauen am Tisch gleichzeitig.

Die Frau, die nicht Frau Jöllinger hieß, strahlte ihn an. »Setzen Sie sich doch zu uns, Herr Frassek.«

Er sah sich um. Die anderen Tische waren besetzt. Stöcke und Krücken lehnten an den Wänden, ein weiterer Rollator stand mitten im Raum: die Wiener Pensionisten. Von denen hatte die Wirtin – wie war noch mal ihr Vorname? – gestern Abend erzählt. Es könnte auch ein Lazarett oder ein Sanatorium sein, dachte er.

Am Buffet holte sich Frassek Brötchen, Marmelade und ein Ei. Es war stickig. Die Fenster waren geschlossen, um Fliegen und Staub nicht hineinzulassen. Als er zurückkam, saßen neben den beiden Frauen noch zwei Herren am Tisch, die ihn freundlich angrunzten, während sie Zeitung lasen. Er quetschte sich neben sie.

»Das sind die Herren Proger und Schwödl aus Wien«, sagte die etwas jünger aussehende Frau am Tisch, »und ich bin die Frau Moser. Aus München. Mein Mann ist vor fünf Jahren verstorben.« Sie schlug ein Kreuz.

»Mein Beileid«, murmelte Frassek, unsicher, ob man das nach so langer Zeit überhaupt noch sagen konnte.

»Und ich bin die Luzia Jöllinger«, sagte die Ältere, »ich bin schon neunzig. Und den Rollator brauche ich nur für meine Handtasche.«

»Sie macht jeden Morgen Gymnastik«, erklärte Frau Moser.

»Genau, gleich nach dem Aufstehen.«

»Schaust her«, sagte der eine Mann zu dem anderen – Frassek wusste nicht, wer Proger und wer Schwödl war – und zeigte mit einem Finger auf die Zeitungsseite. Beide hielten die gleiche Ausgabe der *Grazer Tageszeitung* in den Händen, stellte Frassek fest, und sie grinsten über das gemeinsam Gelesene.

»Ist das nicht furchtbar mit dem alten Schuhmacher?« Frau Moser hatte sich zu ihm hin gebeugt, und während sie das »furchtbar« wie eine Taube gurrte, reichte sie ihm Salz für sein Ei. »Ich war ja am Tatort gewesen. Oben da beim Toten Mann. Also vergiftet hat man ihn nicht, so viel ist sicher. Man kennt es doch aus dem Fernseher, wie so etwas ausschaut. Nein, wie er gestorben ist, das hat bestimmt etwas mit der blauen Zunge und den aufgeschrammten, blutigen Knien zu tun. Sogar eine Kniescheibe hat man sehen können.«

»Aber schöne Schuhe hat er verkauft. Und sein Sohn, groß, aber nicht unattraktiv.«

»Also Frau Jöllinger, der ist doch viel zu jung für Sie!«

»Aber ich mache Gymnastik. Jeden Morgen. Da! Schauen S', Herr Frassek.« Frau Jöllinger hielt ihr Bein hoch und rollte die Hose ein wenig auf. »Stramme Waderln. Und immer noch hübsch, nicht wahr?«

»Ja, wir sind noch nicht vom alten Eisen, Herr Frassek«, sagte Herr Proger oder Herr Schwödl hinter der Zeitung.

»Genau, Herr Frassek.« Der andere blickte auf und zeigte auf die Frauen im Frühstückssaal. Er wedelte dabei mit der Hand. »Die Weibsbilder, also ich sag Ihnen!«

»Machen Sie sich nichts draus«, sagte Frau Moser und hielt ihm eine Serviette hin, weil Frassek sich am Ei verschluckt hatte. Ihre war aus Stoff, seine nur aus Papier.

Frau Jöllinger packte ihre Wade wieder ein. »So reden

halt die Kerle aus Ottakring, die Schlawiner. Aber keine Sorge, ansonsten sind sie brav.«

Frassek wollte aufstehen. Er hatte vergessen, sich einen Kaffee zu holen. Und den hatte er jetzt bitter nötig. Einer der beiden Herren hielt ihn am Arm zurück. Er zeigte in seiner Zeitung auf ein Foto von einer britischen Sängerin, die sogar Frassek kannte, und auf ein unscharfes von einer ihm unbekannten blonden Frau.

»So was musst dir suchen«, flüsterte er ihm ins Ohr, »oder junge Mütter. Die bleiben daheim bei Mann und Kind. Und du hast deinen Spaß und keinen Stress.«

Frassek lächelte unschlüssig.

»Oder alte Frauen schnackseln«, rief der andere laut, »damit sie hernach was zum Plauschen haben, gell?«

»Also Herr Schwödl, das habe ich gehört!« Die Witwe gab sich empört und auch Frau Jöllinger zog hörbar entrüstet Luft ein.

»Und auch wenn ich neunzig bin, Herr Schwödl, mit einem hochgezogenen Dirndl lauf ich immer noch schneller als Sie mit runtergelassenen Hosen!« Sie ließ dem ein erschrecktes »Huch!« folgen, nachdem ihr klar wurde, was sie da gerade von sich gegeben hatte.

»Ich ...«, fing Frassek an und wusste kurz nicht weiter. »Ich geh mal schauen, wo meine Tochter bleibt.« Er ignorierte die rollenden Augen der beiden Herren, stand auf, nickte den am Tisch Sitzenden kurz zu und eilte die Treppe hinauf. Morgen würde er sich das Frühstück aufs Zimmer bringen lassen. Und dann würden sie möglichst bald wieder nach Hause fahren. Der Volvo musste halt nur mitmachen.

»Ich kann nicht herunterkommen«, sagte Vera oben durch die geschlossene Zimmertür. Frassek konnte sie kaum verstehen.

»Was ist? Ist dir nicht gut?«

»Ich habe meine Tage. Und nichts dabei! Kannst du mir Binden besorgen, Papa?«

Frassek musste lächeln. Er kannte das von Bärbel. »Mach ich, mein Schatz. Aber willst du nicht lieber Tampons, so wie Mama?«

»Nenn mich nicht Schatz! Und Mama hast du auch noch nie gesagt. Warte!« Frassek hielt sein Ohr wieder an die Tür. Vera flüsterte. »Bitte keine Tampons.«

*

»Nu, wer wird denn neugierig sein«, sagte die Lissi laut durch die geschlossene Eingangstür zum Frassek, ihrem neuen Duzfreund. Sie hatte eine leere Gießkanne in der Hand und zog, nachdem sie eingetreten war, schnell die Tür zu. Dutzende Fliegen klatschten gegen das Glas, während sie es dem Frassek gleichtat und nach draußen schaute. Die Maria Kornfeld lief gerade am *Valentiner* vorbei. Und weiter hinten konnte sie die Bundespolizei sehen, auch schon wieder unterwegs.

»Guten Morgen … Sissi.«

»Lissi, Frassek, Lissi. Schönen guten Morgen. Hast schon was gefrühstückt?« Sie merkte, wie er zusammenzuckte.

»Jaja, danke.«

»Glücklich sieht sie ja nicht grad aus, gell?« Der Frassek schaute sie fragend an. »Nu, die Maria. Hast du die denn nicht beobachtet? Wie ein Polizist hast ausgesehen … oder besser, wie ein Detektiv.«

»Wer ist die Maria?«

»Ach, Frassek, das hab ich dir doch erzählt. Die Maria Kornfeld, das ist die Bäuerin vom Wagnerhof, die mit der Tochter, die zurückgekommen ist.«

»Lissi, ich war so müde. Da konnte ich mir nicht alles

merken.« Der Frassek beugte sich zu ihr herunter und sprach ganz leise. »Wo im Dorf gibt's denn Slipeinlagen?«

»Meinst du Binden«, fragte sie laut. »Ja, entweder hier gleich beim Josef. Er hat neben Zigaretten und Souvenirs auch ein paar Dinge. Nur keine Lebensmittel, das haben's ihm verboten. Oder du gehst die Straße hinunter zum Supermarkt ... jetzt schau dir das an.«

Die Lissi zeigte auf einen SUV, aus dem ein Mann stieg. »Das ist der Rasch. Von dem hab ich dir gestern auch erzählt. Mei, was schaut der verzweifelt aus! Vielleicht war er beim *Waldesruh*, dem früheren Gasthof seiner Eltern. Hat ihn ganz schön heruntergewirtschaftet.« Sie beugte sich zum Frassek hin. Es musste ja nicht jeder zuhören können. »Ich hab gehört, dass es dort ziemlich verwahrlost aussehen soll, ganz marod. Dabei war es mal der prachtvollste Bauernhof der ganzen Gegend.«

»Nicht jeder hat gute Kinder, Sissi.«

»Nu, du aber schon, Frassek. Deine Vera ist eine ganz patente. Lass du sie nur zwei Wochen bei mir, dann mach ich eine richtige Steirerin aus ihr.« Sein Zögern interpretierte die Lissi als Sprachlosigkeit, und so ging sie lachend davon.

Auf dem Weg in den Frühstückssaal blieb sie stehen. Sissi, hatte er sie genannt. Was für ein schöner Name? Ja, gar ein königlicher Name! Ein Stückchen ging sie weiter, nur um wieder stehenzubleiben. Ob sie über einen Namenswechsel nachdenken sollte? Sie zuckte mit den Schultern und schob den Rollator von der Frau Jöllinger aus dem Weg.

»Die Polizei ist schon im Dorf«, sagte sie zur Frau Moser, als sie Teller und Tasse des Berliner Gasts abräumte.

»Ja, sie sind zur Dagmar gegangen, um sie einzuvernehmen«, stimmte Frau Jöllinger ihr zu.

»Und woher wissen Sie, dass sie bei der Dagmar sind«, fragte die Witwe Moser, »Sie sind doch heute noch gar nicht rausgegangen.«

»Na, das hab ich von meinem Balkon aus gesehen. Mit meinem Operngucker. So was von praktisch! Benutz ich auch zu Hause.«

»Ja, Frau Moser, da staunen S', was? Wir Österreicher sind ganz schön gewitzt.« Der Herr Proger stupste den Herrn Schwödl an. »Da könnt ihr euch in Bayern eine Scheibe davon abschneiden.«

»Gell! Ihr kriegt es drüben in Deutschland ja noch nicht einmal hin, euch eine vernünftige Mautgebühr auszudenken.«

Lissi warf dem feixenden Herr Schwödl einen warnenden Blick zu. »Geh, die Herren, treibt's mir nicht zu arg mit der Frau Moser.« Sie brachte das Geschirr in die Küche und legte einen Arm um den Hals ihres Ehegatten. »Jockl?«

»Was ist«, brummte der Jakob zurück. Der andere Arm folgte. Wie tat das gut, dachte die Lissi überrascht, denn das hatte sie lang nicht mehr getan.

»Magst mich ab jetzt Sissi nennen?«

»Was? Das mochtest du doch früher nie?«

»Nu, man kann ja seine Meinung auch ändern.« Sie zog ihn ein wenig näher an sich heran. Der Jakob ließ es zu, ein bisschen widerstrebend, wie sie fand.

»Sissi … gut, wennst willst.« Hinter ihrem Rücken rüttelte er an einer Pfanne. »Mich aber nennst bittschön nicht Franz Josef.«

*

Der Souvenirladen vom Josef Lamberti war auf unbestimmte Zeit geschlossen, wie ein Schild an der Eingangstür mitteilte. Frassek lief die mit Blumen geschmückte

Straße hinunter und umkreiste ein paar Krähen, die auf dem Asphalt Fliegen pickten. Für sie schien sich diese Plage zu einem Paradies zu entwickeln. Immer mehr von ihnen ließen sich auf den Hausdächern nieder.

»Grüß Gott«, sagte die Frau an der Kasse, als Frassek den Supermarkt betrat. Sie hatte rot gefärbte Strähnen im Haar. Er sah sich um. Der kleine Laden war vollgestopft, bis an die Decke waren die Regale gefüllt. Gleich im ersten fand er das Gesuchte.

»Grüß Gott«, sagte eine Verkäuferin, die an ihm vorbeilief. Ihre Haare waren ebenfalls teilweise rot gefärbt »Sie kommen zurecht?«

»Jaja.« Er bückte sich und überlegte, welche Binden er kaufen sollte. Die mit Flügeln? Extrasoft? Und was war der Unterschied zwischen Binden und Slipeinlagen? Welche Größe überhaupt? Frassek zögerte, nahm die eine Packung, stellte sie wieder hin, nahm eine andere, zögerte nochmals. Er seufzte. Immer dieses verdammte Zögern!

»Du bist so, wie Frank Sinatra singt«, hatte Bärbel früher zu ihm gesagt. Da war sie von seinem Zögern noch angetan gewesen, ein Zögern beim Kuss, ein kurzes Innehalten, bevor er in ihr gekommen war. Das hatte ihr bis hin zur eigenen Befriedigung gefallen. Doch im Streit, wenn er mit einer Antwort auf sich hatte warten lassen, oder im Supermarkt, wenn er so wie jetzt zu lang überlegt hatte, welches Produkt er nehmen sollte, das hatte Bärbel verrückt gemacht.

»Grüß Gott«, unterbrach eine weitere Verkäuferin seine Gedanken. Jetzt grüßte Frassek zurück. Diesmal keine Strähnen, diesmal war das Haar ganz rot gefärbt. Er entschied sich für das Produkt mit den praktischen Flügeln, Größe X, hellblaue Packung. Lieber zu groß als zu klein. Hinter seinem Rücken hörte er Schritte und bereitete sich auf einen weiteren Gruß und rote Haare vor. Vielleicht sollte er Vera noch ein Haarfärbemittel mitbringen?

Doch es war die Kottnik, die, ohne ihn zu erkennen, mit ihren Assistenten an ihm vorbeiging. Sie bogen in den Gang auf der anderen Seite des Regals ein. Frassek richtete sich auf und lauschte.

»Sie sind die Leiterin?« Die Kottnik kam direkt zur Sache. »Die Frisörin hat uns erzählt, dass Sie hier selbstgemachtes Bärlauchpesto verkaufen.«

»Die Dagmar? Ja, das stimmt«, hörte Frassek die Leiterin antworten. »Von dem Bärlauchpesto haben wir einige Gläser verkauft. Das hat die Johanna vom Kerschbauerhof gemacht. Wissen Sie, Spezialitäten aus der Steiermark, das mögen die Touristen ...«

»Schrammel«, wurde sie von der Kottnik unterbrochen, »Sie verhören hier die Mitarbeiter. Wir müssen die Pestogläser finden. Hoffentlich ist nichts weiter passiert! Und beschlagnahmen Sie auch die restlichen *Spezialitäten* aus der Steiermark!«

»Aber wieso denn das?« Die Stimme der Supermarktleiterin klang verzweifelt.

»Herrgott, diese Dorfbewohner! Das war kein Bärlauch, sondern ein giftiges Kraut: Herbstzeitlose. Da ist Colchicin drin. Ich hoffe für Sie, dass außer dem Herrn Kroisleitner nicht noch jemand zu Schaden gekommen ist. Haben Sie überhaupt eine Genehmigung dafür? Leibinger? Leibinger!«

»Ich telefoniere gerade mit der Pathologie. Es soll Neuigkeiten geben«, hörte Frassek den Leibinger sagen.

»Lassen Sie das.«

»Aber es könnte sein ...«

»Leibinger, jetzt hören Sie auf zu telefonieren. Sie kommen mit mir mit. Wo wohnt diese Johanna?«

»Das sind die falschen«, sagte jemand hinter ihm. Frassek drehte sich um. Der Italiener, Robin Hood, Leonardo Melanzini. »Sie nimmt immer *Saveday*, die kleinste Sorte, die ohne Flügel.«

»Was machst du denn hier?« Fassungslos sah Frassek dem Jungen zu, wie der an seinen Fingernägeln pulte.

»Einen Besuch in Ehren kann niemand verwehren. Vera wird sich freuen.«

»Ich aber nicht. Verschwinde. Fahr zurück nach Berlin!«

Der Junge schüttelte den Kopf. »Hab kein Geld mehr. Der Anwalt war nicht gerade billig. Und der Rest ging für das Flugticket drauf.«

Frassek atmete tief ein. Strelnikow. Die Filmfigur hatte er tatsächlich gemocht. Aber dass dieser Junge wirklich so einer sein sollte? Flugticket! Vera musste betrunken oder was auch immer gewesen sein, als sie ihn kennengelernt hatte. Er packte ihn am Oberarm. »Gut, komm mit. Aber benimm dich. Ich habe hier gute Beziehungen zur Polizei. Und die setzen so jemanden wie dich gerne fest.«

»Meinen Sie die, vor denen Sie sich gerade versteckt haben? Ich zittere jetzt schon vor Angst.«

So ein kleines Arschloch, dachte Frassek.

*

»Ich hab sie nicht mehr ertragen können, Sissi«, sagte der Hinterberger Bruno an der Schank und trank den nächsten Klaren, den die Wirtsfrau ihm hingestellt hatte. Die krummen Beine hatte er um den Barhocker gewickelt, also da wurde es der Sissi ganz schwindelig. »Ständig hat sie am Toni herumkritisiert, und jetzt pieselt der Bub wieder ins Bett.«

»Vielleicht geht sie ja zurück zum schönen Josef.« Die

Sissi hatte schon viel erlebt im Dorf. »Es ist immer noch alles gut ausgegangen.«

»Jöh«, machte der Bruno jetzt, »als der Alois noch gelebt hat, ja, der hat immer alles wieder hergerichtet. Auch wenn er nichts dagegen hat tun können, dass die Moni den Josef verlassen hat und zu mir gekommen ist. Aber jetzt? Schau doch hin, Sissi, die Fliegen, der Staub, die Krähen, nichts ist mehr, wie es einmal war.«

Was könnte man jetzt nur darauf antworten, überlegte die Sissi und fragte sich, was der Alois wohl gesagt hätte. Mein Gott, so einfach war es wirklich nicht, sich wie eine Dorfkönigin zu verhalten.

»Suchst dir halt eine andere.« Ob das die richtige Antwort war?

»Und wen, bittschön?«

»Nu, vielleicht die Dagmar.« Ja, das war nicht schlecht.

»Gut schaut sie schon aus«, sagte der Automechaniker nach einer Weile, »aber die lässt doch keinen an sich ran.«

»Wer lässt keinen an sich ran?« Die Tochter des Berliners war aufgetaucht, das Handy in der Hand und ein Strahlen im Gesicht.

»Geh, Kind, das ist nur Dorfklatsch. Dein Vater ist immer noch nicht wieder zurück. Alles gut mit der Binde?« Die Vera nickte.

»Na, wenigstens das funktioniert«, brummte der Bruno.

*

Frassek stürmte ins Gasthaus. Er sah Vera mit der Wirtin an einem Tisch sitzen und reden. Er warf ihr das Päckchen zu und stutzte. Wieso war sie eigentlich unten? Na, egal. »Lissi ...«

»Sissi«, korrigierte ihn die Sissi.

»… auch gut. Jetzt ist es aber ganz wichtig, Sissi, ich brauche eine Antwort von dir, ganz ohne Schnickschnack.«

»Schnickschnack? Was meinst du denn jetzt damit?«

»Ihr duzt euch?« Vera war erstaunt.

»Warum auch nicht«, sagte Sissi und schaute keck, während sie mit den Wimpern klimperte.

»Irgendwie schon«, gab Frassek zu.

»Krass! Und habt ihr euch auch geküsst?«

»Vera!« Frassek stöhnte. Irgendwie war das hier kein normales Dorf. Was es war, wusste er auch nicht, aber ein Dorf sollte langweilig sein. Es sollte regnen. Man sollte ein Buch lesen. Er schaute die Wirtin an und blickte auf einen vorgestreckten Kussmund.

»Na, gute Nacht«, sagte der Mann am Tresen.

»Wer sind Sie denn?«

»Das ist der Hinterberger Bruno«, erklärte Sissi ihm. »Unser Automechaniker und Busunternehmer. Er hat gerade seine Freundin rausgeworfen. Die Moni.«

Heimlich wischte sich Frassek die Lippen ab. Er überlegte nicht lang, fischte aus seiner Hosentasche den Autoschlüssel und legte ihn neben die Schnapsgläser auf den Tresen. »Der Volvo auf dem Parkplatz, ob Sie sich den mal anschauen könnten?« Bruno Hinterberger brummte. »Und nehmen Sie den Kerl da draußen am besten auch gleich mit. Sie haben ja jetzt Platz, wie ich gehört habe.«

»Jöh«, machte der Mann, »könnt ich schon machen. Und Hilfe kann ich in der Werkstatt immer gebrauchen.«

Frassek bemerkte, wie Sissi sich bemühte, durch das Fenster zu erkennen, von wem er überhaupt gesprochen hatte. Alle schreckten durch den grellen Schrei auf, der aus Veras Mund kam.

»Er ist ja schon da!« Sie rannte hinaus und warf sich dem Jungen draußen in die Arme. Sie hat es die ganze Zeit gewusst, dachte Frassek. Diese blöden Mobiltelefone. Gut, dass seins noch leer im Handschuhfach lag.

»Was wolltest du eigentlich, Frassek?«, fragte ihn die Wirtsfrau.

»Ja, was«, sagte er verwirrt. »Ach, sag, Sissi, hast du auch das Bärlauchpesto aus dem Supermarkt gekauft?«

»Nu, freilich. Gibt's heute Mittag für die Gäste mit Vollpension. Mit hausgemachten Nudeln vom Jakob und einem feinen Salat ...«

Die Wiener Pensionisten. Kurz überlegte Frassek, ob er sie wirklich einweihen sollte.

3

Auch der zweite Brief ließ sich problemlos öffnen.

Das Papier riss nicht ein, als Emma ein Messer unter die aufgeweichte Umschlaglasche schob. Die Schrift war ein wenig anders als beim ersten Brief, unleserlicher, und auf dem ersten Blatt waren ein paar dunkle Flecken zu erkennen. Ob das Blut war?

15. April 1946

Meine liebe Mascha,
hatte ich denn etwas anderes erwartet? Drei Jahre wurde ich auf der Militärschule gedrillt. Man bereitete uns darauf vor, zu töten. Man versuchte, uns das Menschliche auszutreiben, und bei einigen hat es auch funktioniert.

Ja, ich hatte etwas anderes erwartet. Ich hatte das Bild im Kopf, wie ich als Junge durch die Kirchenfenster den Soldaten zugesehen habe, wie sie lässig durch die Straßen schlenderten und mit den Mädchen lachten. Viel lachten.

Dann kam der November '39. Wir wurden an die finnische Grenze geschickt. Ende des Monats kam der Befehl zum Angriff. Wir rückten durch einsame Wälder vor, vorbei an verlassenen Dörfern. Das Wetter war schlecht, nur Schnee, Eis und Wind. Ohne richtiges Schuhwerk und Wintermäntel kamen wir nur langsam voran. In der größten Armee der Welt gehörten damals Wintermäntel nicht zur Ausrüstung! Decken und Lumpen waren unser Schutz gegen die Kälte. Wir sahen wie Hausierer aus, und unsere Verluste waren hoch, ohne dass die Finnen auch nur einen richtigen Angriff gegen uns geführt hätten. Der General wurde von Tag zu Tag unruhiger. Wir glaubten, unser Feind wäre uns an Zahl ebenbürtig. Später erfuhr ich, dass sie im Vergleich zu unserer Armee nicht einmal ein Drittel an Soldaten hatten.

*

Anfang Januar '40 begannen sie, uns mit kurzen, heftigen Vorstößen zu zermürben. Wir merkten zu spät, dass sie uns eingekesselt hatten. Die 163. Sowjetische Schützendivision, der man mich und meine Kameraden aus der Militärschule zugeteilt hatte, zerfiel. Dann kam der Tag, an dem uns nichts anderes übrigblieb, als auf den Kiantajärvi-See auszuweichen. Dort saßen wir in der Falle. Ohne Schutz. Nur Eis. Die Sonne schien. Ein strahlend blauer Himmel.

Wie die Fliegen wurden wir abgeschossen. Ich blieb unverletzt. Meine toten Kameraden stapelte ich zu einem Schutzwall. Dahinter überlebte ich die Maschinengewehrsalven. Die Finnen knallten uns einfach von drei Seiten ab. Ich erinnere mich, wie still es danach war. Und dann kamen sie. Sie gingen an den Leichen vorbei. Sie töteten die Sterbenden. Kurz bevor sie mein Versteck erreichten, sprang ich auf. Ich erschoss fünf oder sechs. Zwei weitere erstach ich mit meinem Bajonett. Die Kameraden, die überlebt hatten, und ich, wir wüteten so heftig, dass die Finnen sich tatsächlich zurückzogen.

Emma legte den Brief weg.

Es war bald Mittag. Wieder war es ein heißer Tag, aber ihr war kalt. Dann lachte sie. Lange. Laut. Sie war zu einem Viertel Russin! Ihr Großvater hatte eine schöne Stimme gehabt! Er hat Menschen getötet. Mit dem Bajonett. Das war doch alles nicht wahr! Wie hatte er nur so etwas seiner Tochter schreiben können? Sie blätterte weiter.

Ich lief über den See in die Richtung, in der ich unsere Uferstellungen vermutete. Ich ging an unzähligen Toten vorbei. Offiziell sollte man später von 5000 Gefallenen sprechen. Aber es waren sehr viel mehr. Und in jedem Gesicht, in das ich schaute, sah ich die Familie des Toten, die Mutter, den Vater, die Geschwister. Würden sie je erfahren, dass er hier gestorben war? Auf einem gefrorenen See, dessen Eis in ein paar Monaten schmelzen würde? Würde man sie hier liegen lassen? Den See zu einem Massengrab machen? Ich wusste es nicht.

Ich kam an der Leiche eines Kameraden vorbei, den ich gut gekannt hatte. Ich öffnete seinen Kragen. Ich nahm ihm die Erkennungsmarke vom Hals. Ich ging von einem Toten zum nächsten, um auch ihre Erkennungsmarken einzusammeln.

Die Toten vom Kiantajärvi-See haben mich in den nächsten Jahren überallhin begleitet. Wenn ein Soldat sich immer wieder vorstellt, was mit den Toten passiert, wenn sie im Eis festfrieren oder auf dem Grund eines Sees verwesen, dann kann er nicht mehr töten. Ein Soldat kämpft nur für den Augenblick.

Mäntel und Stiefel blieben Mangelware. Man riss sie

den Toten vom Leib. Die Marken aber nicht. Also habe ich weiter gesammelt. Als könnte ich so die Würde meiner toten Kameraden bewahren. Diese Sammlung wurde mein Schatz.

10

DAS FOTOALBUM

1

Die französische Küche stand wieder zwischen den Kochbüchern.

Gerade noch rechtzeitig hatte Emma den zweiten Umschlag zukleben, die Briefe zusammenbinden und sie in dem Buch verstecken können. Dann hatte sie den Wagen gehört. Schnell war sie an die Spüle getreten und wusch jetzt ein Glas ab, als ihre Mutter hereinkam.

»Was stehst denn du hier drinnen?«

Emma zuckte nur mit den Schultern. Die Mutter stellte die Einkaufstasche ab.

»Draußen ist es so schön. Wolltest du dich nicht bräunen?«

Emma drehte sich zu ihrer Mutter um. Der Inhalt des Briefes hatte sie erschöpft. Gerade so schaffte sie es, die Mutter anzulächeln. Sie aber lächelte nicht.

»Deine weiße britische Haut loswerden.« Sie klatschte die *Gratz* auf den Tisch. »Amy! Hättest dir keinen besseren Namen aussuchen können.«

»Du … hast mich erkannt?« Emma griff nach der Zeitung. *Who's that Girl?* stand unter dem Bild, das sie auf der Beerdigung zeigte. Es musste tatsächlich das von dem Jungen sein. Sie hatte lautlos mitgesungen, wie sie sich erinnerte. Ihr Mund stand ein wenig offen. Nur so war überhaupt eine Ähnlichkeit zwischen ihr und Amy zu erkennen.

»Du siehst dir nicht ähnlich, falls du das befürchtest. Das Bild ist zu unscharf. Aber wer den Text liest und dich kennt, kann sich alles zusammenreimen. Vor zehn Jahren aus dem Nichts aufgetaucht, durch Bars und kleine Clubs getingelt – ja, singen konntest du immer schon – und dann auf einmal tot. Oder nicht tot. Bist du eine Leiche? Ein Geist? Wer bist du?«

»Ich bin Emma …«

»… und wer ist Amy?«

Emma knüllte die Zeitung zusammen. »Amy gibt es nicht mehr. Ich wollte es dir sagen, ehrlich. Letzten … Dienstag war es, vor drei Tagen, da hatte ich es mir vorgenommen.«

Die Mutter nahm ihr die Zeitung aus der Hand und strich sie wieder glatt. »Wieso sollte ich dir noch glauben?«

»Ach, Mutter, dich wollte ich nie verletzen, bitte glaube mir. Gerade deswegen habe ich mich doch nie gemeldet. Das war wie ein Schutz, für dich und für mich.« Natürlich war das unlogisch. Aber es brachte die Mutter zum Nachdenken. Sie räumte den Einkauf weg und setzte sich. Emma setzte sich dazu. Sie nahm die Hand der Mutter in die ihre. Nach kurzem Kampf ließ diese es zu.

»Warum bist du wirklich zurückgekommen? So ein Leben gibt man doch nicht einfach auf.«

»Amy ist tot und begraben. Und selbst wenn es Gerüchte gibt, sie wird nicht wieder lebendig. Bitte, erzähl's nicht weiter. Ich will doch zurück in mein altes Leben. Das andere gibt es nicht mehr.«

»Kein Zurück mehr? Ach, du lügst doch!«

Emma begann zu erzählen.

Über die Freude zu Beginn ihrer Karriere bis zur immer größer werdenden Lustlosigkeit. Über die Freundschaften, die sich als oberflächlich herausgestellt hatten. Über die Dagmar, ja, die hatte sie eingeweiht – einweihen müssen, fügte sie schnell hinzu, denn die Dagmar hatte sie gleich zu Anfang auf einem Foto erkannt, eine Frisörin kann man nicht täuschen – und die Briefe von ihr, die ihr immer wichtiger wurden, selbst wenn nicht viel dringestanden hatte. Die Sehnsucht nach Menschen, die sie als die kannten, die sie wirklich war, war dadurch immer größer geworden.

Sie erzählte von der Nachricht des alten Kroisleitner, die die Dagmar ihr vor knapp drei Monaten übermittelt hatte. Nach Hause sollte sie kommen, und da hatte sie gewusst, dass die vergangenen Jahre nichts anderes als eine Flucht gewesen waren, dass sie ihn treffen musste, ihm ihre Liebe gestehen musste.

»Du meinst den Josef?«

»Ja, der Josef.« Emma verstummte. Ihr schöner Josef. Sie musste einfach herausfinden, warum er sie damals verprügelt hatte. Warum sie hatte fortgehen müssen. Warum sie jahrelang keine Antwort auf die Fragen gefunden hatte.

»Der war eben grad komisch, der Josef. Hat den Wagen angehalten, mitten auf der Straße. Der Rasch hätte ihn fast überfahren, und er sah dabei aus, als hätte er es gerne getan. Komisch, dabei war er doch so nett in letzter Zeit. Und auf einmal ist er fuchsteufelswild geworden, hat den Josef ausgeschimpft, als wäre der für alles Unheil der Welt verantwortlich. Aber er hat mir einen Zettel für dich zugesteckt, der Josef. Dabei hätte er es mir doch auch sagen können …«

»Ein Zettel! Wo ist er? Was steht drauf?«

»Nur ein Wort: Bank. Seltsam, oder?«

»Wie spät ist es?« Emma sprang auf und lief zu ihrem Zimmer. Die Mutter und ihre Fragen mussten warten, genau wie die Briefe.

*

Trotz der Schnäpse fuhr der Automechaniker mit Frasseks Wagen erstaunlich sicher. »Wenn's einer schafft, deinen Wagen wieder in Ordnung zu bringen, dann der Bruno«, hatte die Sissi gesagt, nachdem Frassek angesichts des Alkoholkonsums Zweifel gekommen waren. »Er hat Zauberhände.« Und die hatten ihre Wirkung wohl allein schon dadurch gezeigt, dass Bruno Hinterberger einfach nur den Schlüssel umgedreht hatte. So geschnurrt hatte der Volvo schon lange nicht mehr.

Frassek warf einen Blick nach hinten auf die Rückbank. Sie hielten Händchen, stellte er zufrieden fest. Nach den ersten Umarmungen und Küssen hatte sich der Italiener ganz manierlich benommen. Und auch Vera hatte sich erfreulich ruhig verhalten.

»Wie alt ist er eigentlich?«

»Wer?«

»Na, dein Freund, der Italiener.«

»Er hat auch einen Namen, Papa!«

»Ich bin zweiundzwanzig«, antwortete ihm der Italiener.

Sechs Jahre älter! Daran hatte er zu knabbern. Bärbel war auch jünger als er, aber das war etwas anderes. Frassek schaute aus dem Fenster und versuchte, sich alles schönzureden. Durch seinen ersten Besuch, als er frühmorgens hier lang gewandert war, erkannte er einiges wieder. Auch an der Werkstatt am Dorfrand war er damals vorbeigekommen. Nun war er erleichtert darüber, dass der Automechaniker den Jungen aufnehmen würde – zumindest bis der Volvo repariert wäre. Im *Valentiner* wollte er ihn nicht haben.

»Kann ich nicht wieder mit zurückfahren?« Hilflos lächelte der Italiener in die Runde, nachdem sie ausgestiegen waren. Sechs Jahre. Irgendwann würde Frassek ein ernstes Wort mit ihm reden müssen. Von wegen Strelnikow!

Dieser schmächtige Typ, der damals bei der Verfolgung noch nicht einmal vor ihnen hatte wegrennen können, war in seinen feinen Klamotten alles andere als ein russischer Revolutionär.

»Nein, du bleibst hier. Wer kein Geld hat, muss arbeiten, nicht wahr, Herr Hinterberger?«

»Er kann gleich die Werkstatt fegen und die Busse draußen waschen.«

»Darf ich auch hierbleiben?«, fragte Vera ihren Vater.

»Na, das wäre ja noch schöner. Du kommst mit uns zurück.« Sobald sie wieder im Gasthof waren, das wusste Frassek, würde sie unbedingt einen Spaziergang machen wollen. Alleine. Na, die fünfhundert Meter hierher zurück würden ihr guttun. Und zum Glück hatte sie ja gerade ihre Tage.

2

Von weitem ist das alte Wasserwerk kaum zu erkennen. Die nach dem Krieg reparierten Stellen mit den helleren Steinen lassen sich fast nicht mehr vom alten Mauerwerk unterscheiden. Der nimmersatte Efeu hat alles, auch die alte, von Stürmen gebeugte Tanne, die sich an der Längsseite des kleinen Gebäudes abstützt, überwuchert. Ein verwunschener, im Halbdunkel liegender Ort, so würde ein Tourist dieses pittoreske Gebäude bezeichnen. Doch wenn die Sonnenstrahlen den Weg durch das dichte Blätterdach finden und sich in den zahllosen Spinnennetzen reflektieren, offenbart das kleine Gebäude seinen wahren, seinen düsteren Charakter.

Auf Betreiben des alten Kroisleitner hat man vor dreißig Jahren ein neues Wasserwerk gebaut, das näher an der Ortschaft liegt. Trotzdem rauscht das Wasser immer noch erst hier ins alte Bassin, fließt durch ein Gitter hindurch und dann geht es unterirdisch hinunter in Richtung Dorf.

Der schöne Josef hatte das alte Wasserwerk lange nicht mehr betreten. Aber er hatte sich drum gekümmert. Dem alten Kroisleitner hatte er irgendwann den Schlüssel stibitzt. Denn niemand sollte hier ungefragt hineingehen können. Jetzt versperrte der Josef mit abgebrochenen Ästen die Wege, die zu dem alten Wasserwerk führten. Er schichtete Steine vor der Tür auf. Ins einzige Fenster stopfte er Reisig und Blätter. Als das kleine Steingebäude eins mit der Umgebung geworden war, ging er nach Hause. Er würde nicht zurückkehren. Mit etwas Glück würde das Wasserwerk völlig in Vergessenheit geraten.

Sollte er das schöne weiße Hemd anziehen, das sie so gerne mochte? Als sie noch jünger war, hatte sie immer mit ihren zarten Händen seine tief gebräunten kräftigen Unterarme gedrückt. Noch mehr aus der früheren Zeit fiel ihm ein. Gemeinsame Streifzüge durch den Wald. Er hatte ihr gezeigt, wie man auf Bäume kletterte. Und sie hatte dabei nicht gelacht, wenn er die Bäume als seine Freunde bezeichnet hatte, im Gegenteil. *Gerade, krumm, groß, klein, ihr sollt meine Freunde sein* – sie hatte das für ihn gedichtet.

Der Josef ging durch die Küchentür und betrat die Stube. Er sah die Koffer. Er sah die Moni. Sie saß auf dem Sofa. Schnell wich er zurück in die Küche. Hatte sie ihn gesehen?

»Josef?«

»Komm gleich«, rief er laut. Er wusste nicht, was er tun sollte.

Sie kam herein. »Was bist du verschwitzt!«

Er fuhr sich durchs Haar. Er mied ihren Blick. »Was willst du?«

»Ich bin wieder da«, sagte die Moni.

»Wieder da?«

»Stell dich nicht so deppert an. Natürlich. Ich bin zu dir zurückgekommen.« Sie setzte sich auf den Küchenstuhl – den falschen, den mit den Armlehnen. Auf dem durfte sie nicht sitzen. Aber das hatte sie ja noch nie verstanden. »Wie du es immer wolltest. Jetzt können wir noch mal ganz von vorne anfangen.«

»Nein …«

»Nein? Gut, dann bleibt's halt, wie es war. Aber dieses Mal gehst du ins Gästezimmer.« Sie lachte. Sie war so herablassend. Er spürte den Buckel, den er zu machen drohte. Er stellte sich gerade hin.

»Nein heißt, ich will nicht, dass du hier bist.«

»Was ist los, Josef?« Sie streckte sich. Sie gähnte, die Arme hoch in der Luft. Josef starrte auf ihre Brüste, die sie ihm dadurch anbot. Groß und fest waren sie. Er hatte sie gerne angefasst. Sie hatte nie etwas dagegen gehabt, ob im Bett, in der Küche, draußen im Garten. Manchmal war sie den ganzen Tag nackt herumgelaufen und er ihr hinterher. Überall haben sie miteinander geschlafen. Aber nicht auf diesem Küchenstuhl, niemals … nein, sie war nicht müde. Sie tat nur so.

»Geh.«

Sie lachte. »Du kannst mich nicht einfach fortschicken. Ich bin deine Frau.«

»Ich will dich nicht hier haben!« Jetzt brüllte er sie an, zu laut, zu aggressiv. Die Moni versuchte es trotzdem.

»Josef, hör mir zu …«

»Hast du mich nicht verstanden? Ich will das nicht. Geh fort.« Er setzte sich an den Küchentisch. Er suchte die Scheidungspapiere und fand sie. Schnell unterschrieb er sie. »Schau, wir sind geschiedene Leute.«

Sie nahm die Papiere. Sie warf einen Blick drauf. Und

während sie sie langsam zerriss, schaute sie ihn an. »Es ist die Emma, oder? Du willst die Emma. Weil sie wieder da ist.«

»Raus! Verschwinde!« Er stand auf.

»*Ich* bin deine Frau«, hörte er sie noch einmal sagen, »du kannst mich nicht …« Er lief in die Stube. Er nahm ihre Koffer. Er warf sie aus der Haustür. Er rannte zurück in die Küche. An der Hand zerrte der Josef die Moni ebenfalls ins Freie. Sie stolperte auf den Hof.

»Josef …«

Sie fing zu weinen an, aber ihre Tränen waren ja nur gespielt. Er würde nicht darauf reinfallen. Nie wieder. »Hau ab! Wenn du nicht in fünf Minuten weg bist, schleife ich dich den Berg runter!«

»Aber wo soll ich hin? Der Bruno will mich auch nicht mehr.«

*

»Mei, wie ich da ausschau!«

Die Fotografien aus Sissis Album waren alle rotstichig, wie es bei Abzügen aus den Siebzigern wohl unvermeidlich war. Über seinen Teller hinweg betrachtete Frassek ein Bild von einer jungen und hübschen Version der heute etwas aufgegangenen Sissi, die ganz verliebt einen jungen Mann anschaute. Den hatte sie später geheiratet, wie Frassek dem runden Gesicht ansehen konnte: Jakob Valentiner, vielleicht in den Zwanzigern, mit damals noch vollem langen Haar und beeindruckenden Koteletten. Er legte Messer und Gabel zur Seite und schob den leeren Teller weg. Gebackene Blutwurstscheiben mit Apfelkren und Kernöl. Die Wirtin hatte nicht zu viel versprochen, als sie ihm die Spezialität des Wirtshauses empfohlen hatte. Ihr Mann konnte kochen, und nicht nur Schnitzel am Morgen.

Auf den Fotografien zahlreicher Dorffeste erkannte er nicht nur ihn, sondern auch einige andere Bewohner wieder, den jungen Karl Kroisleitner, den damals schon krummbeinigen Bruno Hinterberger, den Doktor und immer wieder war ein Junge zu sehen, ein langsam dicker werdendes Kind, immer ein wenig abseits, ohne Lächeln, während die anderen um die Wette grinsten: der Rasch. Manchmal war eine braune Kutte inmitten der Menschenmengen zu erkennen, doch die Gestalt war zu verschwommen. Es folgten ein paar Bilder aus einem Krankenhaus.

»Nu, die Teresa und der kleine Wurm, der Josef.« Wie im Schnelldurchlauf sah Frassek eine erschöpfte Mutter in einem Krankenzimmer mit einem dunkelhaarigen Winzling auf dem ersten Bild. Auf anderen, wohl später aufgenommenen Fotografien strahlte sie, während sie ihrem blond gewordenen Kind über den Kopf strich.

»Die Maria Kornfeld hat die Fotos gemacht. Sie war damals beim Doktor beschäftigt.« Sissi wischte die Seiten weiter. Kurz tauchte ein Bild mit einem jungen Mädchen und einem älteren Jungen auf, bevor sie umblätterte und ihren angefeuchteten Finger auf ein Gesicht drückte.

»Da ist's. Das hab ich gesucht. Bittschön, der Mönch.« Asketisch und zugleich zart war sein Gesicht geschnitten. Die selbst bei dem Rotstich des Abzugs blau strahlenden Augen blickten ernst an der Kamera vorbei. Sein blondes Haar hatte er mit einem stechend scharf gekämmten Seitenscheitel geteilt. Der Mönch sah aus wie dreißig.

»Der war schon mal im Krieg hier gewesen. Und dann ist er wieder aufgetaucht. Anfang der Siebziger muss das gewesen sein. Und die ganze Zeit ist er durch den Wald gelaufen. Weißt, er soll am Ende des Kriegs den Klosterschatz vergraben und ihn nicht wiedergefunden haben. So erzählt man.«

»Wie alt war er denn da?«

»Auf dem Bild? Ach, fünfzig bestimmt. Gut hat er ausgeschaut, gell? Er hat's ja nicht so gemocht, wenn man ihn fotografiert hat.«

Er sah diesem Josef Lamberti ähnlich, dachte Frassek, erinnerte sich an das Foto zuvor und bat Sissi, noch einmal zurückzublättern. Ja, Josef im Wald mit einem Mädchen, das Heidelbeeren pflückte und aß, während der ältere Junge ihr dabei zusah. Aber auch das Mädchen war diesem Mönch wie aus dem Gesicht geschnitten.

»Das ist die Emma vom Wagnerhof, die der Josef da anschaut. Die waren unzertrennlich, fast wie Geschwister. Ich meine, er war ja acht Jahre älter. Lange Zeit war die Emma die Einzige, mit der der Josef richtig geredet hat. Maulfaul ist er immer gewesen, auch damals. Da war ich … dreiundzwanzig? Ja, und schrecklich in den Kalli verliebt, obwohl ich mit dem Jockl doch schon fast wie verlobt war. Aber so ist's halt: Lieber noch einen Stöckelschuh anprobieren, bevor man sich für die flachen entscheidet. Das hat der Alois auch immer gesagt.«

Kurz stockte Sissi und sah Frassek ernst an. »Ich erzähl dir das jetzt als Freund, Frassek. Ich hab es nämlich noch nie jemandem gebeichtet. Auch der Jockl, also der Jakob, der darf das nicht wissen … ach, was bin ich damals noch jung gewesen und herumgehüpft bin ich wie ein junges Reh!«

*

Sie waren hoch zum Hausberg gelaufen, die Sissi, der Kalli, der Rasch, der Bruno und die Dagmar, fast alle in den Zwanzigern. Auf dem Weg waren sie auf den Josef und die kleine Emma gestoßen, die Blaubeeren gepflückt hatten und ganz mit sich beschäftigt gewesen waren. Sie hatten sie überredet, mitzukommen. Es hatte ja schon damals nicht allzu viele junge Leute hier im Dorf gegeben. Da musste man sich verbünden und die Zeit miteinander verbringen – auch wenn einem der ein oder andere nicht ganz geheuer war.

»Der Wald war voller Eierschwammerln, Frassek, das kannst du dir nicht vorstellen. Die Tüten und Körbe waren im Nu voll.« Irgendwann hatte sie dann angefangen, den Kalli zu suchen, um sich ihm – die Sissi mochte den Ausdruck nicht, aber ihr fiel kein anderes Wort ein – hinzugeben, hatte ihn aber nirgends entdecken können. Aber am alten Wasserwerk war sie auf den Rasch und den Bruno gestoßen, die versucht hatten, die Tür aufzubrechen.

»Das war verboten. ›Das dürft ihr nicht‹, habe ich zu denen gesagt, aber gehört auf mich haben die beiden nicht. Der Rasch, weißt du, der war ja schon als Kind bös. Und der Hinterberger Bruno hing seinem Freund immer am Rockzipfel.« Und dann war der Josef gekommen, hatte gebrüllt, dass sie das nicht dürften.

»Ganz seltsam hat er sich benommen, als würd' das Wasserwerk ihm gehören. Von der Tür hat er sie wegschubsen wollen, und die Emma war auf einmal auch aufgetaucht, sie hat dem Rasch gegens Bein getreten und ihm die Zunge herausgestreckt.« Die Sissi erinnerte sich, wie verfärbt die von den Blaubeeren gewesen war. Wie jetzt beim alten Kroisleitner.

»Der Rasch hat den beiden ›ihr Bastarde‹ zugerufen und der Emma eine Ohrfeige gegeben, die es richtig in sich hatte. Und gemeinsam mit dem Bruno fing er den wildgewordenen Josef ein. Zuerst fesselten sie ihn an einen Baum, dann brachen sie die Tür vom Wasserwerk auf und steckten die Emma hinein.« Sie hatten große Steine und Felsbrocken vor der Tür aufgetürmt und immer wieder hatten sie *Bastarde* gerufen und den Josef ins Gesicht geschlagen. »Bis er aus der Nase geblutet hat. Fürchterlich war's!«

Die Sissi war durch den Wald gelaufen und hatte den Kalli gesucht. Der war der Älteste gewesen, der hätte die beiden aufhalten können. Beim Toten Mann hatte sie ihn entdeckt. Mit der Dagmar hatte er auf der Picknickbank gesessen und sie geküsst.

»Mein Gott, was war ich aufgebracht! Ausgerechnet die Dagmar! Wütend lief ich den Berg hinab. Im Dorf hab ich meine Tränen getrocknet, bin zum Jakob ins *Valentiner* gegangen und hab ihm gesagt, wenn er mich wirklich heiraten will, dann aber jetzt.«

Am nächsten Morgen, »ich schwör's, es war nicht früher«, waren ihr die Emma und der Josef wieder eingefallen. Sie war zum alten Kroisleitner, dem Alois, gelaufen, und gemeinsam waren sie den Berg hochgegangen. »Mei, was hab ich mich geschämt!« Der Josef war noch immer am Baum gefesselt. Aus seinem Mund war nur noch ein Krächzen gekommen, so heiser hatte er sich geschrien. Zu dritt hatten sie die Steine weggeräumt. Und aus dem alten Wasserwerk war die Emma spaziert, »so als ob nichts passiert wäre. Sie ist zum Josef gegangen, die kleine Emma, und hat ihm einen Kuss auf die Wange gegeben. ›Na, du Bastard‹, hat sie zu ihm gesagt, und der Josef hat gelächelt. Und dann ist er ins Wasserwerk hinein und eine Stunde lang nicht mehr herausgekommen.«

*

Die Sissi holte kurz Luft. »Die ganze Nacht hat sie da allein im Wasserwerk verbracht, und ich glaube, das war's, was sie verändert hat. Der Josef ist ja immer schon seltsam gewesen, aber die Emma wurde es erst damals: aufmüpfig und frech.«

»Sie ist also auch ein … Bastard?«, fragte der Frassek.

Die Sissi zuckte mit den Schultern. »Nu, so nennen wir's halt, wenn man keinen Vater hat oder unehelich geboren wurde. Und das mit den Beschimpfungen hörte nicht auf. Immer haben's den beiden das hinterhergerufen. Aber noch schlimmer war es 1999 zu Silvester, als wir die Emma zum ersten Mal singen gehört haben. Wenn der Kalli da seinen Vater nicht zurückgehalten hätte, also es wäre ein richtiges Unglück passiert …«

Die Sissi brach ab, denn von draußen drang Lärm ins Gasthaus. Jemand stritt sich, einer brüllte gar fürchterlich. Zusammen mit dem Frassek ging sie zur Tür und sah eine Art Prozession vorbeigehen, vorneweg die Frau Kottnik, fast im Stechschritt, und ihr hinterher der Herr Leibinger, der die mit Handschellen gefesselte Johanna Kerschbauer abführte. Die Sissi bekam ein wenig Mitleid mit der alten Frau, die ihr immer unheimlich gewesen war.

»Jetzt führen sie uns ihren Erfolg vor«, brummte der Frassek. Hinter den dreien lief aber noch jemand her: der Doktor.

»Ja mein Gott«, rief dieser, »sie sieht halt nicht mehr gut. Da kann man schon mal Bärlauch und Herbstzeitlose verwechseln! Aber dran sterben, das tut man doch nicht!« Der Doktor sprang plötzlich nach vorn und wollte die Johanna vom Inspektor trennen. »Lasst sie doch in Ruhe!«

Der Herr Leibinger wehrte die Hände des Doktors, die die Johanna zu greifen versuchten, ab. Sie selbst duckte sich, ging in die Knie und murmelte vor sich hin. Der Herr Leibinger zeigte mit dem Finger auf den Doktor.

»Passen Sie auf, ich warne Sie! Sonst nehmen wir Sie auch gleich mit.«

»Na, schaut's mich doch an. Auch ich hab das Pesto gegessen. Hab die Nacht aufm Häusl gehockt, aber sonst ist nichts passiert! Saubande!« Das war das letzte Wort, was man von dem Doktor hören konnte. Denn wie aufs Stichwort schwoll das Gemurmel von der Johanna an.

»... ja, Saubande, elendige! Der da oben wird's schon richten! Ich verfluche euch! Ja, der Leibhaftige soll euch holen und hinabfahren in die Hölle sollt ihr! Ihr verfluchten, elendigen ...«

»Geh, Johanna, das hättest du jetzt besser nicht gesagt«, sagte der Doktor, während die alte Frau zurück in ihr unverständliches Gemurmel fiel.

Trotz der Fliegen trat die Sissi nun mit dem Frassek vor die Tür. Und während sie zum Doktor ging, der aufgebracht hin und her lief, sah sie aus den Augenwinkeln, wie der Herr Inspektor den Frassek triumphierend anschaute und den Daumen hob.

»Pünktlich zum Wochenende«, sagte er zu ihm. Seltsam.

3

Es war der Birnenschnaps, der den Doktor beruhigte.

»Der ist auch von der Johanna«, sagte die Wirtsfrau, »und an dem ist noch nie einer gestorben.«

»Es ist schlimm«, murmelte der Doktor, »schlimm, schlimm, schlimm.«

»Stimmt das denn, was Sie da erzählt haben? Dass das Pesto gar nicht tödlich war«, fragte Frassek.

»Natürlich ist sie giftig, die Herbstzeitlose.« Der Doktor schlug mit der Faust auf den Tisch. »Auch ihre Blätter und die sehen wirklich aus wie Bärlauch, glaubt's mir. Wennst die Blüte isst, dann kann's dir wirklich schlecht gehen. Aber die kommt ja erst im Herbst! Von den Blättern aber musst wirklich eine Menge fressen. Das schafft selbst eine Kuh nicht. Man wird durstig, unglaublich durstig, es ist einem übel und kotzen muss man auch. Mir war die ganze Nacht schlecht. Aber sterben?«

Der Doktor nahm nun selbst die Flasche in die Hand, um sich einzuschenken. Frassek stellte sich vor, wie die alte Bäuerin gleich in die Zelle gesperrt werden würde. Ob sie ebenfalls auf das Abflussgitter starren würde? Diese kleine runzelige Frau in ihrem verblichenen und mehrmals gestopften Dirndl sollte eine Mörderin sein? So richtig glauben konnte er das nicht.

»Der Alois ist nicht dadurch gestorben. Sicher, er war alt, aber er hatte die Kraft eines viel Jüngeren. Bin schließlich sein Arzt. Muss das ja wissen! Der Alois«, der Doktor holte Luft, »der Alois hätte uns alle überlebt! Prost!«

*

Sanft legte die Sissi den Kopf des Doktors auf die Schank. Auch wenn der Schnaps von der Johanna wirklich gut war: Was zu viel war, war zu viel.

Der Frassek stand auf. »Ich muss mal nach der Vera schauen.«

»Die ist doch noch gar nicht wieder da.« Der Frassek sah sie an. Er hatte wirklich schöne Augen. Nur dieses hellblaue Hemd sollte er mal wechseln. Das trug er, seit er hier war. Oder hatte er etwa mehrere davon? »Keine Sorge, Frassek, der Bruno passt schon auf. Da passiert nichts.«

Die Tür ging auf. Verfolgt von einem Schwarm Fliegen kam der Automechaniker herein. »Mistviecher, dreckerte«, hörte sie den Bruno fluchen, »Grias di, Sissi. Sie da, Herr Polizist!«

»Polizist?!« Die Sissi schaute den Frassek fragend an.

»Ist nur ein Beruf«, sagte der zu ihr und sah seinerseits den Bruno vorwurfsvoll an.

»Ja, müssen S' halt nicht alles in Ihrem Auto liegenlassen, Herr Wachtmeister. Mein Toni hat wieder wen gefunden.« Hinter seinem Rücken hielt er irgendetwas versteckt.

»Wieso hast du mir nichts davon erzählt?« Die Sissi war hochgradig erstaunt, wich doch der Frassek – der Polizist! – ihrer Frage schon wieder aus.

»Was denn, Herr Hinterberger«, fragte jetzt dieser Schwindler.

»Ja, ha! Der Toni ist unters Auto gekrochen, der Schlingel …«

»Spionieren Sie uns etwa aus, Herr Frassek?« Demonstrativ setzte sich die Sissi einen halben Meter von ihm weg und klappte das Fotoalbum zu.

»Ach, Sissi, jetzt hab dich nicht so. Ich bin doch selbst ein Verdächtiger gewesen.«

Ja, jetzt versuchte er sich herauszureden, dachte die Sissi, aber nutzen würde es ihm nichts, da war sie als Wirtsfrau eisern. Das *Du*, das konnte der Herr Frassek jetzt vergessen!

»… hört's ihr mir überhaupt zu? Noch eine Leiche!« Der Bruno zog seine Hand hervor, die ein schwarzes Etwas hielt. »Ein Marder. Verkohlt in Ihrem Motor. Deswegen hat er gestottert. Und die Hinterbeine sind leider noch irgendwo eingeklemmt, Also, ist der jetzt von hier oder haben S' den auch aus Berlin mitgebracht?«

*

Früher, da war der Josef immer erst den Baum neben der Scheune hochgeklettert. Denn nur von dort aus konnte man das Dach des Wagnerhofes sehen. Über die ganze Talsohle hinweg, in der das Dorf lag. So hatte jedes Treffen mit der Emma begonnen: auf den Baum hinauf und sich vergewissern. Und auf dem Weg zu ihr, einmal ums Dorf herum, nie hindurch, da hatte er jede Gelegenheit genutzt. Immer den

Hof im Auge zu behalten. Als könnte er weg sein. Bevor er ankommen würde. Und die Emma gleich mit.

Aber heute war alles anders. Heute hatte ihn die Moni verwirrt. Er war einfach losgelaufen. Ohne sich umzuziehen. Er stank.

Runter zum Bach. Dort lief er hin. Mit dem eiskalten Wasser wusch er sich Gesicht, Arme und Achseln. Er pulte den Dreck unter den Fingernägeln weg. Die Haare hatte er vor zwei Tagen noch gewaschen. Das musste reichen.

Obwohl es noch mitten im Sommer war, wurden die Blätter schon braun und die dunkelgrünen Tannen heller. Es hatte wirklich lange nicht geregnet. Es staubte, als er den Weg entlanglief. Fliegen klatschten gegen seinen Körper. Warum hatte sich alles nur so verändert seit dem Tod vom alten Kroisleitner? Alles war in Aufruhr. So wie damals, als der Mönch ihn verfolgt hatte. Ich bring dich um, hatte er ihm hinterhergerufen. Doch immer wieder hatte der Josef entwischen können. Schon als Bub hatte er durch den Wald rennen können wie sonst keiner.

Josef war als Erster am Treffpunkt, die Weggabelung im Wald kurz vor der Bank. Sein Puls beruhigte sich. Doch als er an sie dachte, stieg er wieder an. *Lass uns fortgehen*. Das würde er zu ihr sagen. Er war sich sicher, sie würde nicht nein sagen. Irgendwann müsste er ihr auch erzählen, dass sie Geschwister waren. Heute? Morgen? Nervös kickte er mit den Kieselsteinen auf dem Weg.

*

Da bist du also.

Emma wunderte sich nicht, dass der Josef bereits auf sie wartete, die Hände in den Hosentaschen, den Blick auf den Boden gerichtet. Kurz war sie enttäuscht, weil er nicht das weiße Hemd trug. Aber so wie damals kickte er Kieselsteine – so wie ihr Großvater, fiel ihr ein –, und auch sonst hatte er sich kaum verändert. Der Busch, hinter dem er sich früher versteckt hatte, war mittlerweile ein Baum geworden. Ob es die Bank noch gab, gleich nach der nächsten Kurve? Dort hatten sie gesessen, das erste Mal, als sie sieben und er fünfzehn war, das letzte Mal vor zehn Jahren …

Sie ging an ihm vorbei, und wie früher folgte er ihr wortlos, fast gehorsam, drei Schritte Abstand, doch aus den Augenwinkeln sah sie ihn lächeln. Ihre Treffen waren immer von einem scheuen Zögern begleitet gewesen, eine Prüfung, ob zwischen ihnen noch alles wie am Tag zuvor wäre.

Von der Bank sah man viel Wald und ein wenig von St. Margarethen. Früher war es umgekehrt gewesen. Und früher hatte er sich – wie jetzt auch – mit einem halben Meter Abstand zu ihr gesetzt. Dann war er näher gerutscht. Heute blieb er fern.

*

Er hatte noch nichts sagen können. Was war sie schön! Nie war sie ihm so wirklich vorgekommen. Und näher war sie ihm nie gewesen. Als hätte es die vergangenen Jahre nicht gegeben. Zehn sinnlose Jahre. Die es nicht wert waren, dass er sich an sie erinnerte. Dass er von ihnen erzählte. Er hätte sie am liebsten ungeschehen gemacht.

Meine Emma, dachte er. Aber er hörte es sich auch sagen. Was sollte darauf folgen? Der Vorwurf, dass sie ihn allein gelassen hatte? Dass er jetzt mit ihr fort wollte? Dass er ihr so gerne erklären würde, warum er sie geschlagen hatte? Das war nicht vergessen. Nicht bei ihm. Nicht bei ihr.

*

Hatte er tatsächlich *meine Emma* gesagt?

Sie hatte nicht gleich gemerkt, wie ihre Hände sich gefunden hatten, es war so selbstverständlich gewesen. Und doch war es anders. Er war zu weit weg, sein Streicheln zu bemüht. Sie streckte die Hand weiter aus. Er sollte nicht spüren, dass es nicht ganz so war wie früher.

Wenn er jetzt doch endlich mal lachen würde! Er lachte so schön. Sie würde auch nicht die Hand wegziehen, sie würde mitlachen und sie auf ewig weiter streicheln, diese Hand, die sie geschlagen hatte, die zart war und doch so grob sein konnte.

Noch immer schauten sie sich nicht an, aber Emma könnte jetzt etwas sagen, doch auch er müsste wissen, dass er beginnen musste, vielleicht ganz harmlos, ein Wort zum Wetter, zu den Fliegen, vielleicht, wie schön sie sei, wie er sie vermisst habe, keine Entschuldigung, nein. Dann wollte sie ihm alles erzählen, von ihrer Karriere, von ihrem Tod, von ihrer Auferstehung und – ja – von ihrem Großvater.

Seine Hand wanderte die zarte Innenseite ihres Unterarms hoch – es tat fast weh! – und sie wanderte wieder zurück, sie drückte ihre Hand, die Daumen fanden und umspielten einander. Sie fühlte sich geborgen – und nein, er musste nichts sagen, und sie wollte auch nichts fragen, ihre Hände sollten hier bleiben, auch wenn sie sich trennten.

*

Morgen. Da würde er ihr alles erzählen. Alles erklären. Und mit ihr fortgehen. Bis dahin blieb seine Hand bei ihrer. Hier auf der Bank. Als sie irgendwann aufstanden und langsam voneinander fortgingen, drehte er sich tatsächlich noch einmal um. Dass er dazu fähig wäre, hätte er nicht gedacht. Plötzlich schaute auch sie sich um. Und da drehte der Lamberti Josef schnell seinen Kopf weg. Josef lächelte. *Meine Emma.*

11

DAS LIED

1

»Kriminaloberrat Dr. Dr. Sprotz, guten Morgen?«

»Lass den Quatsch, Sprotz! Du weißt doch, wer hier ist.« Frassek stand wieder in dem Raum des Postamts. Heute aber hatte die Postbeamtin die Leitung für ihn freigeschaltet, damit er nicht ständig Münzen nachwerfen musste.

»Ist dir eigentlich schon mal aufgefallen, dass du immer das Gleiche zu mir sagst?«

»Was denn?«

»Na, so was wie *Lass den Quatsch, Sprotz* oder *Sprotz, lass den Mist*. Darüber muss ich mal ernsthaft mit meiner Therapeutin reden.« Im Hintergrund hörte Frassek Autogeräusche.

»Wo bist du eigentlich?« Er meinte zu hören, wie jemand zischte. Katja?

»Ach, Frassek, heute ist Samstag, da kann man doch mal eine kleine Spritztour machen.« Frassek stellte sich vor, wie Sprotz und Katja in dem kleinen gelben Auto saßen. Er musste grinsen.

»Wenn ihr von eurem Ausflug zurück seid, versuch doch mal, etwas über einen Mönch herauszufinden. Irgendetwas stimmt mit dem nicht.« Er gab ihm das Wenige durch, was er wusste.

»Nadel im Heuhaufen. Genau das Richtige für ein freies Wochenende.«

»Du schaffst das schon.«

»Ich, mein lieber Frassek, schaffe alles. Wie geht's Vera?«

»Na, sie schläft noch. Aber rate mal …« Er hörte Sprotz kichern. »Natürlich. Was bin ich blöd. Du weißt es schon.«

»Ja, ob du es glaubst oder nicht, aber dieses coole Programm funktioniert auch fürs Ausland. Wenn ich das GPS aktiviere, kann ich jeden orten. Ich habe einfach mal seine Handynummer eingegeben. Seit gestern Morgen ist dieser Leonardo bei euch.«

Frassek war beeindruckt und ignorierte den Triumph in Sprotz' Stimme. »Hättest mir ja auch mal Bescheid geben können.«

»Na, dann hör mal deine Mailbox ab.« Sprotz prustete los, und im Hintergrund glaubte Frassek zu hören, wie Katja sich auf die Schenkel klopfte. Frassek konnte nicht anders, er musste jetzt ebenfalls grinsen. Und dann zog er seinen Trumpf.

»Aber es gibt jetzt noch einen weiteren Toten …« Frassek ließ den Satz wirken.

»Noch einen Toten«, hörte er Sprotz zu seiner Frau sagen. Bremsgeräusche. Er war wohl an den Rand gefahren. »Jetzt sag schon. Wer ist es?«

»Ein Marder. Hat sich in meinem Motor eingenistet und ist dort verkohlt. Die Kollegen untersuchen gerade, ob er Berliner oder Steirer war.«

»Haha«, machte Sprotz, »sehr witzig. Und ist das jetzt auch Mord?«

»Auf jeden Fall eher als der Tod vom alten Schuhmacher, wie es scheint. Ich gehe jetzt zu seinem Sohn. Der soll auf irgendeiner Wiese sein.«

»Und was macht er da? Gras fressen? Also, Frassek! Mit wem du alles zu tun hast …«

*

Erst gegen drei Uhr morgens hatte sich die Sissi damit abgefunden, dass es wohl mit ihrer neuen Funktion im Dorf zu tun haben musste, wenn sie auf so einen Schwindel reinfiel. Der Frassek ein Polizist! Wahrscheinlich hatte sie es damit übertrieben, nur auf das Gute im Menschen zu schauen, dachte sie, als ein Mann das *Valentiner* betrat. Wie sollte man dann noch den wahren Kern eines Menschen entdecken können, fragte sie sich, während der Mann den Hausprospekt durchblätterte. Nein, sie musste an sich arbeiten, nahm sie sich vor und setzte ihr professionellstes Lächeln auf, mit dem sie sich, gepaart mit ihrer so guten Menschenkenntnis, dem Mann nun zuwandte.

»Welcome, Mister …?« Das war gewagt, wie die Sissi zugeben musste, aber der gutaussehende Herr ihr gegenüber sah einfach so aus, als würde er aus England kommen.

»John. Just John.«

Bingo! Sofort beschloss sie, ihn sympathisch zu finden, auch wenn seine Augen irgendwie seltsam flatterten. Im Nu hatte sie ihre gute Laune wiedergefunden. Die Sissi war stolz auf das ihrer Meinung nach fast akzentfreie Englisch. Jahrelang war sie jeden Montag in die Bezirkshauptstadt gefahren – *Basic English, English For Tourism, Conversation one, two, three*, all das bei Frau Magister Schellnhuber – und nun: der erste Engländer! Ach, wenn sie's doch nur öfter anwenden könnte!

»Like John, Paul, George and Ringo?«

Der Engländer lächelte. »Exactly.«

Mit seiner Tweedjacke sah er genauso aus, wie sich die

Sissi immer schon einen Engländer, der auf Ferien in den Bergen war, vorgestellt hatte. So wie im Fernsehen. Genau so. Und nun hielt der Mister John ihr den Prospekt hin. Er hatte die Seite mit der Wanderkarte aufgeschlagen. »Was können Sie mir denn für Sehenswürdigkeiten in Ihrer Gegend empfehlen? Wenn ich sie überhaupt finde, ich verlaufe mich ja immer so schnell.«

Ein klein wenig enttäuscht war die Sissi schon, dass der Mister John auch Deutsch sprechen konnte, und das sogar ganz gut. Aber sie schluckte es herunter und beugte sich über den kleinen Tresen an der Rezeption, den Busen auf die Tischplatte gedrückt – nicht zu sehr, weil kalt, da lackiert, aber doch so, dass ihr Dekolleté gut zur Geltung kommen konnte. Sie erklärte ihm die Umgebung von St. Margarethen, den Toten Mann, »wo grad etwas ganz Furchtbares passiert ist, Mister John«, den Aussichtsturm auf dem Hausberg »mit einem Blick bis hinüber zum Oberwechsel mit seinen Kriegsgräbern«, und auch das alte Wasserwerk ließ sie nicht unerwähnt. »Ein ganz gruseliger Ort. Da können S' jemanden umbringen und verstecken, und für Jahre wird ihn dort niemand finden.«

»Das scheint mir hier ja aufregender als bei *Inspektor Barnaby* zu sein«, gab er ihr zur Antwort, und die Sissi nickte, während sie sich wieder brav hinstellte und das Dirndl zurechtzog.

»Ja, hier passiert schon was.« Die Sissi platzte fast vor stolz, als sie merkte, dass sie das Interesse des Engländers geweckt hatte. Einem Rentnerehepaar oder einer Familie mit Kindern hätte sie etwas anderes erzählt. Jedem das Seine. »Und ganz eventuell habe ich auch noch ein Zimmer frei.«

Der adrette Engländer hatte zwar kein Gepäck bei sich, doch für die Sissi war es nur natürlich, dass er auf der Suche nach einer Unterkunft sein musste. Warum sonst sollte er so früh am Morgen hier auftauchen? »Wollen Sie es sich einmal anschauen?«

Wieder dieses strahlende Lächeln. »Das wäre wundervoll, Frau Valentiner.«

»Sissi. Just Sissi.«

Beschwingt führte sie ihn zu dem Zimmer, das große im ersten Stock mit dem Whirlpool im Bad, das sie eigentlich nicht vermietete, weil es das Zimmer war, in dem sie – früher öfter, heuer eher weniger – mit dem Jockl das tat, was sie in ihrem Schlafzimmer, dem ehemaligen seiner Eltern, einfach nicht hatte können können. Nur wenn jemand ganz Besonderes bei ihnen unterkommen wollte, so hatte sie es mit dem Jockl vereinbart, würden sie es vermieten. Wie der Engländer zum Beispiel? Nu, es schien, dass er nahe dran war, jemand Besonderes zu sein.

Wegen der Fliegeninvasion verzichtete sie darauf, ihn auf den wunderschönen Balkon zu führen, zumal sich auch etliche Krähen auf dem Geländer niedergelassen hatten. Den Whirlpool aber stellte sie für ihn an und kurz darauf war das Badezimmer mit heißem Dampf erfüllt.

»Schön, nicht wahr?« Sie mochte es, wenn die Welt ein wenig unscharf wurde. Der Engländer nickte.

»Ja, schön. Aber ich brauche gar kein Zimmer.«

»Nicht? Aber Sie haben doch …«

»Liebe Sissi, Sie hatten mich so nett gefragt, da konnte ich doch nicht nein sagen. Ich wohne in dieser Pension von dem Café.«

»Das *Schönblick*? Sie Ärmster! Aber essen S' da bloß keinen Schlagobers, Mister John.« Wieder dieses Lächeln. Die Sissi war hin- und kurz drauf auch wieder hergerissen, legte doch der Mister John seine Hand – ja fast, als wären sie miteinander schon länger vertraut – zart auf ihre Schulter. Eine unverdächtige Berührung, für sie aber war es wie ein Stromschlag, der jedes Denken unmöglich machte.

»Sie müssen mir einen Gefallen tun, liebe Sissi«, sagte der Mister John.

»Ja, John«, piepste sie.

»Ich suche eine Frau.« Er lachte – ein wenig künstlich, wie sie fand – über diese Doppeldeutigkeit. »Nein, nicht Sie. Obwohl ...« Da hatte er sie wieder, so wie er sie musterte. »Es ist etwas ganz Harmloses, ich darf aus rechtlichen Gründen nur nicht darüber reden, Sissi.«

»Verstehe, John«, piepste sie wieder. Seine Hand lag immer noch auf ihrer Schulter. Aber der Daumen streichelte jetzt den Rand des Dekolletés ...

»Und leider weiß ich den Namen der Frau nicht. Aber sie muss etwa dreißig Jahre alt sein, aus dieser Gegend stammen und erst vor kurzem wieder hierhergekommen sein.«

... jetzt schob sich sein Daumen doch tatsächlich unter den Rand! Es war klar, wen er suchte. Doch genau in dem Moment, als der Sissi schon der Name über die Lippen kommen wollte, wurde es ihr zu viel, wurde ihr das Streicheln des Dekolletés zu aufdringlich. Sie nahm die Hand vom Mister John von ihrer Schulter und stellte den Whirlpool aus. Hier stimmte etwas nicht.

»Warum?«, fragte sie und verschränkte die Arme.

»Das kann ich Ihnen wirklich nicht sagen, Sissi, aber es ist für einen guten Zweck. Niemand wird zu Schaden kommen.«

Niemand wird zu Schaden kommen, wiederholte die Sissi in Gedanken und erinnerte sich an ihre Menschenkenntnis. Warum sollte man so etwas sagen, wenn man nur Gutes im Schilde führte?

»Es gibt niemanden hier, der auf Ihre Beschreibung passt.«

»Sissi …«

»Nein, so ist es. Niemand ist in der letzten Zeit zurückgekommen. Und schon gar nicht eine Frau.«

»Wie kommt's, dass ich Ihnen nicht glaube?« Und da war es wieder, dieses Lächeln.

*

Nusssträucher säumten den Haselbach, der träge am Rand des Dorfes entlangfloss. Die rotgesträhnte Verkäuferin vom Supermarkt hatte Frassek den Weg zur Magdalenenwiese beschrieben, während sie ihm die beiden neuen Hemden eingepackt hatte. Er wollte den Kroisleitner Junior direkt fragen, was Silvester 1999 passiert war. Dass dabei fast ein Unglück passiert wäre, hatte er ja schon von Sissi erfahren. Aber nun wollte sie ja leider nicht mehr mit ihm reden.

Kurz hinter dem letzten Haus des Dorfes hörte auch die Fliegenplage auf. Frassek lief über frische grüne Wiesen, auf denen trotz der Trockenheit noch der Morgentau lag. Als er sich einmal umdrehte, konnte er seine krumme Spur im Gras sehen. Das rot-weiß karierte Hemd war wunderbar weich.

Die Magdalenenwiese sei die letzte der Wiesen, direkt an einer Holzbrücke gelegen. Schon von weitem sah er den Schuhmacher, der an dem Brückengeländer lehnte. Er hatte einen Grashalm im Mund und sah auf die Wiese und dann zu Frassek.

*

Der fremde Wandersmann, wunderte sich der Kroisleitner Karl, dem hatte er doch Wanderstiefel verkauft? Neuneinhalb, wenn er sich richtig erinnerte, und seine Kreditkarte war arg zerkratzt gewesen. Aber warum hatte er die Stiefel denn dann nicht an, fragte sich der Schuhmacher. Warum lief er mit gewöhnlichen Straßenschuhen über seine Wiese?

Und war er nicht auch ein Verdächtiger? Die Polizei hatte ihn doch mitgenommen, damals, als er die Beerdigung vom Vater gestört hatte. Wahrscheinlich hatte man ihn auch in diese Zelle gesperrt. Kurz dachte der Kroisleitner Karl daran, ihn wieder fortzuschicken, ihn von seiner Wiese zu verjagen. Aber irgendetwas war an dem Mann, das ihn davon abhielt. Und weil der Schuhmacher im Grunde seines Herzens ein gutherziger Mensch war, richtete er sich auf, sah dem weggeworfenen Grashalm nach, der im Bach herumkreiselte, und ging ihm entgegen.

»Willkommen in meinem *Kakanien*!« Der Kroisleitner Karl wollte nicht, dass der Mann den gleichen Eindruck von ihm bekommen würde wie die Polizisten. Dass er ein Langschläfer wäre. Dass er nicht lesen würde. Dass er ungebildet sei. Das Gegenteil war nämlich der Fall, er hatte jedes Buch, das es in St. Margarethen gab, mindestens einmal gelesen, manche auch öfters, weil's ihm gefallen hatte oder weil nichts anderes zur Hand gewesen war. Doch als er in das Gesicht des Mannes blickte, vergaß er diese Gedanken. Er vergaß die Überforderung, Verantwortung für sich und die Mutter tragen zu müssen, er vergaß selbst – aber das nur ganz kurz – seine Wiese.

»Dein Vater ist auch gestorben, gell«, hörte er sich fragen und wusste sofort, dass es das war, was er dem Mann angesehen hatte.

*

Frassek war sprachlos. Wieso konnte ein Fremder wie dieser Schuhmacher das erkennen? Und was konnte man ihm noch ansehen? Jeden weiteren Schicksalsschlag, der ihn getroffen hatte? Jeden Fehler, den er gemacht hatte?

Er war sich immer sicher gewesen, dass er sich unter Kontrolle hätte. Doch als er dem Schuhmacher in die Augen schaute, wusste er, dass sich hier einfach nur zwei Menschen mit der gleichen Trauer erkannt hatten.

»Ja, wie deiner«, antwortete er. Dann war es still. Die beiden Männer standen sich auf der Wiese gegenüber und schwiegen. Frassek dachte an die Geschichte, die sein Vater auf die letzte Postkarte geschrieben hatte. Er hatte ihm als Kind von den Elefanten erzählt, die einen Ort haben, zu dem sie gehen und sterben können. Sie setzen oder legen sich in eine Ecke und warten. Niemand stört. Niemand hilft. Vielleicht verdursten sie. Vielleicht verhungern sie. Manchmal schlafen sie einfach nur ein. Sie kommen zur Ruhe. Und während er die Geschichte dem Schuhmacher erzählte, begann er zu verstehen, warum sein Vater sie ihm aufgeschrieben hatte.

»Das ist ein bisschen wie mit meiner Wiese«, sagte Karl Kroisleitner, »nur dass ich hier zur Ruhe komme, nicht um zu sterben, sondern um zu leben.«

»Aber ich weiß jetzt, was er damit gemeint hat. Dass er sich das Leben nehmen wollte. Weil er traurig war? Vielleicht. Ich habe mich nicht genug um ihn gekümmert.« Und genau deswegen hatte er nicht zur Beerdigung gehen können: die Angst vor der Wahrheit.

»Wenn ich nicht mehr bin, hat mein Vater zu mir gesagt, wirst du für alles verantwortlich sein. Hättest du ein Kind, hat er gesagt, würdest du wissen, wie das geht.«

»Ich habe eine Tochter. Aber mit der kann ich nicht reden.«

»Vielleicht kommt das noch.«

»Manchmal habe ich mir gewünscht, sie wäre ein Junge. Ein Sohn.«

»Meine Eltern hatten sich eine Tochter gewünscht.

Mädchen seien stärker. Das habe ich nie verstanden. Ich dachte, sie wollten mich nicht. Aber das ist nicht wahr. Der Vater wollte mich nur schützen. Das weiß ich jetzt, wo ich mich um die Mutter kümmern muss.«

»Meine Mutter ist schon tot. Das ist gut so. Auch wenn ich es jetzt bin, der sich alleine fühlt.«

»Ich habe ihm seinen Ehering abgenommen. Die Mutter hatte das immer zu mir gesagt: Der Ring soll nicht mit ihm begraben werden. Dann hab ich ihn verloren. Er ist in einen Abfluss gerutscht.«

»Vielleicht findet er sich ja wieder«, sagte Frassek und lächelte. Auf einer Wiese, die man von der Magdalenenwiese aus nicht sehen konnte, begann ein anderer Sohn Gras zu mähen.

2

Was war das denn gewesen?

Die ganze Nacht hatte Emma nicht schlafen können. Sie hatte an die Begegnung mit dem Josef denken müssen, erst mit Sehnsucht, später war sie wütend geworden, auf sich, nicht auf ihn. Warum hatte er nichts gesagt? Warum hatte sie nicht gefragt?

Jahre hatte sie die Avancen von Männern, vielen Männern, abwehren müssen und vergessen, dass es beim Josef anders gewesen war, dass sie es gewesen war, die immer auf ihn hatte zugehen müssen. So schön er war und lieb im Charakter, so schüchtern und zurückhaltend war sein Wesen zugleich – bis auf dieses eine Mal. Dieses eine Mal. *Das darf nicht sein.* Sie hatte immer wieder überlegt, was er damit gemeint haben könnte. Aber gestern, als sie sich gesehen hatten, da hatte sie ihn nicht fragen können. Und er?

Nein, sie würde mit ihm fortgehen, wenn er sie fragen sollte. Sie wollte endlich eine richtige Frau werden und dann – irgendwann – würde er es ihr schon erzählen.

Die Mutter rief.

In den Wald wollte sie gehen. Blaubeeren sammeln. Emma stand auf und sah ihr vom Fenster aus nach. Die Mutter würde schon zurechtkommen, das wusste sie.

»Maria!« Der Rasch rief. Er stand plötzlich im Hof. Er winkte ihrer Mutter zu, die sich umdrehte und wartete. Der Rasch lief zu ihr hin. Er hatte einen Korb dabei. Als er ihn hochhielt, sah Emma ihre Mutter lächeln. Sie verschwanden im Wald.

Emma zog sich etwas über und ging in die Küche. Sie hatten wie Mutter und Sohn ausgesehen. Das Wasser aus dem Hahn war warm. Sie trank das Glas trotzdem aus. Eigentlich hätten sie noch Händchen halten müssen. Sie verlachte diesen Gedanken. Auf andere Gedanken kommen, das war es, was sie jetzt brauchte: *Die französische Küche*.

17. April 1946

Liebe Mascha, mein Engel,
Du fragst Dich sicher, wie ein russischer Soldat Dein Vater werden konnte. Ein Krieg hat viele Gesichter und spielt an vielen Orten. Und dieser Krieg hat in ganz Europa stattgefunden, und darüber hinaus. Und überall, wo ich gewesen bin, habe ich weiter Erkennungsmarken gesammelt. Ich trug sie in einer Munitionskiste aus Metall mit mir herum. Wo und wann ich sie den Toten abgenommen habe, schrieb ich auf kleine Zettel, mit denen ich die Marken umwickelte.

*

Anfang ’44 kam ich zu einem neu aufgestellten Gardekavalleriekorps. Wir lieferten uns in Rumänien, in Ungarn bei

Debrezen und gleich danach bei der Schlacht um Budapest heftige Kämpfe mit der Wehrmacht. Nach jeder Offensive habe ich die Toten besucht und dabei die Verletzten versorgt. Eines Tages bei Debrezen traf ich auf einen jungen Deutschen. Er war am Kopf schwer verwundet. »Nicht schießen«, rief er. Er konnte mich nicht richtig sehen, sein Gesicht war blutüberströmt.

»Keine Sorge, Kamerad«, sagte ich auf Deutsch, »ich tue dir nichts.« Während er im Sterben lag, erzählte er mir von seinen Ängsten und – weil er glaubte, ich, der Kamerad, sei ein Landsmann – von den Schwachstellen in den Stellungen der Wehrmacht. »Wenn das die Russen wüssten«, sagte er und lachte. Wir gewannen die Schlacht und ich wurde zu der Einheit abkommandiert, die die Gefangenen bewachte. Ich sollte die Wehrmachtssoldaten über ihre Schutzmaßnahmen in Budapest aushorchen. Ich machte meine Sache gut, weil ich mich als gläubiger Christ ausgab, mit dem man singen und dem man sein Herz ausschütten konnte. Zum ersten Mal in meinem Leben habe ich all das, was ich wusste und was ich gelernt habe, einsetzen können. Die Sprache, das Singen, den Glauben. Nur um andere hinters Licht zu führen.

*

Nach unserer zweiten, sehr blutigen, aber doch erfolglosen Offensive gegen Budapest stieß ich unter den Gefangenen auf zwei Österreicher. Alois Kroisleitner und sein älterer Bruder Karl, der schwer verwundet war. Es waren gute, einfache Leute, beide Schuhmacher und schon in den Dreißigern. Wir freundeten uns an. Alois erzählte mir, wie sehr er sich das Ende des Krieges wünschte, und er beschrieb mir seine schöne Heimat, die Berge, die Wiesen und die Wälder. Er erzählte von den freundlichen Menschen dort und von dem Kloster, das ihnen Trost gab und in dem wertvolle Schätze zu bewundern waren. »Wie die kleine Klosterglocke, aus reinem Gold und mit einem ganz zarten Ton. Wenn du sie hörst, Juri, dann weißt du, was ein friedliches Leben sein kann.«

Gedankenlos erzählte ich meinem Vorgesetzten davon und am Abend wurde ich zum General gerufen. An den Händen gefesselt saß Alois ihm gegenüber. Ich sollte übersetzen.

»Ich kann dich und deinen Bruder freilassen«, sagte ich für den General, »wenn du mir verrätst, wie wir die Deutschen in deiner Heimat schlagen können.«

»Das kann ich nicht«, sagte Alois.

»Du bist Österreicher. Aus der Steiermark, eins der letzten Rückzugsgebiete der Wehrmacht, um ihre Alpenfestung aufzubauen. Ja, wir wissen davon, ein neuer Nazistaat. Unser Spionagedienst ist gut informiert. Wenn du die Deutschen aus deinem Land haben willst, nun, ich gebe dir die Gelegenheit.«

»Ihr werdet mein Dorf zerstören.«

»Wir lassen dein Dorf in Ruhe. Nur das Kloster, das werden wir besetzen.«

»Der will den Klosterschatz«, sagte Alois zu mir.

»Unsinn, er ist Kommunist.«

»Er will den Klosterschatz«, wiederholte Alois und überlegte lange. »Gut«, sagte er schließlich, »ich verrate ihm, wie er das Gebiet einnehmen kann. Aber er muss uns, mich und meinen Bruder, freilassen. Und ich will die Bevölkerung warnen. Es dürfen keine Zivilisten sterben.«

»Das ist albern«, sagte ich.

»Es ist genauso albern, dass dein Generalmajor jemals in meine Heimat kommt. Das sind über dreihundert Kilometer.«

Im Krieg sei das nichts, hätte ich ihm antworten können. Aber ich wusste auch, wenn er sich weigern würde, würde man andere Methoden anwenden, um ihn zum Reden zu bringen. Und so verriet Alois, wie man problemlos das Gebiet einnehmen könnte. »Über das Schlafnitztal und den nördlichen Gebirgszug. Von dort könnt ihr ganz einfach zum Kloster vorstoßen, es plündern und euch wieder zurückziehen.«

*

Natürlich hielt der General sein Versprechen nicht. Im Gegenteil, Alois und Karl blieben bei uns, vorne an der Front, während wir Angriff über Angriff gegen Budapest führten.

»Er hat gelogen.« Ich saß bei Karl, dem es immer schlechter ging. Alois nickte und meinte, dass er sowieso nicht daran geglaubt hätte, freizukommen. Das war kurz nach Weihnachten '44 nach der dritten Offensive. Wieder Tote. Wieder Erkennungsmarken. Gerade einen Kilometer waren wir dem Feind näher gekommen.

Zwei Tage später, in einer Feuerpause, überquerten bei Waitzen zwei Wehrmachtssoldaten in einem Boot die Donau und passierten die Front. Durch die Wälder nördlich von Budapest trugen sie eine Bahre, auf der ein dritter Soldat lag. Und eine Munitionskiste.

3

»Die Polizei meint, dass man deinen Vater vergiftet hat«, sagte Frassek, »aber sie wissen noch nicht einmal, warum Johanna Kerschbauer das überhaupt getan hat.«

»Warum sollte die Johanna das auch tun? Die hätte nie …« Der Schuhmacher unterbrach sich selbst. »Weißt du, sie mochte ihn nicht. Als sich der Vater damals für das neue Wasserwerk eingesetzt hat, hat sie ihn auf das Schlimmste beschimpft, weil es dem Wald schaden würde. Aber das ist Jahrzehnte her, obwohl … die Johanna ist so arg seltsam, dass es einen nicht wundern täte.«

»Der Doktor bezweifelt, dass dein Vater an dem vergifteten Essen gestorben ist. Und möglicherweise steckt hinter seinem Tod in Wirklichkeit auch etwas ganz anderes. Vielleicht etwas aus der Vergangenheit?«

»Geh, Frassek! Jetzt hörst du dich ja an wie ein Polizist.« Karl grinste. Frassek auch.

»Ich bin ja auch einer. Aber das ist nicht wichtig.«

Karls Grinsen verschwand. »Du meinst das wirklich ernst? Das mit dem Vater? Dass nicht die Johanna …?«

»Ach, was weiß ich? Aber eins ist doch klar. Es muss immer ein Motiv geben.« Der Polizist und der Schuhmacher setzten sich auf die Wiese. Wie albern sie für andere aussehen müssten, dachte Frassek, als er sich eine Zigarette in den Mund steckte, aber es war ihm egal. Eine feuchte Wärme stieg auf, gewürzt mit dem Duft der Wiesenkräuter. Er steckte die Zigarette zurück in die Schachtel.

»Erzähl mir von der Silvesternacht '99.«

»Woher weißt du …?«

»Die Sissi …«

»Lissi.«

»Die Wirtin halt. Sie hat mir erzählt, dass damals etwas passiert sein soll.«

Er habe die Geschichte noch nie jemandem richtig erzählt, erwiderte Karl nach einer Weile. Zu Silvester hatte es früher im Gasthof *Zum Valentiner* immer ein Dorffest gegeben. Der Vater hatte es eingeführt, gleich nach dem Krieg, um daran zu erinnern, wie man es geschafft hatte, alles wieder aufzubauen. »Und außerdem haben wir in den Geburtstag vom Rasch und vom Josef hineingefeiert.

Die beiden wurden am Neujahrstag geboren, sogar im selben Jahr. Das Fest '99 aber war das letzte.«

*

Es war der Tag gewesen, an dem die Moni ins Dorf gekommen war. Sie war die Tochter eines Freundes, so hatte es der Vater erzählt und es offiziell als eine Gefälligkeit bezeichnet, ihr eine Arbeit als Kellnerin im Wirtshaus zu besorgen. Die Silvesternacht sollte ihr erster Arbeitstag im *Valentiner* sein. Der Kroisleitner Karl erinnerte sich aber auch daran, wie merkwürdig ihm das alles vorgekommen war.

»Als ich sie abgeholt hab, da war es ganz und gar nicht so, als tät sie sich drauf freuen.« Aber hübsch war sie schon damals gewesen, wodurch das Bahnhofsgebäude, vor dem sie auf ihn gewartet hatte, noch schäbiger ausgesehen hatte.

»*Wurde auch Zeit.* Stell dir vor, Frassek, mehr hat sie nicht zu mir gesagt, als ich ihr die Beifahrertür aufgehalten hab. Und auch auf der Fahrt nach St. Margarethen hat sie den beleidigten Tonfall beibehalten. Ich hatte überhaupt keine Ahnung, warum der Vater ihr unbedingt hat helfen wollen.« Aber eigentlich hatte es ihn auch nicht weiter interessiert. Für den Kroisleitner Karl war der Tag aus einem ganz anderen Grund ein wichtiger gewesen.

»Ich hatte mir vorgenommen, mit der Dagmar zu reden und genau um Punkt Mitternacht um ihre Hand anzuhalten.« Sie hatten sich einmal geküsst, vor Jahren, und dann nicht wieder, »doch in den Wochen vor jenem Silvestertag haben wir uns ein paar Mal gesehen und ich hab dabei gemerkt, wie lieb ich sie hab. Stell dir vor, Frassek, das neue Jahrtausend bricht an und ich wäre verlobt!«

Das Fest war schon voll im Gange gewesen, als sie vor dem *Valentiner* gehalten hatten. Man hatte die Gaststube mit Tannenzweigen und Kerzen geschmückt, es hatte prächtig ausgesehen. »Die Wirtin war ganz in ihrem Element und seltsamerweise war sie gar nicht bös, dass wir so spät waren. Aber wie dann die Moni furchtbar lässig um die männlichen Gäste herumscharwenzelt ist und dreckiges Gelächter provoziert hat, ist ihr dann doch der Kragen geplatzt. Und irgendwann war die Moni fort.«

Einige Zeit später war dann plötzlich das Saallicht ausgegangen. Der Kroisleitner Karl hatte bei seinen Eltern gesessen, nicht weit weg von der Dagmar, »und anfangs habe ich nur sie angeschaut«. Umwerfend hatte sie im Kerzenschein ausgesehen, und fast hätte er es nicht mitbekommen, dass die Emma plötzlich in der Mitte des Raumes gestanden hatte. Sie hatte eine Gitarre umgebunden und begonnen, ein Lied über die Legende vom Toten Mann zu singen, »die über den alten Friedl, der seine Seele für einen Sack Gold dem Teufel verkauft hat. Sie hat es selbst gedichtet auf die Musik eines alten Bauernliedes. Wir alle waren hingerissen, auch der Vater, der anfangs doch sehr skeptisch geschaut hatte.«

… und auch wenn's denkt, es ist lang her,
die Gier nach Gold gibt's heuer noch,
denn vor zig Jahr'n kam ein Mönch daher
und vergrub einen Schatz im Erdenloch.

Die Emma war einen Schritt zur Seite getreten und hatte den Blick auf eine große Truhe freigegeben. Der Kroisleitner Karl hatte den Vater laut ausatmen gehört und zu ihm hingesehen. Seine Augen waren vor Schreck weit aufgerissen gewesen. »Die Emma hat weiter von der Gier nach Reichtum gesungen, aber dann auch von der Lust und von dem Mönch und seiner Suche nach dem verschwundenen Klosterschatz.«

... und der Mönch, so religiös er auch ist,
öffnete voll Lust die Kist' ...

Mit großer Geste hatte sie die Kiste geöffnet. Und aus der Truhe war zur Überraschung aller die Moni geklettert. Das Dirndl hatte sie weit aufgeknöpft. Im Rhythmus zu Emmas Musik war sie an den Männern vorbeigeschritten, sie hatte mit ihnen geflirtet, so etwas hatte der Kroisleitner Karl noch nicht erlebt. Ihm hatte sie über die Wange gestreichelt, ganz zart, und dann war sie vor dem Rasch stehengeblieben.

»Der Rasch bekam einen roten Kopf, die Moni lüpfte ihr Dirndl und setzte sich breitbeinig auf seinen Schoß. Und dann gab sie ihm einen Kuss, also einen richtigen. Der Vater sagte *Nein!*, aber mehr zu sich selbst, und er schien unfähig, sich zu bewegen.«

... die Gier nach Geld hat er schnell vergessen,
auf's Mädel war er nun versessen.

»Wir waren alle still. Wir leben nicht hinterm Berg, Frassek, aber so etwas hatten wir in der Öffentlichkeit noch nie gesehen.« Plötzlich hatte einer aus dem Publikum gerufen. »Schnackseln musst sie!« Alle hatten gelacht, als wäre ein Knoten geplatzt, nur der Vater nicht. Der war aufgesprungen, hatte »du schlechtes Kind« geschrien, und war nicht zur Moni, wie alle gedacht hatten, sondern zur Emma gerannt und hatte ausgeholt.

*

»Zwei, drei Ohrfeigen hat sie abbekommen, dann war ich beim Vater und konnte ihn aufhalten. Sonst hätte er sie noch totgeschlagen. Und die Moni, die schrie die ganze Zeit den Vater an. *Das wolltest du doch*, hat sie gesagt, *genau das wolltest du doch. Ich sollte doch den Josef küssen!*«

Frassek entspannte sich. Was für eine merkwürdige Geschichte. Er konnte sich keinen Reim darauf machen, und auch Karl zuckte nur mit den Schultern.

»Es gibt diese Legenden über den Klosterschatz. Manche meinen, die Russen hätten ihn gefunden, andere sagen, er sei noch immer versteckt, oben beim Toten Mann. Und dann gibt es noch all die anderen Geschichten, zum Beispiel über den Mönch, der irgendwann verschwunden ist.«

»Was ist danach passiert an dem Abend?«

Karl zuckte wieder mit den Schultern. »Das Fest war vorbei. Die Emma kam am nächsten Tag zu uns. Sie erzählte von den Schokogoldtalern, die sie eigentlich aus der Kiste hatte holen und in die Menge werfen wollen. Sie hatte sich über die alten Geschichten und Legenden lustig machen wollen, damit das Dorf endlich einmal in die Zukunft schauen würde.«

»Aber warum war dann die Moni in der Kiste?«

»Die Emma hat erzählt, sie habe sie kurz vor dem Auftritt getroffen und die Moni habe sie gefragt, wer von denen da drinnen der Josef wäre. *Du hast ihr Geld gegeben*, hat sie den Vater angebrüllt, *damit sie den Josef verführt! Warum?* Seine Antwort hat die Emma aber gar nicht erst abgewartet, sondern erzählt, dass es ihr spontan eingefallen sei, den Rasch als den Josef auszugeben. Natürlich um dem Vater eins auszuwischen.«

»Und dein Vater?«

»Na, der hat nichts dazu gesagt. Aber es war eh klar. Er hat der Moni wirklich Geld gegeben. Der Vater wollte nämlich nicht, dass sich die Emma und der Josef zu nahekommen. Freunde ja, aber kein Liebespaar, habe ich ihn mal sagen hören. Aber um all das hat sich die Moni eh nicht geschert. Sie hat mit dem Rasch in seinen Geburtstag hineingefeiert und sich so für's richtige Geld entschieden. Ist zu ihm gezogen, ins *Waldesruh*. Da hat sie dann gelebt, bis der Rasch den Hof ruiniert hat. Und als dann die Emma fortgegangen ist, hat sie sich sofort an den Josef herangemacht und ihn geheiratet. Warum auch immer. Vielleicht weiß die Mutter mehr.«

Karl schwieg. Frassek schwieg. Er schaute sich auf der Wiese um. Noch nie hatte er so viele unterschiedliche Blumen und Kräuter gesehen. Der Schuhmacher lächelte schüchtern.

12

DIE FLUCHT

1

Am Samstagvormittag gegen elf Uhr, genau eine Woche nach dem Tod des alten Kroisleitner, informierte die *Gratz* auf ihrer Webseite über das Gerücht von der Flucht der Hauptverdächtigen Johanna K. Eine halbe Stunde später bestätigte Chefinspektorin Kottnik dies als Tatsache: Als der wachhabende Polizeibeamte frühmorgens das Frühstück in die Zelle hatte bringen wollen, war Johanna K. verschwunden gewesen. Erste Ermittlungen hatten ergeben, dass sie am Abend, als sie vom Verhörraum in die Zelle gebracht wurde, das Schnappschloss der Tür hatte manipulieren können. Den Sicherungsriegel hatte der Wachtmeister leider nicht vorgeschoben, denn »so a alte Frau, die würd' doch nie und nimmer fliehen«.

Johanna K. aber war wie vom Erdboden verschluckt.

*

»Frau Valentiner? Was könnte das sein?« Die Frau Jöllinger fischte mit zwei Fingern ein Blatt aus ihrer Tagessuppe. Die Sissi seufzte. Mit den Gästen zu reden, das war gerade nicht das, was sie jetzt brauchte. Sie dachte an den Mister John.

»A Petersil. Ist gesund«, antwortete sie daher etwas abwesend. Natürlich hatte sie ihm den Namen nicht verraten. Sollte er doch irgendjemand anderen im Dorf fragen. Es war ja kein Geheimnis, dass die Emma wieder da war.

»Sind Sie sich da sicher?« Die alte Frau schaute skeptisch auf das grüne Blatt in ihrer Hand und drehte es mit Daumen und Zeigefinger hin und her. Der Sissi fiel dabei diese Geste ein, mit der der Mister John ihre Schulter berührt hatte. Und sie hatte ihn auch noch dazu aufgefordert, hatte ihren Busen auf die Tischplatte der Rezeption gelegt!

»Oma, ich mag die Suppe auch nicht«, rief die kleine Jule, die mit ihrer Großmutter am Nachbartisch saß.

»Musste das jetzt sein«, rief die Frau Moser der Frau Jöllinger zu, was die Herren Schwödl und Proger mit Unmut quittierten.

Natürlich hatte der Mister John das nur aus Berechnung getan. Denn warum sonst sollte so ein adretter Mann zärtlich zu ihr sein? Sie war in den letzten Jahren ein wenig aus den Fugen geraten, niemand wusste das besser als sie. Mein Gott, was war sie blöd gewesen!

»Man möcht's halt wissen, Frau Moser. Nicht, dass da was Falsches drin ist.«

Die Sissi nahm der Frau Jöllinger das Petersilienblatt ab, steckte es sich in den Mund und kaute. Trotzdem, sie war, als der Mister John seinen Daumen unter den Dirndlstoff geschoben hatte, von einem Erschaudern ergriffen gewesen wie lange nicht mehr. Gestenreich schluckte sie das Blatt hinunter. Die Wiener Pensionisten sahen ihr sprachlos zu.

»Ja, auch als Pensionist lebt man gefährlich«, murmelte der Herr Proger schließlich.

»Besonders als Vollpensionist«, fügte der Herr Schwödl hinzu.

Die Sissi baute sich vor dem Tisch mit den Wiener Gästen auf. »Ich will Ihnen mal etwas sagen. Was der Jakob kocht, kann man ohne Bedenken essen. Wer's aber nicht will, nu, der kann ja gehen!«

Und so drehte sich die Sissi um und lief, verärgert über den schon wieder einmal etwas zu hohen Ton in ihrer Stimme, in die Küche zum Jockl, um den nächsten Gang mit ihm vorzubereiten. Den Mister John mit seinem erotischen Daumen verbannte sie in ihre Erinnerungen, ganz weit hinten, noch hinter diesen Herrn Frassek, dem Lügner.

Petersilie! Sie wusste, hätte sie gestern Mittag den Gästen das vergiftete Pesto vorgesetzt, wäre es mit dem *Valentiner* aus gewesen. Denn wenn ein ganzer Tisch Wiener Pensionisten von St. Margarethen aus zum Zentralfriedhof hätte gebracht werden müssen, das hätte die Öffentlichkeit ihnen nicht verziehen. Ob unschuldig oder nicht. Dafür war sie dem Herrn Frassek dankbar. Trotzdem war er ein Verräter. Sich so zu verstellen!

»Was hat sich die Johanna nur dabei gedacht?«

Kurz sah der Jockl auf, bevor er die kross gebackenen Kartoffeltaler auf die Teller verteilte. »Geh, Sissi, das war doch nur ein blöder Irrtum. Sie hat's doch nicht extra getan. Außerdem ist's doch gar nicht so giftig gewesen.«

»Jetzt redest du auch schon wie der Doktor. Wir hätten hier zusperren können, das weißt du!« Die Sissi lud sich drei Teller auf die eine Hand und nahm den vierten mit der anderen. Kurz zögerte sie und drehte sich noch einmal zum Jockl um.

»Das Pesto hast du aber weggeworfen, oder?« Man möchte es sich nicht vorstellen.

*

Als sie über die Wiesen zurück zum Dorf liefen, ignorierte Frassek das Martinshorn, das die Stille durchschnitt und lauter wurde. In Berlin hätte er genau zugehört, ab welchem Moment dieses Geräusch sich brechen, zu leiern anfangen und leiser werden würde. Doch jetzt scherte er sich nicht darum, denn er verspürte auf einmal so etwas wie Glück. Er hatte ein Schuldgefühl verloren. Das Schuldgefühl gegenüber seinem Vater. Andere waren noch da, aber die waren gerade unwichtig. Denn er hatte einen Freund gefunden, einen, der auf einmal da war, obwohl dieser nichts über Frassek wusste und er nichts von ihm.

Verwundert über seine eigene Gefühlswelt bemerkte Frassek ein Auto, das die Straße entlangfuhr. Sein Blick folgte dem Wagen, an dessen Steuer er den Leibinger und neben ihm die Kottnik erkannte.

»Wie ist es eigentlich mit der Dagmar ausgegangen? Hast du um ihre Hand angehalten?«

»Tja, die Dagmar ...«, sagte Karl bitter.

»Grüß Gott«, wurde er von einer Stimme hinter ihnen unterbrochen, »hat einer von Ihnen vielleicht eine Zigarette?«

Schrammel, der Polizist, sah in seinem zerknitterten Anzug eher aus, als könnte er ein Glas Bier gebrauchen. Frassek warf ihm sein Päckchen zu.

»Hier. Behalten Sie's.« Er wandte sich wieder zu Karl, doch der war in seine Gedanken versunken. Zu gerne hätte Frassek ihm weiter zugehört. Doch auf Neuigkeiten über die polizeilichen Ermittlungen war er noch gespannter. »Wie geht's Frau Kerschbauer?«

»Hab heut noch nichts gehört. Aber gestern hieß es, dass sie sich bislang geweigert hat, mit meinem Kollegen zu reden. Ich sollte zurückkommen, aber das war mir egal.« Schrammel nahm einen tiefen Zug. »Wenn ich hier fertig bin, können sie mich auch da oben auf dem Heldenfriedhof begraben. Als unbekannter Exekutivbediensteter ohne Dienstgrad, gestorben im Polizeieinsatz, von der Sonne verbrannt und verdurstet, weil er auf der Suche nach Pestogläsern war.«

»Haben Sie denn jetzt alle«, fragte Frassek. Schrammel lachte.

»Fünfundfünfzig Gläser haben's verkauft. Wenn ich richtig gerechnet hab, fehlen noch etwa zehn. Und wissen S' was? Allen wurde übel, nachdem sie's gegessen haben, aber nicht einer ist dran gestorben.«

Frassek konnte Karl dabei zuschauen, wie er aus der Vergangenheit auftauchte, während Schrammel von dem Pesto erzählte.

»Aber der Vater schon«, fragte der jetzt, »oder nicht?«

Schrammel zuckte mit den Schultern. »Ich weiß es doch auch nicht, Herr Kroisleitner. Kollege Leibinger steht im Kontakt mit der Pathologie. Und dort werden sie schon herausfinden, was ...«

Das Klingeln seines Mobiltelefons unterbrach ihn.

»Irgendetwas stimmt da nicht«, überlegte Karl, »irgendwann muss man sich doch auch mit diesem Knopf befassen.«

»Was für ein Knopf?« Frassek wunderte sich. Hatte man einen Knopf gefunden?

Schrammel beendete sein Telefonat und schaute Frassek an. »Ich muss mich leider von Ihnen verabschieden. Ich muss geschwind ins Dorf, es gibt Arbeit. Die Frau Kerschbauer ist geflüchtet. Ach, man hat ja sonst nichts zu tun.«

2

Das Filet Mignon mit Kartoffeltalern in einer sanften Rosmarinjus, das aßen die Gäste immer gerne und sparten normalerweise gegenüber der Sissi nicht mit Lob und Jubel. Doch heute kamen die Kochkünste ihres Mannes nicht gegen die Aufregung an, die die soeben eingetroffene Nachricht von der Flucht der Johanna Kerschbauer ausgelöst hatte. Der Tisch der Wiener Pensionisten plädierte einstimmig für schuldig. Denn warum sonst sollte jemand aus dem Gefängnis flüchten? Frau Moser am Nachbartisch hingegen meinte, dass sie auch nicht gerne in einem Gefängnis sitzen würde.

Die Polizei hatte das Blaulicht nicht ausgeschaltet. Mitten auf dem Kirchplatz hatten zwei Uniformierte ihren Wagen abgestellt und bewachten was auch immer. Diese Sinnlosigkeit war auch der Frau Jöllinger nicht entgangen. »Als würde eine Katze vor einem Mäuseloch sitzen, die Augen schließen und denken, das geht sich schon aus.«

»Tun wir eigentlich etwas für unsere Sicherheit, Frau Valentiner?« Der Herr Proger schaute die Sissi herausfordernd an, während er nach dem Besteck griff und gleichzeitig aus dem Fenster blickte.

»Ich könnt die Tür abschließen«, sagte sie, unsicher, ob der Herr Proger das jetzt wirklich ernst gemeint hatte. Es ging doch nur um die Johanna und nicht um einen Terroristen oder gar einen Massenmörder.

»Das sollten S' vielleicht wirklich tun«, antwortete dieser und deutete mit dem Messer zum Fenster. »Ein Mörder kehrt immer zum Tatort zurück.« Die Sissi folgte dem Blick des Herrn Proger, während sie den letzten Teller vor die Frau Moser stellte.

»Nichts Grünes drin«, befand die Frau Jöllinger nach ausgiebiger Prüfung. Sie nahm den ersten Bissen. »Aber richtig warm ist es nicht mehr.«

»Wenn Sie nicht alle so viel schwätzen würden, dann wär's noch warm, das Essen!«, platzte es aus der Sissi heraus.

»Was ist, Frau Valentiner«, fragte der Herr Schwödl,

»hören S' doch auf zu granteln oder sind S' überarbeitet?«

»Ja«, feixte die Frau Jöllinger, »wenn das Essen schon beim Servieren kalt ist!«

Die Sissi atmete tief ein und zählte langsam bis zehn. Bei neun hielt sie es nicht mehr aus. »Schaut's euch doch die Frau Moser an. Die tut sich nicht beschweren. Und die Jule auch nicht, nicht wahr, Jule?« Sie strich dem Mädchen kurz übers Haar.

»Gehen S' fort, Frau Valentiner«, sagte der Herr Proger, »so Leute, die machen sich doch nur Liebkind. Erst Urlaub machen und hernach zu Hause in Germania sich über uns lustig machen.« Und mit erhobenem Zeigefinger, während der Herr Schwödl zustimmend nickte, fuhr er fort: »Die sind doch ganz anders als wir.«

*

»Bist du wach?«, fragte der Kroisleitner Karl seine Mutter. Sie rührte sich nicht in ihrem Rollstuhl, der mitten in der Wohnstube stand. Er folgte ihrem Blick. Sie starrte auf die Wand, an der das Gemälde mit dem Hausberg hing. Der Vater hatte es vor langer Zeit anfertigen lassen. Jeden Tag war er mit dem Künstler mitgegangen, hatte für ihn die Staffelei getragen und festgelegt, von welchem Ort aus er malen sollte. Und dann hatte er ihn auf alle Einzelheiten, die sichtbaren und die unsichtbaren, aufmerksam gemacht.

»Wir haben Besuch.« Der Kroisleitner Karl warf einen Blick zurück in die Küche. Dort saß Frassek, sein neuer Freund. Die Mutter aber starrte weiter auf das Bild. Besonders den Heldenfriedhof am Fuße des Berges hatte der Maler aufs Detail genau wiedergegeben.

»Magst ihm was erzählen?« Es verging eine Ewigkeit.

Dann drehte die Mutter ganz langsam den Kopf und sah ebenfalls zur Küche.

»Er war beim Doktor«, sagte sie.

»Der Vater, ja, ich weiß«, sagte der Kroisleitner Karl, »aber der Herr Frassek möcht gern etwas über den Josef und …«

»Der Rasch. Der war beim Doktor und auch der Bruno. Dein Vater hat einen riesigen Schreck gekriegt. Die Emma müssen wir holen, hat er danach immer wieder gesagt.«

»Aber der Josef …«

»Geh, Bub! Jetzt hör mir auf mit dem Josef! Sie muss die Wahrheit erfahren.«

Wovon redete die Mutter da? »Wer? Und was für eine Wahrheit?«

»Die Emma. Der Alois hat es so gewollt, sonst hätte er sie ja nicht rufen lassen.«

»Aber was meinst du?«

»Er hat's Mal gesehen, Herrgott! Hat dir dein Vater denn nichts erzählt?«

Der Kroisleitner Karl schwieg. Nichts hatte er ihm erzählt. Und den wirren Ausführungen seiner Mutter konnte er erst recht nicht folgen. Aber er erinnerte sich, dass er vor einiger Zeit den Vater vom Doktor hatte abholen müssen. Ganz bleich hatte er ausgesehen, aber nicht weil er krank gewesen war. »Der lebt noch mal so lange, dein Vater«, hatte der Doktor zu ihm gesagt, »nur heute ist ihm eine Laus über die Leber gelaufen.« Und ja, der Rasch und der Bruno, die waren damals auch beim Doktor gewesen. Jeder war mal bei ihm. Was der Hinterberger Bruno für die Autos war, das war der Doktor für seine Patienten, so redete man hier.

»Dein Vater hat Sorgen«, flüsterte ihm die Mutter zu, »er hat gesagt, dass er die Kontrolle verliert. Du musst ihm helfen, Kalli.«

Für sie war der Vater immer noch am Leben, dachte der Kroisleitner Karl ratlos. Wie sollten sie hier nur zusammen wohnen können, wenn immer einer, der nicht mehr da war, doch da war?

»Hol ihn her«, sagte die Mutter laut und schaute zur Küche.

»Äh … Frassek?« Er wusste gar nicht, wie der neue Freund mit Vornamen hieß.

*

Frassek kam näher. Er ging in die Knie und auf gleicher Augenhöhe gab er Frau Kroisleitner die Hand. Er ließ sie nicht los. Und auch sie drückte fest zu. In ihren Augen sah Frassek ein Aufblitzen. Dann zwinkerte ihm die alte Frau zu. Und als er den Anflug von einem Lächeln bemerkte, wusste er, dass sie ihrem Sohn und den anderen nur etwas vormachte. Sie war nicht senil.

»Der Kalli ist ein guter Sohn«, sagte sie zu ihm.

»Das weiß ich.«

»Es gibt nicht viele gute Kinder hier im Dorf.«

»Ich bin vierundfünfzig, Mutter«, murmelte Karl.

»So viele Bastarde. Fragen Sie die Maria. Fragen Sie die Teresa. Die wissen alles. Ich kann nichts sagen. Der Alois will das nicht. Und er entscheidet. Solange er lebt. Oder, Kalli?«

Ihr Blick wanderte zum Sohn. Frassek verstand. Karl sollte den Vater vertreten, für ihn sprechen und handeln, solange sie ihn nicht für tot erklärt hätte. Aber er sah seinem Freund an, dass er es nicht verstehen würde.

»Teresa. Sie ist doch die Mutter vom Josef?«, fragte Frassek ihn.

Karl nickte. »Aber lebt die denn noch, Mutter?«

Die alte Frau ließ Frasseks Hand los und schaute auf das, was er ihr mit dem langen Händedruck übergeben hatte. Der Ring. Sie nickte und verbarg ihn vor den Blicken ihres Sohnes.

»Endlich«, flüsterte sie und drehte den Kopf weg. »Fragen S´ die Maria. Und die Teresa.«

*

Die Sissi räumte den Tisch ab. Die Wiener Pensionisten hatten sich auf die Terrasse begeben, trotz der Fliegen und des Staubs und der Krähen. Sie interessierten sich für das Treiben der Polizei. Mittlerweile war eine ganze Armee von Streifenwagen angekommen. Die Sissi aber wünschte sich ganz weit fort, während sie das schmutzige Geschirr in die Küche brachte.

»Beschweren sich übers kalte Essen und fressen dann doch alles auf«, murmelte sie und ließ die Teller in die Spüle poltern. Sie setzte sich auf den kleinen Hocker, auf dem der Jockl immer saß, wenn er Kartoffeln schälte. Sie atmete ein. Sie atmete aus. Draußen sperrte die Polizei das Dorf ab, so viel hatte sie durch das Fenster in der Gaststube noch mitbekommen. Die Jagd nach der Johanna lief auf vollen Touren. Ihr war das grad egal. Sie wäre gerne fort.

In ihrem Leben war sie noch nicht so weit herumgekommen, und bislang hatte sie es auch nicht vermisst. Manchmal, im November, wenn sie das *Valentiner*, da keine Gäste, für zwei Wochen zusperrten, war sie mit dem Jockl ans Meer gefahren. Vier Autostunden entfernt, sie hatte es sich jedes Mal nicht vorstellen können, dass es so nah war.

Was war nur los? Wieso war das Leben grad so anstrengend? Warum begann sie auf einmal, es nicht mehr zu mögen? Sie hatte sich doch umbenannt, um endlich ihrer Bestimmung gerecht zu werden. Sie wollte ihren Mitmenschen helfen, mit Demut, aber auch mit Anerkennung. Vielleicht musste sie noch mehr in die Rolle hineinwachsen?

»Grüß Gott«, rief es aus der Gaststube.

Die Sissi rieb sich die Hände an der Schürze ab, stand auf und ging hinüber. »Servus, Josef? Nu, du hast dich ja richtig rar gemacht in letzter Zeit. Magst was trinken?«

»Einen kleinen Braunen«, sagte der Josef.

»Nein«, sagte eine Stimme an der Tür. Die Emma! »Zwei, bittschön.«

*

Mit einem neuen Paar Wanderstiefel an den Füßen verließ Frassek das Schuhgeschäft. Dieses Mal hatte er sogar mit Kreditkarte zahlen dürfen, um sich Ersatz für das in Berlin vergessene Paar zu besorgen. »Die halten ein Leben lang«, hatte Karl gesagt. Frassek nahm es als gutes Omen. Dann bliebe ihm ja nichts anderes übrig, als zweimal sehr alt zu werden. Abrupt blieb er stehen.

Ein Marder mit einer toten Krähe im Maul kreuzte seinen Weg. Ganz ohne Angst stolzierte er an ihm vorbei. Frassek fragte sich, ob er sich wirklich darüber wundern sollte. Dieses Dorf hatte nicht nur ein Pestoproblem, sondern definitiv auch ein Geheimnis. Vielleicht hatte es mit dem Tod des alten Kroisleitner zu tun, ganz sicher aber mit diesem verschwundenen Mönch und mit Maria und Teresa. Beide hatten sie uneheliche Kinder: Emma und Josef.

Die Väter der beiden sollen von Bäumen erschlagen worden sein, so hatten es Sissi und jetzt auch Karl ihm erzählt. »Ihr müsst hier aber einen ganz besonders gefährlichen Wald haben«, hatte Frassek lachend geantwortet, aber Karl hatte nicht mitgelacht. »Du bist aus der Stadt, du kennst den Wald nicht. Entweder bist du sein Freund oder sein Feind.« Frassek brauchte jetzt einen Kaffee und am liebsten auch eine Zigarette, um über all das nachzudenken.

Auf dem Kirchplatz war einiges los, wie er sehen konnte.

Er entdeckte zwischen ein paar Streifenwagen, die noch ihr Blaulicht anhatten, Josef Lamberti, Sissi Valentiner, Bruno Hinterberger, ein paar weitere Dorfbewohner und auch Vera, die alle dabei zuschauten, wie die Kottnik ihren Untergebenen Befehle erteilte.

Vera. Mit ihr musste er über seinen Vater reden. Sie musste erfahren, was ihr Großvater getan hatte. Frassek holte Luft, viel Luft. Er konnte gar nicht genug Luft bekommen bei all dem, was los war. Die Krisen im Dorf und die eigenen Krisen, die er aus Berlin mitgebracht hatte.

»Na, du bist ja schon auf.«

»Es ist nach Mittag, Papa. Und wer will das hier schon freiwillig verpassen? Abgefahren, oder?«

Frassek hatte keine Ahnung, was sie meinte. Er stellte vielmehr fest, dass Vera die gleichen Sachen wie gestern trug, während sie spöttisch auf sein neues Hemd schaute. Ihm kam ein leiser Verdacht, aber auf ein Verhör, ob sie tatsächlich im Gasthof übernachtet hatte, hatte er jetzt keine Lust. Vera kannte ihn zu gut, sie würde ihm sowieso nicht die Wahrheit sagen.

»Hast du noch genug Binden?«

»Wieso? Brauchst du eine?«

Er seufzte.

*

Die Mutter war in ihrem Rollstuhl eingeschlafen. Sie lächelte dabei. Der Kroisleitner Karl ging in die Knie und betrachtete sie aus der Nähe. Ihr Mund stand ein wenig offen. Ein feiner Speichelfaden zog sich von Oberlippe zu Unterlippe. Er fühlte sich müde.

Einmal hatte er daran gedacht. Das war gestern gewesen, als er nicht aus dem Haus gegangen war, sondern sich nur um seine Mutter hatte kümmern wollen. Sie hatte das

Spielchen mit dem kleingeschnittenen Brot wiederholt: es in die Suppe tunken, mit dem Löffel in den Mund befördern und dann einfach wieder ausspucken. Da hatte er daran gedacht: Wärst du doch auch tot.

Der Kroisleitner Karl stand auf. Er wusste, dass er bei ihr bleiben oder zumindest im Schuhgeschäft etwas Ordnung machen sollte. Dann könnte er sie hören, sollte sie nach ihm rufen. Aber er brauchte frische Luft, nicht zurück auf seine Wiese, nein, nur einen Spaziergang durch das Dorf, einen kleinen Braunen trinken und wieder zurück, bevor die Mutter merkte, dass er überhaupt fort gewesen war.

3

Frassek sah die Kottnik fragend an.

»Ja, da staunen S', Herr Frassek«, sagte sie, »auch wir können eine Fahndung organisieren.«

»Wen suchen Sie denn?«

»Die Frau Kerschbauer ist heut Nacht geflüchtet. Ich denke, das ist das entscheidende Indiz dafür, dass sie schuldig ist.«

Frassek erinnerte sich, dass der Schrammel ihnen schon vorhin von der Flucht erzählt hatte. Er hatte gar nicht richtig zugehört, gar nicht begriffen, was das bedeuten könnte. »Aber nur, weil jemand flüchtet, ist er doch noch lange nicht schuldig.«

»Keine Sorge, Herr Frassek, auch wir hier in Österreich haben der Vergangenheit abgeschworen. Sie bekommt einen richtigen Prozess, wenn wir sie gefasst haben. Im Moment bin ich aber für die Sicherheit der Menschen hier verantwortlich.« Und das war nicht zu übersehen. An jedem Weg, der aus dem Dorf führte, stand ein Streifenwagen. Niemand konnte jetzt unbemerkt das Dorf verlassen oder betreten.

»Vielleicht sollten Ihre Kollegen aber besser die Blaulichter ausschalten. Manch einen schreckt so etwas ab.« Er grinste Kottnik an, und während er wegging, gab sie über Funk die Anweisung, die Blaulichter auszuschalten und die Wagen besser zu verstecken.

»Was ist?«, fragte Vera, als er zu ihr trat.

»Die alte Frau, die sie verdächtigen, die Mörderin zu sein, ist aus dem Gefängnis geflohen. Jetzt suchen sie sie«, erklärte er ihr.

»Aber die ist doch schon längst hier.« Vera zeigte auf Johanna Kerschbauer, die hinter den neugierigen Dorfbewohnern stand.

*

Sie waren hinaus auf den Platz vorm *Valentiner* gedrängt worden und hatten sich aus den Augen verloren. Der Josef spürte, dass die Emma ihn die ganze Zeit ansah. Aber es dauerte eine Ewigkeit, bis er endlich wusste, von wo aus. Jetzt trat er einfach ein paar Schritte zur Seite, damit er sie direkt anschauen konnte, dort drüben, neben der alten Johanna Kerschbauer. Ich muss nach Hause, sagten ihre Augen. Ja, sagten seine, morgen hole ich dich. Ja, sagten die ihren.

*

Der Kroisleitner Karl sah sich um. Die Menschen, seine Nachbarn, schienen ihn nicht zu beachten. Sie schauten den Polizisten zu, wie sie ihre Blaulichter ausschalteten und die Autos umparkten, warum auch immer.

»Was ist los«, fragte er den Rasch neben ihm.

»Hab's im Radio gehört«, antwortete dieser mit einer

seltsamen Begeisterung in der Stimme, »die Johanna ist ausgebüxt und jetzt wird nach ihr gesucht. Weiß der Herrgott, warum sie denken, sie würde hier einfach so ins Dorf spazieren.«

»Aber da steht sie doch«, sagte der Kroisleitner Karl.

*

Jetzt standen alle beisammen, diese Dorfbewohner, und sie hatten alle irgendwie etwas mit den alten und den neuen Geschichten zu tun. Frassek überlegte, ob er die Gelegenheit nutzen sollte. Warum sollten sie nicht einfach über alles reden und gemeinsam die Geheimnisse aufdecken? Das wäre doch was. Wie Agatha Christie alle Verdächtigen in einen Zug oder auf ein Schiff gesperrt hatte, könnte er sie ins *Valentiner* locken und Hercule Poirot spielen. Wenn das gehen würde!

*

»Da ist sie!«, hörte sie den Rasch rufen.

Emma drehte sich zu ihm um und sah ein wenig weiter hinten einen Mann stehen, den sie von irgendwoher kannte. Aber sie wusste nicht mehr, woher.

Auch die Sissi schaute sich suchend um, ignorierte das Lächeln vom Mister John, das aber nicht ihr, sondern der Emma galt, und entdeckte die Johanna, wie sie hinter der Menschenmenge stand. Nein, nicht stand. Sie saß inzwischen direkt auf dem Boden!

Der Lamberti Josef sah verwundert, wie einer der Polizisten seine Waffe zückte, in die Knie ging und bereit war, auf die alte Frau zu zielen, sobald er sie entdeckt hätte.

Der Kroisleitner Karl war von Raschs lauter Stimme zusammengezuckt. Und jetzt zeigte der auch noch mit dem Finger auf die Johanna, während die Menge auseinanderlief. Auf einmal war alles still. Und der Herr Leibinger hatte freies Schussfeld.

*

»Polizei!«, rief Leibinger laut, nachdem er die alte Frau entdeckt hatte, die auf dem Boden saß – nichts sagte, nichts tat, nein, sie saß einfach nur da.

»Nicht schießen!«, rief Frassek und schubste Vera von sich weg. Sie war zu nah an der Schusslinie. Dann stellte er sich selbst Leibinger in den Weg. »Ja, seid ihr denn alle verrückt geworden?«

»Aus dem Weg«, rief der Rasch.

»Ja, aus dem Weg«, rief Herr Proger oder Herr Schwödl, Frassek wusste es noch immer nicht.

»Aus dem Weg, Kollege«, sagte Leibinger ganz ruhig, »ich hab die Verdächtige im Visier.« Er bewegte sich ein wenig nach links und Frassek tat es auch. Wie damals im Elektromarkt, dachte er kurz. Er hob die Hände.

»Ich war's«, rief er, »ich hab den Schuhmacher getötet.«

»Jetzt schießen S' doch«, hörte Frassek den Rasch rufen, worauf ein Raunen durch die Menge ging.

»Hören Sie, Leibinger, ich war es. Ich ergebe mich. Nehmen Sie die Waffe herunter!« Irgendwie musste Frassek diesen Zirkus hier beenden. Johanna Kerschbauer würde es selbst nicht tun.

»Gehen Sie da weg, Herr Kollege!«, rief die Kottnik ihm zu, aber Frassek dachte gar nicht daran. Unmerklich ging er weiter rückwärts, um näher an die alte Frau heranzukommen. Er merkte, wie Leibinger zögerte. Aber nicht wegen ihm. Zwei Kinder liefen auf einmal auf den Kirchplatz. Sie spielten Fangen, vielleicht flüchtete auch der Junge vor dem Mädchen, so sah es wenigstens aus. Und dann liefen die beiden auf Johanna Kerschbauer zu.

»Magst, dass ich dir hochhelf, Johanna?«, fragte der Junge.

»Du kennst die alte Frau?«, fragte das Mädchen.

»Na, das ist doch die Johanna. Ich hab keine Angst vor ihr.«

»Kinder, geht fort da!«, rief Leibinger.

»Lauft weiter«, flüsterte Frassek, der nun fast bei ihnen angekommen war. Die Kinder sahen ihn an, und er zwinkerte ihnen aufmunternd zu. Genau in dem Moment hob Johanna Kerschbauer ihre Arme und schloss sie um die beiden Kinder.

»Elendige! Ihr bekommt mich nicht! Die Natur wird mich rächen. Wölfe, Füchse, Marder, ihr werdet keine Ruhe vor denen haben! Saubande, dreckerte!« Sie stand auf und nahm die Kinder an den Händen. »Gott Vater wird euch alle Katastrophen der Erde schicken, und dann werdet ihr euch wundern, in welcher bösen Zeit ihr lebt.«

Das Mädchen und der Junge ahmten wilde Tiere nach, als die alte Johanna sie mit sich zog. Frassek lief hinterher. Die Kinder waren völlig ahnungslos. Sie lachten und ließen sich bereitwillig von der seltsamen alten Frau mitnehmen.

»Jule!«, rief Frau Moser ganz aufgeregt und kam auf sie zugelaufen. Frassek hielt sie am Arm fest.

»Toni!« Bruno Hinterberger kam ebenfalls näher.

»Polizei! Stehenbleiben oder ich schieße«, hörte Frassek Leibinger hinter ihnen herrufen.

Und dann schoss er.

13

DAS KISSEN

1

Frassek drehte sich noch einmal um. Er hob die Hand, aber Vera sah ihn nicht. Sie wollte alleine sein.

Er war mit ihr am Bach entlanggegangen, bis sie Karls Wiese erreicht hatten. Dort hatten sie sich hingesetzt und er hatte ihr von den Postkarten erzählt, die er nach dem Tod der Mutter von seinem Vater erhalten hatte. »Ich habe immer zurückgeschrieben. Nett, unverbindlich, wie ein Sohn, der seinem Vater durch die Blume sagen will, er solle sich nicht so anstellen.«

Die vorletzte Postkarte seines Vaters hatte mit einem Zitat geendet. Er hatte den Stapel aus seiner Jackentasche herausgezogen und ihr das Zitat gezeigt: *Wenn du die Einsamkeit nicht ertragen kannst, dann langweile wenigstens die anderen nicht damit.*

»Ich hatte darauf noch gar nicht geantwortet, da kam schon die nächste Karte. Die letzte.« Auch diese hatte Frassek seiner Tochter vorgelesen. Sie hatte die Geschichte mit dem Elefantenfriedhof bereits gekannt. Er hatte sie ihr erzählt, als sie noch ein Kind gewesen war. »Er muss schon tot gewesen sein, als ich sie aus dem Briefkasten geholt habe.«

»Du meinst …?«

Er hatte genickt.

»Aber warum?«

Frassek hatte mit den Schultern gezuckt. »Weil er traurig war?«

»Einsam«, hatte sie geantwortet. »Nicht traurig. Man bringt sich um, wenn man einsam ist. Aber wie hat er das gemacht?«

Verblüfft über ihre Ansichten hatte Frassek ihr darauf keine Antwort geben können. Der Arzt hatte es als einen natürlichen Tod bezeichnet, ein plötzlicher Herztod. Was sollte man auch anderes annehmen, wenn man einen älteren Menschen leblos auf dem Sofa sitzend findet, mit einem Kissen in der Hand?

Frassek war es egal gewesen, wie sein Vater es geschafft hatte. Seitdem er mit Karl darüber gesprochen hatte, hatte er einfach gewusst, dass es so war. Und Vera hatte es auch erfahren müssen, egal, was sie gerade zuvor erlebt hatten.

*

Frassek versuchte zu vergessen, was heute Mittag passiert war. Merkwürdigerweise war es die unentwegt heiß brennende Sonne, die ihm dabei half. Bei seinem ersten Besuch vor einer Woche hatte er sie noch verflucht. Jetzt genoss er es, mit langen Schritten das Wechselspiel der Hügel zu durchwandern, sich im Wald zu kühlen, auf den Wiesen zu schwitzen. Und die Wanderstiefel passten perfekt. Vor ihm lag der Kerschbauerhof. Er hatte keine Ahnung, wie er hierhergekommen war.

»Pünktlich zum Wochenende«, hatte Leibinger gestern gesagt, als sie Johanna Kerschbauer verhaftet hatten. Schon ein paar Stunden später war sie geflüchtet. Frassek sah Leibinger noch vor sich, wie er mit seiner Pistole auf sie gezielt, aber dann in die Luft geschossen hatte. Jetzt, wo die Hauptverdächtige wieder in Haft war, würde alles ganz langsam weitergehen. Über seine Zweifel würden sie nur lachen, sie würden sich ganz auf Johanna Kerschbauer konzentrieren. Frassek war es ihr schuldig, herauszufinden, wie der alte Kroisleitner wirklich gestorben war.

Der Hof war richtig alt und einige Gebäude schienen kurz vor dem Verfall zu sein. *Kerschbauer* stand auf einem verblichenen Holzschild. Hier wohnte sie also. Der Hof lag auf einer offenen, ins Tal abfallenden Wiese, von der aus man einen schönen Blick auf St. Margarethen und den dahinterliegenden Hausberg hatte. Unter einem Blumentopf neben der von der Polizei versiegelten Haustür fand er einen Schlüssel. Kurz sah er sich um, bevor er das Siegel durchtrennte und aufsperrte.

Drinnen war es schummrig. Es roch nach alter Frau, wie im Hause Kroisleitner, als er mit der Mutter seines Freundes gesprochen hatte. Aber vor allem roch es nach Gewürzen und Kräutern. Gleich hinter der ersten Tür lag die Küche, vollgestopft mit getrockneten Pflanzen und Beeren, überall Einmachgläser und Flaschen. Auf dem Küchentisch standen noch ein paar Gläser, auf die Etiketten geklebt waren. *Bärlauchpesto* hatte jemand in einer alten, schwungvollen Schrift darauf geschrieben.

In der Spüle entdeckte Frassek eine Menge schmutziges Geschirr. Das würde jetzt für lange Zeit niemand mehr spülen. Er verließ die Küche, stoppte vor der nächsten Tür und ging wieder zurück. Nachdem er sich die Ärmel hochgekrempelt hatte, nahm er Teller, Tassen und Gläser aus dem Spülbecken und ließ Wasser einlaufen. Er wusch zwei Teller ab. An dem nächsten entdeckte er eine angetrocknete grünliche Soße. Er rieb etwas davon mit dem Finger ab und steckte ihn in den Mund. Dann nahm er eines der Pestogläser, schraubte es auf und probierte auch hier. Es war dieselbe Soße. Die alte Frau hatte das Pesto also auch gegessen. Würde das ein Mörder tun?

Frassek ging nach draußen und atmete die heiße Luft ein. Er lachte. So einfach! Er lachte. So schnell! Er lachte und schrie den ganzen Frust aus sich heraus.

*

Der Kroisleitner Karl nahm die Hände von den Ohren. Ein paar Mal schon hatte die Mutter nach ihm gerufen, aber er hatte es nicht hören wollen. Er horchte, aber jetzt war sie ruhig. Überhaupt war das ganze Haus still. Viel zu still nach all dem Lärm, den Schüssen, den Schreien. Er ging die Treppe hoch, erst langsam, dann immer schneller.

Die Mutter lag im Bett. Noch genauso wie vor einer Stunde, als er sie hineingelegt hatte. Sie sah ihn an. »Kalli, ich hoffe, da ist noch Platz im Grab. Damit ich wenigstens neben dem Alois liegen kann. Mit dem Ring. Wie es sich für Eheleute gehört. Vereint im Leben, vereint im Tod.« Ein Kreuz schlug die Mutter daraufhin und küsste den Ring.

»Passt schon, Mutter«, sagte er gedankenlos. Vorhin hatte sie ihm nicht verraten wollen, wo sie den Ring auf einmal herhatte. Auf einmal war er da gewesen. Vielleicht hatte er ihn ja doch nicht in der Zelle verloren.

»Glaubst du, ich bin deppert, Kalli? Du meinst wohl, ich hätte nicht mitbekommen, was geschehen ist? Der Ring ist da. Also ist jetzt der Alois tot.«

Der Schuhmacher riss sich zusammen. Das hier war eine andere Welt als die da draußen. Er hatte der Mutter nichts von der zweiten Verhaftung der Johanna erzählt und auch nicht, dass sie nun erst recht als die Mörderin vom Vater galt. Und wie sollte er ihr überhaupt von seinen Gefühlen berichten, wie schwer ihm alles fiel? So schaute er seine Mutter einfach nur streng an.

»Seit Tagen erzählst du mir, dass der Vater gar nicht tot ist! Dass er gleich kommen tät, nur frische Luft schnappen, das würde er tun. Und jetzt bist auf einmal die ganze Zeit normal gewesen und das hätte ich merken sollen? Ich hab doch schon fast selbst dran geglaubt, dass er noch leben würde!«

Und das war nicht einmal gelogen. Immer, wenn in den letzten Tagen sein Blick auf des Vaters Sessel gefallen war, hatte er seine Anwesenheit gespürt. In manchen Momenten hatte der Kroisleitner Karl sogar verstehen können, dass seine Mutter sich geweigert hatte, den Tod zu akzeptieren. Denn selbst sein Abdruck im weichen Sesselpolster war noch zu sehen! Als wäre er wirklich nur kurz hinaus, um frische Luft zu schnappen. *An die gute Luft gehen!* Das hatte er immer gesagt.

Die Mutter winkte ihn zu sich ans Bett. Sie flüsterte. Er musste sich ganz nah zu ihr hinunterbeugen. »Dein neuer Freund hat mir den Ring vom Alois gegeben.«

Der Frassek? Wo hatte der den her? Er war doch sein Freund. Ihm hätte er ihn geben sollen.

»Und seitdem kann ich ihn wieder spüren. Und ich kann ihn hören.«

Ach, warum war nur alles so kompliziert? Aber vielleicht war es auch egal, dachte sich der Kroisleitner Karl. Hauptsache, der Ring war wieder da. Mit ihm ging es der Mutter ja anscheinend besser.

»*Komm zu mir.* Das sagt er. Andauernd, Kalli. Und das hat er lange nicht getan. Aber wie soll ich das machen?«

Der Kroisleitner Karl kannte den Geruch seiner Mutter. Sein ganzes Leben konnte er aus ihm herausriechen – den Geruch der Spucke, mit der sie ihm den Schmutz aus dem Gesicht gerieben hatte, und den fast, aber nicht ganz gleichen Geruch der tröstenden Küsse. Er konnte die Küche riechen, ihr Eau de Toilette, das im Badezimmer stand, das

Waschpulver, früher war es die Kernseife gewesen, und ein Hauch von dem Schuhleder, nach dem auch er roch. Aber heute, so nah bei ihr, war da noch ein anderer Geruch. Und der machte ihm Angst. Er stand auf.

»Geh, Mutter, red nicht so einen Unsinn. Der Vater ruft dich doch nicht. Er würde gar nicht wollen, dass du zu ihm kommst.«

»Kalli, manchmal bist du's, der deppert ist. Richtig deppert. Was glaubst, was mit mir ist? Glaubst, ich könnt noch ohne den Alois leben? Nur wegen ihm war das Leben doch noch was wert. Nimm's Kissen, Kalli, das da vom Sofa, bitte sei so gut.«

Es dauerte eine Weile, bis er glaubte, ihre Worte richtig verstanden zu haben. *Vereint im Leben, vereint im Tod.* Und weil er mittlerweile auch verstand, dass sich das Leben nicht allein um ihn und um seinen Kummer drehte, und weil die Welt da draußen eine ganz andere war als die hier drinnen, schaute er die Mutter lange an.

Für sich hatte er einen Weg gefunden. Andere aber, die ebenso trauerten, hatten keine Wiese und auch keinen Freund, dessen Vater … ja, dessen Vater ebenfalls gestorben war. Das hatte den Kroisleitner Karl auf unerklärliche Weise am meisten getröstet. Freiwillig war dem Frassek sein Vater aus dem Leben geschieden, seine Mutter aber, so wie sie da lag, konnte es nicht.

»Ich hab's schon versucht. Hab die Luft angehalten. Doch es ging nicht. Kalli, bitte. Aber sei vorsichtig. Ich bekomme doch so schnell Nasenbluten.«

Sie kniff die Augen zu und atmete flach.

*

Frassek sog die Bergluft tief ein. Er hatte ausgelacht. Mit sich zufrieden schaute er einer Frau zu, die den Hügel hinaufging. Innerhalb kürzester Zeit hatte er ein Rätsel gelöst. Johanna Kerschbauer war keine Mörderin. Sie hatte selbst das Pesto gegessen – ein so offensichtlicher Beweis für ihre Unschuld! Die Polizei hier war einfach unfähig. Das würde eine Untersuchung geben, dafür würde er sorgen, sobald er auch alle anderen Rätsel gelöst hatte. Er fand keine Worte für so eine Schlamperei.

Die Frau hatte schließlich den Hof erreicht.

»Wissen Sie, warum der Hof so heißt? Ich habe keinen einzigen Kirschbaum entdeckt.«

Die Frau musste erst Luft holen. Sie zeigte auf eine Reihe krummer kahler Bäume. »Da sind sie doch. Die Besitzerin hat sie nur alle verhext.«

»Warum das denn?«

Sie lächelte traurig und ging zum Stall. Frassek folgte ihr. »Die Johanna hat vor Jahren mit ihrem Kirschlikör beim Landeswettbewerb nur die Silbermedaille gewonnen und den Bäumen die Schuld daran gegeben. Beschimpft hat sie sie und mit Flüchen belegt, bis einer nach dem anderen seine Blätter verloren hat. Danach hat sie sich auf Birnen spezialisiert.«

»Sie muss eine besondere Frau sein, die Besitzerin.«

Sie nickte, während sie die Gatter aufmachte und die Kühe nach draußen trieb. »Wenn's um Krankheiten geht, ist sie sogar besser als der Doktor, selbst wenn er nüchtern ist. Aber Sie müssen mir nichts vormachen, Herr Frassek. Ich weiß, wer Sie sind.«

Frassek nickte. »Und Sie sind Maria Kornfeld.« Die Frau gefiel ihm. So direkt waren die wenigsten, wenn er sie verhörte. Und das hier war ja noch nicht einmal ein richtiges Verhör. Er beschloss, ebenfalls offen und direkt zu sein. »Ob Sie mir verraten, wer der Vater Ihrer Tochter ist?«

Das hatte gesessen. Maria Kornfeld wurde bleich. »Wieso? Was hat das damit zu tun? Der ist doch lang schon tot.«

»Es geht mir ja auch nicht direkt um ihn, sondern um die Hintergründe, warum der Schuhmacher hat sterben müssen. Es war der Mönch, nicht wahr? Er ist Emmas Vater.«

»Ich denke nicht, dass Sie das etwas angeht.« Sie wollte sich schon umdrehen und weitergehen, den Kühen hinterher, die den Berg hinunterwackelten.

»Wenn es wirklich der Mönch war, dann ist das doch problematisch. Weil er doch auch der Vater vom Josef ...« Er beendete den Satz absichtlich nicht. Er hing wie ein Lasso um ihren Hals. Das musste er Sprotz erzählen, dem würde der Vergleich gefallen. Frau Kornfeld wandte sich ihm wieder zu, und da bemerkte er ihr Alter. Gerade war sie ihm noch so jung erschienen, nicht älter als er. Es waren die Hände. Die verrieten sie.

»Herr Frassek, ich vermute und versteh sogar, dass Sie nicht wahrhaben wollen, dass es die Johanna gewesen ist. Aber es gibt keinen Grund, deswegen in der Vergangenheit zu wühlen. Und überhaupt, wenn das wahr wäre, was Sie über den Josef und meine Tochter denken, dann glauben Sie doch nicht im Ernst, dass ich es Emma jemals erlaubt hätte, sich mit ihm anzufreunden. Lassen Sie die Vergangenheit ruhen, Herr Frassek, der Mönch ist seit über dreißig Jahren fort und der Vater meiner Tochter war sowieso ein anderer. Er ist von einem Baum erschlagen worden.«

»Sie sind beide blond. Und schön.«

»Das sind Ihre Beweise?«

»Das und die Gerüchte. Warum sonst hätte Alois Kroisleitner versuchen sollen, die beiden voneinander zu trennen?«

»Sie haben ja schon einiges herausgefunden. Aber vielleicht ist es ihm ja einfach nur um den Altersunterschied gegangen?«

»Aber …«

»Meinen Sie nicht, dass Sie zu weit gehen? Wir sind all die Jahre sehr gut ohne Sie ausgekommen. Wir kümmern uns schon selbst um unsere Probleme. Fahren Sie zurück nach Berlin, Herr Frassek. Da gibt es, was man so hört, genug für Sie zu tun.« Mit diesen Worten verabschiedete sich Maria Kornfeld und ging mit den Kühen hinunter in Richtung Dorf.

2

Die französische Küche war leer!

Mehrmals blätterte Emma die Seiten des Kochbuchs durch. Langsam geriet sie in Panik. Sie wollte unbedingt die Geschichte ihres Großvaters weiterlesen. Und die Mutter würde sicher auch bald kommen. Hatte der Rasch die Briefe? Einmal hatte sie ihn ja schon dabei erwischt. Mit dem Kochbuch in der Hand lief sie zu seinem Zimmer. Die Tür öffnete sich lautlos. Der Rasch stand am Fenster und schaute hinaus. Seine Hose hatte er heruntergezogen. Er hatte eine Socke über sein Glied gestülpt und wichste da hinein.

Zurück in der Küche stellte sie das Buch zu den anderen. Sie nahm das nächste vom Regal. Dort fand sie die Briefe. Wahrscheinlich hatte sie sie selbst im falschen Buch versteckt. Oder doch nicht? Alle Briefe waren jedenfalls zugeklebt, die ersten drei durch sie, die letzten beiden noch im Original.

Sie schloss die Küchentür. Sie stellte den Kessel auf den Herd. Sie setzte sich. Sie stand auf und drehte den Schlüssel um. Man sollte Türen immer abschließen.

Wieso nahm er eine Socke dafür?

25. April 1946

Liebe Mascha,
ich konnte eine Woche nicht schreiben. Ich muss mich beeilen mit der Geschichte, denn es ist bald so weit. Deinem Vater geht es nicht gut.

Wenn man an beiden Ärmeln deiner Jacke zerrt, dann ziehe sie aus und mache etwas ganz anderes. Ich hatte mich für einen der Ärmel entschieden und die beiden Brüder in ihre Heimat begleitet. Deswegen bin ich jetzt im Lager, aber ich bereue es nicht. Wenn ich an Deine Mutter denke und dass sie Dich bekommen hat, dann bin ich einfach nur glücklich darüber, dass ich mitgegangen bin.

Karl starb in der Nacht, als wir das Schlafnitztal erreicht hatten, direkt bei einer Eisenbahnbrücke mit zwei nach unten hängenden Bögen. Von hier aus waren es gerade mal noch zehn Kilometer bis St. Margarethen. Wir hatten es nicht geschafft. Alois war am Boden zerstört.

Damals im Januar war die Front noch weit entfernt von der Steiermark. Aber die Wehrmacht zog hier die letzten Kräfte für ihr »Unternehmen Frühlingserwachen« zusammen. Deswegen wurde auch die Eisenbahnbrücke bewacht, deswegen entdeckte man uns, und weil wir offensichtlich desertiert waren – was zumindest bei mir, nur aus der falschen Armee, der Fall war –, nahm uns die Bürgerwehr gefangen. Sie hätten uns auch erschießen können. Doch die beiden, die uns verhaftet haben, ein Gastwirt und ein Vikar, stammten aus dem Dorf von Alois und Karl. Sie brachten uns dorthin und anschließend, auf Vorschlag des Dorfpfarrers, zu einer Hütte auf einen bewaldeten Berg in der Nähe, den sie Höhhansl nannten. Hier begruben wir Karl.

*

Ja, meine liebe Maschenka,
auf dem Berg, an dessen Fuße Du jetzt lebst, da hat sich Dein Vater mit seinem Freund versteckt und auf das Ende des Krieges gewartet – ich als Rotarmist in einer Wehrmachtsuniform, und Alois, weil er entweder wieder in den Krieg hätte ziehen müssen oder als Deserteur hingerichtet worden wäre. Und in dem dichten Wald rund um den Berg traf ich eines Tages auf Deine Mutter. Anna!

Ich hätte eigentlich verschwinden sollen, denn bis auf ein paar wenige wusste niemand im Dorf, dass wir hier waren, selbst Alois' Eltern nicht. Aber ich hatte noch nie zuvor eine so hübsche Frau gesehen. Annas blaue Augen, das blonde kurze Haar, ihre schlanke, aber doch weibliche Figur – sie erschien mir in dem Moment wie ein Engel. Und vor Engeln läuft man nicht davon. Und auch sie lief nicht weg, sondern kam näher und fragte, wer ich sei.

Ich erzählte ihr alles. Und sie hat mich nicht verraten. Wir trafen uns fast täglich und redeten miteinander. Wie mit ihr hatte ich noch nie mit jemandem geredet. Ich schilderte ihr die Länder, in denen ich gewesen bin. Anna wollte nichts lieber als die Welt kennenlernen. Sie hat mir eure Lieder vorgesungen. Sie konnte das nicht gut, doch ihre raue, aber weiche Stimme machte alles wett. Wir verliebten uns. Wir liebten uns.

Eine Woche, bevor die Kämpfe in Vorderwald ausbrachen, erzählte Anna, dass sie schwanger sei. Wir vermieden es, über unsere Situation nachzudenken. Das Schicksal sollte entscheiden, wie es mit uns weitergehen würde.

»Wenn es ein Mädchen wird, nennen wir sie Maria«, schlug ich vor, »wie meine Großmutter.«

»Und ein Junge?«

Ich schüttelte den Kopf. Einen Sohn zu bekommen, der in den nächsten Krieg ziehen würde, war absurd. Nein,

Mascha, Du bist ein Mädchen geworden, das ist klar. Falls Du doch ein Junge bist, nimm es mir nicht übel, dass ich nicht daran geglaubt habe. Und ich bitte Dich von Herzen, ziehe nicht in den Krieg und laufe nicht den Führern hinterher. Denen bist Du egal. Für die bist Du nur Kanonenfutter.

*

Es war der Pfarrer, der uns verraten hat. Er kam mit einem Mönch zu uns, ein junger Mann, groß und blond. Er war sehr schön, fast zu schön. Er hätte in jeder deutschen Zeitung als Idealbild ihrer Rassenpolitik posieren können.

»Er kommt aus dem Kloster«, erklärte der Pfarrer, »und er braucht euch beide, um den Klosterschatz zu vergraben. Er muss vor den Russen geschützt werden.«

»Das werden wir nicht tun«, sagte Alois.

»Es geht um unser Erbe, Alois«, versuchte es der Pfarrer, »alle anderen Männer sind eingezogen worden.«

Aber Alois blieb stur. »Ich sag euch, wenn die Russen das Kloster leer vorfinden, werden sie unser Land zerstören.«

»Du denkst an den General?«, fragte ich ihn später.

Er nickte. »Es ist deine Truppe, die am Anfang des Schlafnitztals steht. Das V. Gardekavalleriekorps. Der Pfarrer hat es mir gesagt. Er ist tatsächlich gekommen, der Hund.«

Wenn es der General sei, sagte ich zu ihm, würde er das Land sowieso plündern und zerstören, egal ob er den Schatz bekommen würde oder nicht. Ob Alois mir da zustimmte, wusste ich nicht. Er war in jenen Tagen sehr geknickt, er gab sich die Schuld an allem und lag oft nächtelang wach. Aber dann begleiteten wir den Mönch doch und liefen die alten Wege entlang bis zum Kloster, das ein paar Kilometer von St. Margarethen entfernt auf einer flachen

Ebene lag – unversehrt, fast wie im Märchen, nach all den zerstörten Gebäuden, die ich gesehen habe. Es war verlassen, nur der junge Mönch war geblieben, und der stieg mit uns in ein Gewölbe hinab, in dem eine große Metalltruhe stand.

»Als Kind bin ich oft hier gewesen. Mit Edelsteinen besetzte Kreuze und Gefäße aus Gold und Silber haben wir bewundern dürfen. Aber das Schönste, das habe ich dir ja schon erzählt, das ist die goldene Klosterglocke.« Das verriet mir Alois, während wir dem Mönch durch den Wald folgten und die schwere Truhe trugen. Am Hausberg von St. Margarethen in der Nähe eines Ortes, den Alois Toter Mann nannte, vergruben wir sie im Wald.

Es war ein heißer Tag. Von Ferne hörte man Explosionen. Der Krieg kam immer näher. Wir mussten tief graben, Wurzeln brechen, Steine herausschlagen. Als wir nicht mehr konnten, zog der Mönch Kutte und Hemd aus und half uns. Er hatte eine zarte, ganz weiße Haut und hinten auf der linken Schulter prangte ein feuerrotes Mal, rund wie eine große Münze.

»Was ist das«, fragte ich ihn. Er schaute über seine Schulter auf das Mal.

»Die letzte Erinnerung an meine Familie. Jeder von uns hatte dieses Mal. Aber sie sind alle tot, von den Russen ermordet. Nur ich bin noch da, doch als Mönch werde ich es nicht vererben können. Die Familie stirbt aus. Das Mal stirbt aus.« Ein bitterer Ton lag in seiner Antwort. Und nachdem er das gesagt hatte, grub er wie ein Verrückter weiter. Anschließend begleitete er uns in unsere Hütte auf dem Höhhansl. Er wolle bei uns bleiben, sagte er, er könne uns nicht alleine lassen.

»Er hat Angst, dass wir uns den Schatz holen«, flüsterte Alois mir zu, »aber ich sag dir, er will ihn für sich selbst.

Es ist die Habgier, die ihn antreibt. Das kannst du seinen Augen ansehen. Sie sind böse. Er ist mir nicht geheuer. Wir sollten auf uns aufpassen. Und wir sollten den Schatz wieder ausgraben und ihn woanders verstecken. Ich weiß auch schon wo. Im alten Wasserwerk.«

Emma las die Stelle erneut. *Nur ich bin noch da, doch als Mönch werde ich es nicht vererben können. Die Familie stirbt aus. Das Mal stirbt aus.*

Das war's?! Noch einmal blätterte sie zurück, las den Abschnitt wieder und wieder, versuchte, mehr zu finden. Der Mönch hatte ein Feuermal. Hinten auf der Schulter. Groß wie eine Münze. Es war rot. Genau wie ihres. *Das Mal stirbt aus!* Was für ein Hohn!

Mit einer Bewegung wischte sie die fünf Briefe vom Tisch, sie schmiss den Stuhl um, warf die Teetasse an die Wand. Sie hat das Mal geerbt! Der Mönch ihr Vater! Wieso? Sie suchte nach mehr, was sie an die Wand werfen könnte.

»Geh, Emma, räumst auf?«, hörte sie den Rasch rufen. Es war ihr egal. Warum hatte die Mutter nichts davon erzählt? Der alte Mönch!

Sie sammelte die Briefe vom Boden auf, einer fehlte, aber auch das war ihr egal. Sie musste hier raus. Sie musste ganz weg von hier. Sie warf die Briefe auf den Tisch und lief in ihr Zimmer. Dort stopfte sie ihre paar Sachen in den Rucksack, zog das Kleid aus und die Jeans an. Sie schlug die Tür zu. Sie ging an der Küche vorbei. Der Rasch hatte die Tassenscherben in der Hand und beugte sich über die Briefe. Der Wichser. Egal!

3

Als würde jemand dem Kroisleitner Karl von hinten eine Hand auf die Schulter legen. Dreimal hatte er sich schon umgedreht. Kurz nachdem er aus dem Haus gegangen war, waren ihm zwei Füchse mit blutverschmierten Mäulern begegnet. Sie hatten sich hingesetzt und ihn angeschaut. Überall lagen Federn. Füchse, Krähen, Raben, ja, die gab es, aber keine Hand und auch keine Stimme, die ihm einflüstern würde, er wäre ein schlechter Mensch, weil er seine Mutter getötet hätte. Das bildete er sich alles nur ein.

Der Kroisleitner Karl fühlte sich auch nicht schuldig. Er fühlte sich allein. Er hätte es nicht tun dürfen. Doch die Mutter war froh drum gewesen. Und wenn sie gesehen hätte, wie er danach mit der Handkante die eine Seite des Kissens eingeknickt und zurück auf das Sofa gelegt hatte, wäre sie sogar stolz auf ihn gewesen. Und weil er gerade dabei gewesen war, hatte er das Polster vom Sessel ebenfalls glatt gestrichen.

Auf dem Weg hoch zum Heldenfriedhof dachte der Kroisleitner Karl an die beiden Menschen, die er verloren hatte. Könnte alles andere – das Dorf, die Menschen, der Beruf, seine Wiese – ausreichen, um die Einsamkeit zu vertreiben? Danach wollte er seinen Onkel fragen, so wie es der Vater immer getan hatte. Und allein schon der Gedanke daran beruhigte ihn.

Vom Heldenfriedhof hatte er den besten Blick auf das Dorf. Von hier aus konnte er die Füchse, die Vögel, den Staub und sogar die Fliegen erkennen. Man hatte sich schon fast daran gewöhnt, wenn man unten im Dorf war, aber von hier sah diese Dunstwolke einfach nur absurd aus. »Es ist ein Rätsel«, murmelte er vor sich hin, »als hätte uns der liebe Gott alle Plagen geschickt, um uns zu prüfen.«

Der liebe Gott. Der Kroisleitner Karl stand nun vor dem Grab von seinem Onkel. *Unbekannter Soldat* stand auf dem Schild. Hier hatte sein Vater seinen Bruder begraben, heimlich und unerlaubt, weil der Onkel Karl keine Erkennungsmarke mehr gehabt hatte. Die hatte ein Russe gestohlen, hatte der Vater gesagt. Und an nahezu jedem Tag hatte er ihn besucht und mit ihm geredet.

Der Kroisleitner Karl trat näher an das Grab seines Onkels, auf dessen Namen man ihn getauft hatte. Daneben lag ein Fladen halbverdauten Essens, das als Erbrochenes im Gras getrocknet war. Es waren die Nudeln, die die Dagmar gekocht hatte. Der Vater. Er war hier gewesen – am Tag seines Todes!

*

Der Kerschbauerhof lag schon ein ganzes Stück hinter ihm, da hörte Frassek im Wald in der Nähe eines alten Forsthauses Geräusche. Eine kleine Gestalt hockte im Gebüsch.

»Toni? Bist du das?«

Der Junge hatte sich vor ihm versteckt und schluchzte leise. Er versuchte, ruhig zu sitzen, aber es raschelte doch. Frassek bückte sich und sah ein wenig Haar, ein verweintes Auge, mehr aber nicht. »Es ist vorbei, Toni, dir tut keiner was.«

»Doch.«

Frassek bat ihn, herauszukommen, aber der Junge wollte nicht. »Und wenn ich dich an die Hand nehme?«

»Du bist ein Polizist«, sagte Toni, »der andere, der geschossen hat, war auch einer.«

»Ja und? Ich bin ein guter Polizist. Und der andere hat doch nur in die Luft geschossen.«

»Trotzdem.«

Wie er da hockte und mit einer Märchenerzählerstimme

zu dem Jungen sagte, er sei einer der Guten, er möge doch keine Angst haben, alles würde gut, kam er sich eher wie ein blöder Polizist vor. Aber er blieb bei dem Ton und erklärte dem Jungen, dass der böse Polizist längst fort sei. »Und außerdem bin ich nur ein Tourist. Auf Urlaub.«

»Die Jule ist auch auf Urlaub.«

»Ach, deswegen! Du versteckst dich hier vor der Jule?«

Der Junge antwortete nicht. Frassek sah sich um. Sie waren allein. Er hielt seine Hand ins Gebüsch und wartete. Nach einer Weile fühlte er die des Jungen in der seinen. Vorsichtig zog er ihn heraus. Ganz verdreckt, die Augen vom Weinen verklebt, die Hosen aufgerissen, die Knie voller Blut. »Was hast du denn gemacht!?«

»Nicht schimpfen, bitte nicht!« Toni fing wieder an zu schluchzen. »Das ist das blöde Spiel! Immer muss ich es spielen!«

Der Junge hatte wirklich einiges mitgemacht, nicht nur die Festnahme von der alten Frau gesehen und den Schuss gehört, sondern auch den toten Kroisleitner und den verkohlten Marder entdeckt. »Komm, ich bin wirklich ein guter Polizist. Und deswegen gehen wir ins Dorf, und ich werde mit der Jule sprechen.«

*

Der Doktor und Vera konnten die zankenden Frauen endlich voneinander trennen. Der Doktor, weil er die Mutter festhielt, bei ihrer Tochter reichte es, dass sie Vera ansah, mit großen Augen und offenem Mund. Und Vera schaute genauso zurück. Als hätten sie sich erkannt, wunderte sich Frassek.

Das Haar der Mutter war völlig zerzaust. Ihre Tochter hatte daran gezogen, so etwas hatte er noch nie gesehen. Als die beiden Frauen vom Doktor ins *Valentiner* geführt wurden und bemerkten, wie sie von Frassek, der den Jungen noch immer an der Hand hielt, und den anderen Gästen angestarrt wurden, beruhigten sie sich. Sie setzten sich an einen Tisch und schwiegen.

»Ich fass es nicht«, sagte Vera zu Frassek. Er nickte. Einen Familienstreit konnte man nicht begreifen.

»Was ist denn mit euch los?«, rief der Doktor den beiden Frauen zu. »Haben wir heute nicht schon genug erlebt!« Er war hinter den Tresen gegangen und hatte eine Flasche Obstler und drei Gläser geholt, trank aber erst mal selbst einen, bevor er den Frauen einschenkte.

»Das geht dich nichts an.« Die junge Frau nahm das Glas und leerte es in einem Zug. Das also war Emma, dachte Frassek. Kurze blonde Haare, Jeans, Schmollmund.

»Du Hure!« Sie brüllte ihre Mutter jetzt an. Die hingegen blieb ruhig.

»Ich denke, du willst fort«, antwortete sie kühl.

»Das will ich auch. Aber der verfickte Bus fährt erst übermorgen wieder. Wie ich das hasse! Wie ich dich und das ganze Dorf hasse!« So stand Emma Kornfeld auf und ging. Ihre Mutter folgte ihr.

»Papa, hast du gesehen, wer das war?« Vera war völlig außer sich.

»Beruhige dich, so was passiert schon mal in einer Familie.«

»Ach, Papa, jetzt schau sie dir doch mal genauer an.« Sie schob ihn zur Eingangstür, er zog den Toni mit. Aber die beiden Frauen waren bereits fort.

»Jetzt hört's auf zu quatschen und kommt's her!«, rief der Doktor ihnen zu. »Ja, Herr Frassek, Sie auch. Sie wissen doch: *A Germane sauft nie allane!*«

14

DIE BANK

1

Den ganzen Samstagabend über hatten die Marder und die Füchse gewütet. Jetzt lag der Kirchplatz einsam und verlassen vor der Sissi. Drinnen im *Valentiner* saßen noch ein paar Dorfbewohner und unterhielten sich mit den Wiener Pensionisten über die Ereignisse vom heutigen Tag.

Die Sissi hatte sich eine Kittelschürze über das Dirndl gezogen, ein Kopftuch umgebunden und die Plastikhandschuhe übergestreift. Der Bruno war so nett gewesen, die Kadaver der Krähen und der beiden Füchse, die er gerade erschossen hatte, wegzuräumen. Kaum ein paar Stunden war es her gewesen, dass man die Johanna wieder verhaftet hatte. Und gleich darauf war die Tierwelt verrückt geworden. Ohne Scheu waren die Füchse und Marder auf die Vögel losgegangen, die sich, vollgefressen mit Fliegen, kaum noch hatten rühren können. Johannas Verwünschungen waren in Erfüllung gegangen. Die Sissi seufzte. Was für Prüfungen mussten sie denn noch überstehen? Und all das hier auf dem Kirchplatz! Und vor allem: vor dem *Valentiner*!

Den ältesten Aufreibfetzen hatte sie sich herausgesucht und einen Eimer mit heißem Wasser gefüllt. Die Hälfte davon schüttete sie auf die beiden angetrockneten Blutlachen.

Hunderte Fliegen schwirrten davon und ließen sich auf den Blumen nieder. Die ließen ihre Blütenköpfe schon seit Tagen hängen. Und ganz welk sahen sie aus! Diese elendige Sonne! Sie würde sie nachher noch einmal gießen, dachte die Sissi, und während sie sich das vornahm, sah sie den Rasch die Straße herauflaufen.

»Rasch, was ist los? Ist's Auto kaputt?«

»Lass mich.«

Was hatte er für einen irren Blick, dachte die Sissi. »Warum gehst du denn zu Fuß? Das tust du doch sonst nicht.«

Der Rasch ging an ihr vorbei und blieb dann stehen. Ein langes Seil hatte er sich schräg über die Brust gebunden. »Du blöde Kuh! Das kann euch ganz egal sein, was ich tu und was ich mach, verstehst? Das geht euch nichts mehr an. Wiederschauen!«

Die Sissi wollte ihm schon ein »Mei, was bist du angefressen!« nachrufen, aber sie hielt den Mund. *Blöde Kuh*, hatte er sie genannt, und *nichts mehr angehen*? Was hatte er denn damit gemeint? Sie warf den Fetzen auf den Asphalt und fing zu schrubben an. Das Blut der Füchse vereinte sich mit dem der Krähen. Ihr kamen die Tränen. Vor Wut? Vor Trauer? Ein Gemisch wahrscheinlich, genauso wie das rot verfärbte Aufwischwasser. Sie wrang den Fetzen über dem Gully aus.

Schweißtropfen rannen ihr ins Auge, und weil sie sich mit den Tränen vermischten und es arg brannte, glaubte die Sissi zuerst nicht, dass das kleine gelbe Etwas, das langsam über den Kirchplatz rollte und schließlich parkte, wirklich ein Auto sein könnte. Aber aus irgendeinem Grunde wunderte es sie nicht, dass der kleine dickliche Mann, der ausgestiegen war, ganz langsam, als wäre sie die Fremde, auf sie zukam, seine gelbe Brille zurechtrückte und langsam auf Hochdeutsch zu ihr sprach.

»Guten Abend. Wir suchen einen Herrn Frassek. Können Sie uns da weiterhelfen?«

Eine blonde Frau in einem gelben Sommerkleid hatte sich neben ihn gestellt. Aber als sie die etwas blutig gewordene Kittelschürze sah, wandte sie sich angeekelt von der Sissi ab. »Lass uns verduften, Sprotz, ick will an die Adria.«

Die Sissi verstand nur die Hälfte von dem, was die Frau da sagte. Wahrscheinlich war sie eine Ausländerin, eine blondierte Ausländerin, eine mit starkem Akzent. Die Sissi beschloss, sie nicht leiden zu können.

»Der wohnt bei uns im Gasthof *Zum Valentiner*«, sagte sie deshalb in ihrem stärksten Steirisch zu dem Mann.

»Na, die kann ja doch reden! Nur verstehen tu ick nüscht.«

»Katja!«

»Is doch wahr. Da sitzt man den janzen Tag im Auto und dann hört man so wat. Ick will ans Meer!«

Der Mann seufzte und sprach die Sissi wieder direkt an. »Und wo ist bitte der Gasthof *Zum Valentiner*?«

»Und wo ist bitte der Gasthof *Zum Valentiner*«, äffte die Frau ihn nach und fügte ein »Mensch, Sprotz!« hinzu.

»Nun, wenn Sie sich einmal umdrehen würden.« Da war die Sissi wieder freundlich und ebenfalls hochdeutsch, wie es sich für eine Wirtin gehörte … und für eine Dorfkönigin!

*

Es störte Emma nicht.

Im Gegenteil, dass sie und ihre Mutter sich anschwiegen, seitdem sie zu Hause waren, war Emma sogar recht. Sie würde ihr nämlich nichts von Juri erzählen, da könnte sie noch zehnmal fragen. Soll sie doch die Briefe selbst lesen und sich ihr restliches Leben Vorwürfe machen, weil sie nicht gewusst hatte, was für ein guter Mensch ihr Vater, Emmas Großvater, gewesen war.

Emma probierte eine der Perücken, die sie aus dem Rucksack gezogen hatte. Die Tochter eines Mönchs! Das war so lächerlich! Da könnte sie ja auch gleich als totgeglaubte Amy wieder auferstehen. Ausreichend Glauben dafür musste sie ja im Blut haben, bei dem Vater!

Sie wühlte im Rucksack nach der Schachtel mit den gefärbten Kontaktlinsen. Ja, warum nicht Amy wieder zum Leben erwecken? Sie würde ein Comeback geben, eine furiose Wiedergeburt, und der bescheuerte George, der sich auch nicht meldete, würde in den Knast wandern. Schließlich hatte er die falsche Tote begraben lassen, nicht sie!

»Emma? Wo sind die Briefe?« Die Mutter stand in der Tür. Missbilligend sah sie auf die Perücke. Emma zwirbelte sie zu zwei Zöpfen und machte einen Knicks.

»Auf dem Küchentisch, Mütterchen.«

»Nein, da sind sie nicht.«

»Dann vielleicht wieder im Kochbuch. Musst halt mal richtig nachschauen, Mütterchen!«

»Ich bin nicht blöd, Emma. Die Briefe sind weg.«

»Ist doch egal, du hast sie doch sowieso nie lesen wollen.«

Maria schlug die Hände vor ihr Gesicht. »Warum machst du es mir nur so schwer? Ich will mich doch freuen, dass du wieder hier bist, aber immer wieder machst du Blödsinn. Kannst du nicht einfach so sein wie früher?«

»Das willst du nicht. Du weißt nicht, wie ich dich damals gehasst habe. Und jetzt hasse ich dich noch mehr!«, schrie Emma und riss sich die Perücke vom Kopf.

»Er hat mich vergewaltigt, wenn es dich beruhigt!«, schrie die Mutter zurück.

»Was …?«

»Ja, der Mönch! Oben auf dem Höhhansl. In der Hütte. Wenn der Josef nicht gekommen wäre, er hätte mich … totgefickt.«

»Ich werde noch wahnsinnig! Ich halte das nicht mehr aus! Was denn noch alles?« Emma warf die Perücke auf den Boden.

»Wo sind die Briefe?«

»Wieso vergewaltigt?«

*

Der Birnenschnaps war alle. Sanft legte Frassek den Kopf des Doktors auf den Tresen. Als er aufschaute, sah er Sprotz und Katja vor sich stehen. »Ich hab‘s mir irgendwie gedacht.«

Katja stupste Sprotz an.

»Äh, wir sind nur auf der Durchreise …«

»… ja, an die Adria«, ergänzte Katja, »heute …«

»… oder morgen geht's weiter«, fuhr Sprotz dazwischen. »Müller hat mir schließlich doch freigegeben, und so dachten wir, wir schauen kurz mal nach, was unser Sheriff so anstellt. Aber auch schön, dich zu sehen, Frassek, danke der Nachfrage. Und?« Er zeigte auf den Doktor. »Ist das wieder eine Leiche?«

»Ach, Sprotz …«

»Jaja, *lass den Quatsch*, ich weiß. Aber eigentlich sind wir nur gekommen, um dir was zu geben.« Sprotz fischte ein Mobiltelefon aus seiner Tasche. »Ist das alte von Katja. Funktioniert tadellos, du musst nur noch deine SIM-Karte … du weißt, was das ist, eine SIM-Karte, oder? Nein? Na ja, zum Glück ist ja noch eine drin.« Sprotz warf ihm das Smartphone zu. Gerade so fing Frassek es auf. Vera schaute ihm über die Schulter.

»Cooles Teil, kann ich mal schauen?«

Frassek gab es an seine Tochter weiter. »Aber ihr bleibt doch über Nacht?«

»Das geht nicht«, fuhr Sissi dazwischen, »ich habe kein Zimmer mehr frei.«

»Die können doch meins haben«, schlug Vera vor, während sie mit ihren Fingern über das Display wirbelte.

»Nichts da, du bleibst, wo du bist«, sagte Frassek, »die beiden ziehen in mein Zimmer ... wenn das geht, Frau Valentiner.«

»Nu, freilich geht das, Herr Frassek. Und wo wollen Sie schlafen? Doch sicher nicht in einem Zimmer mit Ihrer Tochter, oder?«

2

»Er ist ein guter Mensch gewesen.«

Anfangs hatte Emma der Mutter das, was sie aus den Briefen erfahren hatte, recht nüchtern vorgetragen. Aber irgendwann war der Briefeschreiber plötzlich zu einem echten Familienmitglied geworden. Wenn sie den fünften Brief doch auch noch lesen könnte!

»Juri ...«, brachte die Mutter am Ende der Geschichte heraus, mehr nicht. Emma nickte. Die Mutter hatte die ganze Zeit Tränen in den Augen gehabt. Sie hatte auf Emmas Lippen gestarrt, als wären sie das Wichtigste auf der Welt.

»Ein schöner Name, nicht wahr? Und dich haben sie nach seiner Großmutter benannt. Maria. Mascha. Maschenka, mein Engel. So hat er dich genannt.«

»Mascha ...« Der Name zauberte der Mutter ein Lächeln auf die Lippen. Ihre vor der Brust verschränkten Arme lösten sich. Sie umarmte sich selbst. »Aber wo können sie nur sein?«

»Als ich gestern gegangen bin, war der Rasch in der Küche.«

»Der Rasch!?«

Sie schauten aus dem Fenster. Der SUV stand im Hof. Er war doch nicht etwa zu Fuß unterwegs? Die Mutter lief aus der Küche. Emma folgte ihr. Im früheren Zimmer von der Großmutter herrschte großes Chaos. Der Rasch war ein unordentlicher Mensch, aber er selbst war nicht da. Die Mutter begann, das Zimmer zu durchsuchen. Sie öffnete eine Schublade und zog eine Socke heraus. »Ganz feucht?«

»Mach sie lieber wieder zu«, sagte Emma. Ihr wurde schlecht. Die Mutter lief durch das gesamte Haus und suchte schließlich auch in der Scheune. In Emmas Zimmer klingelte das Mobiltelefon. George? Endlich! Sie rannte hin.

*

»Wir kriegen alles hin, Amy.«

»Nenn mich nicht so. Amy ist tot.« Sie hörte George lachen, er konnte gar nicht mehr aufhören damit, er hatte wohl wieder mal gekokst.

»Du weißt ja gar nicht, wie recht du hast! Aber alles, was du hier hinterlassen hast, ist vernichtet. Selbst die Röntgenbilder bei deinem Zahnarzt. Das war ein Rennen mit den Bullen! Die haben schon vorne an der Tür geklingelt, während ich hinten durchs Fenster gestiegen bin.«

Sie glaubte ihm kein Wort. George würde niemals durch ein Fenster steigen. Entweder hatte er Helfer oder er log.

»Sag, wo bist du da eigentlich genau?«

Wie *da*? Als würde er ungefähr wissen, wo sie war? »Ach, George, das kann ich dir nicht sagen.«

»Komm schon, Amy – ich meine Emma –, lass mich dich besuchen. Dann können wir feiern, weil ich das alles so gut hinbekommen habe.«

»Mir ist echt nicht nach Feiern zumute, George. Ich danke dir für alles, was du getan hast, aber wir sollten keinen Kontakt mehr haben.«

»Wieso denn nicht? Gib es doch zu, du hast Sehnsucht nach deinem richtigen Leben. Du bist keine Bäuerin, du bist eine Sängerin! Die Fans würden dir jetzt zu Füßen liegen … hey, wir könnten dich doch als Amys Schwester ausgeben und dann machst du noch einmal Karriere. Sag mir, wo du bist, bitte.«

»Mach's gut, George. Ruf nicht mehr an.« Emma legte auf. Irgendetwas an diesem Telefonat hatte sich falsch angehört, und das hatte nicht an den Drogen gelegen.

Die Mutter kam in ihr Zimmer.

»Ich habe nichts gefunden. Keinen Rasch, keine Briefe. Herrgott!« Sie wirkte verzweifelt, kein Wunder, Briefe von so einem Vater hätte Emma auch gerne gehabt. Aber sie hatte einen, über den man geredet hatte. Geredet? Gelästert! Sie setzte sich aufs Bett. George, Josef, Juri, Rasch – entschieden zu viele Männer, die zu viele Probleme machten. Und jetzt auch noch ein Mönch als Vater!

»Was war das mit der Vergewaltigung? Erzähl es mir, bitte. Ich meine … so wurde ich gezeugt!«

»Ach, Emma. Ich habe mir so viel Mühe gegeben, das alles zu vergessen. Und die Geschichte, die ich mir für dich ausgedacht habe, ich habe selbst fast an sie geglaubt.«

Ja, der tolle Vater aus dem Burgenland, dachte Emma. Von einem Baum erschlagen.

»Er war schon immer hinter mir her«, erzählte die Mutter nach einer Weile mit tonloser Stimme, »ich habe es jedenfalls lange geschafft, ihm zu entkommen.«

Eines Tages aber, nach Jahren, da war sie wieder einmal im Wald unterwegs gewesen, als er ihr aufgelauert habe. Sie war auf den Hausberg geflüchtet, hatte versucht, sich dort hinter Bäumen, im Gebüsch oder wo auch immer zu verstecken, aber immer hatte er sie aufgespürt, immer wieder ihren Namen gerufen, zärtlich, fordernd, fürchterlich. Am Ende hatte es nur noch eine Rettung gegeben: sich oben in einer Waldhütte zu verschanzen. Die Mutter schaute ihre Tochter an, ganz direkt.

»Er hat einfach die Tür eingetreten.«

So hatte Emma sie noch nie angesehen. Und auf einmal begriff sie, warum die Mutter immer so unnahbar gewesen war. Emma war das Ergebnis eines Verbrechens, das Kind eines Vergewaltigers und einer Frau, die vergewaltigt wurde. Was für ein Makel. Wie hatte sie sie überhaupt jemals lieben können?

»Je mehr ich mich gewehrt habe, umso wilder ist er geworden.«

*

Und auf einmal war der kleine Josef in der Tür aufgetaucht.

»Onkel, komm mit, die Mutter ...«

»Lass mich bloß in Ruhe mit der Teresa. Verschwinde!«

»... aber sie tut sich was an!«

Sie hatten miteinander gesprochen, während der Mönch nicht von ihr abgelassen hatte. Alles hatte ihr wehgetan. Es war pure Gewalt gewesen. Hinter der schönen Fassade hatte sich ein Monster verborgen. Maria hatte sich gezwungen, ihn die ganze Zeit anzuschauen. Und über seine Schulter hatte sie sehen können, wie es dem Josef langsam bewusst wurde, was hier passierte.

Und dann hatte er plötzlich einen großen Stein in der Hand gehabt und dem halbnackten Mönch damit auf den Kopf geschlagen. Der hatte aufgebrüllt und von der Maria abgelassen.

»Du! Auf die Knie!« Der Mönch hatte sich zum Josef umgedreht. Maria hatte auf das Feuermal gestarrt.

»Onkel, nein!«

»Das wirst du büßen. Auf die Knie!« Er hatte den Josef packen wollen. Doch der war hinausgelaufen. Und der Mönch hinterher.

*

Wieder umarmte sie sich, doch jetzt sah es wie ein Schutz aus. »Jahrelang habe ich in der Angst gelebt, er würde wiederkommen, Aber ich habe ihn nie wiedergesehen.«

Der Mönch. Der Josef. *Komm mit, die Mutter? Onkel …?*

Plötzlich wurde Emma klar, was das bedeuten konnte. Onkel – was für ein Quatsch! Der Josef war der Sohn vom Mönch. So hatten es ja auch alle immer erzählt. »Der Josef, er ist …«

»Nein …« Die Mutter löste die Arme von sich und streckte sie ihr entgegen, aber Emma stand auf. Es konnte gar nicht anders sein.

»Hast du mir verschwiegen, dass Josef mein Bruder ist?«

»Nein, Emma, hör doch …«

»Wie böse kann man eigentlich sein!«

3

»Wie könnt ihr das hier nur aushalten? Also, ick könnt dit nich.« Die Frau Sprotz schlug um sich, um die Fliegen zu vertreiben, wie die Sissi vergnügt beobachtete. Dabei waren es jetzt, bei Sonnenuntergang, nur noch lächerlich wenige.

»Nu, dann gehen S' doch halt wieder hinein.« Ihr war es sowieso schleierhaft, warum die Frau sie unbedingt hatte begleiten wollen, als sie zum Blumengießen nach draußen gegangen war.

»Wo kommen die denn alle her?«

Die Sissi zuckte mit den Schultern. Darüber hatte sie sich, ehrlich gesagt, noch keine Gedanken gemacht. Sie beobachtete, wie die Frau den Flug der Fliegen verfolgte. Plötzlich machte diese einen Sprung und bog Sissis schöne Buschrosen zur Seite.

»Nicht! Passen S' doch auf!«

»Na, dit dacht' ick mir doch. Allet voller Maden.«

In der Erde wimmelte es von weißen Würmchen und überall saßen Fliegen im Gebüsch, kleine Fliegen, fette Fliegen, grünschimmernde Fliegen, selbst im Dunkeln.

»Mit wat habt ihr denn jedüngt?«

Die Sissi biss sich auf die Lippen.

»Jauche?«

Die Sissi nickte schwach.

»Na, ick kieke, staune, wunder mir! Da waren die Fliegenbabys ja schon gratis dabei, wa?«

Die Frau Sprotz zwinkerte ihr zu. Mein Gott, dachte die Sissi, haben wir die Fliegen etwa selbst ins Dorf geholt? Nur wegen der Frau Moser und ihrem Düngemittel? Und danach waren die Krähen gekommen, um die Fliegen zu fressen, und anschließend die Marder und die Füchse. Sie waren also selbst schuld an ihrem Unglück! Und es brauchte jemanden aus Berlin, um das zu merken! Die Sissi überlegte kurz und hielt ihr die Hand hin.

»Ich bin die Sissi.«

»Na, wenn's hülft. Katja. Aus'm Wedding.«

»Und was machen wir jetzt?«

»Warten, bis es Montag wird. Dann holen wa Kalk ausm Baumarkt und vernichten die Viecher.«

*

»Da lässt man dich einmal alleine …«

»Ach, Sprotz, das ist nicht lustig.« Auf der Terrasse des *Valentiner* hatte Frassek ihm erzählt, was seit ihrem letzten Telefonat passiert war. Von der zweiten Verhaftung der Johanna Kerschbauer, von dem Pesto, das sie selbst gegessen hatte, von den angeblich im Wald verstorbenen Männern, den Vätern von Emma und Josef. Frassek war nachdenklich und kritisch mit sich selbst.

»Und du glaubst wirklich, dass die alte Frau unschuldig ist? Was ist das eigentlich für ein neues Hemd?«

»Man muss schon ziemlich bescheuert sein, das zu essen, was man vorher vergiftet hat«, antwortete Frassek.

»Na ja, es ist aber auch gleichzeitig das beste Alibi, was man sich geben kann.«

»So gerissen war sie nun auch nicht.«

»Vielleicht sollten wir noch einmal ganz von vorne anfangen.«

»Wie meinst du das?« Frassek sah ihn an. Sprotz schob die Brille hoch.

»Na, das ist doch dein Spruch, Frassek, hast du's vergessen? *Der Fisch stinkt immer vom Kopf.* Und ich habe immer gedacht, du meinst Müller, bis du‘s mir erklärt hast.« Sprotz setzte sich in seinem Stuhl aufrecht hin. »Also von vorne: Wie hat man ihn gefunden? Die Zunge blau von den Heidelbeeren, die Hosen kaputt, die Knie aufgerissen …«

»Mensch, Sprotz …«

»Jaja, beschimpf mich nur wieder.«

»… nein, du bist ein Engel!« Frassek sprang auf. Sprotz folgte ihm verdutzt ins Gasthaus. Die Großmutter des Mädchens gönnte sich mit dem Doktor und dem Bruno Hinterberger am Tresen einen Schlummertrunk. Ihre Enkeltochter und der kleine Toni saßen an einem Tisch, obwohl es längst Schlafenszeit war.

»Hallo, ihr zwei«, sagte Frassek und setzte sich zu ihnen. »Ich brauche eure Hilfe.«

»Keine Lust.« Das Mädchen gähnte.

»Los, kommt schon. Was ist das für ein Spiel? Das, bei dem die Hosen kaputtgehen und die Knie blutig werden?«

»Ich hab das nicht erfunden«, sagte Toni schnell. Nach einem ängstlichen Seitenblick auf Jule erzählte er es Sprotz und Frassek dann doch. »Einer muss auf die Knie gehen und *Ich habe Durst!* sagen. Der andere – also die Jule – hat Blaubeeren in der Hand, um den Kriechenden zu locken. Sie sagt dabei immer: *Los, wo ist er? Wo ist der Schatz? Erzähl es mir!* So ist das.«

»Na und? Ist doch nichts dabei.« Jule legte ihren Kopf auf die Arme.

»Hast du das irgendwo gesehen und nachgespielt?«

»Hm.« Sie nickte.

»Und wo?«

»Na, da oben auf dem Berg. Da war der alte Mann dabei, der später tot war. Und noch ein anderer. Ich habe das gleich erzählt, aber keiner hat zugehört.«

»Hast du den anderen erkennen können?«

Jule schüttelte den Kopf. »Aber ich weiß trotzdem, wer es war.«

Frassek war fassungslos. Er schaute zu Sprotz, dessen Mund ebenfalls offen stand. Sollte es schon wieder so einfach sein? »Wer denn?«

Das Mädchen beugte sich vor und sagte nach einer Weile, dass sie es nicht verraten dürfe.

»Wieso nicht? Bedroht dich jemand?«

»Nein.«

»Aber wer hat es dir denn verboten?«

Der kleine Toni rutschte auf seinem Stuhl hin und her und sagte dann, dass er es auch wüsste.

»Gar nicht. Du lügst«, sagte das Mädchen.

»Doch! Es war der Tote Mann.«

»Haha, der Tote Mann!« Die kleine Jule boxte den Jungen gegen den Arm. »Was für ein Blödsinn, der Tote Mann ist doch schon tot.«

»Du weißt es aber auch nicht!«

»Doch, es war …« Das Mädchen hielt sich den Mund zu. Frassek seufzte und erklärte ihr, dass er doch ein Polizist sei, und deswegen müsste sie ihm alles erzählen, und sie bräuchte auch keine Angst zu haben, und der Onkel Sprotz hier sei auch ein Polizist und vor dem bräuchte sie erst recht keine Angst zu haben. Ob es das war, was geholfen hatte, wusste er nicht, aber das Mädchen beugte sich nun vor und flüsterte ganz leise.

»Es war der Leibhaftige.«

*

Der Josef hatte alles vorbereitet. Morgens hatte er den Souvenirladen aufgeräumt. Er hatte die Waren zusammengepackt. Er hatte sie an die Hintertür gestellt. Er hatte seinen Lieferanten gekündigt. Dann war er zur Bank gegangen und hatte seine gesamte Ersparnis abgehoben, eine beachtliche Summe.

Mittags war er zu Hause gewesen. Viel hatte er nicht in seinen Rucksack gepackt. Ein neues Leben, das sollte man auch mit allem neu beginnen. Dann hatte er gelacht. Morgen würde er die Emma treffen. Dann würden sie fortgehen. Das hatte ihn mehr und mehr in Ekstase versetzt, bis … bis er gemerkt hatte, dass er hier im Haus nicht bleiben konnte. Alles um ihn herum hatte ihn plötzlich an die Moni erinnert und an das Leben, dass er hier mit ihr geführt hatte.

Nein, hier hatte er nicht seinen letzten Tag verbringen wollen. Er hatte mit den Bäumen tanzen wollen. Er hatte sie umarmen wollen. *Gerade, krumm, groß, klein, ihr sollt meine Freunde sein! Ich schließ die Augen und dreh mich im Kreis, weil ich über euch alles weiß!*

Endlich würde sein Leben normal werden – nein, nicht normal! Anders würde es werden. Ein anderer Josef. Eine andere Emma. Er war aus dem Haus gestürmt, hinein in den Wald. Wie ein Kind hatte er sich auf dem Boden gewälzt, Bäume erklettert. Verrückt, ja, so hatte er sich gefühlt.

Doch jetzt, kurz nach Sonnenuntergang, wurde er auf einmal ruhig. Ihm war es egal. Aber würde es auch ihr egal sein? Wenn man sich liebt, dann ist das nicht wichtig. Dann kann man das vergessen. Sie waren doch füreinander bestimmt. Da war so ein Mal auf der Haut nicht mehr wichtig … ach, Emma, war das nicht alles verrückt? Verrückt!

Ja, das war es. Und schön. Morgen würden sie sich bei ihrer Bank treffen. Sie würden nach Norden laufen, oder nein, besser in die Berge hinein. Ein neues Tal, ein neuer Wald, egal, er würde mit ihr überall hingehen. Und all das hinter sich lassen. Den Mönch, die Moni … den Mönch …

Auf einmal wusste der Josef, wohin er gehen wollte. Zum alten Wasserwerk. Dort würde er die Nacht verbringen! Einfach die Steine wieder wegräumen. Ja, das würde der richtige Ort sein, um sich von der Vergangenheit zu verabschieden. Vom Mönch. Seinem Vater.

*

Nachdem die Sissi mit der Taschenlampe in jeden Blumenkübel des Dorfes geleuchtet hatte, wurde es ihr vor Aufregung warm, zu warm, um gleich hinein ins *Valentiner* zu gehen. Überall waren Maden, es war fürchterlich. Wenn die Katja und sie sich am Montag nicht beeilen würden, könnten sie den Wettbewerb um das schönste Blumendorf vergessen!

Hin und wieder krächzte eine Krähe im Schlaf. Es wurden immer mehr, obwohl ihre Mörder sicher schon im Schatten auf sie warteten. Unheimlich. Bei den Fliegen konnte sie es ja noch verstehen, dass die zu doof waren und sich fressen ließen. Aber warum flogen die Krähen nicht davon, wo die Füchse doch schon so viele von ihnen getötet hatten?

Die Sissi betrachtete die Parkbank an der Kirche. Da hatte der Alois seit Ewigkeiten Hof gehalten. Schon als sie noch klein gewesen war, waren die Menschen hierhergekommen, um sich mit ihm zu beraten. Der alte Kroisleitner hatte Kaufverträge geprüft, Ehen gerettet oder Kinder, die schlecht in der Schule waren, wieder auf den richtigen Weg gebracht. Aber trotzdem: Man hatte immer das Gefühl gehabt, dass nicht er, sondern man selbst die richtige Entscheidung getroffen hätte. Wie auch die Sissi am Tag vor ihrer Hochzeit.

»Ja, ich werde den Jakob irgendwann lieben«, hatte sie am Ende ihrer Unterhaltung zum Alois gesagt, obwohl sie ihn eigentlich um Rat hatte bitten wollen, wie sie die Hochzeit noch verhindern könnte. Doch tatsächlich: Sie hatte ihren Jockl irgendwann zu lieben angefangen.

Mit leicht hochgezogenen Augenbrauen kehrte die Sissi in die Realität zurück. Sie hatte gar nicht gemerkt, wie sie sich auf die Bank gesetzt hatte, auf die rechte Seite der Bank, dem Stammplatz vom Alois, denn er war auf einem Ohr leicht taub gewesen. Wie es wohl sein wird, wenn sie bald hier sitzen und anderen Menschen Rat und Beistand geben würde?

Plötzlich rutschte sie auf die andere Seite. Hatte sie da etwas gezwickt? Sie schaute, konnte aber nichts entdecken. Aber sie merkte, hier, auf der linken Seite, fühlte sie sich doch wohler. Links, die Seite des Herzens, ja, hier würde sie sitzen.

»Darf ich?« Der Herr Frassek stand auf einmal vor ihr. Er hatte eine Decke dabei.

»Bitte schön.« Hatte er etwa vor, hier auf der Bank zu übernachten?

*

Es war ihm gar nicht recht, dass Sissi die Decke in seinen Armen gesehen hatte. Natürlich hatte er sie aus dem Gasthof mitgenommen, aber er hatte vorher nicht gefragt.

»Frau Valentiner«, fragte er sie vorsichtig.

»Hm«, machte sie.

»Wollen wir uns wieder vertragen?«

»Ich weiß nicht«, sagte sie, »morgen vielleicht.«

Da hatte er schon etwas anderes vor. Die kleine Jule hatte ihm schließlich den ersten Hinweis dafür gegeben, dass der alte Kroisleitner nicht alleine beim Toten Mann gewesen war, auch wenn es nicht der Leibhaftige gewesen war, der ihn dorthin begleitet hatte, sondern ein realer Mensch. *Wo ist der Schatz?* War das das Motiv gewesen? Er musste diese Teresa finden, so wie die Frau Kroisleitner es ihm gesagt hatte. Denn in der Vergangenheit lag die Lösung. Und diese Frau musste einfach mehr darüber wissen.

»Morgen suche ich die Teresa.«

»Was? Die lebt?«

Frassek nickte. »Die Frau Kroisleitner hat's mir erzählt. Wissen Sie, wo sie sein könnte?«

»Geh! Sie war einfach weg, damals, als auch der Mönch verschwunden ist. Vielleicht weiß die Dagmar mehr. Ich hab aber immer geglaubt, wenn sie nicht gestorben ist, dann ist sie sicher zurück nach Italien gegangen.«

*

Auf einmal merkte die Sissi die Müdigkeit. Was war das auch für ein langer Tag gewesen! Sie war alt. Sie wollte ins Bett. Zum Jockl. »Sei mir nicht bös, Frassek, aber ich muss los. Du kommst zurecht?«

Der Frassek grinste sie an. »Jetzt hast du mich doch wieder geduzt.«

»Freu dich nicht zu früh, du Polizist. So schnell vergess ich nichts.«

Vor dem *Valentiner* drehte sie sich noch einmal um. Er könnte ja auch in der Gaststube schlafen, war ihr eingefallen. Doch beim Frassek auf der Bank saß jetzt schon jemand anderes.

15

DER TRICK

1

Die Kirchenglocken weckten Frassek. Sie mussten schon länger geläutet haben, denn als er von ihnen wach wurde, kamen sie ihm bereits vertraut vor. War denn heute Sonntag? Neben ihm lag eine Frau. Wo war er überhaupt? Und wer war sie? Noch zwei Fragen, auf die er aber eine Antwort erhielt, als sie die Augen aufschlug und ihn anstrahlte.

»Guten Morgen, Frassek. Was für ein schöner Sonntag!«

›Guten Morgen‹, dachte er, brummte aber nur. Sie stand auf und zog die Vorhänge zur Seite. Dann legte sie sich wieder neben ihn und zog sanft an seinen wirren Haaren. Die frühe Sonne strahlte ins Zimmer. Der Raum hatte ihm schon gestern Nacht gefallen, alles aus altem Holz, und das Bett mit der rotweiß karierten Decke war unsagbar weich. Gemütlich.

»Liebst du mich?«, fragte sie. Er zögerte, wieder mal. Was sollte das denn jetzt? Sie lachte. »Alle hier waren irgendwann in mich verliebt. Der schreckliche Rasch. Und der Kalli … na, vielleicht ist er's noch. Dabei ist er doch wie ein Bruder … aber weißt du, einmal, da haben wir uns geküsst. Oben beim Toten Mann. Na ja …«

Ob Karl es wohl jemals geschafft hatte, um ihre Hand anzuhalten, überlegte Frassek. Sollte er sie fragen? Doch sie sprang schon wieder aus dem Bett und drehte sich im Kreis. Was für ein schöner Körper, braungebrannt, schlank. Frassek sah an sich hinunter und seufzte. Bärbel. Sie war die Letzte gewesen. Ewigkeiten war das her.

»Ich bin viel zu hübsch für diese steirischen Bauern. Deswegen bin ich da lieber zurückhaltend. Aber fies, verknöchert oder frigide möcht ich auch nicht werden.«

Frassek zeigte auf sich. Er konnte noch immer nicht sprechen.

»Ja, so einen wie dich nehm ich gern. Also verlieb dich lieber nicht in mich.«

Er sah auf die Uhr. Gleich acht. Er sollte aufbrechen. Teresa Lamberti, die wollte er doch suchen. Nur wo?

»Warte.« Dagmar verschwand und kam mit Kamm und Schere wieder. »Setz dich hin.«

Er schüttelte den Kopf.

»Setz dich!«

Frassek setzte sich. Sie fuhr mit dem Kamm durch sein Haar und begann zu schneiden. Die Strähnen fielen im Sekundentakt aufs Bett. Er zögerte. »Kennst du eigentlich die Teresa Lamberti?«

»Oh, der Herr Kommissar kann sprechen! Sicher kenn ich sie. Was ist denn das für eine Narbe auf deinem Kopf?«

Frassek ignorierte die Frage: »Ich bin kein Kommissar. Aber ich suche sie.«

»Warum?«

Um eine Unschuldige aus dem Gefängnis zu holen, dachte Frassek. Nur hatte er immer noch keine Ahnung, was genau er von der Teresa wissen wollte. »Sie weiß etwas, das ich nicht weiß.«

»Und ich weiß, wo sie ist, du gewöhnlicher Polizist. In einer Privatklinik bei Graz. Der Kroisleitner Alois hat das damals arrangiert, als sie verrückt geworden ist. Hat sich umbringen wollen. Und seitdem spricht sie nur noch italienisch, heißt es. So, fertig.«

»Wie heißt die Klinik?«

»Na, das verrate ich dir schon noch, du hübscher Wachtmeister. Aber vorher«, sie sprang zurück ins Bett und legte sich auf den Bauch, »zeigst du mir noch einmal deinen Trick …«

*

Der Kopf vom Josef dröhnte. Durch das kleine Fenster oben in der Wand blendete ihn die Sonne. Er hatte es doch zugestopft? Im Halbdunkel sah er die Silhouette vom Rasch, der auf der anderen Seite des Wasserbeckens saß und an der Wand lehnte. Josef versuchte, sich zu bewegen. Er war an Händen und Füßen gefesselt.

Er hatte sich gewundert, als er gestern Abend zum alten Wasserwerk gekommen war und schon von weitem gesehen hatte, dass jemand die Steine vor der Eingangstür weggeräumt hatte. Kinder? Ein neugieriger Urlauber? Lästig, aber nicht bedrohlich. Und es hatte ihm seltsamerweise nichts ausgemacht. Er hatte tatsächlich damit abgeschlossen, der Wächter zu sein!

Drinnen hatte wie immer das Wasser gerauscht. Als er dann ganz vorsichtig über das Geländer geschaut hatte, war nur die dunkle schäumende Oberfläche zu sehen gewesen, in der sich das wenige Licht gebrochen hatte. Und dann hatte ihm jemand eins von hinten übergezogen. Der Rasch. Nur warum?

»Na? Aufgewacht?« Der Rasch schaute ihn an. »Gut, ich hoffe, du bist fit, Lamberti. Du hast was zu tun.«

»Was willst du?«

»Was ich will? Den Schatz will ich, du Bastard!« Er stand auf und ging um das Becken herum zum Josef hinüber.

»Was denn für einen Schatz?«

»*Was denn für einen Schatz?* Ihr seid alle so deppert. Der hier versteckt ist. Hier, da steht's drin.« Der Rasch holte Briefe hervor und warf sie ihm vor die Füße. »Deine Emma hat sie versteckt, Briefe von ihrem Großvater, wenn ich's richtig verstanden hab. Ein Russe. Der und der alte Kroisleitner haben den Klosterschatz hier versteckt. Der alte Schuhmacher hat es mir ja nicht verraten wollen. Und du wirst jetzt danach tauchen. Was ein Glück, dass du da bist. Sonst hätte ich selbst ins Becken springen müssen.«

Josef schüttelte den Kopf. Er konnte das nicht. Er würde da unten verrückt werden.

»Es bleibt dir gar nichts anderes übrig, Bastard. Sonst werde ich dir dein hübsches Gesicht zerschneiden. Und wenn das noch nicht reicht, dann ....« Der Rasch stockte und lachte laut auf. »... dann hol ich deine Emma und mache bei ihr dasselbe.«

»Aber ...«, sagte der Josef.

»Halt's Maul, Bastard! Und wenn du deine Emma jemals wiedersehen willst, dann tust du brav, was ich dir sage.« Der Rasch zückte ein Messer und schnitt dem Josef die Fesseln auf. Alles war steif, aber langsam kam wieder Leben in seine Körperteile. In seinem Kopf rauschte es, aber dann hörte es plötzlich auf. Auf einmal konnte der Josef ganz klar denken.

»Hier, bind dir das um, spring rein und dann tauche.« Der Rasch warf ihm ein langes Seil zu. Langsam stand der Josef auf. Er streckte sich, er tat so, als würde er kaum aufrecht stehen können. Er ging in die Hocke, dann schnellte er hoch und sprang den Rasch an. Das Messer war ihm egal. Er bekam ihn am Hemdskragen zu fassen und warf ihn über das Geländer ins Becken.

*

»Morgen«, sagte Frassek. Sprotz entdeckte den neuen Haarschnitt. Er hob den Daumen. »Sprotz, ich brauch dein Auto.«

Als Sprotz einige Zeit später vor der Werkstatt den Motor abstellte, war ihm das Lachen vergangen. «Das ist nicht dein Ernst!«

»Aber ich kenne sonst keinen, der italienisch kann.«

»Aber du hast doch eine Sprach-App auf dem neuen Handy.«

Frassek grinste. Sprotz stöhnte. »Vera?«

Frassek nickte und holte sein altes Handy hervor. »Der Automechaniker hat's mir aufgeladen. Das wenigstens hat er schon geschafft.«

Frasseks Mobiltelefon klingelte, nachdem er Leonardo geweckt hatte. Er ging mit Sprotz zum Wagen zurück und schaute auf das Display. Bärbel rief an. Das musste warten. Er lehnte sich an Sprotz' Auto. »Hast du eigentlich etwas herausfinden können über diesen Mönch?«

»Ich dachte schon, du fragst nicht mehr.« Sprotz zwinkerte. »Der Mönch. Ja, er war oder ist wirklich ein Graf, geboren 1923 in Schlesien als dritter Sohn eines alten Adelsgeschlechts, die alle bis auf ihn im Weltkrieg von der Roten Armee getötet wurden. Seinen Vater hatte man den Feuergrafen genannt, weil er auf seinem Rücken ein rotes Muttermal hatte.«

»Irgendwie passt es aber schon zu dem, was ich über den Mönch gehört habe. Lebt der denn überhaupt noch?«

Sprotz zuckte mit den Schultern. »Darüber habe ich nichts gefunden. Aber wenn, dann muss er ja schon über neunzig sein.«

»Das ist hier ziemlich normal. In St. Margarethen werden die Menschen alt, heißt es.«

»Glaubt man gar nicht, bei all dem Staub und den Fliegen. Wie hältst du es hier nur aus? Immer ist meine Nase zu. Sie ist sowieso noch dick durch das, was der Italiener ihr angetan hat.« Er strich sich vorsichtig über den Nasenrücken. »Was hast du heute Morgen eigentlich gemacht? Vögel gezählt? Auf den Dächern sitzen ja wieder Tausende von Krähen. Schlimmer als bei Hitchcock.«

Frassek grinste ihn nur an. Krähen waren ihm heute Morgen egal gewesen. Leonardo kam zum Auto geschlendert. Mit einer Mütze auf dem Kopf sah er nun tatsächlich ein wenig wie Strelnikow aus. Frassek dachte an die Szene, bei der er als Bauer seiner Frau Lara das Baby in die Arme drückt, um in den Krieg zu ziehen. Strelnikow hatte nie wie ein richtiger Bauer ausgesehen und wie ein Soldat schon gar nicht. Aber er hatte es ehrlich und mit Leidenschaft versucht.

»Tatsächlich, da kommt er.«

Frassek grinste. Jemandem, der pleite ist, einen Hunderter hinzuhalten, das reichte manchmal schon. Jetzt hielt er Sprotz seine offene Hand hin.

»Was denn?«

»Den Schlüssel.«

Sprotz schlug sich an die Stirn. »Ich hätte es wissen müssen!«

»Es ist halt nur Platz für zwei in deinem schönen Auto.«

»Und was ist mit mir? Soll ich etwa laufen?«

»Na, deine Katja wird's freuen.«

2

Auf der Schank des Gasthofs *Zum Valentiner* lagen normalerweise die Exemplare von der *Gratz* aus, die für die Gäste bestimmt waren. Aber heute hatte die Sissi, nachdem sie die Titelseite gelesen hatte, sie kurzerhand in der Kühltruhe versteckt. Die beiden Hauptnachrichten in Großbuchstaben waren es wert, dass sie sich das Recht herausnahm, den Pensionsgästen exklusiv davon zu erzählen.

»Habt's ihr schon gehört?« Im Frühstückssaal beugte sie sich zu ihrer neuen Freundin Katja, der Vera und den anderen Pensionsgästen herunter und senkte, wie es sich für den Anlass gehörte, die Stimme. »Diese englische Sängerin, diese Amy, die soll gar nicht tot sein.«

»Geh! Frau Valentiner, das wär ja ein Skandal!«

Ja, genau damit hatte die Sissi gerechnet: mit einem lauten Ausruf von der Frau Jöllinger. Sie richtete sich auf und erhob nun ebenfalls die Stimme. »Heute Morgen haben sie auch schon im Radio darüber berichtet. Nu, und jetzt nudeln sie wieder ihre Lieder rauf und runter.« Eine kurze Pause, wie sie es eingeübt hatte, und dann sprach sie weiter. »Exhumiert haben sie sie. Ausgegraben! Und wisst ihr, was in der Zeitung steht?« Jetzt der Höhepunkt. Ach, die Sissi war so glücklich über diesen Augenblick. »Im Sarg, da liegt eine ganz andere Frau! Sie haben's mit den Röntgenaufnahmen ihrer Zähne verglichen.«

»Ich hab's doch gewusst!« Die Vera sprang auf und lief aus dem Frühstückssaal. Die Sissi schaute ihr verwundert nach und drehte sich dann wieder zu den übrigen Gästen.

»Aber die Topnachricht ist noch eine ganz andere.« Aus ihrer Schürze holte die Sissi ein Exemplar der *Gratz* hervor, wartete wieder kurz und schlug die Zeitung auf.

»Kurz vorm Untergang: Die sieben Plagen von St. Margarethen.«

»*Die sieben Plagen von St. Margarethen.* Was soll das denn heißen?«

Die Sissi stemmte die Hände in die Hüften, sah die Frau Jöllinger wissend an und zählte an den Fingern ab. »Kein Regen, zu viel Sonne, die Fliegen, der Staub, die Krähen und die Füchse. Sechs Plagen haben sie bei uns schon gezählt. Und wenn die siebte folgt, wird's zappenduster.«

»Apocalypso«, lachte der Herr Schwödl. Niemand lachte mit. Man stocherte im Essen. Uiuiui, dachte die Sissi, hatte sie es jetzt doch ein wenig überzogen? Sie wollte ihre Gäste ja nicht vertreiben, sondern nur für Gesprächsstoff sorgen. »Dabei weiß ich jetzt, woher die Fliegen kommen. Da steckt nämlich gar nichts Übernatürliches dahinter ...«

Doch sie sah keine Neugier, nein, sie sah Panik in den Augen der Pensionisten, besonders bei der Frau Jöllinger, so wie gestern, als sie in der Hauptspeise gewühlt hatte. Allein der Herr Schwödl lachte mal wieder. »Die siebte Plage ist doch längst da.«

»Was meinen S' denn damit«, fragte die Frau Jöllinger, »das Pesto vielleicht?«

»Auch nicht schlecht, Frau Jöllinger, auch nicht schlecht. Aber ich mein – nix für ungut, Frau Sprotz – die Marmeladinger. In Wien sind sie an der Universität schon bald in der Mehrzahl, diese Zugereisten, die Deutschen. *Das* ist eine Plage. Nummer sieben!« Der Herr Schwödl schaute zur Frau Moser hinüber und schüttelte verächtlich den Kopf. »Mich tät's gar nicht wundern, wenn die Frau Moser an der Fliegenplage schuld wäre.«

Mein Gott, von wem hatte er das nur, wunderte sich die Sissi. Sie hatte nichts verraten.

»Ja, das wär tatsächlich eine Plage, Herrschaften. Aber dagegen lässt sich doch was tun. Nicht wahr, Frau Valentiner?« Das war der Herr Proger, der das jetzt sagte, und wie die Frau Jöllinger und der Herr Schwödl sah auch er die Sissi jetzt auffordernd an. »Na, was ist, Frau Valentiner? Was will das Dorf dagegen tun?«

Es war kurz still. Dann hörte die Sissi einen Schluchzer. Kurz darauf brach die Frau Moser in Tränen aus.

»Dit muss ick mir nich anhör‘n«, sagte die Katja, nahm die kleine Jule an die Hand und verließ den Raum. Die Sissi schaute sich die verbliebenen Gäste an. Nein, das ganze Theater mit der Zeitung hatte sich nicht gelohnt.

»Ich kann Ihnen ganz genau sagen, was das Dorf tun wird«, antwortete die Sissi, »das Dorf wird ein Taxi rufen …«

»Sehr gut«, sagte der Herr Schwödl.

»… und das wird ein Großraumtaxi sein …«

»Richtig so«, sagte die Frau Jöllinger.

»… und das Taxi wird die Frau Jöllinger, den Herrn Schwödl und auch den Herrn Proger auf dem schnellsten Weg nach Wien zurückfahren. Auf Kosten des Dorfes.«

»Aber …«

»Nichts aber, Herr Schwödl, was zu viel ist, ist zu viel. Und wenn einer von Ihnen noch einmal hierherkommen möchte, dann sollte er sich zuvor Gedanken darüber machen, welchen Unsinn er verzapft. Wir sind ein gutes Dorf, ein christliches Dorf, und ein jeder ist willkommen, wenn er uns und alle anderen respektiert. Wenn nicht, dann nicht. Wiederschauen!«

In der Küchentür stand der Jockl, als die Sissi mit hochrotem Kopf die sprachlosen Wiener Ex-Pensionsgäste verließ. »Was hast du gemacht, Sissi?«

»Bist jetzt bös, Jockl? Ich hab’s halt nicht mehr ausgehalten.«

»Bös? Ach was! Ich könnt dich küssen!«

»Nu, dann tu’s endlich! Ich bin ja so aufgeregt.«

*

Emma schaltete das Radio aus.

Der Rasch hatte sich seit gestern nicht mehr blicken lassen. Und die Mutter war ebenfalls weg. Wahrscheinlich war sie früh aufgestanden. Emma hingegen blieb einfach, wo sie war. Im Bett. Sie hatte keine Lust, aufzustehen, sich anzuziehen, wieder Emma zu sein. Sie wollte gar nichts mehr, nicht mehr denken, nicht mehr fühlen. Ihretwegen könnten sie auch die Emma begraben, die Mönchstochter. Sie wollte lachen und weinen. Beides gleichzeitig.

Love Letters in the Sand war auf Platz eins der Billboard Charts geklettert, hatten sie am Ende der Nachrichten gemeldet. Hätten sie gewusst, wer dahintersteckte, hätten sie es als Topmeldung verlesen. Nach Falco wieder eine Österreicherin ganz oben. Aber der hatte es lebendig erleben dürfen. Amy war den Menschen nur als Sterbende wichtig geworden.

Draußen rief jemand.

Eine Mädchenstimme war es. Emma vergrub ihren Kopf im Kissen, aber die Stimme hörte nicht auf, immer wieder »Hallo, hallo, ist da wer?« zu rufen. Langsam stieg sie aus dem Bett und lugte vorsichtig aus dem Fenster. Das Berliner Mädchen. Vera hieß sie, so viel hatte Emma mitbekommen. Und sie hatte versucht, sich wie sie zu schminken, wie Amy. Aber sie hatte ein wenig zu dick aufgetragen. Emma schob die Vorhänge zur Seite.

»Hör auf mit dem Krach! Was willst du?«

»Ich …« Das Mädchen schaute hoch. »Sie liegen noch im Bett?«

»Na und? Was willst du?«

»Ich wollte Sie besuchen, weil …« Jetzt holte es tief Luft und musterte sie lächelnd. »Sie sind Amy.«

»Verschwinde.«

»Nein, Sie verstehen das falsch. Ich mag Sie.« Das Mädchen hielt ein Smartphone in die Luft. »Ich kenne alle Ihre Lieder. Ich bin ein Fan von Ihnen. Sie sind meine Lieblingssängerin.«

»Bitte, geh. Ich bin nicht Amy. Du verwechselst mich.«

Emma wandte sich ab und zog die Vorhänge wieder zu. Als sie sich wieder ins Bett legen wollte, hörte sie, wie das Mädchen zu singen anfing. *Migratory Bird*. Warum ausgerechnet dieses Lied? Emma musste lächeln. Vera sang tapfer, aber sehr falsch. Und sie hörte nicht auf. *Ein Fan*. Viele hatte sie ja nicht kennengelernt.

»Komm schon rein.«

Das Mädchen strahlte. »Danke, Amy.«

»Emma.«

Sie merkte die Enttäuschung, als das Mädchen durch den Flur ging. Sicher hatte es sich das Haus ihrer Lieblingssängerin ganz anders vorgestellt. Sie führte Vera in die Küche. Sie setzte sich. Emma schüttelte den Wasserkessel. »Also, was willst du?«

Das Mädchen zögerte. Abgesehen von der Schminke sah sie ihr tatsächlich ein bisschen ähnlich, auch wenn Vera etwas kleiner war und wirklich schwarz gefärbtes Haar hatte. »Ich … ich wollte Ihnen sagen, dass es okay ist. Ich glaube, ich weiß, warum Sie das tun. Und ich werde Sie nicht verraten.«

»Warum solltest du mich auch verraten wollen?«

»Na ja, weil doch die Tote im Grab nicht Sie sind … also die Amy. Man hat das durch die Röntgenaufnahmen Ihrer Zähne herausbekommen. Stand in der Zeitung.«

Hatte sie es doch gewusst! George hatte gelogen. Nichts war in Ordnung. Alles würde herauskommen. Aber warum hatte er ihr nicht die Wahrheit gesagt? »George ist so ein Arschloch.«

Das Mädchen machte große Augen und zuckte dann mit den Schultern. »Männer. Ich weiß genau, was Sie meinen, Amy.«

»Du kannst mich ruhig duzen, Vera. Aber nenn mich bitte nicht wieder Amy.«

»Okay. Emma?«

»Ja?«

»Zeigst du mir, wie man sich richtig schminkt?«

*

Der Rasch im Wasser schlug wild um sich. »Hol mich hier raus, du Bastard!«

Der Josef rührte sich nicht.

»Josef, bitte. Ha! Was ist das denn? Josef!«

Jetzt hatte er ihn entdeckt, dachte der Josef. Das Geländer war zum Greifen nah, aber er konnte nicht näher treten. Er wollte ihn nicht sehen.

»Da berührt mich was am Bein! Jetzt mach schon, hilf mir!«

»Das ist der Mönch«, sagte der Josef.

»Was! Wieso?« Er hörte die Panik in Raschs Stimme. Immer wilder schlug er um sich, dann sah Josef die Fingerkuppen, mit denen der Rasch sich an den Beckenrand klammerte. Sie rutschten wieder ab. »Josef!«

Dann wurde es still. Außer dem Rauschen des Wassers war nichts weiter zu hören. Auf dem Boden lag das Messer, mit dem der Rasch ihn bedroht hatte. Daneben eine schwere Taschenlampe. Damit hatte er ihn niederschlagen können. Der Josef hob sie auf und knipste sie an. Dann ging er zum Geländer. Er hielt sich gut fest. Er leuchtete ins Becken.

»Na endlich. Wirf mir das Seil herunter.« Der Rasch balancierte auf einer Metallkiste, die auf dem Beckenboden stand. So war der Wasserpegel niedriger Er schaute mit Kopf und Schulter aus dem Wasser. »Josef, mach hin. Mir ist kalt!«

Der Josef beachtete ihn nicht. Er hatte erwartet, dass das Wasser ihn über die Jahre zerkleinert hätte. Dass nichts mehr von ihm übrig wäre. Aber es war noch etwas da. Der Schädel. Er lag auf dem Boden hinter der Truhe, geschützt vor der Strömung. Deswegen hatte der alte Kroisleitner nicht mehr das Quellwasser getrunken. Weil es durch den Mönch hindurchfloss. *Nun ist er Wächter des Schatzes, den er sein Leben lang gesucht hat.* Das hatte der alte Kroisleitner gemurmelt. Als der Josef ihn damals zu Hilfe geholt hatte. Als sie vergeblich versucht hatten, die Leiche herauszuziehen. Als Kind hatte er nicht verstanden, was der Schuhmacher damit gemeint hatte.

Der Blick vom Rasch war dem Strahl der Taschenlampe gefolgt. »Was ist das?«

Josef sagte nichts. Er war damals von der Waldhütte auf dem Höhhansl hierher geflüchtet. Er hatte sich sicher gefühlt. Aber dann hatte er die Silhouette des Mönchs im Eingang gesehen. Die Abendsonne hatte ihn angestrahlt. Er war so rot gewesen wie der Fleck, den er auf dem nackten Rücken des Mönchs entdeckt hatte, als er ihm mit dem Stein auf den Hinterkopf geschlagen hatte. Das Feuermal, das er später dann auch bei der Emma entdeckt hatte. Diese Bilder war der Josef nie wieder losgeworden.

»Ist das ein Schädel? Josef!«

»Das ist der Mönch.« Der Mönch hatte sich wie ein wildgewordener Hund auf ihn gestürzt. Der Josef war einfach nur einen Schritt zur Seite getreten. Das Wasser hatte den Mönch nach unten gezogen.

»Wieso … woher weißt du das?«

Der Josef antwortete nicht. Wieso war der Schädel noch da? Und wo war der Rest? Mit der Taschenlampe leuchtete er den Boden ab. Durch das schäumende Wasser konnte er nicht viel sehen.

»Ist ja auch egal. Ich sag's niemandem. Hol mich hier raus!«

»Er war mein Vater«, sagte der Josef.

»Blödsinn.«

»Er war mein Vater«, wiederholte der Josef stur.

»Du kannst doch gar nicht sein Sohn sein. Du hast doch gar kein Feuermal.«

Josef trat zurück. Er wollte dem Rasch und seinen Lügen nicht mehr zuhören.

»Josef, bleib da.« Wieder die Panik in seiner Stimme. »Das ist wahr. Der alte Kroisleitner hat es mir gesagt. Ich habe den Beweis. Ich bin der Beweis, ha!«

Wieso lachte der Rasch jetzt? »Er war mein Vater. Alle haben das gesagt.«

»... ja, ja, ja, ja. Du hast recht, wir alle haben das immer gesagt. Du bist aber nicht der Sohn, ich habe den Beweis ...«

Josef trat wieder ans Becken. »Was?«

Der Rasch grinste ihn an. Aber seine Stimme klang ziemlich dünn. »Ich erzähl dir alles. Aber hol mich erst hier heraus.«

3

»Ich liebe ihn«, sagte die Frau auf der anderen Seite des Tisches. Teresa hatte pechschwarzes Haar, dunkle Augen mit dunklen Augenrändern und einen hellen, fast weißen Teint. Sie trug schwarz und wie in einem schlechten Film zündete sie sich mit dem Stummel der alten Zigarette eine neue an. »Er ist ein so schöner Mann.«

Ihr Deutsch war perfekt, die Vermutungen von Sissi und Dagmar, dass sie nur italienisch sprechen würde, hatten sich als völlig falsch herausgestellt. Trotzdem war Frassek froh, dass Leonardo neben ihm saß. Die Frau war ihm nicht geheuer. Die ganze Anstalt war ihm fremd.

»Aber er war ein Mönch …«

»Er ist ein Mönch«, unterbrach sie ihn scharf, »warum sollte er nicht mehr leben?«

Sie spielte ihre Rolle zu gut, mehr Klischee ging nicht, vielleicht würde man ja automatisch so werden in einem Irrenhaus, was wusste er schon? Frassek beugte sich vor. »Weil er verschwunden ist? Seit über dreißig Jahren.«

»Ach Unsinn! Wer behauptet denn so etwas? Jede Woche besucht er mich. *Seit über dreißig Jahren.*« Sie äffte ihn nach. »Meistens in der Nacht und heimlich.«

»Wieso heimlich?«

Sie inhalierte den Rauch und lächelte, als sie ihn ausstieß. »Wenn ein Mönch seine Geliebte besucht! Wie würde das denn aussehen, wenn er das öffentlich tut?«

Sie klang sehr überzeugend. Aber das sollen Verrückte ja sein. Frassek glaubte ihr kein Wort. »Sind Sie sich da ganz sicher?«

Teresa lächelte. Immer dieses Lächeln! »Sie denken auch, ich bin verrückt, nicht wahr? Das tun hier alle. Aber ich weiß, wie mein Mönch aussieht.«

Frassek lehnte sich zurück. Jetzt würde er auch gerne rauchen. War es für das, was er wissen wollte, überhaupt wichtig, ob der Mönch lebte oder tot war? Frassek wusste es nicht. Aber wenn er etwas aus ihr herausbekommen wollte, sollte er akzeptieren, dass er für sie am Leben war. Sein Mobiltelefon klingelte. Er drückte Bärbel wieder mal weg und entschied sich für den *Lügendetektor*.

»Frau Lamberti, darf ich Ihnen ein paar Fragen stellen und Sie antworten nur mit ja oder nein?«

Die Verhörmethode hatte er mit Sprotz ausgetüftelt. Sie hatten es oft probiert und Frassek glaubte, mittlerweile heraushören zu können, wenn jemand eine falsche Antwort gab. Aber funktionierte es auch mit einer Verrückten?

»Nun machen Sie schon.«
»Sind Sie Italienerin?«
»Ja.«
»Aber Sie leben in Österreich?«
»Ja.«
»Sind Sie verheiratet?«
»Ja.«
»Sind Sie wirklich verheiratet?«
»Sie Schlaumeier! Nein.«
»Haben Sie einen Sohn?«
»Ja.«
»Den Josef Lamberti?«
»Nein.«
»Ist Josef Lamberti Ihr Sohn?«
»Nein.«
»Sie müssen mir schon die Wahrheit sagen.«
»Die Wahrheit!«

Frassek hörte verwirrt auf. Warum log sie? Jeder wusste doch, dass der Josef ihr Sohn war. Das machte überhaupt keinen Sinn.

»Der Josef ist nicht mein Sohn.« Sie machte eine lange Pause. »Ich habe ihn vertauscht. In der Praxis vom Doktor. Aber außer der Krankenschwester, der Maria Kornfeld, weiß das keiner. Nicht einmal mein Mönch.«

Das war hier sinnlos, dachte Frassek, sie erzählte ihm doch sowieso nur das, was sie wollte. Der *Lügendetektor* hatte versagt.

»Darf ich Sie auch etwas fragen«, sagte Leonardo plötzlich auf Italienisch.

»He, was soll das? Leonardo, halt dich da raus.« Der Junge gab ihm ein Zeichen, dass er still sein sollte. Frassek hielt den Mund.

*

Im Haus war es still, als der Kroisleitner Karl eintrat. Es war eine erwartungsvolle Stille, so als ob das Gebäude darauf wartete, was er tun würde. Der Kroisleitner Karl schaute die Treppe hoch. Dann nahm er die erste Stufe. Der Vater hatte seinen Bruder gehabt, die ganzen siebzig Jahre, die er tot war, hatte er mit ihm gesprochen, jeden Tag. Bis zuletzt war er jeden Morgen hoch zum Heldenfriedhof gegangen. Die Ratschläge, die er anderen gegeben hatte, hatte er vorher mit ihm besprochen. Aber was war mit ihm selbst, fragte sich der Kroisleitner Karl.

Oben im Flur angekommen, stieß er mit dem Finger gegen die Schlafzimmertür. Langsam und lautlos schwang sie auf. Die Mutter lag noch immer da, der Mund war leicht geöffnet, ihre Augen hatte er gestern schon geschlossen. Was jetzt?

»Ohne die Toten sind die Lebenden nichts«, sagte der Kroisleitner Karl etwas zu laut. Es war ihm peinlich, so mit ihr zu reden, und es hörte sich auch falsch an. Sollte er lieber belanglos vom Wetter erzählen? Aber das hatte er auch noch nie getan. Eigentlich hatte er sie in letzter Zeit immer nur beschimpft. Wie redete man mit Toten? Wie kann man das gleiche Vertrauen zu ihnen bekommen wie zu den Lebenden? Dann fiel ihm ein, was er tun sollte, auch wenn es ihn ekelte. Die Dagmar hatte es sonst immer gemacht. Aber vielleicht würde es helfen.

Aus dem Badezimmer holte der Kroisleitner Karl eine Plastikschüssel mit warmem Wasser, ein Handtuch und einen Waschlappen. Er schlug die Bettdecke zurück. Vorsichtig löste er die Knöpfe vom Nachthemd der Mutter. Er zog es ihr aus. Sie sah ganz eingesunken aus! So wie das Polster im Sessel vom Vater.

Mit der Hand schlüpfte er in den Waschlappen und wusch die Mutter. Er wusch den ganzen Körper, ignorierte, was Tote noch von sich geben, und dann – wie damals der Vater – stöhnte auch die Mutter, als er sie umdrehte, um den Rücken zu waschen. Ein langes, klagendes Stöhnen.

»Ganz ruhig«, sagte er zu ihr. Aus dem Schrank nahm er das festliche hellgrüne Dirndl heraus. Er zog es ihr an, das ging ganz leicht. Dann kämmte er ihr abstehendes Haar und steckte Ohrringe in ihre ledernen Läppchen. Die Löcher darin waren mit den Jahren zu Strichen geworden, obwohl sie selten Schmuck getragen hatte. In der Nachttischschublade fand er einen Lippenstift. Die von Fältchen durchzogene Mundpartie bewegte sich, als er ihr vorsichtig die Lippen nachzog. Sie sah aus, als würde sie gleich die Augen öffnen.

Aus der Küche holte sich der Kroisleitner Karl einen Stuhl und setzte sich neben das Bett. Jetzt könnte er jemandem Bescheid geben. Dem Doktor? Dem Pfarrer?

»Was meinst du, Mutter?«

*

Teresa lehnte sich zurück und betrachtete Leonardo lächelnd. »Ein kleiner Italiener. Wie süß!«

»Ich weiß nicht, was an mir süß sein soll, Frau Lamberti. Aber wenn ich es bin, dann müssen Sie ja auch ganz normal sein, oder? Warum sind Sie dann hier?«

»Weil ich mich habe umbringen wollen. Damals, als der Mönch fremdgegangen ist. Die ganzen Jahre ist er hinter ihr her gewesen. Er hat es mir sogar auf den Kopf zugesagt. Dass er sie sich heute nehmen würde. Egal wie. Dann ist er fort. Und ich hab mir die Pulsadern aufgeschnitten.« Sie lachte, aber es war keine Heiterkeit in dem Lachen. »Der Josef hat es gesehen. *Mein Sohn*, ha! Er ist fortgelaufen, um Hilfe zu holen, und mit dem alten Schuhmacher ist er dann wiedergekommen. Der Kroisleitner Alois, der hat mich verbunden. Der hat mich hierher gebracht.«

Sprachen sie etwa über den Kroisleitner? Mehr hatte Frassek nicht verstanden. Mein Gott, wie sollte der Junge denn wissen, was für Fragen wichtig waren?

»Mit wem ist er denn fremdgegangen?«

»Du bist ganz schön neugierig, du kleiner Italiener.«

Sie flirtete mit ihm, dachte Frassek. Was machte der Junge bloß? Das dauerte ihm jetzt zu lange. Er schwieg trotzdem weiter.

»Wollen Sie es mir nicht verraten? Ist das ein Geheimnis?«

»In diesem Haus gibt es nur Geheimnisse. Und wir müssen sie alle verraten.«

»Dann können Sie es mir ja auch sagen.«

»Mit der Krankenschwester«, rief sie nun laut, »der Maria Kornfeld. Hat sie geschwängert. Aber ich habe ihm verziehen. Er war schon immer hinter ihr her.«

Wieder hatte Frassek einen Namen herausgehört. Dass er sonst nichts verstehen konnte, machte ihn immer nervöser. Und dann musste ja Bärbel auch noch dauernd anrufen! Er hatte sie schon wieder weggedrückt. Sie sollten jetzt gehen. Aber Leonardo hörte nicht mehr auf zu fragen.

»Warum haben Sie Ihr Kind mit einem anderen vertauscht?«

»Er war so hässlich. Schwarze Haare. Klein. Krank. Ich wollte ihn nicht. Der Mönch hätte ihn nicht gemocht. Aber da war noch eine andere Frau, die ein Kind bekommen hat. Einen blonden Jungen, ein so schönes Kind. Sie hatte es noch nicht gesehen, es war ein Kaiserschnitt. Und auch der Doktor hat sich nicht drum gekümmert. Es war Neujahr und natürlich hatte er einen schlimmen Kater. Da habe ich die Babys ausgetauscht.«

Wieder lachte sie und schlug auf den Tisch. »Es war ja so einfach! Ein ganz einfacher Trick. Verrückt, nicht wahr?

Und zur Maria habe ich gesagt, ich würde sie töten, wenn sie mich verrät.«

»Habt ihr es jetzt bald?« Frassek wurde immer ungeduldiger. Immer stärker wurde das Gefühl, zurückfahren zu müssen. Vera im *Valentiner*, Sprotz in der Autowerkstatt, er hier. Und zwischendrin lauter seltsame Österreicher. Ein schießwütiger Polizist, eine verrückte Italienerin, ein Geschwisterpaar, das sich liebte, eine giftmischende alte Frau – nein, die war ja wieder inhaftiert.

»Und wer ist Ihr richtiger Sohn?«

»Das werde ich dir gerade sagen, Kleiner. Aber er war hier. Vor ein paar Tagen.«

»Ist er gefährlich, Ihr Sohn?«

»Er ist wütend. Auf mich. Auf alle. Unendlich wütend.«

*

»Das gibt's nicht«, sagte Vera. Sie standen nebeneinander vor dem Spiegel. Sie drehten sich. Sie lachten. Emma hatte Vera geschminkt und sich auch. Sie hatte sich eine Perücke aufgesetzt und Veras Haare auf dieselbe Weise toupiert. Und dann die Kontaktlinsen, es war großartig.

»Aber ich habe keine Kleider für uns«, sagte Emma. »Doch! Warte mal.«

Sie nahm Vera bei der Hand, und gemeinsam wühlten sie sich durch den Kleiderschrank. Sie suchten sich die beiden ältesten Dirndl aus, Emma holte eine Schere und sie schnitten so viel weg, dass zwei aufreizende Kleider daraus wurden. »Jetzt sind wir tatsächlich Zwillinge.«

»Extrem gut!« Vera strahlte sie im Spiegel an. Das Mädchen hatte recht. Irgendwie sah sie Amy viel ähnlicher als Emma es tat. Die Kunstfigur war zum Leben erwacht. Sie hatte eine Idee.

»Wenn wir jetzt noch unsere Handys austauschen, dann

verwirren wir alle total!« Ja, sie könnten die Identitäten tauschen, und Emma würde einfach alle Verantwortung in Veras Hände legen. Dann müsste sie sich um nichts mehr sorgen.

Vera überlegte. »Du, Emma, das machen wir! Seitdem ich deine Lieder kenne, will ich du sein. Und es ist doch egal.«

Sie tauschten die Handys, sie tauschten die Codes.

»Ha! Und wenn du jetzt noch singen könntest, dann wäre es perfekt«, rief Emma. Vera sah sie ernst an.

»Bring es mir doch bei.«

»Du willst ganz schön viel.« Sie lachte. »Außerdem ist es nicht so einfach. Schminke, Perücke, Handy, das ist nicht schwer. Aber die Stimme …«

»Guten Abend, Amy.«

Die beiden drehten sich um. An der Zimmertür stand ein Mann. Er trat ein. Er hatte eine Waffe in der Hand.

»Das ist ein Engländer, der wohnt im *Schönblick*«, flüsterte Vera.

»Nein«, flüsterte Emma zurück, »das ist nicht *ein* Engländer. Das ist *eine* Katastrophe. Und ab jetzt halten wir die Klappe.«

16

DIE LÜGE

1

Dieses Mal hatte Emma ihn sofort erkannt.

Gestern auf dem Kirchplatz, als der Polizist in die Luft geschossen hatte, da hatte sie ihn bereits gesehen, ihr war aber nicht eingefallen, woher sie ihn kannte. Robert, ihr eingekaufter Vater, war also schon vor dem letzten Telefonat mit George hier gewesen. Der Mann, der weinend an Amys Grab gestanden hatte, lächelte sie nun an, während seine Augen flatterten.

»Amy«, sagte dieser nun, »es ist vorbei. Es wird Zeit, nach Hause zu gehen.«

Nach Hause! Mit einer Pistole im Rücken? Fast musste sie lachen. George hatte sicher nicht die Absicht, der Öffentlichkeit eine lebendige Amy zu präsentieren. Er brauchte sie als Leiche. Nur so würde er seinen eigenen Kopf aus der Schlinge ziehen können.

»Amy«, sagte Robert noch einmal. Er war an der Tür stehengeblieben und hielt Vera und sie in Schach. »Es hat keinen Sinn, nicht mitzuspielen.«

Da begriff sie es.

Robert wusste nicht, wer von ihnen beiden Amy war! Schließlich hatte er sie nur einmal an ihrem angeblichen Sterbebett gesehen, mit bandagiertem Kopf und das auch nur für einen Moment. Hoffentlich hielt Vera den Mund, das war ihre einzige Chance.

Er setzte sich auf das Bett und spielte mit der Pistole. Er warf sie von der einen in die andere Hand und betrachtete die beiden ausführlich. »Ich weiß nicht, was ihr hier für ein Spiel mit mir treibt. Aber ich werde schon herausfinden, wer von euch die echte Amy ist.« Er deutete auf Emma. »Los, sing für mich *Love Letters in the Sand*.«

Emma presste die Lippen aufeinander. Robert stand auf und kam näher. Wieder flatterten seine Augen. Er hielt ihr den Pistolenlauf unter die Nase. Sie atmete schwer, es roch nach Metall, aber der Mund blieb zu.

»Gut. Dann halt die andere.« Der Lauf wanderte hinüber zu Vera. Emma schloss die Augen. Lange Zeit passierte nichts. Gott sei Dank, sie hielt ebenfalls den Mund.

»Das wird euch nichts nützen! Seid nicht so dämlich. Ich kann auch euch beide erschießen.« Er lachte. »Mir macht das nichts aus.«

Emma öffnete ihre Augen.

Er hatte das so leicht dahingesagt. *Euch beide erschießen.* Wie gerne würde sie jetzt den Mund aufmachen und ihn überzeugen, das alles sein zu lassen. Aber dadurch würde sie sich sofort verraten.

»Was bin ich doch für ein Idiot«, sagte Robert plötzlich. Er holte sein Handy hervor, suchte und tippte eine Nummer. Kurz darauf klingelte Emmas Handy. Vera hielt es noch in der Hand. Roberts Lächeln war nicht mehr zu ertragen.

*

»Jetzt sitzt sie da schon eine Ewigkeit und weint.« Nackt stand die Sissi hinter den Vorhängen und schaute auf die Bank vom alten Kroisleitner. Anfangs hatte sie noch ihre Brüste bedeckt, doch nachdem sie begriffen hatte, dass niemand hier hinein ins Balkonzimmer schauen konnte, hatte sie ihre Scheu abgelegt.

»Wer?« Der Jockl lag auf dem Bett, ebenfalls nackt. Die Sissi drehte sich zu ihm um. Schön war er ja nicht, der Jockl, aber er sah, ein Bein angewinkelt, das Glied schlaff baumelnd – und wie er mit dem rechten Arm seinen Kopf abstützte! – ach, er sah einfach so natürlich aus, dass sie ihn immer so anschauen wollte. Ihr Jockl! Der Bauchansatz war ihr egal. Sie hatte ihn wieder. Ganz und gar.

»Die Maria. Sitzt da draußen und weint, als wär der letzte Tag gekommen.«

Die Sissi ging zu ihm hin und lächelte ihn an. Sie ließ sich auf das Bett fallen und nahm sein Glied in den Mund. Es wurde wieder groß und steif. Und sie schmeckte sich selbst!

»Sissi …«

»Nenn mich bittschön wieder Lissi«, brachte sie hervor. Er streichelte sie. Es kitzelte. Es war fast nicht zum Aushalten.

»Warum weint sie denn?«

Die Lissi biss sanft zu. »Du kannst einem aber auch jeden Spaß verderben, Jakob.« Sie sprang auf und begann, sich anzuziehen.

»Hör nicht auf, Lissi!«

»Doch, jetzt ist genug. Jetzt muss ich der Maria helfen gehen. Kannst du mal?« Sie drehte ihm den Rücken zu, damit er an den BH-Verschluss käme.

Der Jockl seufzte und half ihr. »Geh, Lissi, lass gut sein. Du bist doch nicht der Alois. Das Dorf muss sich schon selbst helfen.«

»Ach, Jockl.« Daran hatte sie gar nicht mehr gedacht. *Königin des Dorfes!* Wie lächerlich kam der Lissi das auf einmal vor. Nein, sie wollte einfach nur einer Freundin beistehen. »Bleib ruhig liegen. Oder geh in den Whirlpool. Ich komm schon wieder.«

*

Jetzt erschieß sie doch endlich!

Aber Emma wusste, dass das gar nichts nützen würde. George wollte sie. Er brauchte ihre DNA, nicht die von Vera. Er würde wieder jemanden schicken, wenn er die Verwechslung bemerkte.

»Lass sie los«, sagte sie anstatt dessen laut und versuchte, Roberts Hand, mit der er Veras Arm umfasst hatte, zu lösen. Er schlug ihr einfach mit dem Pistolengriff ins Gesicht. Emma ging zu Boden.

Als die Schmerzen erträglicher wurden, waren die beiden fort. Sie rappelte sich auf. Sie kam auf die Knie. Nach einer Weile konnte sie stehen.

»Scheiße!« Sie fasste sich an die Stirn. Wieder eine Beule! Sie wankte zum Fenster. Niemand war zu sehen. Sie waren fort. Brachte er sie jetzt etwa nach London? Oder was machte er mit ihr? Unsinn, Vera wird schon nichts passieren, beruhigte sie sich, Robert wird den Irrtum merken und sie freilassen.

Aber dann würde er wiederkommen ...

Emma warf alles, was sie zuvor ausgepackt hatte, zurück in den Rucksack. Sie hatte keine Zeit, sich umzuziehen, sie musste fort von hier. Und sie brauchte eine Waffe. Mit dem Rucksack auf dem Rücken lief sie in die Küche. In der Schublade fand sie ein langes Brotmesser und steckte es ein. Sie drehte sich um. Der Josef stand in der Tür.

»Wo willst du hin?« In seiner Hand hielt er die Briefe von ihrem Großvater. Er strahlte sie an.

»Wo hast du die her?«

»Vom Rasch. Wo willst du hin?«, wiederholte er.

Emma versuchte, sich an ihm vorbeizudrängen. »Das geht dich nichts an. Josef, lass mich durch!«

Er stellte sich ihr in den Weg. »Du kannst doch nicht einfach fortgehen … doch, du kannst, aber nur mit mir, Emma. Ich komme mit.«

»Josef, jetzt lass mich!«

*

Emma verwirrte ihn. Warum war sie plötzlich so anders? Der Josef ließ sie nicht an sich vorbei. Er hielt sie jetzt mit beiden Händen fest. Die Briefe fielen auf den Boden. »Was ist los, Emma?«

»Lass mich in Ruhe!« Das fauchte sie fast. Sie versuchte, sich zu befreien. Sie versuchte, ihn zu treten. Würde sie doch damit aufhören! Er schubste sie. Emma fiel gegen den Küchenschrank. Sie riss die Schranktüren auf und fegte Tassen und Teller heraus.

»Emma, lass das doch …« Verzweifelt hob er die Hände.

»Ich kann machen, was ich will, verstehst du!« Noch einmal warf sie sich selbst gegen den Schrank. Seine obere Hälfte fiel krachend herunter. Überall Scherben, geborstenes Holz, Marmelade lief über den Boden.

»Emma!« Der Josef hob beschwichtigend die Hände. »Beruhige dich. Ich bin es doch, der Josef. Wir gehen gemeinsam fort.«

»Niemals!«

»Was ist los?«, wiederholte er. Hatte er etwa alles falsch verstanden? »Ich bin dein Freund.«

»Mein Freund! Ha! Du bist mein verfickter Bruder«, brüllte sie.

»Das ist nicht wahr!«

»Du bist eine einzige Lüge, Josef. Und ich auch.« Auf

einmal wurde sie ganz ruhig. »Jetzt lass mich gehen. Ich muss von hier fort.«

Der Josef beobachtete stumm, wie sie ihren Rucksack nahm und an ihm vorbeiging. Panik kam in ihm hoch. Er konnte sie doch jetzt nicht gehen lassen? Dann wäre alles vorbei, wenn er es zuließ. Er hielt sie am Arm fest.

»Ich …«, begann er. Aber er konnte nicht weiterreden. *Ich bin nicht dein Bruder.* Sie würde ihm nicht glauben. Stumm starrten sie sich an. Emma bekam es mit der Angst zu tun. Sie wollte es ihm nicht zeigen. Aber er sah es doch. Wieso konnte er es ihr nicht sagen? Dann wäre doch alles gut? Wie weh das tat! In zehn Sekunden, dachte der Josef, würde er sie loslassen. Und dann könnte sie gehen. Sie wäre frei. Frei von ihm …

Noch immer sagten sie nichts. Vier, drei, zwei, eins. Jetzt. Er hielt sie weiter fest.

»Du bist nicht meine Schwester«, brachte er endlich heraus. Sie lachte ihn aus. Sie hörte nicht mehr auf damit. Es klang fürchterlich. Dann zog sie ein Messer. Der Josef holte aus.

2

Frassek hatte Mühe, das kleine Auto zu lenken, während er mit Höchstgeschwindigkeit die nächste Haarnadelkurve nahm. Die Reifen quietschten. Er hatte sich für den schnellsten Weg entschieden, nicht gemütlich das Schlafnitztal hochfahren, sondern direkt über steile Straßen, rauf und runter.

»Können Sie es mir bitte erklären«, sagte Leonardo nun schon zum zweiten Mal. »Damit auch ich das verstehe, was diese Frau mir erzählt hat. Hallo? Herr Frassek?«

»Mann, Leonardo, das Ding hier ist nicht zu kontrollieren!« Er kam fast von der Straße ab und steuerte gegen die Fliehkräfte. Der Wagen rammte seitlich gegen einen Felsen. Irgendwie brachte er ihn zum Stehen. Frassek schlug aufs Lenkrad.

»Elchtest! Was für ein Quatsch!«

»Ein Vorschlag, Herr Frassek: Ich fahre und Sie erzählen mir alles.«

Frasseks Beine waren wie Gummi, während er ausstieg und um das Auto herumlief. Er wusste auch nicht, warum er es überhaupt so eilig hatte. Klar, er wollte derjenige sein, der handelte. Aber bei all dem, was in den letzten Tagen passiert war, war das nicht einfach. Leonardo rutschte im Wagen hinters Lenkrad, startete und befreite das Auto mit knirschenden Geräuschen von dem Felsen, gegen den Frassek gefahren war. Das wird Ärger …

Das Mobiltelefon! Zum dritten oder vierten Mal. Jetzt musste er rangehen, sonst gab es auch noch von anderer Seite Ärger. Frassek versuchte, sich zu sortieren. Er machte Leonardo ein Zeichen und hielt sich Bärbel ans Ohr.

»B …«

»Du gottverdammtes Arschloch!« Das war noch einer der harmlosesten Ausdrücke, mit denen Bärbel ihn nun bedachte. Sie hörte gar nicht mehr auf damit. Das kam ihm doch sehr übertrieben vor. Er war doch einfach nur ein paar Tage nicht an sein Telefon gegangen. »Es war halt nicht aufgeladen.«

»Du weißt überhaupt nicht, wovon ich spreche, oder? Ich habe gestern Abend mit Vera telefoniert, als du irgendwo übernachtet hast. Als du sie allein gelassen hast, Frassek! Erst behauptest du, dein Vater hätte sich umgebracht, und dann verschwindest du einfach.«

»Aber Sprotz und Katja …«

»Lass Katja aus dem Spiel. Was macht die überhaupt da,

wo ihr seid? Und warum nur hast du Vera von den Postkarten deines Vaters erzählt und gleichzeitig so getan, als wärst du derjenige, der am meisten gelitten hat?«

»Was meinst du?« Diese Diskussion konnte er jetzt gar nicht gebrauchen. Er hatte anderes zu tun.

»Wer, glaubst du, hat denn jede Woche mit deinem Vater gesprochen, weil du nicht ans Telefon gegangen bist? Jeden Morgen hat er sich geschworen, sein Leben wieder in Ordnung zu bringen. Die Postkarten hat er dir nämlich immer nur dann geschrieben, wenn es ihm gut ging. Er wollte dich nicht stören bei deiner ach so wichtigen Arbeit. Mittags war dann die Depression wieder da, und er hat mich angerufen. Und mach mir nichts vor, du weißt, wie sehr er dich gebraucht hätte!«

Ja. Wenn eine Lüge entlarvt wird, tritt die Wahrheit umso deutlicher ans Licht. Noch einmal versuchte er sich zu erklären. »Es war *sein* Leben, Bärbel. *Er* musste damit klarkommen. Ich hätte ihm nicht helfen können, selbst wenn ich jedes Wochenende hingefahren wäre.«

»Du Arsch! Darum war es ihm nie gegangen. Er hätte dir so gerne erklärt, warum er sich umbringen will.«

»Du weißt davon?«

»Ach, Frassek, du änderst dich nie. Du glaubst immer noch, dass nur du alles weißt. Dass die Leute um dich herum auch miteinander reden, geht dir wohl nicht in den Kopf, was?«

»Und … wie hat er das … wie hat er sich denn …?«

»Du bist der Bulle. Wenn's dich wirklich interessiert, dann finde es doch heraus.« Sie legte auf. Frassek schaute auf sein Telefon.

»Probleme?« Leonardo beugte sich aus dem Fenster.

»Hast du zugehört?«

»War ja nicht zu vermeiden.«

Frassek seufzte. Er sollte einsteigen, sich anschnallen und Leonardo sollte losfahren. Er sollte sich wieder auf das konzentrieren, was hier gerade passierte, von Leonardo erfahren, was Teresa ihm erzählt hatte. Er klopfte seine Taschen nach Zigaretten ab, bis er sich erinnerte, dass er sie diesem Schrammel geschenkt hatte.

»Hast du …?« Er legte zwei Finger an seine Lippen.

Leonardo schüttelte den Kopf. »Rauchen ist ungesund.«

Frassek ging ein paar Schritte. Er setzte sich auf den Grasstreifen neben der Straße. Wenn schon keine Zigaretten, dann wenigstens eine Wiese so wie Karl. Aber es war nur ein Stück brauner Rasen, auf dem er saß. Immerhin lag da eine Kippe mit etwa einem Zentimeter Tabak. Er zündete den Stummel an und verbrannte sich dabei fast die Nase. Könnte sein Vater sich selbst erstickt haben? Mit dem Kissen, das er in der Hand gehalten hatte? Wollte Frassek das überhaupt wissen? Der Rauch schmeckte widerlich. Keine Chance, damit sein Gewissen zu beruhigen. Er drückte die Kippe aus. Er stieg ins Auto.

»Erzähl du zuerst«, sagte er, und während Leonardo losfuhr und ihm sein Gespräch mit Teresa übersetzte, schaffte er es irgendwie, das Telefonat mit Bärbel zu verdrängen.

»Unglaublich oder? Hat sie doch einfach die beiden Babys ausgetauscht! Und dann erzählt sie mir, dass ihr richtiger Sohn gefährlich sei. Und dass der Mönch noch jemand anderen geschwängert hat! Das muss ja ein Kerl sein.« Leonardo fuhr erstaunlich gut.

»Ich glaub ihr kein Wort. Jede Nacht würde der Mönch sie besuchen kommen! So ein Quatsch! Ich sage dir, er ist nicht mehr am Leben. Aber ich habe ein Foto von ihm gesehen. Da können wir beide echt nicht mithalten.«

»He, warum denn auf einmal so kumpelhaft, Herr Frassek?« Der Junge grinste ihn an. Frassek grinste zurück.

»Und wieso haben wir es jetzt so eilig? Wenn der Mönch doch gar nicht mehr lebt?«

»Man kann sich nicht dreißig Jahre lang verstecken. Der Mönch ist definitiv tot. Der macht mir keine Sorgen, Aber seitdem der alte Schuhmacher gestorben ist, hat sich das Dorf einfach nicht mehr unter Kontrolle.«

Das war es, was ihm Angst machte.

*

Kurz schaute die Lissi zurück zum Gasthof. Bewegte sich im Balkonzimmer nicht gerade die Gardine? Ob der Jockl aufgestanden war? Zur Sicherheit wackelte sie ein wenig mit dem Po und kicherte. Dann stoppte sie, drehte um und eilte ins Gasthaus zurück. In der Küche fand sie eine Gurke und biss ein Stück ab. Sie brauchte einen anderen Geschmack im Mund, wenn sie sich zur traurigen Maria setzte.

»Was ist denn los, Maria?« Auf der Bank nahm die Lissi sie in den Arm. Jetzt flossen die Tränen erst recht aus der Maria heraus. Die Lissi fühlte in der Tasche ihrer Schürze und fand das Schnupftuch von der Frau Moser, das sie ihr seinerzeit beim Toten Mann in die Hand gedrückt hatte.

»Hier, schnäuz dich.«

»Danke, Sissi …«

»Lissi. Sag wieder Lissi zu mir, ich bin wieder normal geworden.«

»Wenigstens eine.« Die Maria schnäuzte sich. »Ach, Lissi, ich habe alles falsch gemacht.« Und so erfuhr die Lissi von den Briefen aus einem russischen Lager, von Juri, dem Vater von Maria, von dem Mönch, der die Maria vergewaltigt und geschwängert hatte, aber auch von den vertauschten Säuglingen. Und je mehr die Lissi erfuhr, umso größer wurde ihre Verwunderung darüber, was alles hinter ihrem

Rücken passiert war. Wo sie doch immer gedacht hatte, sie würde alles, was im Dorf geschah, mitbekommen.

Und jetzt wusste sie nicht, über was sie sich am meisten wundern sollte. Dass der Josef gar nicht der Josef war, dass der Klosterschatz seit siebzig Jahren im alten Wasserwerk lag, dass die Emma diese Amy war oder was auch immer … Und all das, weil der Alois geglaubt hatte, er könnte hier alles kontrollieren, könnte jeden manipulieren, mein Gott!

»Und der Alois? Hat der davon gewusst?« Die Lissi konnte es fast nicht glauben, als die Maria ihr erzählte, dass sie hatte abtreiben wollen, der Alois es ihr aber verboten hatte. »Er würde sich um die Emma kümmern, hat er gesagt und Wort gehalten. Ach, Lissi! Weißt du, ich glaube, ich habe sie nie richtig geliebt.«

»Geh! Maria, sag doch so was nicht. Natürlich hast du sie geliebt, sie ist doch schließlich deine Tochter. Aber bitte, hoffentlich war das jetzt alles. Ich möcht gar nicht wissen, was der Alois sonst noch angerichtet hat.« Der alte Mann wurde ihr auf einmal unsympathisch. Wie hatte er als Dorfkönig so etwas tun können? Er war doch kein schlechter Mensch gewesen.

»Aber der Alois wusste nicht über alles Bescheid«, sagte die Maria. »Dass der Josef nicht der Sohn von der Teresa ist, das wussten nur sie und ich. Deswegen war der Alois doch so dagegen, dass die Emma und der Josef …«

»Diese ganze Geheimniskrämerei muss endlich ein Ende haben«, unterbrach sie die Lissi und dann fiel es ihr ein. »Du, Maria, ich glaub, der Rasch weiß es auch. Der war so komisch gestern Abend, als ich's Blut weggewischt hab.«

Sie schaute auf die Stelle. Ein wenig von dem Blut war noch zu sehen. Da musste sie auch noch mal ran.

3

Die Fliegen schwirrten hoch und landeten wieder. Die Krähen flogen auf und ließen sich auf den Dächern nieder. Ein Marder flitzte über den Platz. Der kleine gelbe Wagen hielt quietschend vor dem *Valentiner*. Der Frassek zwängte sich aus der Tür, wollte ins Gasthaus laufen, dann aber erblickte er die Wirtsfrau und die Maria auf der Bank bei der Kirche.

»Ich habe so einiges erfahren, Frau Kornfeld«, sagte er ohne eine weitere Begrüßung.

»Grüß Gott, sagt man erst einmal, Frassek.«

»Ist ja schon gut, Sissi …« Die Lissi spürte, wie er kurz stockte. »Oder Lissi? Ach, ich kann mir wohl keine Namen mehr merken bei all diesen Verwechslungen. Es ist nicht der Josef, oder, Frau Kornfeld? Deswegen haben Sie nie etwas dagegen gehabt, wenn er mit Ihrer Tochter …«

»Ja, es ist nicht der Josef«, unterbrach sie ihn, »das habe ich Ihnen doch gesagt.«

»Stimmt. Ich hatte Ihnen nicht geglaubt. Aber der richtige Sohn von der Teresa ist der Rasch, nicht wahr? Warum wohnt der dann bei Ihnen? Er weiß alles, er war vor ein paar Tagen bei der Teresa, da hat sie es ihm erzählt.«

Die Lissi konnte zusehen, wie es der Maria ganz langsam bewusst zu werden schien, wen sie bei sich zu Hause aufgenommen hatte. »Ich … ich geb's zu, ich hab, auch wenn ich's gewusst hab, nie wieder daran gedacht. Es war doch so natürlich, dass der Josef der Sohn von der Teresa ist und der Rasch der von den Raschs …« Sie unterbrach sich selbst und fuhr mit den Händen über ihr Gesicht. »Nein, das ist nicht ganz richtig. Ich habe einfach das Geld gebraucht. Da war mir alles recht.«

Frassek bemerkte, wie Sprotz aus dem Wald kam. Er

hatte die Hände in den Hosentaschen und schmollte anscheinend noch immer.

»Ja, aber der Rasch, der ist doch nicht gefährlich. Oder?« Die Lissi sah den Frassek an. Er zuckte mit den Schultern.

»Er soll ziemlich wütend sein, sagt Teresa. Keine Ahnung, was er dann macht.«

»Meine Güte, Frassek! Warum sagst du das denn nicht gleich! Ich hab deine Tochter dahingeschickt. Die Vera. Sie wollte zum Wagnerhof, die Emma besuchen …«

Maria Kornfeld riss die Augen auf. »Ach, deswegen habe ich sie auf dem Weg getroffen. Und da war auch noch so ein Kerl, der ihr hinterhergegangen ist. Ein Engländer, oder so.«

»Was, der Mister John? Der auch?«

»Wer zum Teufel ist jetzt dieser Engländer«, rief der Frassek und rannte schon zum gelben Auto. »Dieses verfluchte Dorf! Raus aus dem Auto, Leonardo. Sprotz! Komm, mach hin!«

»Was hast du gemacht, Frassek?«

»Egal, steig ein jetzt. Einsatz!«

Die Lissi sah diesem seltsamen Wagen mit der zerbeulten rechten Seite hinterher. Neben ihr stand die Maria auf.

»Ich geh besser auch. Ach, Lissi, wenn ich doch nur früher über meinen Vater Bescheid gewusst hätte. Ich hätt dann bestimmt nicht so viel falsch gemacht.«

»Nichts da, du bleibst jetzt bei mir, und wir besuchen die Frau Kroisleitner. Der Alois hat deinen Vater, diesen russischen Soldaten, gekannt. Und was der Alois gewusst hat, das müsste ja auch sie wissen, sie war ja schließlich seine Frau.«

*

Der Josef legte sie auf die Bank. »Hier wollte ich es dir gestern erzählen. Dass ich dein Bruder bin. War es wirklich erst gestern? Ach, Emma, die Zeit vergeht so schnell.«

Er kniete sich neben die Bank. Er strich ihr die Perückenhaare aus dem Gesicht. In seiner Hosentasche fand er ein Tuch. Vorsichtig, mit ein wenig Spucke, rieb er ihr das Make-up von den Wangen. Ihr Telefon klingelte. Er ließ es läuten. »Ich dachte, es ist egal, was wir sind. Wenn wir uns nur lieben, dann geht es niemanden etwas an. Aber jetzt habe ich Neuigkeiten. Gute Neuigkeiten! Wir sind keine Geschwister. Warte, ich mach die Dornen weg. Sonst tust du dir noch weh.«

Mit der bloßen Hand riss der Josef die Brombeerzweige ab, die über die Bank wucherten. Auf der Handfläche vermischte sich Emmas Blut mit seinem. Er wischte es an der Hose ab. Er setzte sich neben sie. Er legte ihren Kopf auf seinen Schoß. Sie war so leicht gewesen, als er sie durch den Wald getragen hatte. So als wäre sie noch ein Kind.

Es hatte ihm nichts ausgemacht, als der Rasch ihm von den vertauschten Kindern erzählt hatte. Dreißig Jahre hatte er die Leiche des Mönchs bewacht. Dafür gesorgt, dass niemand einen Blick ins Wasserbecken werfen würde. Aber jetzt war es ihm egal. Der Mönch war nicht sein Vater, die Teresa nicht seine Mutter. Raschs Eltern waren seine Eltern. Aber die waren tot. Er war eine Waise. Aber er hatte Emma. All das, was der alte Kroisleitner zu ihm gesagt hatte, war falsch gewesen. Die Warnungen. Die Drohungen. *Lass dich nicht mit Emma ein!* Alles falsch. Jetzt musste er es ihr nur begreiflich machen. Dann würden sie endlich zusammen sein können. Ja, jetzt konnte sie gar nichts anderes, als bei ihm bleiben. Wenn sie erst die Wahrheit kannte.

»Soll ich dir die Schminke um die Augen auch abwischen? Das muss doch furchtbar brennen. Wieso hast du dich überhaupt geschminkt? Und diese Haare?« Er zog ihr die Perücke vom Kopf. Sie war ganz feucht vom Blut. Er warf sie weg. Wieder klingelte dieses verdammte Telefon. Er ließ es klingeln

»Also gut, wenn du willst …«. Er stand auf. Er holte die Perücke, um sie ihr wieder aufzusetzen. »Du kannst herumlaufen, wie du willst. Nur bitte: Wach wieder auf …«

*

Frassek drückte auf Wahlwiederholung.

»Ich werde nie wieder ein Wort mit dir reden!« Sprotz lenkte seinen Wagen den Weg hoch zum Wagnerhof. »Die ganze rechte Seite zerbeult. Wie konnte dir das passieren?«

»Sprotz, jetzt halt doch mal deinen Mund. Ich telefoniere.«

»Ach, hätt ich doch auf Katja gehört und wäre gestern einfach weiter an die Adria gefahren. Oder wenigstens ins Nachbardorf. Nur möglichst weit weg von dir, Frassek.«

»Sie geht nicht ran, Sprotz.«

»Wer? Katja?«

»Vera. Sie ist in Gefahr. Jetzt fahr doch schneller, das Auto ist doch sowieso schon hinüber.« Er hoffte, Sprotz würde auf das letzte Wort, das er immer haben wollte, verzichten. Und das machte der auch. Sprotz beschleunigte und irgendwie schaffte er es, in einem beachtlichen Tempo durch den Wald und direkt über die Wiesen zu fahren.

»Wenn eine Kurve kommt, musst du dich gegen die Fliehkraft lehnen. Katja und ich haben das geübt. Das klappt ganz gut.«

Sie fuhren am Kerschbauerhof vorbei. Den Berg hinauf röhrte das Auto bedenklich, aber es schaffte die Steigung und dann ging es wieder durch den Wald. Sprotz wühlte einige Ameisenhügel auf, grau geblichene Äste wurden von den durchdrehenden Rädern in die Luft geschleudert. Dann tauchte ein Scheunendach auf. Mit quietschenden Bremsen blieb der kleine gelbe Wagen auf dem Wagnerhof vor einer Tränke stehen. Der Schlauch, aus dem das Wasser in die Tränke floss, war ebenfalls gelb.

Immer, wenn die Zeit für Frassek wie in Zeitlupe verging, wusste er, dass er zu spät war. Immer fühlte er sich dann wie unter Wasser, taub, alles verschwommen, und auch jetzt hörte er keine Geräusche, als er den Hof durchquerte, die paar Stufen hinauf zur Haustür hechtete, sie aufstieß und in die Küche platzte. Ein riesiges Chaos, aber niemand war da.

»Vera?« In einem Zimmer fand er die Kleider seiner Tochter, aber nicht sie! Es schien Ewigkeiten zu dauern, bis er alle Zimmer und die Scheune durchsucht hatte. Er war zu spät gekommen. »Sie ist weg!«

Sprotz stand im Chaos der Küche. Er hielt einen Briefumschlag in der Hand. »Schau doch mal! Den habe ich neben dem umgefallenen Schrank entdeckt. Muss darunter gerutscht sein. Ganz alt und ungeöffnet. Und da drüben liegen noch mehr Briefe!«

»Sprotz!«

»Ja, schon gut. Wir müssen halt weitersuchen.«

»Schlaumeier! Und wie?«

Sprotz zückte sein Handy, hielt es triumphierend in die Höhe und wählte. Er wartete. »Sprotz hier. Hallo, Chef? Nein, wir sind noch nicht an der Adria, aber danke noch mal … nein, es gibt ein ernstes Problem. Frassek und ich, wir brauchen Ihre Hilfe.« Er zwinkerte Frassek zu, der fassungslos neben ihm stand. Warum musste er ausgerechnet jetzt Müller anrufen!

»… ich weiß, dass Sonntag ist, aber von hier aus in Österreich funktioniert das Programm nicht, das habe ich gestern mit meinem Laptop … fünf Minuten? Prima, ich gebe Ihnen dann gleich die Nummer durch.«

Er legte auf. »Ich brauche die Nummer von Vera.«

»Was?«

»Die Handynummer von Vera, Frassek! Ach, ich Blödmann, das ist ja die alte von Katja! Müller wird sie mit dem Programm auf meinem Computer orten. Kannst du dich erinnern, das haben wir …«

»Brauchst nicht so zu tun, als wäre ich ein Idiot, Sprotz.«

Kurz darauf umarmte Frassek seinen Kollegen.

17

DER KNOPF

1

»Ist sie wirklich tot?« Maria schaute fassungslos auf die kleine leblose Gestalt im Bett.

Der Kroisleitner Karl nickte. »Gestern. Aber ich hab noch niemandem Bescheid geben können.«

»Das kann ich verstehen, Kalli«, sagte die Lissi. Sie drückte seinen Arm. Das tat ihm gut. »Mein Gott, sie wirkt so jung. Hast du sie so …?«

»Ja. Das war ich ihr schuldig. Ich bin doch für ihren Tod verantwortlich.«

»Geh, Kalli! So etwas darfst du nicht sagen! Und noch nicht einmal denken. Schau doch, sie lächelt fast. So glücklich habe ich sie lange nicht mehr gesehen.«

»Aber ich …« Wieder unterbrach die Lissi ihn, indem sie seinen Arm noch fester drückte, wie damals der Polizist oben am Toten Mann. Dabei wollte er der Maria und ihr doch alles erzählen. Davon, wie sie ihn gebeten hatte, das Kissen zu nehmen und es auf ihr Gesicht zu drücken, sanft, wegen des Nasenblutens, und wie er sich dabei gefühlt hatte.

»Soll ich den Doktor rufen, Kalli?«

Er nickte. Vielleicht sollte er den Rest seines Lebens nur noch nicken. Er wollte jetzt alleine sein, doch die Lissi ging zum Telefon, gab dem Doktor Bescheid und setzte in der Küche Wasser auf.

»Ach, Maria, meine Liebe«, sagte sie dabei, »jetzt kann die Gretl uns gar nichts mehr über deinen Vater erzählen. Nu, ich koche uns erst einmal einen Tee.« Und während sie ihn zubereitete, erzählten Lissi und Maria dem Kroisleitner Karl Geschichten, die er noch nie gehört hatte. Und je mehr sie ihm erzählten, umso weniger dachte er an sein eigenes trauriges Schicksal.

»Dann ist der Rasch der Sohn von der Teresa? Und der weiß jetzt, dass er vertauscht wurde? Dass er gar nicht der Rasch ist?« Wie sollte er ihn denn jetzt nennen, schoss dem Kroisleitner Karl durch den Kopf. Er kannte seinen Vornamen gar nicht. Wie bei seinem Freund Frassek. »Gestern hat er hier geklingelt. Ich habe ihm eine Taschenlampe, ein Seil und ein Messer verkauft. Er hat's nicht gesagt, aber ich glaub, er wollte hoch zum alten Wasserwerk. Zu Fuß.«

»Der Schatz«, sagten die Maria und die Lissi gleichzeitig. Und weil der Kroisleitner Karl schon wieder so ein verdutztes Gesicht machte, erzählten sie ihm auch noch den Rest.

*

»Chef, sehen Sie jetzt die beiden roten Punkte?« Sprotz schaute Frassek triumphierend an.

»Ja, äh«, kam es zögerlich aus Berlin, »wo?«

»Auf der Landkarte, Chef.«

»Jajajaja, jetzt sehe ich's. Meine Güte, die sind ja so nahe beieinander, wie Achtelnoten.« Er ließ sich von Sprotz erklären, wie man die Karte vergrößern konnte. »Ja, jetzt ist es besser. Der eine Punkt ist da bei einem Bauernhof. Warten Sie … Wagnerhof heißt der.«

»Richtig. Dieser Punkt, das ist Frassek.«

Lauf los, machte Sprotz lautlos zu Frassek. Er ging aus der Küche und verließ das Haus. Spontan entschied er sich für eine Richtung.

»Ah, jetzt bewegt sich der eine rote Punkt. Mensch, Herr Sprotz, das ist ja höchst interessant!«

»Und? Stimmt die Richtung?«

Mach hin, dachte Frassek. Er lief weiter und hörte Müller über den Lautsprecher dabei zu, wie der eine Melodie summte. Eine halbe Minute später sprach Müller wieder. »Nein, falsche Richtung. Er muss in den Wald hinein.«

»Das können Sie ihm auch direkt sagen.«

»Hallo, Chef.«

»Herr Frassek, also was Sie schon wieder anstellen … und das an einem Sonntag …«

»Später, Chef. Erst müssen wir Vera finden.«

Müller führte ihn in den Wald hinein. Frassek ging erst langsam, dann immer schneller, manchmal musste er zurück, weil Müller ihn falsch dirigiert hatte, aber mit der Zeit beherrschte sein Chef das Programm besser.

»Es kann jetzt gar nicht mehr so weit sein, Herr Frassek. Der Weg macht noch zwei Kurven, und da blinkt der andere rote Punkt. Da muss Ihre Tochter dann sein.«

»O.k., dann schalte ich jetzt ab.« Vielleicht brauchte er beide Hände. Er hatte keine Ahnung, auf wen oder was er gleich treffen würde. Er zögerte. »Danke, Chef.«

»Denken Sie dran, Herr Frassek, am Dienstag erwarte ich Sie hier in meinem Büro und wehe …«

Frassek unterbrach die Verbindung. Er steckte das Telefon ein, verlangsamte seine Schritte und bog um die vorletzte Kurve. Jetzt, ohne Telefon am Ohr, hörte er, wie laut seine Schritte auf dem Waldweg waren. Am äußersten Rand des Weges wuchs etwas Gras, dort ging er nun lang.

Es war tatsächlich leiser, und so hörte er schon von weitem, wie jemand murmelte. Die nächste Kurve kam und er sah die Bank. Er sah Josef Lamberti dort sitzen und mit dem Kopf auf seinem Schoß lag Vera ausgestreckt da. Ob sie schlief? Was war mit ihr los?

*

Jemand packte den Josef von hinten um den Hals und zog ihn von der Bank. Sein Gesicht wurde in den Waldboden gedrückt. Erde und Tannennadeln füllten sich in seinem Mund. Er musste husten. Er schlug um sich. Er bekam einen Ärmel zu fassen. Es half nichts.

Der Angreifer umklammerte seinen Hals. Josef ließ den Ärmelstoff los. Er stützte sich mit beiden Händen ab und stand einfach auf, den Angreifer auf seinem Rücken. Er drehte sich im Kreis und schleuderte ihn fort. Der Mann schlug gegen einen Baum. Er rappelte sich hoch und wollte wieder auf ihn los. Josef war bereit.

»Was haben Sie mit meiner Tochter gemacht?«

»Wieso Tochter?«

»Vera. Ist sie tot? Ich bring Sie um!« Der Mann fand einen dicken Ast und wollte auf ihn los.

»Das ist nicht Ihre Tochter. Das ist Emma.«

»Emma? Aber die Haare ...«

Der Josef drehte sich um und ging zur Bank zurück. Die Emma stöhnte. Sie schien aufzuwachen. Er nahm ihr die Perücke ab.

»Aber das Handy ...« Der Mann war zu ihm getreten, nicht mehr wütend, sondern verzweifelt. Josef erkannte ihn jetzt wieder. Es war der fremde Wanderer, der vor einer Woche eine Postkarte bei ihm gekauft hatte. Was hatte der denn hier zu suchen? Und wer war Vera?

»Gehen Sie mal weg da.« Der Mann schob Josef zur Seite

und schlug Emma leicht auf die Wangen. Sie schlug die Augen auf und schaute ihn mit schmerzverzerrtem Gesicht an.

»Wer sind Sie?«

»Frassek. Polizei, ich meine, der Vater von Vera. Wo ist sie?«

»Vera ...?«

»Meine Tochter. Die so aussieht wie Sie.«

Josef sah, wie Emma versuchte, ihre Gedanken zu ordnen. »Robert hat sie. Er denkt, sie ist ich.«

Josef half ihr hoch. Sie erzählte dem Mann eine Geschichte, die er überhaupt nicht verstand. Aber es war ihm egal. Sie lebte. Sie war wach. Das allein war wichtig.

»... und dann haben wir die Handys getauscht. Ich habe ihres und sie hat meins.«

»Geben Sie mir die Nummer.«

Emma gab sie ihm und der Mann verschwand. Sie fasste sich an den Kopf und stöhnte. »Ich sollte mal nachzählen, wie oft man mir in der letzten Woche eine gescheuert hat.«

2

»Mei, warum müssen die diese Wasserwerke immer so weit oben bauen!« Die Lissi hielt sich am Kalli fest. Lang war sie nicht mehr dort gewesen, das letzte Mal war's, als der Rasch und der Bruno den Josef gefesselt und die Emma eingesperrt hatten ... und als der Kalli die Dagmar geküsst hatte! »Sag, Kalli, warum hat das eigentlich zwischen euch nicht funktioniert?«

»Was meinst du?«

»Na, du und die Dagmar. Ihr habt euch doch geküsst.« Der Kalli blieb abrupt stehen. Gott sei Dank, dachte die Lissi. So konnte sie etwas Luft holen.

»Das weißt du?!«

»Nu, freilich. Ich hab euch doch gesehen ...« Und deswegen den Jockl geheiratet. Die richtige Entscheidung nach dem schönen Morgen, den sie heute gehabt hatte. Sie wäre gleich zurück, hatte sie vorhin zu ihm gesagt. Nu, er würde noch ein wenig warten müssen. Im Whirlpool hoffentlich. »Also, warum habt ihr nicht geheiratet?«

»Ich geb's zu, ich hab sie gefragt. Aber sie hat es nicht gewollt. Ich wär doch wie ein Bruder, hat sie gesagt.«

Die Maria war schon weitergelaufen, sie war bereits an der Abzweigung in den Wald hinein, dort wo gleich das Wasserwerk lag. Zuerst hatte sie gar nicht mitkommen wollen, sie hatte sich Sorgen um die Emma gemacht, aber die Lissi hatte sie davon überzeugt, dass der Frassek, der Polizist aus Berlin, schon alles in Ordnung bringen würde.

»Aber du hättest es schon gern, oder?«

»Ach, Lissi, hättest du mich vor einer Woche gefragt, ich hätt sofort ja gesagt. Aber heut ...«

»Ich war damals verknallt in dich.«

Huch! Das war ihr so herausgerutscht, das hatte sie eigentlich gar nicht sagen wollen, das ging ihn ja auch nichts an, früher vielleicht schon, aber jetzt? Plötzlich tauchte die Maria wieder auf dem Weg auf. Sie winkte hektisch.

»Kommt her! Schnell! Der Rasch!«

*

Das Erste, was der Kroisleitner Karl bei dem schummrigen Licht bemerkte, war das Ende eines Seils, das locker über dem Geländer hing. Ein Ruck, und es würde ins Wasser fallen.

»Bitte holt mich hier raus! Es ist so kalt«, hörte er die Stimme vom Rasch rufen. Mit der Lissi und der Maria trat er ans Geländer. Sie schauten auf den Rasch herunter, wie er da im Wasserbecken stand, nutzlos das andere Ende des Seils festhielt und sichtlich fror. Quellwasser war kalt, selbst im Sommer.

»Wir wissen alles. Du bist der Sohn von der Teresa. Nicht der Josef«, platzte es aus der Lissi heraus.

»Was soll das denn jetzt? Ich bin nicht der Sohn von der Teresa. Der Josef ist doch der Sohn! Helft mir hier heraus.«

»Hör auf zu lügen«, sagte die Maria, »ich war doch dabei, wie du und der Josef geboren wurdet. Am gleichen Tag. Die Teresa hat euch vertauscht. Ich hab's gesehen.«

Der Rasch hörte auf zu zittern. Seine Lippen waren ganz blau. »Wieso warst du dabei?«

»Sollten wir ihn nicht besser herausholen?« Der Kroisleitner Karl war sich aber nicht sicher, ob sie das wirklich tun sollten. Der Frassek hatte der Lissi erzählt, dass der Rasch gefährlich wäre, also gut, wütend, aber vielleicht war das das Gleiche.

»Wart noch a bissl, Kalli«, sagte die Lissi zu ihm. Und zum Rasch rief sie laut hinunter: »Wie bist du überhaupt da hineingefallen?«

»Holt mich doch einfach raus und ich erzähl's euch. Bitte!« Jetzt fing er auch noch zu heulen an! Komisch, dachte der Kroisleitner Karl, er hatte ihn nie gemocht, aber müsste er jetzt nicht trotzdem Mitleid mit ihm haben?

*

»Du suchst den Schatz«, sagte die Maria, und die Lissi dachte, ›richtig, er sucht ja den Schatz‹, und überlegte weiter. Aber wie hatte er überhaupt davon erfahren, dass der hier versteckt sein sollte? Der Einzige, der davon gewusst hatte, war der Alois gewesen. Die Lissi schluckte. Siebzig Jahre hatte er kein Sterbenswörtchen darüber verloren, dass er mit dem Russen den Klosterschatz hier versteckt hatte. Und dann ging ihr ein Licht auf.

»Du hast den Alois …?«

»Hör auf, Lissi!«

»… ja, natürlich, du hast den Alois auf dem Gewissen. Und die Kinder! Die haben das ja auch nachgespielt. *Wo ist der Schatz?* Das haben sie gesagt, weil sie dich dabei beobachtet haben, wie du dem Alois …«

»Was?« Der Kalli, der schon das Seil gepackt hatte, um dem Rasch herauszuhelfen, ließ es wieder los. »Was erzählst du denn da, Lissi?«

»Kalli, nein«, rief der Rasch, »hör nicht auf sie!«

»Was hast du mit dem Vater gemacht? Vorher kommst du hier nicht hoch.«

Nach langem Zögern begann der Rasch zu erzählen, dass er sich beim Heldenfriedhof mit dem alten Kroisleitner verabredet habe, um von ihm zu erfahren, wo der Schatz sei.

»Ich hab ihn gebraucht. Der ist viel Geld wert, und ich muss schließlich das *Waldesruh* wieder instand setzen.« Das habe er auch dem alten Kroisleitner erzählt, der aber habe sich geweigert, ihm das Versteck zu verraten. »Gekotzt hat er und Blaubeeren gefressen, als wenn er verrückt geworden wär. Es war richtig eklig.«

Und dann hatte der Alte ihm erzählt, dass er, Rasch, der Sohn von der Teresa sei. »Und dass der Mönch mein Vater wäre! Dass die Teresa den Josef und mich vertauscht hätte. Und dass ich gar kein Rasch wäre und mir auch nicht der Hof gehören würde. Aber ich habe ihm kein Wort geglaubt!«

Der Rasch verstummte. Bis jetzt hatte er gegen das Rauschen des Wassers angebrüllt, aber als er jetzt weiterredete, musste die Lissi die Ohren spitzen, denn jetzt murmelte er nur noch.

»Er hat mein Mal gesehen, damals beim Arzt. Hinten auf der Schulter, genau das gleiche, das auch der Mönch hatte … Deine Tochter«, schrie er die Maria auf einmal an, »ist meine Schwester, ich könnt speien! Und dann sagt dieser Oarsch auch noch, dass der Mönch mir nicht nur's Feuermal vererbt hätte, sondern auch den schlechten Charakter und die Habgier. Na und? Und dass ich nur hinter dem Schatz her wär, genauso wie der Mönch damals. Na und? Und immer wieder hat er nach Wasser gebettelt, weil er so durstig war. Und wenn ich ihm nicht helfen würde, würde er es allen erzählen.«

Er habe den Spieß einfach umgedreht, erzählte der Rasch weiter. »Ich lass mich doch nicht erpressen! Auf die Knie hab ich ihn gezwungen, und dann hat er hinter mir herkriechen müssen, bis hoch zum Toten Mann. Und da hat er es mir dann erzählt. Dass er der Maria Briefe gegeben hat und da würde alles drin stehen, und … und dann ist er tot umgefallen.«

»Du hast meinen Vater getötet?«

»Nein, er ist … Kalli, er ist einfach so gestorben! Er ist nach vorn übergekippt. Und ich bin weggelaufen. Ich habe ihn nicht angerührt. Es war nicht meine Schuld!«

»Aber er hat sich an dir festgehalten«, sagte der Kalli. »Zieh deine Jacke aus. Zeig sie mir.« Der Rasch weigerte sich, doch der Kalli, stellte die Lissi bewundernd fest, blieb stur. So hatte sie ihn noch nie erlebt.

»O.k., du bekommst sie. Aber ich bitt dich, Kalli, mit über hundert Jahren! Komm, da kann man schon mal sterben.«

Der Rasch zog seine Jacke aus und warf sie zum Kalli hoch. Der schaute sie sich genau an. Und dann beobachtete die Lissi fassungslos, wie der Kalli den Knoten vom Seil löste und es ins Wasser warf.

»Du kannst mir nichts vormachen. Ich weiß von dem Knopf. Den hatte der Vater in der Hand. Und an deiner Jacke fehlen mehrere.« Er warf die Jacke ins Wasser. Dann ging er fort.

»Kalli, bleib doch! Ich hab die Knöpfe im Wasser verloren. Ich kann danach tauchen, wennst willst.«

Die Worte vom Rasch verhallten ungehört. Der Kalli war weg. Jetzt war nur noch sie mit der Maria da. Und die beugte sich jetzt auch noch einmal über das Geländer. »Deswegen hast du dich also bei mir eingemietet. Du wolltest die Briefe, von denen der Alois dir erzählt hatte. Wo sind sie?«

»Äh, da bei euch oben …«

»Lüg mich nicht an, Rasch! Hier sind keine Briefe.«

»Maria, bitte. Hab dich nicht so. Wir haben uns doch gut verstanden. Du bist doch jetzt so etwas wie meine Stiefmutter …«

»Wag dich, das auszusprechen!« Die Maria spuckte ins Wasser. »Das ist für dich und deinen elenden Vater!«

Und dann ging auch sie fort.

»Maria …« Dem Rasch schien es jetzt erst recht unheimlich zu werden. Die Lissi sah, wie er jetzt beide Seilenden in den Händen hielt. Sie ging zur Tür und schaute dem Kalli und der Maria hinterher.

»Lissi …«

3

Völlig atemlos stand Frassek an der Türschwelle. Sprotz saß in der Küche auf einem Stuhl und las irgendwelche Briefe. Er strahlte ihn an. »Was für eine Geschichte, Frassek! Nun wird mir einiges klar. Ich habe alle fünf Briefe gelesen. Und aus dem letzten ist eine alte Erkennungsmarke herausgefallen. Noch aus dem Krieg! Und jetzt rate mal, wem die gehört hat?«

»Sprotz …« Noch immer hatte Frassek nicht genug Luft, um zu sprechen. Er wedelte mit dem Zettel in der Hand und hustete. Sprotz hielt die Erkennungsmarke in die Luft.

»Dem Karl Kroisleitner. Das ist der Onkel von deinem Schuhmacherfreund. Derselbe Vorname. Und im alten Wasserwerk, Frassek, da haben sie einen Schatz versteckt. Den Klosterschatz. Und dann …«

Frassek nahm ihm die Marke ab und hielt Sprotz den Zettel hin. »Du musst den Müller anrufen. Da hier, das ist … die Nummer von dem Handy, das Vera hat …«

»Muss ich das jetzt verstehen, Frassek? Ich denke, du hast sie gefunden?«

»Müller, Sprotz, Mann! Die haben die Handys vertauscht. Und Vera wurde entführt. Wir müssen jetzt nach … diesem hier suchen.«

Sprotz zückte sein Telefon. Frassek hörte zu, wie es ihm gelang, Müller wieder zurück ins Revier fahren zu lassen. Niemals hätte er das selbst gekonnt, dachte er bewundernd. Sprotz gab ihrem Chef die Nummer durch. Er wartete, machte ein paar Mal »mmh« und »genau da drauf klicken«, dann legte er auf und wischte mit seinen Finger über das Display seines Handys. »Showdown.«

»Was ist? Wo ist sie?«

»Keine Ahnung warum, aber das Handy von Vera, also ich meine das von Amy, also eigentlich heißt sie ja Emma …«

»Sprotz, ich bring dich um!«

Sprotz zeigte ihm eine Landkarte auf seinem Smartphone. »Sie laufen durch den Wald, kreuz und quer, hat Müller gesagt. Anscheinend hat der Entführer keinen Plan, wo er hin will. Momentan sind sie hier. Wir nehmen mein zerbeultes gelbes Pferd, Sheriff, dann sind wir schneller.«

*

Sprotz steckte die Briefe ins Handschuhfach und navigierte mit seinem Smartphone. Frassek saß am Steuer. Mit dem

Tipp, sich gegen die Fliehkraft zu lehnen, hatte er das Auto besser unter Kontrolle. Vorne teilte sich der Weg.

»Und jetzt?«

»Warte, warte.« Sprotz studierte die Landkarte auf seinem Smartphone. »Links, Frassek, fahr da lang.«

»Das ist doch kein Weg!« Er fuhr trotzdem weiter. Einen halben Meter stand das vertrocknete Gras hoch, das auf dem schnurgerade angelegten Weg wuchs. Müsste eine Abkürzung sein, hatte Sprotz gesagt, eine alte Römerstraße, die aber nicht mehr genutzt wurde, so würde es jedenfalls in der Karte stehen. Frassek verließ sich darauf und auf die Straßenbaukünste der Römer, konnte er doch wegen des hohen Grases nichts vom Zustand der Straße sehen. Auf einmal hörte der Weg auf. Vor ihnen lag eine Wiese.

»Was jetzt? Mann, Sprotz! Mach hin, der Kerl hat Vera!«

Sprotz rief noch einmal Müller an. »Sie haben schon wieder die Richtung gewechselt. Fahr einfach über die Wiese, Frassek, dort hinten geht der Weg ja weiter und dann geht's bald links runter.«

Die Wiese war nicht sehr steil. Sie sah aus wie ein Idiotenhang zum Skifahren, dachte Frassek noch.

»Frassek …«

Trotzdem war sie zu schräg für das kleine Auto. Frassek lehnte sich gegen die Fliehkräfte. Er gab Gas, um endlich den Weg zu erreichen.

»Frassek?«

Es half aber nichts. Das Auto neigte sich immer mehr zur Seite. Frassek verlor die Kontrolle. Der Wagen kippte um, landete auf der Seite, fiel aufs Dach, ganz kurz standen sie wieder richtig. Aber sie hatten schon zu viel Schwung.

»Frassek!«

Nach dem zehnten Überschlag verlor Frassek das Bewusstsein.

18

DAS MESSER

1

Wie der Newsticker von der *Gratz* am Montagfrüh berichtete, wurde die Verdächtige Johanna Kerschbauer noch am Sonntagabend auf freien Fuß gesetzt. Als sie nach Hause kam, wunderte sie sich, welcher Geist zwei Teller abgespült, den Rest aber stehen gelassen hatte. Sie unterdrückte ein Schimpfwort und nahm erst einmal einen stärkenden Schluck von ihrem Birnenschnaps.

Karl Kroisleitner und Maria Kornfeld erhielten eine Anzeige wegen unterlassener Hilfeleistung. Der stark unterkühlte Mann, der nicht Rasch genannt werden wollte, obwohl er doch so hieß, wurde lediglich ermahnt. Es konnte nicht zweifelsfrei bewiesen werden, dass der Schuhmachermeister Alois Kroisleitner eines unnatürlichen Todes gestorben war – weder durch Gift noch durch Gewalt. Dem Inspektor Leibinger, der diese wichtige Information aus der Pathologie am vergangenen Freitag nicht an seine Vorgesetzte weitergegeben hatte, schrieb man eine Rüge in die Personalakte. Die Morduntersuchung Alois Kroisleitner wurde am Montagmorgen offiziell für abgeschlossen erklärt. Altersbedingtes Versagen von Körperfunktionen, hatte der Pathologe in seinen Bericht geschrieben.

*

Er wachte auf. Er schaute aus dem Fenster. Draußen regnete es in Strömen. Draußen? Wo das war, das wusste er nicht. Aber dass es unter der Decke heiß war, das spürte er. Und dass in seinem linken Unterarm eine Kanüle steckte, auch. Der Schlauch führte zu einem durchsichtigen Beutel, der an einem Ständer hing.

*

Er wachte wieder auf. Jemand schnarchte. Es juckte. Das war nicht auszuhalten. Mit der freien Hand fasste er unter die Decke und fühlte einen Schlauch. Man hatte ihm einen Katheter gelegt? Ich muss hier raus, dachte er. Aber er wusste nicht, warum.

*

»Na, sind Sie jetzt wach? Haben Sie fein geschlafen?« Eine zwei Meter große Krankenschwester mit einem Häubchen auf dem Kopf tauchte in seinem Blickfeld auf. Sie hatte ein Pferdegebiss. Er nickte. Das hätte er lieber bleiben lassen sollen.

»Schön, dann brauchen wir das ja auch nicht mehr.« Die Krankenschwester wieherte. Sie zog etwas aus seinem Penis heraus. Es tat weh. Es tat gut. Der Juckreiz war weg. Ein paar Tropfen fing sie geschickt mit einem Tuch auf.

»Sie können's aber schon einhalten, nicht wahr?«

Dann fasste sie ihn von vorne an den Schultern und setzte ihn aufrecht hin. Sie lagerte seinen Kopf zwischen ihren Brüsten. Er bekam keine Luft. Ihm wurde schlecht. Als er wieder auf das Kissen gelegt wurde, war es so weich wie nichts, was es auf der Welt gab.

»Mei, da haben wir aber Glück gehabt, gell, Herr Mustermann? Nichts gebrochen, aber ein Schädel-Hirn-Trauma. Und das ist kein Spaß.«

Er antwortete ihr, aber er verstand selbst nicht, was er sagte. Die Krankenschwester legte ihm den Finger auf die Lippen. »Aber, aber, Herr Mustermann, wir wollen uns doch nicht zu sehr anstrengen, nicht wahr?«

Als sie fortging, entdeckte er in fünfhundert Meter Entfernung ein zweites Bett. Je mehr er sich darauf konzentrierte, umso näher kam es. Der Mensch darin war vollkommen einbandagiert. Beide Beine in Gips. Sie wurden mit Gewichten hochgehalten, genauso wie einer der beiden Arme. Mit dem anderen, dem linken, winkte die Gestalt, so wie der Kapitän bei Moby Dick, als er am Leib des Wales hing. Er lachte und schlief wieder ein.

*

Der Zivildiener, so hatte sich der junge Mann ihm vorgestellt, lächelte ihn kurz an und ging. Schweigsam hatte er ihn gefüttert, ihm danach aber erzählt, dass der Mann im anderen Bett Sprotz heißen würde. »Und Sie können sich sicher auch bald wieder daran erinnern, wie Sie heißen, Herr Mustermann. Das ist bei einem Schädel-Hirn-Trauma halt so. Das ist kein Spaß.«

Als sich die Tür schloss, schlug er die Decke zurück. Wenn der da drüben Sprotz war, musste er Frassek sein. Das war nur logisch. Sie waren ein Team. Man hatte ihm ein Nachthemd angezogen. Er kicherte. Genauso weiß wie das Laken und die Decke und das Kissen und die Wände und die Verbände vom Sprotz. Wie sollte er denn darin flüchten?

*

Unendlich langsam stand Frassek auf. Er fummelte den Schlauch von der Kanüle ab. Dann hielt er sich am Bettpfosten fest und schwankte zu dem anderen Bett hinüber. »Sprotz, bist du wach?«

»Frassek …« Jedenfalls klang es so, was dort aus dem kleinen Loch im Kopf kam, wo ungefähr der Mund sein musste.

»Keine Sorge, Kumpel, ich hol dich hier raus.«

»Frassek!«

Frassek kam näher. »Ja, was ist denn noch?«

»Bin ich blind?«

»Nein, man hat nur deinen Kopf bandagiert.« Er wollte nicht wissen, warum. »Ich komm gleich wieder.«

Frassek schlurfte zum Einbauschrank. Dort fand er seine Sachen, verschmutzt, etwas Blut, aber immer noch besser als dieses Nachthemd. Nachthemd. Jetzt gluckste er vor Lachen, er konnte gar nicht mehr damit aufhören. Nachthemd! Hatten sie ihm etwa Drogen verabreicht? Im Badezimmer sah er sein Spiegelbild. Die Augen waren blutunterlaufen. Die Pupillen geweitet. Mit dem Turban sah er aus wie Omar Sharif – ein Schädel-Hirn-Turban! *Das ist kein Spaß, Herr Mustermann!* Kichernd schlich er aus dem Zimmer.

*

Der Flur war leer. Das Gehen fiel ihm nun schon etwas leichter. Frassek erreichte einen Fahrstuhl und fuhr hinunter ins Erdgeschoss. Dort war mehr los als auf seiner Station, aber niemand schien ihn zu beachten. Da fühlte man sich wie der letzte Dreck und niemand sah es einem an. Lachen musste er trotzdem.

Kurz vor dem Ausgang kam er an einem Kiosk vorbei. Die Verkäuferin strahlte ihn an. Er strahlte zurück. Lauter gesundes Zeug gab es hier, wie Frassek feststellen konnte, vor allem Obst, Blumen, aber auch Zeitungen. Die *Gratz*. Er nahm ein Exemplar und sah zu der Verkäuferin. Sie zuckte enttäuscht mit den Schultern und nickte. In dem

Moment betraten zwei Frauen, die ihm bekannt vorkamen, das Krankenhaus. Frassek flüchtete in den nächsten Gang. Einfach so. Es gab keinen Grund. Aber der schien wichtig zu sein. Frassek schlug die Zeitung auf.

*

Die Lissi konnte die Katja gerade noch zurückhalten. Sonst hätte sie die Mumie dort im Bett so dermaßen innig umarmt, dass es ihr bestimmt nicht gutgetan hätte.

»Wo ist Frassek? Sprotz, was ist mit ihm?«

Der Herr Sprotz murmelte etwas. Die Lissi ließ ihre neue Freundin los. »Schau, Katja, er kann's doch gar nicht wissen, so bandagiert, wie er ist. Er sieht ja nichts.«

Die Katja lief auf den Gang, um jemanden zu finden, der ihr mehr über den Zustand ihres Mannes sagen könnte. Kurz dachte die Lissi, dass die nüchterne Atmosphäre des Krankenhauses die Katja eingeschüchtert hätte. Aber als sie ein »He, Frollein« und ein »ick kann och janz anders« hörte, seufzte sie und setzte sich zu dem Herrn Sprotz ans Bett. Sie nahm die unverletzte Hand und tätschelte sie. »Was habt ihr für ein Glück gehabt, Herr Sprotz. Wenn Sie das Auto gesehen hätten! Wie eine ausgepresste Zitrone. Das da noch jemand lebend rausgekommen ist …«

»Frassek …« Jedenfalls klang es so, was dort aus dem kleinen Loch kam, wo ungefähr der Mund sein musste.

»Nein, nicht der Frassek, ich bin's, die Lissi Valentiner, die vom Gasthof. Und die Katja ist auch da. Keine Sorge, Sie kommen ganz bestimmt wieder auf die Beine.« Sie klopfte auf den Gips. Der Herr Sprotz stöhnte. »Nu, sehen Sie? Da wo Leben drin ist, da wächst's auch wieder zusammen. Es dauert halt a bissl …«

Sie schwieg, unsicher, wie sie es ihm sagen sollte. »Wir haben auch seiner Frau Bescheid gegeben, sie kommt so schnell sie kann, weil ...« Die Lissi fing an zu weinen. »... Herr Sprotz, ich weiß gar nicht, wie ich's ihm sagen soll.«

Eine Hand legte sich von hinten auf ihre Schulter. Die Lissi drehte sich um und blickte in Frasseks Gesicht.

»Was wolltest du mir sagen?«

»Die Vera«, begann die Lissi stockend. Dann klopfte sie auf das Bett, damit der Frassek sich neben sie setzte. Aber er wollte nicht, obwohl er ganz schön schwankte. »Sie ist noch immer verschwunden. Mit diesem Engländer ...«

»Ich habe mich zuerst nicht erinnern können«, wurde sie vom Frassek unterbrochen, »aber als ich die *Gratz* aufgeschlagen habe, ist mir alles wieder eingefallen.« Er zeigte ihr das Foto auf der zweiten Seite: ein Archivfoto, das die Amy zusammen mit einem weißhaarigen Mann zeigte. Den hatte man festgenommen. *George: a Ripper!* stand unter dem Bild.

»Lissi, ich muss hier raus.«

»Geh, das geht doch nicht. Schau dich doch an, Frassek!«

»Meinst du, ich kann hier ruhig herumliegen, während die Vera verschwunden ist?«

Jetzt rollte er doch tatsächlich die Bandagen von seinem Kopf ab! Sie hatten ihm das Haar geschoren, ganz kahl war er nun, wie unangenehm!

»Was ist das denn für eine Narbe, Frassek?«

»Erkläre es der Katja, wenn sie wiederkommt«, unterbrach er sie. »Sagt denen aber nicht, wer ich bin. Als Herr Mustermann bin ich freier. Nicht, dass mich dieser Leibinger wieder festsetzt!«

»Ach, Frassek!«

Der Frassek zog ein Metallschild aus seiner Hosentasche und gab es ihr. »Das ist für den Karl. Er wird wissen, was er damit tun muss.«

»Ach, Frassek«, wiederholte sie. Wie gerne hätte sie ihm erst einmal erzählt, dass sie den Rasch so gut wie überführt hatten, dass man aber nichts hatte beweisen können, weil die Jacke mit den fehlenden Knöpfen verschwunden war. Dass sie den Rasch alleine aus dem Becken gezogen hatte, nicht aus Mitleid, nein, aber weil sie sonst dasselbe wie er gemacht hätte. Nämlich jemanden sterben lassen, selbst wenn ihre Arme danach geschmerzt hatten wie noch nie. Und dass die alte Frau Kroisleitner verstorben war, davon hätte sie ihm auch gerne berichtet, der einzige natürliche Tod in letzter Zeit, auch wenn der Kalli sich die Schuld daran geben würde. Und natürlich von dem Schatz, den die Polizei schließlich aus dem Becken gezogen hatte: eine Kiste voll mit sowjetischen Erkennungsmarken aus dem Zweiten Weltkrieg. Das musste man sich einmal vorstellen: keine Spur vom Klosterschatz, mein Gott, was waren sie alle enttäuscht gewesen …

… aber nein, der Frassek musste ja jetzt unbedingt die Hand aufhalten. Und nach einigem Zögern legte die Lissi ihren Autoschlüssel auf seine Handfläche.

»Aber fahr vorsichtig. Du hast's ja nicht so mit Autos.«

2

Das Auto war ein kleiner Lieferwagen mit dem Schriftzug des Wirtshauses an den Seiten. Es kostete ihn Mühe zu starten, es war noch immer so, als hätte er alle normalen Handgriffe vergessen. Langsam fuhr Frassek aus der Stadt raus und weiter, bis er die traurige Eisenbahnbrücke am Anfang des Schlafnitztals erreichte.

Hier hatte alles begonnen, vor einer zehntägigen Ewigkeit. Hier war er das Tal hochgefahren und dann zu Fuß nach St. Margarethen gelaufen. Und auch wenn er an all dem, was danach passiert war, keine Schuld hatte, fühlte er sich doch verantwortlich. Gerade wegen Vera.

Aber deswegen könnte doch auch hier alles enden, dachte Frassek. Es war zwar nicht die einzige Möglichkeit, um aus St. Margarethen herauszukommen, aber die einfachste. Sollte dieser Engländer mit Vera tatsächlich noch in der Nähe sein, dann würde er sicher hier vorbeikommen. Wäre er schon weg, würde Frassek ihm folgen, bis nach Australien, wenn es nötig wäre, sogar bis ans Ende der Welt. Er musste seine Tochter einfach wiederhaben. Etwas anderes war für ihn nicht vorstellbar. Nur wie? Einfach hier warten und hoffen?

Frassek kramte in seinen Hosentaschen und zog das Mobiltelefon heraus. Es hatte noch genug Strom. Er suchte und fand Müllers Telefonnummer.

»Herr Frassek! Sie sind doch wohl nicht etwa schon da? Es ist doch erst Montag.«

Unter Tränen, die einfach herauswollten, erzählte Frassek alles, aber auch, dass er morgen wahrscheinlich nicht aufs Revier würde kommen können. »Der Automechaniker bekommt heute erst die Ersatzteile«, log er.

»Herr Sprotz im Krankenhaus? Also, Herr Frassek, das hört sich ja so an, als wären Sie in Chicago und nicht in den Alpen. Und jetzt lassen Sie das mal mit dem Weinen. Dann kommen Sie halt erst am Mittwoch wieder.«

Frassek wischte sich die Tränen aus dem Gesicht und zog die Nase hoch. »Sie müssen noch mal dieses Programm vom Sprotz aufrufen, Chef. Wenn wir Glück haben, hat das Mobiltelefon, das Vera dabeihat, noch Strom. Und vielleicht sind sie wirklich noch hier.«

»Nun ja, ob ich das ohne Herrn Sprotz schaffe? Der Ärmste, er hatte sich schon so auf die Adria gefreut. Aber seine Frau ist unverletzt? Wie ist das eigentlich genau …«

»Chef«, unterbrach ihn Frassek, »bitte.«

»Ich rufe Sie zurück, Herr Frassek.«

Seltsamerweise hatte ihn das Telefonat mit Müller beruhigt. Aber er wusste, dass er sich beeilen musste. Nicht nur, weil er keine Ahnung hatte, wie gefährlich der Engländer war. Seine Kräfte ließen nach. Alle Körperteile schmerzten und das Kopfweh wurde immer schlimmer. Ach, Vera! Hoffentlich hielt er durch. Müller rief an.

»Ich habe ein Signal, Herr Frassek! Nein, sogar zwei! Ihr Telefon wird von dem Programm ja auch angezeigt. Es hat sich tatsächlich die Nummern gemerkt! Also eine tolle Erfindung ...«

»Dann sind sie wirklich noch hier?«

»... was hat Herr Sprotz mir gesagt? *Shift und* + und dann wird die Karte ... ja! Jetzt habe ich es. Auf, auf, prestissimo in den Wagen, Herr Frassek.«

Weil er wegen der Schmerzen nicht gut schalten konnte, fuhr er das Schlafnitztal einfach im zweiten Gang hoch. Der kleine Lieferwagen röhrte, während er an dem Laden vorbeikam, in dem er sich den Rucksack gekauft hatte, und kurz darauf, am Ende des Tals, sah er auch den leeren Bauernhof, in dessen Scheune er übernachtet hatte.

»Jetzt müssten Sie gleich – so in 200 Metern – an einem Sägewerk vorbeikommen. Wenn ja, dann hier moderato nach rechts, Herr Frassek.« Müller lotste ihn durch den Wald, der Weg war eine Schotterpiste, die Kurven steil und eng. Öfters musste er in den ersten Gang zurückschalten. Ein paar Mal wurde ihm dabei schwarz vor Augen. Dann wurde die Landschaft wieder flacher. Wiesen und Felder lösten den Wald ab. Die Luft war heiß und trocken. Hier hatte es nicht geregnet. Der Himmel war strahlend blau. Wenn es nicht so ernst gewesen wäre, Frassek hätte es fast genießen können.

»Sie sind gleich da, Herr Frassek, nur noch eine Kurve und ein kleiner Hügel.«

Frassek stoppte den Wagen und sah sich um. Er kannte doch die Gegend? Er war bereits am Rand von St. Margarethen angekommen und steuerte auf die Werkstatt des Automechanikers zu. Hatte Vera den Engländer absichtlich hierher geführt? Damit der Leonardo ihr helfen könnte? Den Weg war sie ja oft genug heimlich langgegangen.

»Wollen Sie nicht doch lieber die Kollegen vor Ort informieren?«

»Danke, Chef.« Frassek legte auf. Die würden sicherlich wieder mit Blaulicht kommen. Und das konnte er sich nicht leisten.

*

Die Katja saß auf dem Bett und hielt die unverletzte Hand ihres Mannes fest, als eine riesige Krankenschwester das Zimmer betrat. »Wo ist denn unser Herr Mustermann?«

»Kenn ick nich«, meinte die Katja und zwinkerte der Lissi verschwörerisch zu.

»Jetzt lassen S' doch mal die Hand von dem Patienten Sprotz los. Er braucht Ruhe.«

»Nein, er braucht mich.«

»Nu«, sagte die Krankenschwester, »dann muss ich wohl die Frau Doktor holen.«

Die Frau Doktor tauchte auf, groß wie die Krankenschwester, mit Brille und kurzen schwarzen Haaren. Mit heruntergefallenen Mundwinkeln berichtete sie ihnen monoton von den Verletzungen des Herrn Sprotz. »Beide Beine mehrfach gebrochen. Der rechte Arm: Fraktur des Ellenbogens, äußerst schwierig. Was haben wir noch? Gequetschte Rippen, eine Schädelverletzung, Kieferbruch, die Milz hat einen leichten Riss, aber man kann ja zur Not auch ohne Milz leben. Ja und dann die zahlreichen Schnitte im Gesicht, weswegen wir ihm den ganzen Kopf haben bandagieren müssen.«

»Mein Gott«, sagte die Katja.

»Seine Brille ist auch kaputtgegangen. Wir hoffen, dass keine Splitter mehr in den Augen sind.«

»Aber er lebt, Katja«, beruhigte die Lissi ihre Freundin. »Es ist also nichts Lebensgefährliches, Frau Doktor?«

Die Frau Doktor schüttelte den Kopf. »Nein, er macht mir keine Sorgen. Das basteln wir schon wieder alles hin. Aber der andere …« Sie zog ein Röntgenbild aus einer Mappe und hielt es gegen das Licht.

»Der Frassek?« Die Lissi riss die Augen auf. »Was ist denn mit dem?«

»So? Frassek heißt er also. Sie kennen ihn näher?«

»Na, hören Sie mal, er ist mein Pensionsgast. Da möchte man's halt gerne wissen, wenn so einem etwas passiert.«

»Ich kann's Ihnen aber nicht sagen. Sie sind schließlich keine Verwandten.«

»Schnickschnack«, sagte die Katja mit messerscharfer Stimme, »er ist der Kollege meines Manns. Aus Berlin. So wie icke. So wie Sprotz.«

Also, wenn sie jetzt die Ärztin wäre, dachte die Lissi, würde sie der Katja auf der Stelle nachgeben. »Können S' uns denn wenigstens sagen, ob's bei ihm lebensgefährlich ist?«

Die Frau Doktor legte die Röntgenaufnahme weg und schaute die Lissi streng an.

»Tun S' des doch, bittschön. Wir sind doch seine Freunde.« Sie lächelte charmant zurück und hoffte, dass die Katja es ebenfalls tat. Die Frau Doktor seufzte und hielt das Röntgenbild wieder gegen das Licht.

»Da ist ein Schatten auf dem Bild zu sehen, wahrscheinlich ein SDH – also ein akutes Subduralhämatom. Eine Blutung im Hirn, wenn Sie verstehen. Dem muss der Kopf so arg wehtun, das möchten Sie nicht wissen.«

»Ja, und? Ist das jetzt gefährlich?«

»I wo, entweder stirbt er oder nicht.« Die Frau Doktor schnaufte. »Natürlich ist das gefährlich. Irgendwann wird er ohnmächtig. Und dann beten Sie, dass wir ihn rechtzeitig finden. Aber vorher müssen S' mir noch den Vornamen von dem Herrn Frassek verraten. Wegen der Versicherung.«

3

Frassek schlich leise um die Werkstatt und das anliegende Wohnhaus, einen ehemaligen Bauernhof, herum. Von seinem Besuch damals, als er Leonardo abgeholt hatte, erinnerte sich Frassek, dass es unten im Haus eine Küche, das Bad und ein Wohnzimmer gab. Oben waren die Schlafzimmer und der Balkon, über den man leicht ins Gras springen könnte. Wenn er selbst jemanden dort gefangen halten würde, dann also im Wohnzimmer. Es hatte nach links und nach vorne raus kleine Fenster, zu klein, um einfach und lautlos herauszuklettern. Aber hineinklettern konnte man auch nicht, jedenfalls nicht er. Sein Körper lachte ihn aus, als er kurz darüber nachdachte, und sein Kopf zersprang fast dabei.

Er tastete sich nun an der Seitenwand des Hauses entlang und warf durch ein Fenster einen schnellen Blick ins Wohnzimmer. Dann einen zweiten längeren. Da waren sie. Frassek sah Vera, Leonardo und den kleinen Toni auf dem Boden liegen. Sie waren gefesselt und geknebelt. Drei Geiseln, nur seltsamerweise nicht Bruno Hinterberger. Der Engländer wusste anscheinend nicht mehr weiter, wenn er glaubte, Geiseln nehmen zu müssen. Sein Auftraggeber, dieser weißhaarige Engländer, saß ja schon im Gefängnis. Aber das machte den anderen nicht ungefährlicher.

Vorne am Haus legte Frassek ein Ohr an die Eingangstür. Jemand sprach. Es hörte sich wie Englisch an. Und verzweifelt klang es auch. Die Tür ging nach außen auf, wie er feststellte. Er könnte ihn also nicht so leicht überrumpeln. Wenn sie überhaupt aufgeschlossen war. Wenn er doch bloß eine Waffe hätte!

Es dauerte Ewigkeiten, bis er den Geräteschuppen auf der Rückseite des Hauses erreichte. Einmal Bauer, immer Bauer, dachte Frassek, als er das Gerümpel durchwühlte. Überall klebte noch der Kuhdung. Er fand ein rostiges Teppichmesser und eine Mistgabel. Mit Mühe zog er sie heraus. Ihm wurde vor Anstrengung schlecht.

Zurück am Häuschen hörte er den Engländer noch immer sprechen. Es klang jetzt lauter und noch verzweifelter. Er hatte nur eine Chance, um ihn zu überrumpeln, dachte Frassek. Wer drei Menschen fesseln konnte, musste eine einschüchternde Waffe besitzen. Nur was für eine? Das hatte er gestern vergessen, Emma zu fragen.

Frassek ratschte das Teppichmesser hoch, bis die Klinge ganz herausschaute. Sie war scharf. Er steckte sich das Messer zwischen die Lippen und hielt es mit den Zähnen fest. Er brauchte mehr Adrenalin, sonst würde er es nicht schaffen. Er konzentrierte sich auf seine Tochter und redete sich eine unglaubliche Wut ein. Es half. Die linke Hand griff nach der Mistgabel. Mit der rechten fasste er an die Klinke und drückte sie ganz langsam hinunter. Dann zählte er bis drei.

*

»Und was jetzt?«, fragte die Katja.

Die Lissi stand mit ihr draußen vorm Krankenhaus und

blickte in den Himmel. »Hier hat's wenigstens geregnet. Und bald wieder, so wie's ausschaut. Hier regnet sich's immer ab. Zu uns kommt es gar nicht.«

»Das Wetter ist mir jetzt echt schnurzpiepe, Lissi. Drinnen liegt der Sprotz und draußen verreckt der Frassek. Dem du dein Auto geliehen hast!«

»Was hätt ich denn ...«

»Wenn die Ärztin recht hat, müssen wir nicht nur Vera suchen, sondern auch ihn. Wahrscheinlich ist er schon irgendwo gegen einen Baum gefahren.«

»Lissi?« Der Hinterberger Bruno stand auf einmal neben ihnen. Einen Arm hatte er um die Moni gelegt, die einen Koffer trug. Der Bruno hatte auch einen in der anderen Hand.

»Ach, Bruno, es ist ja alles so fürchterlich.«

»Jöh, Lissi, nicht alles. Manches geht auch gut aus. Hab sie gerade noch am Bahnhof erwischt, die Moni. Seit gestern Abend habe ich sie gesucht. Wollte nach Hause. Aber weil der Josef mir erzählt hat, dass er die Scheidungspapiere unterschrieben hätte, bin ich wie ein Idiot durch die Gegend gefahren. Gell, Moni?«

Die Moni lächelte schwach, aber tapfer. Mal schauen, wie lange das halten wird, dachte die Lissi.

»Mögt's ihr mitfahren nach St. Margarethen? Ehrlich gesagt, hab ich genug von der Stadt. Ich halt das hier unten nicht aus. Ja, so was von schwül!«

Die Lissi schaute die Katja an, und die Katja nickte ihr zu. Hier im Spital könnten sie ja eh nichts anderes tun als warten und den Herrn Sprotz durch dieses kleine Loch füttern.

»Wir kommen mit, aber nicht nach Hause, Bruno. Wir suchen jetzt mit dir den Frassek, bis wir ihn gefunden haben. Ihm geht's nämlich nicht gut. Und dann müssen wir noch die Vera finden. Und wenn wir an einem Baumarkt vorbeikommen, kannst du ja kurz mal anhalten. Wir brauchen Kalk, nicht wahr, Katja?«

Die Katja nickte. »Und zwar 'ne Menge.«

*

Die Tür war nicht verschlossen. Sie schwang lautlos auf und Frassek stürmte hinein. Ihm wurde schwarz vor Augen, die Kopfschmerzen schossen ihm bis ins Rückenmark. Die Tür schwang wieder zu und schubste ihn ins Innere des Raums, mit der Mistgabel voraus.

Sie bohrte sich in irgendetwas Weiches. Frassek drückte sie dort weiter hinein. Der Engländer jaulte. Ein Schuss ertönte, dann hörte Frassek jemanden hinfallen. Nach einer Weile konnte er wieder ein bisschen sehen. Der andere lag vor ihm auf dem Boden und wand sich vor Schmerzen. Frassek zog die Mistgabel aus dem Oberschenkel. Der Engländer heulte jetzt richtig auf. Die Hose färbte sich sofort rot.

»Feife«, sagte Frassek, nahm das Teppichmesser aus dem Mund und steckte es in die Hosentasche. »Drücken Sie fest mit den Händen drauf. Sonst verbluten Sie.«

Er wollte zur Wohnzimmertür gehen. Doch nach wenigen Schritten wurde ihm wieder schwindelig. Er musste sich an der Wand festhalten, sah alles doppelt. Arme packten ihn an den Beinen und zogen ihn auf den Boden. Der Engländer vergrub ihn unter sich und drückte ihm mit einem Unterarm die Luft ab. Wild schlug Frassek um sich, er konnte sich aber nicht befreien. Seine Hand tastete nach dem verletzten Bein des Mannes, fand die Wunde und griff fest zu.

Der Engländer schrie auf und ließ ihn los. Frassek rollte zur Seite. Aus seiner Hosentasche zog er das Teppichmesser heraus, stand schwankend auf und hielt dem Engländer das Messer an die Kehle. Der hatte seine Pistole wiedergefunden und drückte den Lauf an Frasseks Stirn.

Sie zitterten beide, das Messer und der Pistolenlauf. Frasseks Kopfschmerzen wurden wieder schlimmer. Der Engländer keuchte. »Lassen Sie das Messer fallen oder ich schieße.«

Schieß doch, dachte Frassek. Dann wären wenigstens die Schmerzen weg. Dann hätte er Ruhe. Dann wäre er tot. Wie der alte Schuhmacher. Wie dessen Frau. Wie sein Vater.

»Lass das Messer fallen …«

Das schmerzverzerrte Gesicht des Engländers war nahe an seinem, zu nah, um es scharf zu sehen. Frassek konzentrierte sich auf das Teppichmesser. Er durfte den Druck nicht nachlassen. Ihm wurde schwindelig. Er war müde. Er wollte schlafen. Denk an etwas Trauriges, zwang er sich.

»… oder ich schieße.«

Kümmere dich um mich, sonst gehe ich zugrunde. Das hatte sein Vater gemeint. Das sollte die Geschichte mit den Elefanten bedeuten, nichts anderes. Ein Hilferuf. Frassek hatte sich aber nicht mehr kümmern können. Sein Vater war schon zugrunde gegangen, bevor er es verstanden hatte.

Frassek konnte das Messer nicht mehr halten. Er ließ es fallen. Er sah dem Engländer in die Augen. Sie flatterten seltsam. Nein, er war kein Mörder. Er hätte schon längst seine Geiseln töten oder flüchten können. Aber er hatte es nicht getan.

»Dann schieß doch«, sagte Frassek zu ihm und ging zur Wohnzimmertür.

ENDE

1

27. April 1946

Liebe Tochter,
ich habe deine Mutter noch einmal getroffen, es war an dem Tag, an dem ihre Eltern nach Graz flüchten wollten. Wir haben uns nur einen flüchtigen Kuss gegeben, weil wir uns sicher waren, dass wir uns wiedersehen würden. Ich kann mich noch immer an ihn erinnern.

Die Russen griffen tatsächlich das Vorderwaldgebiet an. Zweimal wurde St. Margarethen von der Roten Armee und zweimal von der Wehrmacht eingenommen. Bei den Kämpfen blieb kein Stein auf dem anderen. Der Pfarrer, die Eltern von Alois und viele weitere wurden getötet. Tagelang brannten die Höfe in der Gegend, nur der Wagnerhof und ein paar wenige andere blieben verschont.

Alois und mir gelang es, viele entlaufene Kühe einzufangen und zu unserer Hütte zu bringen. Er zeigte dem Mönch, wie man sie melkt, damit sie nicht vor Schmerz über ihre prall gefüllten Euter brüllten und uns verrieten. Ein Mönch mit einem schönen deutschen Gesicht, der neben einer Kuh hockt und fluchend ihre Zitzen quetscht – das war ein seltsamer Anblick. Aber dadurch konnten wir uns frei bewegen, denn der Mönch hatte eine Heidenangst vor den Gewehrsalven und Bombeneinschlägen.

In den drei, vier Tagen, in denen die Kämpfe am heftigsten waren, konnten wir sogar einigen Dorfbewohnern helfen, sich in Sicherheit zu bringen. Und alle, die Alois, den heimgekehrten Sohn, erblickten, sahen zu ihm auf und zweifelten nicht an seiner Autorität. Dass er ihnen helfen konnte, das hat ihn von seiner Trübsal befreit. Er schien förmlich zu wachsen und hielt sich für unantastbar. Einmal kletterte er auf den Hausberg, am Himmel die russischen Jäger, im Wald die Wehrmacht, aber es kümmerte ihn nicht. Es war das Sinnbild eines Unbesiegbaren, wie er da stand, die Hände in den Taschen, den Blick gen Horizont gerichtet. Er brachte uns immer öfter in Gefahr, um andere zu retten, so wie eine Frau namens Gretl, die während der stärksten Bombenangriffe einfach durch das Dorf spazierte. Sie wollte nicht mehr leben, aber der Alois hat das einfach nicht zugelassen. Er wurde zum Helden. Ich bin mir sicher, dass er heute Bürgermeister in Deinem Dorf ist, Maria, und wenn nicht, dann solltet ihr ihn dazu machen.

Alois kannte tatsächlich jeden Weg über die Berge und durch die Wälder. Einer führte zu der Stelle, an der wir den Schatz vergraben hatten. »Lass ihn uns ausgraben und woanders verstecken, damit der Mönch ihn nicht in seine Hände kriegt«, schlug er vor. Und gerade als wir uns daranmachten, kamen die russischen Jagdbomber. Über dem gesamten Gebiet warfen sie ihre Bomben ab. Es war ihnen egal, wen sie trafen. Im Dorf brannten die Häuser, zahlreiche Bauernhöfe waren zerstört. Alois wollte helfen, aber ich hielt ihn zurück. Die Wehrmacht, die sich hier verschanzt hatte, hätte uns erwischt.

Der Wald war übersät mit Löchern. Bäume waren umgestürzt, andere brannten. Über dem Schatz lag ein riesiger Blindgänger. Wir stützen ihn ab, während wir unter ihm gruben. Nachdem wir die Kiste herausgezogen hatten, ließen wir die Bombe langsam und ganz vorsichtig ins Loch gleiten. Wir buddelten es wieder zu und trugen die Kiste zum Wasserwerk, das nicht weit entfernt lag. Es war ein Steinhaus, zum Teil eingestürzt. Drinnen sammelte sich das Wasser in einem Becken, bis es durch ein vergittertes Rohr hinab ins Dorf floss.

»Reinspringen, das Gitter anfassen und sich mit einem Seil wieder hinausziehen lassen. Das war unsere Mutprobe, als wir Kinder waren. Die Strömung ist so stark und das Becken so tief, dass man auch als Erwachsener nicht allein wieder hochkommt.« Wir nahmen die Kiste und wollten sie ins Becken werfen.

»Warte mal«, sagte Alois. Er öffnete die Truhe und holte die goldene Glocke heraus. Sie war nicht so groß, wie ich erwartet hatte. Aber sie sah sehr wertvoll aus. »Die ist für dich«, sagte er, »dafür, dass du mir mit Karl geholfen hast.«

»Nein«, sagte ich. Ich nahm die Glocke. Sie war schwer, ganz glatt und hatte rundherum einen lateinischen Spruch eingraviert. Ich zog an dem Schlegel und riss ihn ab. »Der Schlegel reicht mir. Nimm du die Glocke. Du wirst sie brauchen, nicht ich. Verkaufe sie und baue mit dem Geld das Dorf wieder auf.«

Ein paar Tage später war der Krieg vorbei. Die Russen kamen wieder. Friedlich besetzten sie jetzt das Vorderwaldgebiet. Die Menschen verließen ihre Verstecke und kehrten zurück ins Dorf. Wir gaben ihnen das Vieh wieder, mehr als erhofft, weniger als gehabt. Als der Mönch uns aber bat, mit ihm zum Versteck zu gehen, um nach dem Rechten zu schauen, lehnten wir ab. Er zog alleine los. Dass er am Tag darauf wiederkam, hatten wir uns schon gedacht. Er war fuchsteufelswild, dass er nur einen Blindgänger gefunden hatte. Alois stellte sich dumm und auch ich tat so, als wüsste ich nicht, wovon er redete.

Hin und wieder ging ich zum Wagnerhof, um nachzuschauen, ob Anna wieder da war. Als ich einmal vom Hof zurückkam, war Alois fort. In der Hütte wartete der Mönch auf mich.

»Der ist jetzt wieder Kriegsgefangener«, sagte er, »so wie er es schon einmal war.«

»Du hast ihn verraten?«

»Und dasselbe geschieht mit dir, wenn du mir nicht sagst, wo der Schatz ist.« Ich rannte davon und suchte mir ein anderes Versteck.

Liebe Maria,
ein paar Tage später kam ein Zivilist zum Kloster, in dem die Russen ihre Kommandantur eingerichtet hatten. Seine Kleidung war vor kurzem noch völlig durchnässt gewesen und auch jetzt noch nicht wieder getrocknet. Auf einem Handkarren zog er eine schwere Kiste hinter sich her. Am Klostereingang bat er die beiden Wachsoldaten, auf sie aufzupassen.

Drinnen ließ man ihn bis zum Kommandanten vor. Es war ein anderer als der, den er erwartet hatte. Er bot ihm einen Handel an: den Klosterschatz gegen die Freiheit von Alois Kroisleitner. Der Kommandant ging auf den Handel ein, doch er wollte erst prüfen, ob es sich wirklich um den Klosterschatz handelte. Der Zivilist holte die Kiste herein. Der Kommandant war zufrieden und ließ den Zivilisten als russischen Deserteur verhaften.

Ich will mich nicht beklagen, liebe Tochter. Ich hatte ein kurzes ausgefülltes Leben mit schrecklichen Erlebnissen, aber auch mit der Gewissheit, ein Menschenleben, den Alois, gerettet und ein anderes, nämlich Dich, zum Leben erweckt zu haben. Vor genau einem Jahr wurde ich abtransportiert, zu Fuß, mit der Eisenbahn, per Lastwagen. Ich habe auf dem Weg viele Gegenden wiedererkannt, doch keine ist mir so in Erinnerung geblieben wie St. Margarethen mit seinen Bergen, Wiesen und Wäldern. Und wenn die Erinnerung nachließ, rieb ich an dem goldenen Glockenschlegel, den ich in meiner Jacke eingenäht hatte.

Du musst jetzt vier Monate alt sein. Bald wirst Du laufen können, bald sprechen und bald auch lesen. Und wenn Deine Mutter meint, dass Du groß genug dafür bist, wird sie Dir diese Briefe geben. Es hat mich den Glockenschlegel gekostet, damit man sie hier aus dem Lager schmuggelt. Aber das war es wert. Wenn Du an dieser Stelle angekommen bist, wirst Du vielleicht schon wissen, was mein Vermächtnis an Dich ist: Mein Schatz mit den Erkennungsmarken, der darauf wartet, dass ihn jemand findet.

Eine von den Marken habe ich mitgenommen, weil ich sie nicht im Wasser versenken, sondern Alois direkt geben wollte. Das war ja dann leider nicht mehr möglich. Du findest sie in diesem Brief. Bitte gib sie dem Alois. Er ist sicher verärgert über mich.

Dein Vater

2

»Es ist sehr nett, dass Sie sie mir gebracht haben.« Maria Kornfeld faltete den Brief zusammen und steckte ihn zu den anderen. »Aber warum der Alois mir die Briefe erst vor kurzem gegeben hat, nach fast siebzig Jahren, das werde ich wohl nie erfahren.«

Sie hatte Tränen in den Augen. Sprotz in seinem Rollstuhl versuchte zu lächeln. »Wir haben uns wirklich beeilen müssen, Frau Kornfeld. Keine Minute später, und mein Auto wäre mitsamt der Briefe in der Schrottpresse verschwunden.«

Frassek war sprachlos. Was redete Sprotz da von *wir*? »Lauf, Frassek, lauf«, hatte er ihn am Eingang des Schrottplatzes hinterhergerufen, während Frassek es war, der durch Pfützen gepatscht war, weil es nicht mehr aufgehört hatte zu regnen. Und der dann einem russischen Hilfsarbeiter, der kein Deutsch konnte, ins Ohr gebrüllt hatte, dass er unbedingt noch mal an dieses gelbe Etwas müsste, das gerade in die Schrottpresse befördert wurde. 50 Euro hatte ihn das gekostet, und drei abgebrochene Fingernägel, weil das Handschuhfach geklemmt hatte.

Jetzt schaute er durch einen Schlitz im Vorhang. Der Konzertsaal in der Bezirkshauptstadt war bereits halb gefüllt. Die meisten der Gäste, die um Vera und Leo herumstanden, schienen Journalisten zu sein, die untereinander in verschiedenen Sprachen diskutierten, ob das alles wahr sein könnte.

»Frassek, was ist eigentlich wirklich mit diesem Mönch passiert«, fragte Sprotz plötzlich. »War das nun sein Schädel oder nicht?«

Frassek zuckte mit den Schultern. »Da musst du den Josef fragen, aber irgendwie glaube ich nicht, dass er es dir erzählen wird. Er redet ja nicht gerne. Komm, es wird Zeit.«

Er schob Sprotz von der Bühne und humpelte mit ihm zum Ausgang. So richtig fit war er noch nicht. Der Rollstuhl schien immer schwerer zu werden. »Hast du heimlich genascht oder die Bremsen angezogen?«

»Sehr witzig, du Glatzkopf. Du hast wohl immer noch einen Schaden an der Birne. Wie soll das denn gehen mit so einem Arm?« Sprotz hielt den Gips in die Höhe. »Sag mal, als du noch deine Haarpracht hattest, hat man's ja nicht gesehen. Aber was ist das für eine Narbe da auf deinem Kopf?«

»Fängst du jetzt auch damit an! Ich frag dich ja auch nicht, was das für eine Fettschicht unter deinem T-Shirt ist.« Das gelbe T-Shirt, auf das er ein riesiges rotes *A* hatte drucken lassen, spannte sich tatsächlich enorm. Die große Krankenschwester hatte ihn mit Katja um die Wette gefüttert. Frassek selbst trug seinen schwarzen Anzug, aber er fühlte sich unwohl in ihm. Nach dem Konzert würde er ihn wegschmeißen und sich einen neuen kaufen.

Rechts und links vom Eingang des Konzertsaals hatte man jeweils ein Plakat mit einem riesigen roten *A* aufgehängt. Anders durfte Emma sich nicht nennen, solange ihr früherer Manager noch die Rechte an *Amy* besaß. Draußen warteten immer noch etliche Menschen auf Einlass.

Frassek nahm Anlauf und fuhr Sprotz, so schnell er konnte, an den Wartenden vorbei, durch den Eingang hindurch und blieb drinnen vor der Bühne neben einer Gruppe Frauen stehen. »Hier ist dein kleiner Behinderter, Katja.«

Sprotz stöhnte. »Frassek, lass …«

»Jaja, Sprotz, ich weiß, *lass den Quatsch*. In Berlin wird das aber wieder anders werden, Kollege.«

*

Emma hatte auf eine Vorgruppe verzichtet. Sie wollte allein auf die Bühne treten und, begleitet von einem unsichtbaren Gitarristen, nur mit ihrer Stimme beweisen, dass *A* wirklich *Amy* war. Frassek griff die Hand der Frau neben ihm und drückte fest zu. »Schön, dass du gekommen bist.«

Sie erwiderte den Druck. »Aha, der Herr Wachtmeister. Kriegt der mal wieder seinen Mund auf.«

Darauf sagte Frassek nichts. Er drückte nur weiter zu, allerdings etwas fester. Das Licht ging aus.

»Mei, jetzt bin ich aber gespannt«, sagte Lissi laut, um den Aufschrei der Fans zu übertönen. Der kleine Saal platzte aus allen Nähten.

Amy Cornfield betrat die Bühne, verfolgt von einem

einzigen Scheinwerfer. Sie stellte sich in die Mitte vor das Mikrophon. Auf eine Perücke hatte sie verzichtet, aber das kurze Haar hatte Dagmar schwarz gefärbt. Zuerst ein wenig dünn, dann mit zunehmend festerer Stimme sang sie *Love Letters in the Sand*. Frassek hörte gerne zu. Und der Josef auch, wie er sah. Er stand direkt am Bühnenrand neben einem Jungen mit einem auffälligen Überbiss und grinste – da hatten sich die Richtigen gefunden.

»Das ist sie nicht«, sagte einer der Journalisten auf Englisch. »Hören Sie das nicht? Sie hat ganz deutlich einen österreichischen Akzent.«

3

In der Pause hielt Frassek seinem Kollegen eine Bierflasche hin. Sprotz trank mit einem Strohhalm, der Kiefer war noch nicht wieder ganz in Ordnung.

»Kann ich dich etwas fragen, Sprotz?«

»Hast du doch jetzt schon.« Sprotz pustete in seinen Strohhalm. Das Bier schäumte über. Frassek nahm ihm die Flasche weg.

»Katja hat mir erzählt, dass ihr etwas eingefallen ist, wie sie über den Tod ihres Vaters hinwegkommen könnte …«

»Hör mir bloß auf damit! Und gib mir mein Bier wieder! Das ist Mundraub.«

»Was ist es denn?« Frassek brachte die Flasche vor Sprotz' heiler Hand in Sicherheit.

»Ach, Frassek, ehrlich! Sie hat einen Baum gepflanzt, direkt auf sein Grab. Einen Lebensbaum, Symbol für die Unsterblichkeit der Seele. So ein Quatsch!«

»Aber das ist doch schön.«

»Nicht, wenn sie dich zweimal die Woche zum Gießen hinschickt. Außerdem …«

Frassek wartete. Sprotz seufzte. »Ich möchte nicht wissen, was sie anstellt, wenn der Baum größer wird und der Friedhofsgärtner ihn fällen muss. Mein Bier!«

Frassek gab ihm die Flasche. Sprotz nuckelte. Frassek dachte an den Baum. Das würde er auch machen. Auf dem Grab seines Vaters. Und er würde sich auch die Fotoalben noch einmal anschauen. Sich zu erinnern, war wichtig. Das alles Vera zu erzählen, auch ... vorausgesetzt, er würde sie jemals wieder alleine treffen. Nachdem er sie befreit hatte, hatte sie Leonardos Hand nicht mehr losgelassen. Sprotz stupste ihn an.

»Hast du eigentlich jemals verstanden, was wir da erlebt haben, Frassek? Ich möchte nämlich schon gerne wissen, für was und für wen ich mir eigentlich die Knochen gebrochen habe.«

»Komm, immerhin habe ich Vera retten können. Und Karl Kroisleitner ist auf dem Weg nach Russland, um die Erkennungsmarken abzugeben.«

»Ja, aber sonst? Haben wir irgendetwas dazu beigetragen, um diese ganzen Geheimnisse zu enträtseln? Nein, das Dorf hat sich selbst geholfen. Trotzdem wüsste ich zu gerne, bei was eigentlich.«

»Vielleicht sollten wir uns das alles noch einmal von der Lissi erzählen lassen und irgendeiner schreibt es dann auf.«

»Also, icke nicht.« Sprotz grinste und hielt wieder seinen eingegipsten Arm in die Höhe.

»Nun, vielleicht ist es auch etwas für Hollywood«, sagte Frassek, »mit Harrison Ford in der Hauptrolle.«

»Oder eine Oper«, sagte Sprotz, »im Dreivierteltakt. War doch alles dabei: eine Ouvertüre, ein Zwischenspiel, Arien, Duette und am Ende sogar noch ein richtiges Finale. Und es gab einen Helden«, er zeigte sich auf sich, »und einen Antihelden. Nämlich dich.«

»Sprotz, so etwas Dämliches kannst auch nur du sagen.«
»Oder Müller.«
»Oder Müller.«

- ENDE -

DANK AN …

… die geduldige Birgit

… die Bauersleute Zilli und Luis, mittlerweile echte Freunde

… die Bewohner eines Dorfes, deren Charaktere, Geschichten und Erzählungen ich übernommen und verfremdet habe, insbesondere an Karl K., dessen richtigen Namen ich sogar verwenden durfte. Er besitzt tatsächlich ein Schuhgeschäft.

… die österreichischen Militärhistoriker, die trotz ausführlicher Prüfung russischer Archive nie herausgefunden haben, warum die Rote Armee im April '45 in das Gebiet in der Steiermark, das dem Roman als Vorlage gedient hat, einmarschiert war. Sie kannten aber auch das Geheimnis der goldenen Klosterglocke nicht.

… die Schulklasse aus W. für das Aufschreiben der Legenden vom Toten Mann

… Maj S. und Per W., deren Stil ich gerne kopiert hätte und bei denen ich abgeschrieben habe

… die Vor-Leser*innen Katrin von B., Katharina H., Maren J., Andrea K., Kristy K., Branko M., Chris N., Birgit R., Johanna R., Corinna S. und Sarah W.

… Mathias H. für das Zeichnen der Landkarte

… den Ullstein Verlag, aber ganz besonders an

… Ulrike von S. und Charlyne B.

MIX
Papier aus verantwortungsvollen Quellen
FSC® C014496
FSC
www.fsc.org

ISBN: 978-3-550-08174-3

Gesetzt aus der Centennial
Satz: L42 AG, Berlin
Druck und Bindearbeiten: GGP Media GmbH, Pößneck
Printed in Germany